D1929320

Carmen Covito

Single

Roman

Aus dem Italienischen
von Linde Birk

Diogenes

Titel der 1992 bei Bompiani, Mailand,
erschienenen Originalausgabe:
›La bruttina stagionata‹
Copyright © Gruppo Editoriale Fabbri, Bompiani,
Sonzogno, Etas S.p.A. Milano 1992
Umschlagillustration: Amedeo Modigliani,
›Nudo sul divano (Almaïsa)‹, 1916 (Ausschnitt)
Privatsammlung

Alle deutschen Rechte vorbehalten
Copyright © 1994
Diogenes Verlag AG Zürich
200/94/8/1
ISBN 3 257 06024 6

Überlassen wir die schönen Frauen
den Männern ohne Phantasie

MARCEL PROUST

Was für ein blödes Gesicht sie bekommen hat. Bisher war ihr das nicht so aufgefallen, aber heute früh beim Friseur hat sie es im Spiegel gesehen, als ihr eines der Mädchen mit großen Bürstenstrichen das Haar föhnte und die Kosmetikerin dabei war, ein Handtuch um ihren Hals zu wikkeln und sie für die Enthaarung zu präparieren: mit brutaler Unschuld wird hier von ihrem »Schnurrbart« geredet, während sie selber diesen schwärzlichen Schatten zwischen Nase und Oberlippe immer nur schamhaft umschrieben und nie mutig beim Namen genannt hat. »Tun Sie mir hier bitte etwas Wachs drauf«, sagt sie. Normalerweise macht sie es alle zwei Wochen selber zu Hause und setzt dazu das leichte Aluminiumtöpfchen aufs Gas, das im Packungspreis inbegriffen war und schon beim zweiten Gebrauch den Stiel verloren hat. Allerdings läßt sich das Wachs der Kosmetikerin, das grün und gummiartig ist und einen angenehm frischen Zahnpastageruch hinterläßt, fast schmerzlos ablösen, nicht so wie das ihre, das gelb ist und gleich hart wird und dann, wenn man es mit einem entschlossenen Ruck abreißen will, zerbröckelt und zu Schuppen erstarrt, so daß man dann jedes einzelne Fetzchen mit dem Fingernagel abkratzen muß, und zwar mit angehaltenem Atem, weil, klar: der geballte Schmerz läßt einem gar keine Zeit für eine Träne, aber so ein Wirbel von vielen kleinen Vergewaltigungen reizt die Haut, so daß sie noch lange brennt. Für seine fünftausend Lire hat man bei diesem Friseur auch noch die Sicherheit des Thermostats;

und die Mädchen sind nicht geschwätzig, sie sind anständig und geben einem sogar einen Kassenzettel, auf den sie nicht einfach nur Waschen und Legen statt Färben, Schneiden oder Strähnen tippen. Sie hat sich vor einiger Zeit einmal ein paar Strähnen machen lassen, es aber gleich bereut: besser, sie ließ ihre Haare, wie sie waren, nicht besonders dicht, an den Schläfen sogar spärlich, aber bei ihren vierzig Jahren ohne einen einzigen weißen Faden – ein Verdienst Filippo Labrunas, genannt Pippo, dessen drei mit Brillantine an die Kopfhaut geklebten Haarbüschelchen bei seinem Tod noch pechschwarz waren. Ein Herzanfall, hatte es geheißen, und das wunderte Marilina sehr: wer hätte das bei einem solchen Vater gedacht? Die Beerdigung mit den beiden Witwen, die sich den Rücken zukehrten und vor allen Leuten ihr jeweiliges Kleenex zerknüllten, war wirklich peinlich gewesen. Als der Sarg für den letzten Gruß aufgemacht wurde, war die einzige Tochter einen Schritt zurückgewichen und hatte die Augen geschlossen, er war ihr deutlich genug in Erinnerung: grobknochig, klein, untersetzt, einer zu spät nach Mailand verpflanzten Mittelmeerrasse angehörend, die sich nicht mehr in die Länge strecken konnte. Welch ein Pech, als sein weibliches Ebenbild und ohne die geringste Anmut geboren zu sein. Das hat sie ihm nie verziehen. Sie hat zwar bei seiner Beerdigung geweint, aber mehr beim Gedanken an das, was sie hätte werden können, wenn sie nicht seine Tochter gewesen wäre: vielleicht eine schöne Frau. Unerträglich, dieser blöde Gesichtsausdruck; wie von einem traurigen Ochsen. Bisher hatte sie den nicht, er ist wirklich neu.

Wie sie nämlich einmal mit ein paar Bekannten in einer Bar war, hatte sich so ein ziemlich Großer an den Tisch gesetzt, um mit den anderen zu reden, und als sie, die hinter ihm stand, dann irgend etwas murmelte, fuhr er herum, sprang vom Stuhl hoch und rief: »Huch, Mädchen! Was machst du denn für ein Gesicht! Guck doch nicht so gescheit, das kann man ja nicht aushalten!« Sie hatte ein bißchen säuerlich gelacht, aber im Grunde gefiel ihr das Kompliment. Jetzt haben ihre Wangen so einen tristen weißlichen Schimmer wie Magerkäse, und ihre Augen gleichen zwei im Backrohr gedörrten glanzlosen schwarzen Olivchen. In letzter Zeit ißt sie schlecht, immer in Hetze und ohne auf das zu achten, was sie hinunterschluckt: vielleicht kommt es daher. Marilina liest, wenn sie beim Arzt ist, mindestens eine dieser Zeitschriften im Wartezimmer von A bis Z und weiß daher, daß eine solche Haut von unausgewogener Ernährung kommen kann, die häßlichen Schuppen ebenfalls, deretwegen sie gezwungen ist, jede Woche zum Friseur zu gehen und mehr auszugeben, als ihrem Geldbeutel guttut. An Salate denkt sie oft, auch daran, gelegentlich ein bißchen Fisch zu kaufen, wo der doch Phosphor hat, was gut für das Hirn ist. Aber sie ist zu bequem, sie hat einfach keine Lust, das Zeug zu putzen. Berto sagt es ihr auch immer wieder, jedesmal wenn er kommt und ihr ansieht, daß sie gerade vom Schreibtisch aufgestanden ist, wird er wütend: nicht seinetwegen, sagt er, er müsse ja sowieso gleich wieder weg, sondern ihretwegen, weil sie in all diesem Bücherstaub lebe und ihre Gesundheit ruiniere.

Hin und wieder beschließt Marilina, Ordnung zu machen, dann vergeudet sie einen vollen Arbeitstag und wischt und scheuert die Fliesen im Bad mit einer solchen Putzwut, daß sie von den höchsten Höhen ihrer Begeisterung schließlich in die tiefsten Abgründe unangenehmer Erinnerungen stürzt. Ihre Mama war eine leidenschaftliche Sammlerin von Mira-Lanza-Bildchen und verlor ganze Nachmittage damit, sie nach Punktzahl zu ordnen (sie hatten fünf, zehn, zwanzig oder fünfzig Punkte), sie dann mit Gummibändchen aus einer Keksdose, die die Aufschrift »Gummibändchen« trug, zu bündeln, zu einem Päckchen zu verpacken und als Muster ohne Wert abzuschicken. Von da ab wartete sie dann sehnlichst darauf, daß als Gegenwert ein Rührstab oder ein neues Bügeleisen oder, falls die Punktzahl für soviel nicht reichte, sechs Kaffeelöffelchen aus Bakelit und Stahl eintrafen: sie hatte schon eine ganze Schublade voll davon, schien dennoch zufrieden damit. Es kam aber vor, daß sie plötzlich durchdrehte: dann ging sie im Morgenrock auf den Balkon hinaus und schrie den unbekannten Passanten die absurdesten Dinge zu, und zweimal warf sie sogar vom fünften Stock einen Geranientopf jener Sorte hinunter, die sie sonst am liebevollsten pflegte, die mit den rosaroten, haarigen und leicht stinkenden Blüten. Zum Glück zielte sie beide Male daneben. Und schrie, diese Schweine wollten ihr Gold stehlen. Keine Spur. Abgesehen davon, daß sie alles in allem drei oder vier Anstecknädelchen aus Doublé, ein Paar leichte Ohrringe mit Zuchtperle und ein einziges Armband mit Panzerkettengliedern besaß, malte sie sich wer weiß was für Intrigen, Verschwörungen und Hinterhalte aus, wahrscheinlich nur, um wenigstens einmal eine oder anderthalb Stunden lang im Mittelpunkt von irgend etwas zu stehen, so lange dauerten im Durchschnitt diese Zicken einer Frau kurz vor der Menopause, deren handelsreisender Ehemann damals schon in einer anderen Stadt von unvorhergesehenen Verpflichtungen aufgehalten wurde. Eines (für ihn) schönen Tages hatte sich Pippo entschlossen, nicht mehr zurückzukehren und Marilina im trauten Tête-à-tête bei ihrer Mutter in der mit imitierten Vermeil-Untersetzern, Stapeln von Kuchentellerchen, batteriegetriebenen Ventilatoren und gepunkteten Salzfäßchen vollgestopften Dreizimmerwohnung plus Küche ersticken zu lassen, wo Filzpantoffeln, mit denen man auf dem spiegelglatten Boden herumrutschte, obligatorisch waren. Vermutlich auf der Suche nach dem mythischen, hundert Punkte zählenden Sammelbildchen, schaffte die Sitzengelassene weiterhin kiloweise Waschpulvervorräte ins Haus, und da sie ihre Moral noch nicht völlig aufgegeben hatte, was für sie gleichbedeutend war mit sparsam sein, verbrauchte sie auch alles. Marilina hat in ihrer jetzigen Wohnung im Gratosoglio – ein Zimmer, helles Bad, kleine Küche – Teppichboden legen lassen: hin und wieder mit dem Klopfstaubsauger drüber und fertig, man kann barfuß darauf herumlaufen oder sich mit zwei Kissen und einem Plaid hinkuscheln und sich der Illusion animalischer Wärme hingeben.

So ist sie schon immer gewesen, verschlossen, kratzbürstig. An der Universität hat sie zwar bei jedem Examen unbeholfen herumgestottert, aber immerhin ihren Doktor geschafft. Denn gelernt hat sie eigentlich immer gut: sie mußte nur auch ihr Wissen an den Mann bringen, und da sie sich beharrlich zu jedem Prüfungstermin meldete, hat sie mit nur einem Jahr Verspätung ihren Abschluß gemacht. Schwierigkeiten gab es erst, als sie zu unterrichten versuchte. Bei der ersten Vertretung hielt sie eine halbe Stunde durch, dann stürzte sie auf den Flur und ließ sich von niemandem bewegen, die Tür des Hausmeisterzimmerchens wieder aufzuschließen, um zu diesen dreißig Brüllaffen in den Käfig zurückzukehren; erst als die Mittagsglocke läutete und sich die lärmenden Stimmen entfernten, fand sie die Kraft, den Schlüssel wieder im Schloß herumzudrehen. Sie hatte sich schon damit abgefunden, ihren Eltern bis ans Lebensende auf der Tasche zu liegen, als sie durch einen glücklichen Zufall den für sie geeigneten Beruf fand, und so lebt sie heute in einsamer Ruhe und verfaßt gegen Bezahlung Doktorarbeiten. Nichts besonders Kreatives, man schreibt da und dort ein bißchen ab und schustert damit etwas halbwegs Vernünftiges zusammen; allerdings ist sie äußerst sorgfältig, geradezu pingelig, zitiert sehr ausführlich und macht nie einen Fehler in den Anmerkungen: für hundertfünf oder mindestens hundertvier Punkte kann sie garantieren, außerdem tippt sie alles sauber ab, mit doppeltem oder dreifachem Zeilenabstand, je nach Länge. In ihren fast achtzehn Schaffensjahren hat kein einziger Gutachter je etwas bemängelt oder beanstandet. Dabei greift sich Marilina manchmal an den Kopf: es ist doch unmöglich, daß bei all diesen bemüht variierenden Manuskripten keinem je irgendwelche Übereinstimmungen aufgefallen sind; die Gerühmten hatten ja nur das einzige Verdienst, den Text für das Examen auswendig zu lernen. Ist denn all den vielen Seiten, die sie in ihrem Leben zusammengeschrieben hat, wenn schon nicht ein einheitlicher Stil, worauf sie ja gar keinen Anspruch erhebt, jedoch nicht wenigstens der Stempel ein und derselben geschickten Hand anzumerken? Ach wo! Doktorarbeit auf Doktorarbeit und nie ein Verdacht, und für eine gab es jetzt sogar *cum laude*, für ihr Meisterwerk nämlich: *Die eisige Muse. Erfrischungen und Sorbets in der italienischen Dichtung von den Anfängen bis Giacomo Leopardi.*

Vielleicht Schicksal. Bei der Eiseskälte, die letzten Winter in der Bibliothek herrschte, hatte sie sich durch das Herumsitzen und Zitate aus den Büchern Quetschen eine Kolitis geholt, aber trotzdem weiter Blatt auf Blatt gehäuft, ohne Unterbrechung, oder höchstens einmal, um sie nach Epochen zu sortieren: eine wahnsinnige Begeisterung hatte sie erfaßt, eine unersättliche Gier nach Entdeckungen, eine frenetische Lust am Ausgraben, als müßte sie der Sache wirklich auf den Grund gehen. Und beim Schreiben wäre sie weit über die achtzig Seiten hinausgegangen, hätte der Doktorand sie nicht gebremst, weil er bis Februar alles hinter sich haben wollte. Marilina ist gewöhnlich taub für das Ansinnen ihres Auftraggebers, sie kennenzulernen: dafür ist die Agentur Filipponi da, die vierzig Prozent der Einnahmen für sich kassiert. Für sie sind die Kunden nichts als Etiketts, Nachname, Vorname, Matrikelnummer und fertig. Accardi Giandomenico, 1505303, jedoch hatte sich nicht abwimmeln lassen. Er forderte eine direkte Kontrolle der Arbeit und hatte ihre Nummer herausbekommen, jeden Tag zur Abendessenszeit rief er an, saugte ihre knappen Erklärungen mit staunend angehaltenem Atem auf, was ganz echt wirkte. Außerdem hatte er eine warme Stimme.

»Können wir uns nicht treffen?« schlug er dann gegen Ende November vor und erklärte immer wieder, so am Telefon sei es schwierig, sich ein Bild zu machen, er verhandle lieber von Angesicht zu Angesicht mit den Leuten, und das Problem sei, daß er nichts Rechtes zustandebringe, wenn er jemanden nicht in Fleisch und Blut vor sich habe.

»Büchern kann man nicht in die Augen sehen«, sagte er einmal so schmachtend, daß Marilina, die sich durch das Telefon gut geschützt fühlte und zu Späßen aufgelegt war, prompt entgegnete:

»Aber man kann Ohren reinmachen. Probieren Sie mal, die Leute zu knicken, dann werden Sie ja sehen.«

»Knicken? Warum denn?«

»Um sie zu markieren.«

»Oh? Gut. Also wann treffen wir uns?«

»Erst wenn ich mit der ganzen Abschrift fertig bin«, willigte sie, verführt von einem angenehmen Überlegenheitsgefühl, schließlich ein. Die Männerstimme in der Muschel machte merkwürdige Zwischenpausen, Klammern für Unausgesprochenes, die auf die Möglichkeit eines nicht nur rein akademischen Interesses hinzudeuten schienen.

Sie verabredete sich mit ihm in der Eisbar gleich unten, es wäre dann einfach, dachte sie, ihn, wenn es dazu käme, mit heraufzubitten, damit sie sich in Ruhe unterhalten könnten. Aber an dem festgesetzten Tag wurde sie dann nervös: sie riß sämtliche Kleider aus dem Schrank, vergeudete eine Stunde mit Anprobieren und Aussortieren, bevor sie sich schließlich für ein Kleid entschied, das ihr noch am saubersten und am wenigsten ungebügelt erschien. Die Uhr im Auge, die stehengeblieben zu sein schien, zog sie einen schwarzen Slip an, einen aufreizenden Büstenhalter, kein Wollunterhemd, dann dieses häßliche Kleid und eine Kette. Und die Brille? Nicht aufsetzen? Sie an der Strippe um den Hals hängen lassen wie eine intellektuelle Zicke? Weitere Zeit ging durch Herumpfuschen mit Make-up und Rouge verloren, dieser Schnurrbartschatten kam immer wieder unter den Schichten von rosa Puder durch, also rieb sie alles wieder ab und fing von vorne an. Schließlich setzte sie dann doch auch die Brille auf, weil sie überlegte, daß dieser junge Mann, wenn er sich tatsächlich für sie interessierte, sie sich so vorstellte, mit strenger Lehrerinnenmiene. Deodorant und Parfüm. Sie schnappte sich den Packen der fünf noch ungebundenen Exemplare und hetzte in die Bar hinunter. Zwanzig Minuten später, an einem Tischchen vor der zweiten Hälfte des Halbgefrorenen sitzend, das durch sein Dahinschmelzen die Wartezeit anzeigte, dachte sie an ihr Zimmer, das sie in der Eile nicht mehr aufgeräumt hatte. Jeder Fremde mit halbwegs geübtem Blick würde dieses Durcheinander von Papieren und Wäsche, Schuhen und Karteien als ein deutliches Protokoll ihres ungereimten Lebens lesen. Sie bemerkte zerstreut einen metallic-blauen Range Rover, beobachtete einen etwa fünfundzwanzigjährigen dunkelhaarigen, etwas mageren Jungen, der sehr sportlich vom Trittbrett sprang, und war sofort von dem ausgeprägten Profil seiner gebieterischen Nase gefangengenommen, die zwischen dichten Brauen hervorsprang. Ein stolzer Jungfalke, der jetzt den Hals drehte, um seine Beute in der Bar anzuvisieren. Aber ja doch, das war er, der eine Hand hob und, nachdem er die fünf Bündel auf dem Tisch gesehen hatte, lächelte und tatsächlich auf sie zukam.

»Frau Dr. Labruna?«

»Ja, ja«, und fuhr vom Stuhl hoch. Aber sie hatte noch nicht einmal angefangen, rot zu werden, als dem Range Rover ein Mädchen entstieg, leichtfüßig, ätherisch, einen Stuhl nahm und sich an den Tisch setzte, wobei sie die wohlgeformtesten und längsten Beine übereinanderschlug, mit denen es Neid und Verdruß einer Bibliotheksmaus je hatten aufnehmen müssen: ein schlankes Figürchen zum Verrücktwerden, zarte Haut, hohe makellose Jochbeine, eine akazienhonigfarbene Lockenmähne, und erlaubt sich auch noch, mit Schmollmündchen, »sehr angenehm« zu sagen. Er hingegen hatte sich nicht so verausgabt, sondern gleich die Hand auf die Manuskripte gelegt und zu blättern angefangen, aber dann klingelte es in irgendeiner seiner Taschen. Er zog ein Telefon hervor, horchte, sagte: »Ockee, bin gleich da«, und lief davon, wobei er der Hinreißenden die Aufgabe überließ, »Auf Wiedersehen und danke« hinzuzufügen.

Marilina blieb, wie gewöhnlich, der bittere Nachgeschmack, so daß ihr, als zwei Wochen später elf gelbe Rosen mit einem von Accardi G. unterschriebenen Kärtchen, das sie über die hundertzehn Punkte *cum laude* informierte, bei ihr eintrafen, am liebsten das Fenster aufgerissen und den ganzen Strauß hinausgeworfen hätte. Sie tat es nicht, weil Rosen nicht billig sind, und weil sie nicht gewohnt ist, ihren Launen nachzugeben. Aber das Kärtchen zerriß sie, und nachdem sie die Blumen in der guten

Vase auf ihren Schreibtisch gestellt hatte, begann sie über einen Ausschnitt aus der Seite »Persönliche Anzeigen« einer uralten Nummer von *Aus zweiter Hand* nachzusinnen. Sie hatte ihn ohne besondere Absichten aufbewahrt, einfach so, um in finsteren Augenblicken noch einmal zu lesen: »Inserat für Frauen, die zur Tischzeit diskreten, gesunden jungen Mann kennenzulernen wünschen«, und darüber zu lachen. Sie fand diese Neutralität, die schon an Bedeutungslosigkeit grenzte, komisch, insgesamt aber flößte sie ihr Vertrauen ein: kein Hinweis auf erforderliche Requisiten, keine Ansprüche, keine Angebereien, keine Versprechungen. Nur das Essen.

Am Telefon erklärte ihr eine freundliche Stimme, daß, Hauptsache Frauen, Alter, Familienstand, Größe oder Gewicht tatsächlich keine Rolle spielten: er bumste einfach gern und fertig. Ehrlich gesagt, drückte er es artiger so aus, daß ihm eben die Liebe gefalle, denn Berto legte großen Wert darauf, anständig zu reden und sich höflich zu zeigen.

»Glaub jetzt nicht, es ist, weil du mir vorhin gesagt hast, daß ich gut bin, aber du bist doch für deine vierzig alles andere als übel«, murmelte er nach dem ersten Mal, als sie sich, noch ganz außer Atem, verpflichtet fühlte, ihm zu erklären, daß sie sich zu diesem Schritt ins Dunkel entschlossen habe, weil es in ihren wenigen Beziehungen zu Männern nie so richtig geklappt habe, teils aus Scheu und teils, weil sie sich keine Illusionen mache. Da sie wußte, wie sie war, häßlich oder, schlimmer, eben keine Schönheit, wie sollte sie daran glauben? Bei einer oder besser, fast zwei Gelegenheiten hatte sie sich schon eingeredet, daß bei der Unmenge von Geschmacksverirrungen und psychischen Perversionen, denen sich die Männer hingaben, es in der Logik der Kombinationen läge, daß einer sich auch in sie verlieben könnte. Es wurde eine Katastrophe. Von heftiger Dankbarkeit überströmend, hatte sie sich so weitgehend im andern aufgelöst, daß sie einen unablässigen Strom von Aufmerksamkeiten und Zuwendungen über ihn ergoß und sich hinterher bewußt wurde, daß sie selber Wasser auf das Feuer gekippt hatte. Oft war ihr der Gedanke gekommen, ein reines Sex-Verhältnis müßte weniger schmerzlich sein.

Berto brachte frischen Wind in die Sache: auf den ersten Blick erschien er ihr zu schön, und gutaussehende Männer gefallen Marilina so sehr, daß sie sich von ihnen bis zu Lähmungserscheinungen einschüchtern läßt, aber aus der Nähe sah sie dann eine veilchenblaue Kruste an seiner Oberlippe, Herpes, wahrscheinlich ansteckend, und das beruhigte sie, weil die gemeinsame Unvollkommenheit für einen Berührungspunkt garantierte. Und es fiel ihr nicht schwer, ihm die Wahrheit zu sagen:

»Hör mal, du mußt mir helfen, ich bin in diesen Dingen ziemlich ungeschickt, schließlich antworte ich ja auch nicht jeden Tag auf persönliche Anzeigen.«

»Da ist nichts Besonderes dabei«, sagte er, »diese Geschichten entwickeln sich von ganz allein«, und tatsächlich brauchten sie, kaum daß sie die Wohnung betreten hatten, nur fünf Minuten auf der Couch zu sitzen, als sich schon eine Hand auf ein Knie legte und die andere um eine spontan entblößte Brust kreiste, sie trieben bereits das, was er Liebe nannte. Man merkte, daß Berto einen guten

Eindruck machen wollte: er streichelte sie ohne Hast, küßte mit verhaltener Leidenschaft, ging mit erfahrener Sinnlichkeit abwechselnd kraftvoll und zart ans Werk. Sie hätte sich gern, auch wenn es ihr so gefiel, mehr mitreißen lassen, sich zumindest aus Höflichkeit erregen lassen. Aber nichts, tiefer als dieses Hautvergnügen, das ihr jeden Atemzug zu einem verführerischen Keuchen modulierte, reichte es nicht an sie heran, Marilina blieb kühl präsent, beobachtete sich und beobachtete ihn und registrierte das Geschehen mit stillen Randbemerkungen. Hervorragend die Technik, kompakt das Muskelgewebe, hoch und rund die Hinterbacken, schöne feste Bizepse, dekoriert mit kleinen Tätowierungen (ein Schlänglein rechts, das uralte Hippie-Friedenssymbol links), wenige blöndliche Härchen auf der seidigen Körnung der Haut und dann, sicher, prachtvoll dieses ein bißchen wie ein Hammer gebaute Instrument, das man an der Wurzel mit Daumen und Zeigefinger umringen konnte, an der Eichel aber dermaßen groß war, daß es kaum in den Mund paßte. Schade, daß sie sich nicht konzentrieren konnte, der an ihr klebende Körper strömte einen Geruch aus, der sie in der Kehle reizte, stark, aber stechend, herb, aber süßlich, nicht unangenehm, aber auch kein Parfüm, und sie lenkte sich damit ab, einen passenden Vergleich zu finden. Metallischer Körperpuder? Jedenfalls war dies ein Gestank, nach dem sie noch den ganzen Nachmittag zwischen den Leintüchern, im Zimmer, an sich selber herumschnupperte. Gegen Abend nahm sie eine ausgiebige Dusche, und da, unter dem brausenden eiskalten Wasser, wurde sie sich klar, daß sie nicht die geringsten Schuldgefühle hatte.

Als junges Mädchen träumte Marilina oft mit offenen Augen im Dunkeln, von einem diskreten Gespenst aufgesucht zu werden, einem Mann ohne Gesicht und ohne sichtbaren Körper, der allzeit bereit war, alles durchzuführen, was sie von ihm verlangte. Manchmal hatte sie das Gefühl, ihn wirklich mit den Händen zu fassen: eine Fessel oder ein Arm rundete sich unter ihren Fingern, eine Rückenmulde glitt an ihren Handteller, ein flacher, fester Bauch tauchte aus dem Nichts auf, um gleich wieder von der weichen Wärme des Betts verschluckt zu werden, dann drehte sie sich um und preßte, in der Hoffnung, diese Berührungshalluzination, die sie ein wenig erschreckte, noch einmal zu erleben, das Kissen stärker zwischen die Beine. Wenn sie heute daran zurückdenkt, tut sie sich wegen ihrer damaligen Blindheit fast leid. Sie hatte ihr Gespenst weiterhin Nacht für Nacht gerufen und beharrlich vermieden, ihm irgendein Gesicht zu verleihen, sich dabei aber selber nicht eingestanden, daß sie ihn nur deshalb nicht sehen wollte, um selber nicht gesehen zu werden.

Sehr viel später, als sie an einer Doktorarbeit über die Rolle des alexandrinischen Romans beim Untergang des Weströmischen Reiches arbeitete, entdeckte sie an sich eine Vorliebe für Erotik im Peplon, mit Helden wie Maciste. Als Kind nämlich war ihr ein zerflettertes, zerlesenes Buch in die Hände gefallen, in dem sich die Erzählung von einem Marcello befand, der eine Sklavin um ein Schwimmbecken herum verfolgte, und dann geschahen nicht sehr klare Dinge, und während sie las und einen ungewohnten Schauer den Nacken heraufsteigen fühlte, war die Portiersfrau in die Loge gekommen, wo sich Marilina bei jedem Streit versteckte, um das Geschrei ihres Vaters und ihrer Mutter nicht hören zu müssen; auf diese Weise hatte sie nie erfahren, wie diese Geschichte zwischen Männern und Frauen ausging. In ihren griechischrömischen Phantasien stellte sie sich als eine schwerreiche Frau vor, die, zuweilen aus der Zukunft, zuweilen nur aus einer Barbarenprovinz stammend, mit einer Karawane von Geldtruhen in Rom anlangte. Sie mußte Witwe sein, um sich die von der Emanzipation gewährte Bewegungsfreiheit zu sichern: Marilina legt selbst dann, wenn sie sich eitlen Phantasien hingibt, Wert darauf, daß der historische Hintergrund stimmt. Es gefiel ihr, die Befriedigung hinauszuschieben, indem sie sich mit ausgetüftelten Präliminarien aufhielt, und daher kaufte sie zuerst einmal eine Villa nach dem Vorbild der pompejanischen Mysterienvilla, dann rief sie heimlich einen Sklavenhändler und gewährte ihm einen Blick auf das glänzende Gold in den Truhen. Zum Erfolg der Phantasie gehörte, daß sie über eine unbegrenzte Menge an Bargeld verfügte. Den Sklavenhändler wählte sie sich armenisch, honigsüß und rückhaltlos bereit, den Mund zu halten und die folgende Szene vorzubereiten, in der sie als bis zur Nase verschleierte Matrone auftrat und sich auf einen bequemen kurulischen Stuhl setzte, so einen mit einem Kissen voller Rosenblätter, um die Parade der Ware abzunehmen. Sie brauchte nur zu wählen, indem sie ihren Finger auf diesen oder jenen richtete: ein Blonder, ein Brauner, ein Roter, vier Mohren für die Sänfte, einen lockenhaarigen Griechen, einen hübschen Epheben, eingeölte Athleten, entscheidend aber war, daß sie die nicht

Begehrenswerten mit einer lässigen Geste aussondern und sich für die Auserwählten kleine Demütigungen ausdenken konnte, sie den Mund aufmachen lassen und ihren Atem kontrollieren, ihnen befehlen, sich umzudrehen und sich zu bücken, solcherart Sachen, für die es dann zum Ausgleich einen nachsichtigen Nasenstüber gab, denn sie wollte eine gute Herrin sein. Am Schluß verlangte sie, daß ihr alle ihre Einkäufe nach Hause geliefert würden. Mit solchen schwelgerischen Filmchen konnte sie sich ganze Nachmittage lang die Zeit vertreiben. Daher schreckte sie jetzt hoch, als Berto beim Ankleiden fragte:

»Hättest du nicht einen Fünfzigtausender? Ich gebe ihn dir das nächste Mal zurück, wenn wir uns wiedersehen.«

Das hatte sie sich nicht vorgestellt. Daß es ihr in diesem Punkt an Phantasie gefehlt hatte, ärgerte sie sehr, aber schon setzte sie die Füße auf den Boden, um schnellstens den Geldbeutel zu öffnen. So war doch alles viel natürlicher. Kein Grund, sich deprimieren zu lassen.

»Sehen wir uns denn wieder?« fragte sie und biß sich auf die Innenseite der Lippe, um nicht lächeln zu müssen, während sie ihm das Geld gab.

»Na, ich dachte schon, nicht? Wir können ja wo hingehen, ins Kino, in ein Konzert.«

»Rock sagt mir nicht viel«, wandte Marilina ein. Er knöpfte sein Hemd schief zu.

»Oh, Klassisches gefällt mir auch, ich bin nämlich schon in der Scala gewesen, nicht nur einmal, zweimal, das war echt super.«

»Ziemlich teuer, glaube ich.«

»Weiß nicht, ich habe die Karte geschenkt gekriegt. Vielleicht kann ich dich mal mitnehmen.«

»Vielleicht, danke«, sagte Marilina gedankenverloren. »Hör mal, drückst du eigentlich?«

»Ich? Wie kommst du denn darauf? Sehe ich vielleicht wie ein Süchtiger aus?«

»Nein, natürlich nicht, entschuldige, es ist nur...«

»Nur Idioten ruinieren sich die Gesundheit auf diese Weise. Gut, hin und wieder ein Joint, wenn es sich ergibt... aber auch nicht mehr, weil mit all den Marokkanern jetzt, die auch lieber zu Hause bleiben sollten, statt hier Sch... alles durcheinanderzubringen... Aber warum wolltest du das denn wissen?«

»Nur so. Entschuldige, manchmal bin ich ein bißchen komisch.«

»Komisch sind wir alle«, sagte Berto, umarmte sie plötzlich und zerzauste ihr das Haar, als hätte ihn so etwas wie Zärtlichkeit überkommen.

»Ruf du an«, sagte Marilina, während sie sich ihm entwand. Mit plötzlich aufblitzendem Unbehagen sah sie vor sich, wie sie mit gespreizten Armen und Beinen unter seinem sich aufbäumenden Körper lag, seine Hände drückte und ihm fest in die Augen blickte. Berto hatte die Herausforderung angenommen und sie mit der gleichen Ironie angesehen, die Marilina aus ihrer Iris sprühen fühlte. Nur in dem Augenblick waren sie eins gewesen, als sie symmetrisch um den unsichtbaren Fleischnagel drifteten, der sie zusammenhielt. Aber schon gleich war ihre Aufmerksamkeit abgeglitten und galt der feuchten Wärme, die sich von den Handflächen bis zu den Handgelenken ausbreitete: die

Finger des Jungen steckten so perfekt zwischen den ihren, Finger zwischen Finger, daß die Verflechtung bereits heillos schien. Marilina hatte die Augen sofort abgewandt, ein plötzliches Verlangen, sein Ohrläppchen zu lecken, vorgetäuscht.

Aber als sie dann wieder allein war, fand sie es sehr angenehm, entspannt auf der Couch zu liegen, im Bademantel Feuchtigkeit auszudünsten und auf das langsame, ruhige Entfalten der Eingeweide wie nach einer inneren Quetschung oder Gefühllosigkeit zu lauschen, was ihr bis in die Fasern hinein ein Glücksgefühl bereitete, das langsam verdaut werden mußte. Und also trafen sie sich wieder. Sie gingen in der Innenstadt spazieren, in eine Pizzeria, ins Kino, einen Abend auch ins Theater, und sie zahlte immer bereitwillig. Aber Berto war auch bescheiden: er suchte Lokale aus, die nicht so teuer waren, und wenn er sie um das gewohnte »Darlehen« bat, machte er sich jedesmal die Mühe, einen neuen Vorwand zu erfinden, eine dringend zu bezahlende Stromrechnung, eine Rate fürs Moped, die fällig wurde, ein kleines Geschenk, das er für seine Mutter kaufen mußte. Er sagte, mit zwanzig und ohne Ausbildung sei es nicht so einfach, eine einträgliche Arbeit zu finden, und schwarz habe er schon alles gemacht, *partaim* oder mit Lehrlingsvertrag, und dann sei es regelmäßig so geendet, daß er nach zwei oder drei Monaten der Ausbeutung kündigte, aber bestimmt nicht, weil er nicht auch zum Schuften bereit wäre, er wisse ja selber, daß er nicht ewig seiner Mama, diesem armen einsamen Stern, auf der Rente liegen könne, sie habe schon recht, daß sie ihm beim Frühstück predige, er müsse es beim Arbeitsamt weiter versuchen, aber andererseits, wenn man dann sähe, daß man sich für ein paar lumpige Kröten den A…, den Hintern aufreißen müsse, könne man schon mal auf dumme Gedanken kommen und vielleicht auch mal kurz ausflippen. Eines Tages eröffnete er ihr dann, daß er im Beccaria gesessen habe: überhaupt nichts Schlimmes, ein Jungenstreich, nein, kein Diebstahl, um Himmelswillen, nicht mal die kleinste Kleinigkeit, er war doch von Natur aus ein anständiger Kerl, aber naja, wenn einer mit sechzehn ein Klappmesser in der Tasche und ein bißchen Mumm in den Knochen hat, dann ist es doch ganz natürlich, daß er auf eine Provokation ein bißchen übertrieben reagiert, oder nicht? Er hatte einem gemeinen Werkstattleiter, der ihn als Faulenzer beschimpfte, vier Schnittwunden beigebracht, außerdem hatte er zu jener Zeit Probleme mit einem Mädchen, da konnte man schon mal durchdrehen. Aber es war nichts Schlimmes, dreißig Tage Lebensgefahr für den Verletzten und anderthalb Monate Jugendstrafe für ihn mit dem mildernden Umstand, daß er nicht vorbestraft war. Nein, seither trug er das Messer nicht mehr bei sich.

»Und das Mädchen?« fragte Marilina. Berto sagte, er sei inzwischen zu der Überzeugung gekommen, daß es mit reifen Frauen mehr Spaß mache. Und junge Mädchen antworteten ja auch nicht auf Anzeigen. In einem Fall wie dem seinen, also jetzt nicht, um anzugeben, aber er konnte auch sechs oder sieben Mal am Tag und hatte dann immer noch Lust, war es schon besser, auf Nummer Sicher zu gehen. Gut, wenn ihm mal eine begegnen sollte, also wenn es mal eine Frau gäbe, die für ihn die Richtige wäre… Marilina wollte sich schon beunruhigen, aber

Bertos Lächeln wirkte unschuldig, er machte nie den Fehler, mit einem »ich liebe dich« einen falschen Ton in ihre Beziehung zu bringen, und sie gewöhnte sich an, jedesmal ein kleines Geschenk für ihn bereitzuhalten. Ein Hemd, eine gefütterte Sportjacke, einen Motorradhelm oder, wenn sie keine Zeit hatte, etwas zu kaufen, einen Umschlag mit hunderttausend Lire extra, die nicht über das »Darlehenskonto« liefen.

Berto konnte es ja nicht ahnen, aber in dem kleinen Heft, in das Marilina sorgfältig Einnahmen und Ausgaben, Menstruationstage sowie den Gas- und Stromverbrauch eintrug, gab es unter der Rubrik *Lustausgaben* eine kleine Liste dieser Auslagen, dahinter stand jeweils ein F für freiwillige Leistungen und ein V für verlangte. Wenn sie unter die Zahlenreihe, die vielleicht etwas allzu schnell immer länger wurde, eine neue Ziffer setzte, tat Marilina dies nicht in der Absicht, die Summe zu ziehen und erst recht nicht, um ihm eines Tages die Rechnung zu präsentieren. Für sie zahlte sich diese doppelte Buchführung schon von allein aus: während sie auf dem Stift herumkaute, kostete sie einen völlig neuen Geschmack aus, die Lust am Verschwenden.

Heute glaubt sie aber dann doch, übertrieben zu haben. Es wäre doch wirklich nicht nötig gewesen, ihm auch noch die Stereoanlage zu kaufen: er hat sie hier mit einer himmelblauen Schleife und sämtlichen Beethoven-Sinfonien letzte Woche zu seinem Geburtstag vorgefunden. Er war ganz gerührt und hat gefragt, ob sie ihm ein andermal vielleicht auch noch den ganzen Ravel und die Gipsy Kings besorgen könnte. Vor September, mit dem Abschluß der zeitgeschichtlichen Doktorarbeit, mit der sie gerade angefangen hat *(Turbulenzen in der Lombardei. Japanische Kamikaze in den Jahrgängen 1941–1945 des Corriere della Sera)*, wird Marilina kein frisches Geld einnehmen, und ihre Ersparnisse sind bereits gefährlich zusammengeschmolzen. Nach dieser letzten unüberlegten Abhebung muß sie befürchten, bald im Sturzflug an den Abgrund eines überzogenen Kontos zu geraten, wenn sie sich nicht sehr bremst. Und daher hat sie beschlossen, heute abend in die Diskothek zu gehen.

Es ist nicht Sonntag, aber es muß irgendein wichtiges Fußballspiel gegeben haben, denn die Straßenbahn gerät an der Ecke Meda-Tibaldi in ein wildes Durcheinander von Autos mit jubelnden, trompetenden, enorme Inter-Fahnen schwenkenden Leuten. Ach richtig, heute ist Mittwoch. Halb lächelnd sieht Marilina von oben auf die Köpfe der Jungen, die sich schreiend aus den Autofenstern lehnen: wer weiß, warum ihr das als ein gutes Vorzeichen erscheint, daß gerade heute abend ein Sieg gefeiert wird. Bestimmt würde das Getümmel bis zwei oder drei Uhr nachts weitergehen, und auch bei ihrer Rückkehr würden viele Leute auf der Straße sein. Aus einem zwischen der Straßenbahn und dem Gehsteig blockierten Fiat Ritmo hat ein kleiner Junge seinen Kopf herausgestreckt, beobachtet, wie sie ihn beobachtete, und ihr ein paar fröhliche Worte zugeschrien, deren Sinn Marilina erst hinterher klar wird: »Signora, Sie müssen sie waschen, sie ist ganz dreckig«, also hör mal! Wenn sie schnell genug reagiert hätte, hätte sie ihm glatt antworten sollen: »Da könntest du draus essen, mein Lieber«, aber der Jumbo ist schon weiter und holpert durch den engen Schlauch des Corso San Gottardo hinunter. Ob sie wirklich wie eine Signora aussieht? Sie hat nicht die Strumpfhosen angezogen, sondern ein paar selbsthaftende schwarze Strümpfe mit Spitzenrand, weil man ja nie wissen kann, und in der Handtasche hat sie das kleine Etui aus undurchsichtigem Plastik, Werbegeschenk einer Präservativ-Firma. Die Schlüssel hingegen hat sie in die Manteltasche gesteckt, falls ihr die Handtasche entrissen würde, eine Sorge, die man ja tatsächlich nur hat, wenn man nicht mehr blutjung ist. Na und? Dann würde sie heute abend eben als Signora über die Stränge schlagen. Sie steigt an den Säulen von San Lorenzo aus und legt mutig das schwach beleuchtete Stück Straße bis zum Neonschild des Sabor Tropical und dem wachhabenden schwarzen Riesen zurück. Er läßt sie ohne Schwierigkeiten durch, bestens, es ist der Abend, an dem man keinen Eintritt bezahlen, sondern nur ein Getränk bestellen muß, und innen gibt es eine Menge Platz, weiße Balkontische an den Seiten einer rechteckigen Piste mit einer Loge für die Band, einem Haufen karibischer Dekorationen und keinem Menschen, der tanzt. Marilina bleibt unentschlossen stehen. Wahrscheinlich ist es zu früh. Aber sie ist nun mal da und sollte sich einen Platz aussuchen. In der zweiten Tisch- und Stuhlreihe mit dem Rücken zur Wand überlegt sie, daß sie sich diese Kurzsichtigenbrille abgewöhnen sollte, die ja praktisch eine Garantie dafür liefert, daß sie hier auf dem Stuhl verwelkt, aber es ist schwer, auf das Sehen zu verzichten, nur um beachtet zu werden, und da sie keine Kontaktlinsen hat – sie hat es versucht, sie kann sie nicht ertragen –, bleibt ihr nur die Möglichkeit, die Brille alle fünf Minuten ab- oder aufzusetzen, was sie an diese peinigenden Geburtstagsfeste erinnert, damals mit fünfzehn, da war es genauso. Interessante Männer sind noch keine hier: die beiden, die gerade hereinkommen, sind inmitten einer Gruppe von lateinamerikanischen Mädchen, Brasilien, nach den Wespentaillen und dem Ausmaß der Provokationen oben und unten zu urteilen. Obwohl überall so viel Platz ist, setzen sie sich ausgerechnet neben sie, die sofort ihre drei leeren Stühle hergibt. »Allein?« fragt der Schönere der Jungen, lächelt auf ihr »Ja« verständnisvoll, setzt sich hin und dreht ihr den Rücken zu. An dem Tisch auf der anderen Seite lassen sich zwei Paare nieder: die auffallendere der beiden Frauen ist um die dreißig, rotgefärbt, mit engen Jeans und großen italienischen Titten unter der gekräuselten grünen Bluse, die andere könnte eine ältere, aber gut erhaltene Zwillingsschwester sein, und die beiden Jungen, blutjunge Farbige, prachtvolle breite Schultern und schmale Hüften, sind höflich hinter ihnen stehengeblieben, um ihnen den Stuhl zurechtzurücken, als sie sich in einem Wirbel von Stolen und Glitter hinsetzen. Marilina beobachtet eine Weile verstohlen das Spiel der Blicke und Zärtlichkeiten und bewundert dabei die Ungeniertheit der beiden Frauen so sehr, daß sie gar nicht auf den Gedanken kommt, sie zu beneiden, dann stehen die Männer von beiden Tischen gleichzeitig auf und gehen zur Bar.

»Was nimmst du, Liebes?« fragt sie sich, während sie die vierte Zigarette ausdrückt, antwortet sich, »einen Cuba libre, danke«, geht selber, um ihn sich zu holen (sechstausend Lire, ein Glück, sie hatte schon befürchtet, es würde teurer, aber er muß eine Weile halten) und bringt ihr Glas zum Tisch. Der Saal belebt sich, die Leute kommen scharenweise, betreten scharenweise die Tanzfläche, um Samba, Rumba, Conga oder so etwas ähnliches, aber elektronischeres zu tanzen, sie würde gern sehen, wie man so etwas tanzt, aber die Leute, die sich in die vordere Reihe gesetzt haben, verdecken ihr mit dem Rücken den Blick. In ihrer Ecke hockend merkt sie, daß sie den falschen Platz gewählt und das falsche Kleid angezogen hat, alt, schwarz, mit diesem breiten Silbergürtel, der ihr auf den Magen drückt, und dann hat sie auch das falsche Gesicht, das nicht weiß, welchen Ausdruck es annehmen soll und ihr von der Anstrengung, irgendwie anziehend zu wirken, schon weh tut, und diesen falschen Körper, der aus Verlegenheit raucht und trinkt.

Sie muß etwas unternehmen, so kann sie hier nicht weggehen, bevor sie nicht mit vollem Bewußtsein versucht hat, sich wegzuschmeißen. Sie steht auf, betritt die Tanzfläche, schlängelt sich zwischen den Paaren durch, erobert einen halben Meter Kachelboden und fängt an, sich ganz eigene Tanzschritte zu erfinden: wenn hier nicht das los war, was sie sich erhofft hatte, hat sie wenigstens die Zeit gut genutzt, denn wenn man bei der Arbeit immer sitzt, ist Gymnastik wichtig. Um nicht allzu lächerlich zu wirken, könnte sie sich inmitten der Menge einen imaginären Partner wählen. Zwei oder drei Meter von ihr entfernt ist einer, der allein tanzt, er hat eine schwarz-blau gestreifte Kappe auf, ist fett, lächelt und wedelt herum wie eine glückliche Gans, aber gerade als Marilina einen lustigen Rhythmus aufnimmt, ist die Musik aus, rings um sie hat sich ein offener Raum gebildet, so daß sie sich plötzlich ungedeckt und wie entblößt fühlt. Sie kehrt schnell an ihren Platz zurück, trinkt in zwei Zügen ihre Coca Cola mit einer Spur von bitterem Rum aus, schnappt ihre Handtasche und den Mantel.

Die Nacht draußen ist mild. Aus dem Basilikenpark kommen Schwaden von Lindenblütenduft. Dieses Jahr hat es praktisch keinen Frühling gegeben, bis Mitte Juni immer nur Regen und eisige Kälte. Marilina lehnt sich an den Eisenpfahl der Haltestelle, wartet auf die Straßenbahn und erinnert sich, daß ihre Freundin Olimpia gerade gestern am Telefon zu ihr gesagt hat: »Du hast wirklich die ungewöhnliche Gabe, alles mit Humor zu nehmen. Wie machst du das bloß?«

»Pst, he!«

Marilina dreht sich um und macht in Richtung Auto, das dicht am Gehsteig gehalten hat, eine fragende Geste: »Meinen Sie mich?« Im Wageninnern nickt ein langhaariger Kopf. Die Fahrerin – nein, der Fahrer – möchte wohl eine Information, und tatsächlich hat er sein Fenster herabgekurbelt und hangelt sich herüber, während sie sich beflissen hinunterbeugt.

»Wieviel willst du?«

Sie kapiert nicht gleich, aber dann lächelt sie. Der Pilzkopf ist um die fünfzig, hat Brillengläser, so dick wie der Boden altmodischer Trinkgefäße, und sein Jackett ist voller Flecken, die brauner und speckiger sind als der Rest, aber sein Ton ist sehr höflich, fast scheu gewesen.

»Nein, da sind Sie falsch, ich warte hier auf die Straßenbahn.«

»Ach komm? Los, nur eine schnelle Nummer, dann bringe ich dich nach Hause.«

»Aber... ich habe Ihnen doch gesagt, ich bin keine... Tut mir leid, versuchen Sie es anderswo.«

Der Mann scheint noch nicht bekehrt, er sieht sie immer wieder von unten an und hätte wahrscheinlich noch weiter auf sie eingeredet, wenn sie sich nicht mit einem knappen Abwinken entfernt hätte. Er ist weitergefahren. Marilina seufzt erleichtert auf: der Ärmste, was für ein Schlag für das Selbstbewußtsein eines Mannes, einem solchen Mißverständnis zu erliegen, vor allem, wenn man schon von vornherein so wenig liebenswert ist wie dieser. Sie empfindet Mitgefühl. Dann merkt sie plötzlich, daß sie angefangen hat, auf dem Trottoir auf und ab zu gehen. Sie schleudert die Zigarette, die sie sich angesteckt hat, auf den Boden. Warum kommt diese Straßenbahn nicht endlich. Statt dessen kommt wieder ein Auto, aber nein, es ist dasselbe! Der Typ macht wieder das Fenster auf und winkt ihr zu, bei ihm einzusteigen. Also wirklich. Entweder ist der tatsächlich blind wie ein Maulwurf, oder sie gefällt ihm echt, da er die ganze Einbahnstraßenrunde noch mal gedreht hat. Marilina reißt bedauernd die Arme auseinander.

»Haben Sie denn nicht verstanden? Ich bin nicht vom Gewerbe...«

»Nur fünf Minuten«, sagt er. »Wieviel geben sie dir? Sind hundert recht?«

Die letzte Zahl kann sich nicht auf die Sekunden beziehen: Marilina ist verdutzt und ertappt sich dabei, wie sie einen Augenblick darüber nachdenkt. Aber nein, nein, zu gefährlich, und wenn der gewalttätig wäre? Und überhaupt, wie verhält man sich eigentlich in solchen Fällen? Während sie mit der Hand eine entschiedene horizontale Geste macht, die keine weiteren Mißverständnisse erlaubt, sondern klar und deutlich »hau ab« bedeutet, wiederholt sie mit freundlichem Bedauern: »Tut mir wirklich leid. Ich wünsche Ihnen woanders mehr Glück.«

Er gibt auf, er fährt weiter. Sie sieht den Rücklichtern nach, die ihr von dem Stoppschild dort unten an der Reihe römischer Säulen, die den Platz säumen, zublinken. Ist diese neue Melancholie, die so plötzlich kommt wie die Lustigkeit, ist dieses fröhliche Bedauern nicht merkwürdig?

Wenn man Berto erreichen will, der in Quarto Oggiaro, also am anderen Ende der Stadt lebt, muß man einen Freund von ihm anrufen, der auf dem gleichen Stockwerk wohnt, und eine Nachricht hinterlassen: er behauptet, daß er früher selber Telefon gehabt, seine Mutter ihn aber gezwungen habe, es abzumelden, da sie all diese Frauenstimmen Tag und Nacht nicht mehr hören konnte. Marilina hat den Verdacht, daß das nicht ganz stimmt: unwahrscheinlich, daß der Junge einen solchen Zulauf hat, dessen sich zu rühmen er keine Gelegenheit ausläßt. Denn warum würde er ihr sonst so auf der nicht gerade prallen Tasche sitzen? Der Freund, den er Marietto nennt, hat eine sympathische laute, fast allzu herzlich klingende Stimme, was aber die Unannehmlichkeit nicht aufwiegt, immer seinen Überschwang mit in Kauf nehmen zu müssen, in dem ein irgendwie künstlicher, geradezu grotesker Unterton mitschwingt (»Zu Diensten, schöne Frau! Soll ihm also ausrichten, um fünf kommen zu wollen, hä? Null Problem, Schlag fünf steht der taufrisch vor Ihrer Tür, dafür sorge ich schon«). Er wirkt immer übertrieben gutgelaunt, als bekäme er eine Beteiligung.

»Und warum'n? Wird doch nich was schiefgelaufn sein?« hat er jetzt gefragt.

»Entschuldigen Sie, aber wozu wollen Sie das so genau wissen? Bitte richten Sie ihm aus, was ich gesagt habe.«

»Mein Gott, Sie werden doch wohl nicht glauben wollen, daß ich mich in Ihre Angelegenheiten einmischen täte!

Bewahre, 's ist doch bloß, weil der Berto soo ein anständiger Junge ist, eine Seele von einem Menschen, wie man sagt, und dann denk ich mir halt, wenn der mich dann fragen tät, wieso und warum? Was tät ich ihm dann sagen, hä?«

»Nichts, Sie sagen ihm einfach, daß ich die heutige Verabredung absage. Mehr ist nicht...«

»Kann ich ihn zurückrufen lassen?«

»Nicht nötig, und überhaupt wäre es mir lieber, wenn er mich nicht anriefe, sagen Sie ihm, daß ich viel Arbeit habe und nicht gestört werden möchte...«

»Als ob so'n Anruf 'ne Störung wäre. Also ich sag dem Berto, daß er anrufen soll, dann könnt ihr das selber aushandeln, klar?«

»Du liebe Zeit, wer sind Sie eigentlich, seine Tante?«

»Schöne Frau, daß wir uns da recht verstehen, für meine Freunde reiß ich mir sämtliche Beine aus, aber schließn Sie daraus bloß nicht, daß ich mich auch noch verarschen lasse, bestimmte Sachen lass' ich mir nicht sagen.«

»Hören Sie, ich wollte gar nicht...«

»Ich lass' zurückrufen. Schönen Tag noch.«

Er hat übertrieben heftig aufgelegt. Wird er jetzt nicht vor Ärger alles falsch ausrichten? Das würde gerade noch fehlen, um das Faß an diesem alles andere als schönen Tag zum Überlaufen zu bringen, wo man bei achtzig Prozent Luftfeuchtigkeit schon völlig erschöpft ist. Auf Marilinas Schreibtisch liegt eine Staubschicht, die Plastikhülle auf ihrer Schreibmaschine sieht aus wie nach einem Bad eingepudert, und in den blendenden Strahlen, die zwischen den einzelnen Leisten des Rouleaus hereindringen, herrscht ein lebhaftes Auf und Ab von schwarzen Korpuskeln. Sie sollte ein wenig Ordnung machen und sich ernsthaft um ihre Arbeit kümmern. Sie hat wirklich keine Lust, mit Berto zu reden und erst recht nicht, sich noch mit ihm zu treffen. Es ist viel zu heiß, auf eine unerträgliche Art, Marilina schleudert den Packen mit Fotokopien von Kriegszeitungen beiseite, der seit einer Woche neben ihrer Schreibmaschine liegt und ihre Schuldgefühle steigert, und diese Geste erhöht die Staubmenge zwischen den Lichtstreifen: es ist dies aber ein Staub, der sich sofort in eine bestimmte Richtung bewegt. Marilina beobachtet, wie er gleich Parmesankäse auf den Teppichboden herunterschneit, und dabei fällt ihr ein, daß sie vergessen hat, Mineralwasser zu besorgen. Der Laden macht im Sommer erst um vier Uhr auf, jetzt ist es gerade zwei, und sie hat plötzlich furchtbaren Durst bekommen. Sie geht in die Küche, dreht den Hahnen auf, schluckt diese laue, nach Chlor schmeckende Flüssigkeit mit gierigem Ekel hinunter und stellt sich dabei vor, wie eine Woge von Trichloräthylen und Phosphaten ihren Schlund hinabstürzt, den Pylorus einreißt und an der Schleimhaut hochschwappt. Gut. Sie wird ein Magengeschwür bekommen, aber im Grunde ist alles im Fluß, und früher oder später vernarbt alles wieder. Völlig sinnlos, wegen eines Anrufs, der nicht einmal stattfinden wird, Angstzustände zu bekommen: Berto ist schlau, er hat vor ihr oft so getan, als wäre er vergeben, beschäftigt, dabei war er in Wirklichkeit immer verfügbar, bei jedem Anruf sofort bereit. Aber eines mußte man ihm lassen, er verstand es, das Spielchen voranzutreiben, das jetzt schon ganz schön lange dauerte. Sie kann ohne weiteres noch ein

Glas trinken. Wann hat man denn je gehört, daß einer versucht hat, mit dem mailändischen Wasser Selbstmord zu begehen?

Besser, sie läßt das Licht herein: Marilina legt den feuchten Lappen auf dem Schreibtisch ab, zieht das Rouleau ihres Arbeits-Schlafzimmers hoch, ist einen Augenblick geblendet, und schon verwandelt sich der leuchtende Streifen zwischen den beiden grauen Wänden des Regals in ein Wasserrinnsal, das auf das Lexikon zuläuft. Weil sie zwei Dinge zugleich wollte, eine Doktorarbeit fertig schreiben und einen Liebhaber im Bett haben, ist dies nun das Ergebnis: sie hat das Vileda-Staubtuch nicht fest genug ausgewrungen. Aber es ist nichts Schlimmes passiert, das vollgekritzelte Furnier stößt das Wasser noch ab, und alle Auszüge, die sie aus den Büchern gemacht hatte, liegen ebenso wie die ersten Konzeptblätter auf der anderen Seite. Jetzt wird sie auch noch das kleine Regal mit Telefonbüchern, Notizblock, Adressenverzeichnis und dem Telefon abstauben, das genau in dem Augenblick klingelt, als sie es berührt.

»Was machst du heute?«

»Ich arbeite«, erwidert Marilina und lockert ihren festen Griff um den Hörer: das Herz, das ihr beim ersten Klingeln bis zum Halse schlug, beruhigt sich wieder, es ist nur ihre Mutter, die die üble Angewohnheit hat, sich am Telefon nie mit dem Namen zu melden.

»Heißt dies, daß du nicht wegfährst?« fragt sie irgendwie enttäuscht. Wer weiß, was sie sich diesmal wieder in den Kopf gesetzt hat.

»Warum? Muß ich denn wegfahren?«

»Also dann, wenn du heute nicht fährst, fährst du morgen.«

»Ich habe dir doch gerade gesagt, daß ich arbeite! Du weißt doch, daß ich keine Ferien mache!«

Marilina gefällt es gar nicht, wenn sie so schreit. Sie hätte es auch jetzt, da sie erreicht hat, daß Ersilia ihr zuhören muß, lieber vermieden.

»Übermorgen?« fragt die Stimme tatsächlich jetzt in kindlichem, weinerlichem Falsett. Sie versucht, ihr Ziel zu erreichen, indem sie niedlich tut, als wäre sie ein sechzigjähriges kleines Mädchen.

Nach dem Tod jenes Ex-Ehemannes, der ihr durch die Lappen gegangen war, so daß sie jahrelang versuchte, ihm mit allen Schlichen, zu denen ihre Phantasie fähig war (Hexen aus der Nachbarschaft, Drohbriefe, ein Pfäfflein, das dauernd zwischen Mailand und der Villa am Gardasee hin und her reisen mußte, wo sich der Flüchtling, der seit Jahren zwischen Bergamo und Brescia als Handelsreisender für eine Strickwarenfabrik tätig war, mit der Tochter einer wohlhabenden Industriellenfamilie eingerichtet hatte), das Leben zu vermiesen, hatte diese vom Leid zerfressene Frau außer der Dreizimmerwohnung und der Rente des Verblichenen auch ein bescheidenes, aber unerwartetes Bankkonto geerbt. Sie, die nie etwas von Scheidung hatte wissen wollen! Marilina, der freudig das Gewissen schlug, weil sie ihr ebenso entwischt war wie ihr Mann, fühlte sich monatelang verpflichtet, ihr wöchentliche Beileidsbesuche abzustatten, und bemerkte nach einer gewissen Zeit, daß Ersilia Sonntag für Sonntag in einem neuen Kleid erschien, und eines war heller und geblümter als das andere, aber nicht etwa, daß mal ein Jäckchen oder auch nur eine Litze oder eine Borte aus Wolle gewesen wäre: alles reine Seide, mit Vorliebe changierender Chiffon. Im Badezimmer, das noch immer mit ganzen Eimern von Lysoform und Vim spiegelblank geputzt wurde, tauchte als erstes ein Töpfchen Antifalten-Creme auf, dann auch ein Tübchen Feuchtigkeitscreme, dann ein Flakönchen *Arrogance* und schließlich auf einen Schlag eine ganze Sammlung von Lippenstiften, Make-up, Rouge und pastellfarbenen Lidschatten. Marilina erhob keine Einwände. Sie fand es sogar ganz weise, daß ihre Alte sich endlich darum bemühte, sich einen Anschein jener Jugendlichkeit zu verleihen, die ihr immer gefehlt hatte. Daher billigte sie auch stillschweigend die zunehmende Erblondung. Aber die liebe Mama hatte sich gleichzeitig mit ihren überlangen knallrosa lackierten Fingernägeln plötzlich auch gewisse Manierismen eines kleinen Dummerchens angewöhnt: sie verzog das Herzmündchen zu einer Schnute, flatterte geziert mit den Augenlidern und ließ sich in dieser verspäteten Weiblichkeitsimitation hin und wieder sogar dazu hinreißen, ihr in die Wange zu kneifen. Ein verspätetes Kindlichtun, das Marilina viel mehr Unbehagen bereitete als ihre früheren Zwänge.

»Mama, ich fahre weder heute noch morgen noch übermorgen weg: ich habe zu tun!«

»Zu tun, zu tun, du meine Güte, schließlich haben wir jetzt Juli! Wenn du nach Portofino mußt, dann fahr eben hin, nicht? Selbst wenn du auch diesmal wieder nicht heiratest, wirst du wenigstens ein bißchen braun. Hast du ein anständiges Hotel reserviert?«

»Portofino? Was soll denn das, hast du davon geträumt?«

»Ach nein, doch nicht geträumt! Das hat mir Papa gesagt.«

»Ach.«

Marilina läßt sich auf den Teppichboden gleiten, lehnt sich mit dem Rücken an die halbkühle Wand, kringelt die Beine zusammen und macht sich darauf gefaßt, Weiteres ertragen zu müssen. Unter der Kniekehle sind ein paar schwarze Härchen stehengeblieben, die sie beim letzten Drüberrasieren vergessen hat: sie rasiert sie ab, wenn sie gerade drandenkt, unter der Dusche, ohne besondere Sorgfalt. Sie sollte sich vielleicht doch einen elektrischen Damen-Rasierapparat kaufen oder vielleicht jenes Gerät mit der vibrierenden Spirale, das die Härchen ausreißt: damit würde die Haut glatt bleiben und nicht so bis aufs Blut zerschnitten. Sie könnte jetzt einfach auflegen oder vorgeben, daß etwas auf dem Herd anbrennt. Aber Ersilia würde zehn Minuten später wieder anrufen, und außerdem kann Marilina nicht lügen: jedes Wort ist verpflichtend, besser, man versteckt Desinteresse und Langeweile hinter einem neutralen Schweigen. Schließlich ist sie ja doch ihre Mutter, und während sie sie so am andern Ende der Leitung hat, läßt sich Marilina oft insgeheim von der Erinnerung an eine Vergangenheit rühren, die sie sich jetzt weniger grausam vorstellen kann denn als Heranwachsende, damals hatte sie sich ungerechterweise in jedem Wunsch beschnitten gefühlt, diesem Nest häuslichen Grolls zu entfliehen. Wie oft hat sie ihre Wut hinuntergeschluckt, wieviel Haß hat sie erstickt, als sie sich innerlich gegen dieses Elternpaar auflehnte, das ihr wie ein riesenhafter Kerkermeister mit zwei sich ständig gegenseitig quälenden Köpfen erschien, dabei aber immer bereit, die gegenseitige Feindschaft einzustellen oder zu überspielen, um gemeinsame Urteile über sie auszuspeien. Wie war es nur möglich gewesen, daß sie sie so sehr fürchtete? Jetzt aus ihrem Sicherheitsabstand leiht Marilina den Schwächen des überlebenden Kopfes verständnisvoll nur ein Ohr.

»Er hat sich sofort zu erkennen gegeben«, erzählt dieser. »Don Disparì hatte uns begrüßt und gerade erst seine Rede aufgenommen – und zwar genau an dem Punkt, an dem er letzten Freitag aufgehört hatte, das hatte ich dir doch erzählt, nicht?, daß dieser Heilige von einer Woche auf die andere oft sogar mitten im Wort fortfährt, als gäbe es keine Zeit dazwischen, denn die Zeit gibt es nicht, das hat er uns erklärt, sondern unsere Zeitvorstellung ist begrenzt, weil wir den Körper haben, der uns peinigt, sie hingegen nicht, sie sind so dicht am Licht, daß sie die ganze Zeit gleichzeitig sehen, wie eine Reihe von leuchtenden Punkten... er sagt, daß sie funkeln, die Minuten und die Jahrhunderte und die Jahre der Vergangenheit und der Gegenwart, nebeneinander aufgereiht wie Murano-Perlen zu einer Kette, kannst du dich an die erinnern? Ich hatte eine, so eine wirklich ganz wunderhübsche, die mir der arme Papa aus Venedig mitgebracht hatte und die dann plötzlich verschwunden war, ach wie lange hatte ich nach der noch gesucht! Kannst du dich erinnern?«

»Ja, Mama«, sagt Marilina, da sie den fragenden Ton wahrgenommen hat.

»Also stell dir vor, Don Disparì unterbricht und verkündet, daß er jetzt eine *Präsenz* zu Wort kommen lassen müsse, er uns in freundschaftliche Hände übergebe, oder vielmehr nein, er hat gesagt, »in *liebreiche* Hände«, ach, wie wunderbar er sich ausdrückt! Versprich mir, daß du bald einmal mitkommst und ihn dir anhörst. Pucci wurde ganz aufgeregt und schwitzte, schwitzte furchtbar, das geht ihr immer so, der Ärmsten, wenn ein Wechsel der Geister stattfindet, da kriegt sie richtiggehende Wallungen…«

»Es wird ja auch soweit sein bei ihr, sie ist doch um die fünfzig, nicht?«

»Ich weiß ja, daß du nicht daran glaubst, du warst schon immer eine Ungläubige, aber du solltest wenigstens über solche Dinge nicht so taktlos daherreden! Pucci hat dich jetzt schon dreimal freitags eingeladen mitzukommen, aber du rührst dich ja nicht, da ist es leicht, auf dem hohen Roß zu sitzen!«

»Ja, Mama.«

»Nimm nur mal Don Disparì, wenn das kein großes Wunder ist, zu Lebzeiten war er ungebildet, sagt er, und jetzt kann er sich sogar hochkompliziert ausdrücken, aber man begreift, daß er gut ist, weil er hat den Deutschen, die ihn umgebracht haben, verziehen, er sagt, daß die vor Ahnungslosigkeit blind waren und sich geirrt haben… weil nämlich gar nicht er es war, der den Partisanen geholfen hat, verstehst du, aber wenn man ihn so hört, klingt es fast, als hätten die ihm einen Gefallen damit getan, daß sie ihn aus Versehen von der Last seines Fleisches befreit haben, weil er auf diese Weise zur Erkenntnis gelangt ist und uns, die wir in der Finsternis wandeln, helfen kann...«

»Mama... könntest du dich nicht ein bißchen kürzer fassen? Ich erwarte einen Anruf.«

»Gleich, ich bin gleich fertig, schließlich habe ich auch etwas zu tun, was glaubst du denn? Du wolltest doch das mit Portofino wissen.«

»Richtig, und was ist mit Portofino?«

»Es ist doch so, daß mein Pippo mich immer geliebt hat, ganz anders als du, du tust ja nur so, und außerdem bist du schrecklich materiell, nie mal eine kleine Zärtlichkeit, was weiß ich, ein kleines Wort, ein Küßchen extra außer dem einen, wenn du es schon wieder eilig hast wegzukommen, und bei dem du auch nur so tust, denn Küßchen kann man das nun wirklich nicht nennen, das wäre eine Übertreibung, denn ein Streifen der Wange ist ein Streifen der Wange und nicht mehr, gerade so, als würdest du dich deiner Mutter schämen, na, ich möchte ja doch wissen, wie du das bei den Männern machst, wenn überhaupt. Aber wie man sieht, werden als Geister alle besser, vielleicht sogar auch die Deutschen, und tatsächlich, schau jetzt mal Papa an, der dir zu Lebzeiten nichts hinterlassen hat – gut, den Pflichtteil hast du gekriegt, aber das war ja vom Gesetz, und statt dir damit diese Wohnung in Hinterpfuiteufel zu kaufen, hättest du ihn lieber für eine nette kleine Reise, eine Kreuzfahrt ausgeben sollen, dann hättest du vielleicht einen netten jungen Mann kennengelernt, das habe ich dir schon immer gesagt – na ja, und sieh doch, wie er jetzt als Toter extra hergekommen ist, um mit mir über dich zu reden, deshalb wollte ich dir das erzählen, aber wenn du natürlich etwas Wichtigeres zu tun hast...«

»Nein, nein, erzähl doch«, sagt Marilina, die ein Buch in die Hand genommen hat, dem sie Zitate entnehmen will, und jetzt eine Seite überfliegt, die mit einem selbstklebenden gelben Zettel gekennzeichnet ist. *Der Selbstmord, pathetisch und abschreckend zugleich, wurde die einzige akzeptierte Form von Heldentum.*

Warum hatte sie einen solchen Satz unterstrichen? Diese Untersuchung über die Kamikaze-Flieger ist banaler, als es zunächst schien, und gleichzeitig auch komplizierter: es gibt nur wenige Übersetzungen ins Italienische, und mit dem bißchen Englisch, das Marilina kann, muß sie lange herumlaborieren, um brauchbare Sätze zusammenzubekommen. Wie hatte sich Professor Galletti nur überzeugen lassen, ein so abwegiges Thema zu akzeptieren? Soweit sie weiß, ist er gewiß kein Faschist. Sicher. Man könnte sich einfach darauf beschränken, die in der zeitgenössischen italienischen Presse erschienenen kleinen und äußerst spärlichen Nachrichten vergleichend zu untersuchen und die Zwischenräume mit heißer Luft zu füllen: aber eine Einleitung über die Bedeutung des Todes in Japan (Morris, Ivan, *Von der Würde des Scheiterns*, aus dem Amerikanischen von Francesca Wagner, Mailand, *Guanda* 1983) und über die Ethik des *bushido* (Mishima, Yukio, *Zu einer Ethik der Tat*, Aus dem Englischen von Pier Francesco Paolini, Mailand, Bompiani 1983, aha, gleiches Erscheinungsjahr) mußte man schon verfassen.

»... weil, wenn man stirbt, wird man vollkommen. Papa kann jetzt also auch die Zukunft sehen – nicht sehr gut, sagt er, es ist so, wie wenn man im Gegenlicht durch schmutzige Fensterscheiben blickt, und ich Dummerchen, denk nur, hätte fast zu ihm gesagt: dann kauf dir doch ein Putzmittel, Pippo!, aber er hat eine Metastase benutzt, das heißt, Don Disparì hat uns das erklärt, eine Sache, die wir nicht wörtlich nehmen sollen, weil es so ist, daß man eine Sache von hier nimmt, um uns verständlich zu machen, daß die Sachen von dort anders sind, ein Vergleich eben!, es ist komisch, daß die Geister alle gleich reden, ja also: Papa sagt, daß er dich am Strand von Portofino gesehen hat und daß es dir dort sagenhaft gut ging! Schön braun in einem hübschen Zweiteiler und so mager, daß er dich fast nicht mehr erkannt hat, aber das war vielleicht wieder wegen dem Fenster, glaube ich. Und dann sagt er, hat er dich mit Leuten in ein Boot steigen sehen...«

»Ach ja? Mit wem denn?« fragt Marilina, die seit der Sache mit dem Strand wieder zuhört.

»Ja, Schätzchen, wenn du das nicht selber weißt! Es werden wohl Freunde von dir sein, er muß ja schließlich von dort nicht das ganze Gesellschaftsleben verfolgen, und dann war auch seine Zeit abgelaufen, er hat nur noch gesagt, daß ich dich grüßen soll und daß er sich freuen würde, wenn du dich auch einmal mit ihm in Verbindung setzen würdest. Aber dann frag ihn bloß nicht, warum er dir nichts hinterlassen hat, sonst wird er vielleicht sauer. Ach, den Namen des Bootes, den hat er uns gesagt, es heißt *Lady D II*.«

»Typisch Pucci!« platzt Marilina heraus, die das spöttische Lachen nicht mehr unterdrücken kann, das in ihr herumgluckst, während sie sich nach den Auszügen aus der *Hagiographie* und den *Res gestae*, die ihre Mama ihr von Telefonat zu Telefonat bruchstückweise ins Ohr liefert, eine Vorstellung des Mediums zurechtlegt. Pucci Stefanoni, von Beruf Krankenschwester, die als Kind gelegentlich Poltergeist- und telekinetische Erlebnisse gehabt hatte, auf die aber keiner achtete (und sie selber wäre sich ihrer wohl auch nicht bewußt geworden, wenn sie nicht Uri Geller im Fernsehen gesehen hätte), war schon achtunddreißig Jahre alt, als sie ihre Neigung entdeckte. Die große Krise begann in dem Augenblick, da sie sich in ihren Chefarzt verliebte, einen Gynäkologen mit Silbermähne und goldener Kürette, in festen ehelichen Banden, aber galant. Aus Ersilias Haspeleien – trotz ihres Alters, all dem Lidschatten und Chiffon baut sie, wenn vom Sex die Rede ist, ein ganzes Gebäude von Euphemismen und undurchdringliche Nebelwände um die SACHE auf – hat Marilina geschlossen, daß die Jungfrau Pucci gegen ihren Willen und trotz einiger äußerst kühner Avancen im Operationssaal eine solche geblieben ist, woraus sich eine Scheinschwangerschaft und die Gefahr eines ernsthaften Skandals ergab, die dann durch das plötzliche Zusammenschrumpfen des Dramas gebannt wurde. Zwei andere Krankenschwestern nämlich, die nichts von den inneren Qualen der schwangeren Kollegin ahnten und sich wunderten, daß sie sich weigerte, die Sache von ihrem Professor in Ordnung bringen zu lassen, der, obwohl offiziell Abbruchgegner aus Gewissensgründen, für Freunde und das Personal gratis arbeitete, überredeten sie, wenigstens das harmlose Gläschenspiel mitzumachen. Marilina hat nicht genau begriffen, was sie sich davon erwarteten: eine Abtreibung auf spiritistischem Wege oder die Offenbarung des Schuldigen durch automatische Schrift? Irgendwie hatten sie wohl gehofft, Pucci durch Suggestion zum Abstoßen der Leibesfrucht zu bringen, und dann hatten sie wohl doch einen gehörigen Schreck bekommen, als im Zimmer der Oberschwester, nachdem sie die Kette gebildet hatten, das Okkulte entfesselt wurde. Wiederum Ersilias Schilderungen zufolge, die sich an dieser Stelle des längeren in Einzelheiten verliert, fing das Verbandstischchen wie vom Teufel besessen zu hüpfen an, die Tafel mit den Buchstaben und den Ziffern flog an die Decke, und das Dosierbecherchen wäre gewaltsam am Boden zerschmettert worden, wenn es nicht aus Plastik gewesen wäre. Sie probierten es noch einmal, nachdem jede von ihnen zur Beruhigung ein Tavor genommen hatte: als erstes schrieb das Becherchen »Pucci«, dann »Pucci« und wieder »Pucci«, und schließlich drehte es sich rasend schnell im Uhrzeigersinn über die ganze Alphabetscheibe und hörte überhaupt nicht mehr auf. Die erfahrenste Krankenschwester sagte, daß sie da ohne Beratung nicht weiterkämen und daß sie bei einem sehr angesehenen Medium eingeführt sei, und so geschah es dann, daß Pucci Stefanoni noch am selben Abend in einem Salon der Via San Giovanni entdeckte, daß sie ein äußerst starkes natürliches Talent zur Trance besaß. Nach zwei Sitzungen bekam sie ihre Menstruation wieder, nach der dritten war ihr Bauch schon platt, und fasziniert von der inspirierten Redegewandtheit jenes überaus sympathischen Don Disparì, der sich nie herabgelassen hatte, sich bei dem gastgebenden Medium zu manifestieren, bildete die Hälfte der Damen, die sich jeden Freitag zu spiritistischen Sitzungen versammelten, eine Sezessionsgruppe, die sich Pucci anschloß. Marilina vermutet, daß der Chefarzt ungeheuer erleichtert war, aber von diesem Detail war in den Berichten der Katechumene Ersilia nie die Rede, sie scheint dem Gynäkologen die Funktion eines von der Vorsehung geschickten Instruments zuzuweisen: sein Schicksal nach der Pucci-Offenbarung interessiert sie nicht weiter.

»Mama«, seufzt Marilina, »erstens, Freunde mit einem Boot habe ich nicht, zweitens, auch wenn ich welche hätte, würden die mich nicht einladen, und drittens hat Papa dir zu seinen Lebzeiten so viele Märchen erzählt, daß – selbst wenn wir einmal davon ausgehen wollen, daß er da geredet hat, was ich aber niemals glauben würde, auch wenn du und alle diese anderen Verrückten aus deinem Verein mich darum auf den Knien anflehen würdet – ich nun wirklich nicht meine, man darf ihm jetzt aufs Wort glauben, nur weil er tot ist. Ich bin noch nie in Portofino gewesen und habe auch nicht vor, hinzugehen.«

»Na ja ... du mußt ja immer recht behalten. Heute morgen war ich sogar beim Schlußverkauf und habe dir ein bildhübsches Strandkleid gekauft ... Wenn du seit dem letztenmal, als ich dich hier zu Gesicht bekommen habe, nicht allzu sehr zugenommen hast, müßte dir das wie angegossen passen. Wann kommst du und holst es ab?«

»Sobald ich kann, danke.«

»Das kenne ich schon, die Sachen, die ich dir schenke, ziehst du nie an ... Huch? Entschuldige, ich muß jetzt auflegen, meine Gemüsesuppe kocht, Ciao, Küßchen, mach's gut!«

Und knallt den Hörer auf. Marilina horcht überrascht auf das Tut-tut in der freien Leitung. Gemüsesuppe am hellen Nachmittag eines Julisamstags? Bestimmt ist sie beleidigt. Dabei hat sie Fortschritte gemacht: vor ihrer spiritistischen Phase hätte sie das Gespräch mit einem emotionalen Erpressungsversuch beendet, während sie sich jetzt bemüht hat, sich eine Ausrede einfallen zu lassen, und eine solche Absicht sollte eine Tochter doch zu schätzen wissen, anstatt jetzt so schlechtgelaunt dazusitzen und sich am Knie zu kratzen. Mehr als von dem üblichen »ich liebe dich, und du hast es gar nicht verdient« fühlt sie sich von diesem ungeniert lässig hingeworfenen Vorwand zur Verabschiedung getroffen. Es wäre ja haarsträubend, wenn sie eine Frau, die sie immer verachtet hat, jetzt plötzlich bewundern müßte. Marilina kann eben im Unterschied zu ihr nie anders, als jedem ausgesprochenen Wort Gewicht beizumessen, nur selten schießt sie mal einen Pfeil ab, ohne ihn vorher sorgfältig zuzuspitzen und zu bedenken, ob die Verletzungen, die sie damit voraussichtlich zufügen würde, angemessen waren. Folgen abzusehen, scheint ihr geboten, vor allem da ihre Lebenszeit abnimmt. Sie kann sich noch sehr gut an die Murano-Kette erinnern, weil sie sie mit sechzehn heimlich an sich genommen und Perle für Perle vom Faden ins Klo gestreift hatte, und die Perlen waren überhaupt nicht alle gleich groß gewesen wie in der Metapher dieses Don Disparì, das heißt der Pucci: die Glasperlen mit Facettenschliff waren der Größe nach aufgezogen, mit dem dicksten Klunker genau in der Mitte.

Marilina streichelt sich an der Innenseite der Schenkel und spürt ein leichtes Erschaudern, erfrischend wie der lüsterne Gedanke ans Onanieren. Nein, sie weiß, daß sie dann den ganzen Nachmittag in trägem Schweißfluß verlieren würde, besser, sie entschließt sich, diese Doktorarbeit ernsthaft in Angriff zu nehmen: dabei wird sie ebenfalls schwitzen, gewiß, aber doch, um ein bleibendes Sinngefüge herzustellen, statt sich für ein labbriges Schwindelgefühl zu verausgaben, das nicht im Gedächtnis bleibt wie das wenn auch sehr kurze Vergnügen, das Marilina jedesmal empfindet, wenn sie ihre Arbeit beendet hat und diese lesen kann, als wäre sie tatsächlich von einem anderen verfaßt worden: ein erhebender Augenblick, der ihre leeren Tage wie eine kleine Leuchtkugel mit momentaner Ewigkeit erhellt, die zwar illusorisch ist und sich zu ihrem Verdruß gleich wieder verflüchtigt, aber deshalb nicht weniger glanzvoll ist. Man kann sich darüber selber vergessen.

Und schon sitzt sie am Schreibtisch: schiebt die elektrische Olivetti beiseite und schafft sich ein freies Rechteck in DIN-A4-Größe, ausreichend groß für ein aufgeschlagenes Buch im Oktavformat; sie hat die Anordnung von Federschale und Aschenbecher im rechten Winkel überprüft, damit der Ritus, mit dem sie jetzt beginnt, auch nicht durch die kleinste Unordnung gestört wird; und nimmt ein Buch vom linken Stapel, vergilbter grauer Einband mit einem von Hand beschrifteten Bibliotheksetikett auf dem Rücken, *Kämpfende Völker in Fernost*, Verfasser ist ein gewisser Arnaldo Cipolla, historische Sammlung Bemporad, kartoniert, fünfzehn Lire, o nein! sie hat es ganz umsonst ausgeliehen, dies ist ein Buch aus dem Jahre 1936, außerhalb des Untersuchungszeitraums. Nun ja, wenn man in den Stichwortkatalogen stöbert, kommt es schon vor, daß man sich von einem vielversprechenden Titel blenden läßt und dabei geflissentlich das Erscheinungsjahr übersieht, aber dann hat man immer noch das Alibi, auch das historische Umfeld mit einbeziehen zu müssen, und dieses Exemplar hier ist sogar noch nicht einmal aufgeschnitten. Marilina blättert Bogen für Bogen quer durch, linst zwischen die oben und seitlich geschlossenen Seiten: da sind auch zeitgenössische Fotos drin, so daß es ihr in den Fingern juckt, nach dem Papiermesser zu greifen. Gegen die subtile Begierde, in ein noch von keinem Menschen je zuvor gelesenes Buch einzudringen, ist sie nicht gefeit, und eine so wunderbarerweise schon ein Dutzend Jahre vor ihrer Geburt für sie aufbewahrte Jungfräulichkeit muß ja das Verlangen eines zärtlichen Eindringens in ihr wecken. Ob wohl der Cutter oder jenes alte arabische Messer zarter vorgeht, das sie schon wer weiß wie lange nicht mehr benutzt, aber noch irgendwo in einer Schublade aufbewahrt? Es hat immer sehr gut geschnitten, und der mit unechten Steinen verzierte Griff lag einem mit angenehmem Kitzel in der Hand. Ob es verrostet ist? Um die Frage zu klären, fängt Marilina zu suchen an, obwohl sie ganz genau weiß, daß sie das nicht tun sollte, weil in ihren Kramschubladen, den untersten, zwischen alten Notizbüchern, abgelaufenen Ausweisen, Quittungen, die man zehn Jahre lang aufbewahren muß, und den drei Schachteln voller Gummibänder und Bindfäden auch zwei Umschläge mit Fotos, Briefen und Postkarten lagern, die sie, wenn sie sie jetzt ansieht, in den Abgrund alter Erinnerungen reißen können.

Und so geschah es: jetzt kniet sie zwischen den Reliquien ihrer Liebesgeschichten. Hat sich Ernesto, der erste, den sie damals als den einzigen ansah, nicht grausam verhalten? War das nicht Sadismus, ihr knallhart zu sagen »Du bist an allem schuld«, während sie sich zitternd, zum, wie sich dann zeigte, letztenmal umarmten? Und sie, die Dumme, die sich nach einem ersten Zusammenzucken zwang, sich nicht zu versteifen, nicht zu antworten, nichts zu sagen, sondern sich im Gegenteil über ihn neigte, während er auf dem Rücken lag, sie gewaltsam an der Taille festhielt und schon das Kreuz wölbte, um sie endgültig von sich zu schleudern: aber es war auf seine Art schön, sich so auf seine Lippen herabzulassen, in seinen Mund einzudringen, daß ihm die Worte in der Kehle steckenblieben, ihm dieses Todesröcheln zu entreißen und ihn nicht mehr zu lieben. Ein im Hof der Universität aufgenommenes Foto zeigt sie Hand in Hand wie Verlobte, ihn im roten Pullover und Jeans, sie in einem sehr kurzen Kleid und undurchsichtigen schwarzen Helanca-Strumpfhosen, die ein Beweis ihres unbeholfenen Versuchs sind, der Mode zu folgen und gleichzeitig die zellulitischen Schenkel zu tarnen, und tatsächlich wirkt ihr Gesicht strahlend und verlegen zugleich. Mein Gott, das war Anfang der siebziger Jahre! Aber das Telefon klingelt wieder, und Marilina bleibt keine Zeit, sich selber zu bemitleiden.

»Hallo, du blöde Kuh! Gestern habe ich dich vom Auto aus gesehen, wie du auf dem Corso Buenos Aires rumspaziert bist, ich habe sogar gehupt, aber nix zu machen, warst wohl allzu sehr mit deinem Krimskrams beschäftigt, wie?«

»Das war ich nicht«, erwidert sie und fragt: »Wer ist denn dran?«, weil dies auch so eine ist, die glaubt, sie braucht nur den Mund aufzumachen und schon weiß jeder, wer sie ist.

»Was heißt, wer ist dran? Na ich!«, und Marilina hat sie ja auch inzwischen erkannt, denn wenn es nicht Ersilia ist, kann es nur Olimpia sein.

»Olimpia? Hallo, entschuldige, hab nicht richtig hingehört, ich war gerade bei der Arbeit.«

»Jetzt oder gestern? Du warst ja wohl völlig in den Wolken, ich habe dich fast überfahren, und du hast dich nicht mal umgedreht.«

»Gestern bin ich den ganzen Tag zu Hause gewesen, und überhaupt, was würde es dir ausmachen, ›Hallo, hier ist Olimpia‹ zu sagen, das ist allgemein so üblich, und man vermeidet Peinlichkeiten, ist dir denn noch nie passiert, daß du eine halbe Stunde lang mit jemandem redest und glaubst, es ist ein anderer? Mir schon.«

»Ach, komm! Das ist doch lächerlich! Wir kennen uns eine Ewigkeit, und einfach ›Hallo‹ zu sagen ist sowas von *unpersönlich* ... Los, jetzt wach mal auf!«

»Sei bloß still! Du siehst mich jetzt schon, wo ich gar nicht bin!«

»Ja, das ist merkwürdig. Du mußt eine Doppelgängerin haben. Ganz wie du. Und allein warst du auch.«

Marilina lacht. »Dann war ich es vielleicht wirklich und habe es gar nicht bemerkt. Sag mal, was für ein Kleid hatte ich denn an?«

Olimpia schweigt einen Augenblick, dann kommt: »Eindeutig ein hellblaues, mit einem Männchen- oder Kasperlmuster, so genau habe ich das nicht gesehen, ach ja, und so eine Straßkette.«

»Stell dir vor! Und wahrscheinlich auch noch Pfennigabsätze. Wie kann das ich gewesen sein?«

»Gut, vergessen wir's, ich habe mich eben geirrt. Ich hatte ein Beruhigungsmittel genommen.«

»Schon wieder? Und wer ist es diesmal?« fragt Marilina höflich, obwohl sie jedes Interesse an diesem Gespräch verloren hat. Olimpia, »die Bogani«, wie sie in der Schule genannt wurde, ist gleich alt wie sie, aber attraktiv, geschieden, mager und hält sich mit Aerobic, Massagen und Anorexie ungeheuer in Form. Marilina kann den Liebeskummer einer Gymnasiallehrerin mit drei Monaten bezahltem Urlaub im Jahr nicht mehr mit anhören, aber an Freundinnen hat sie sonst nur noch eine Rosanna in Bologna und eine Gina in Rom, die sie nie sieht und von denen sie nur selten etwas hört.

»Du Witzbold!« schreit sie jetzt, sie, die von reinstem Mailänder Geblüt ist und wahrscheinlich sogar eine Ururgroßmutter hat, die Hofdame bei Maria Theresia war, und daher, wenn es ihr paßt, scheinheilig wie eine Madonnenfigur vom Dom herunterpredigen kann. »Ja, hast du denn deine Zunge mit dem Bleistiftspitzer gespitzt? Nein, nein, nein, ein neuer Mann wäre ja schön! Aber von wegen! Immer noch er, Clemente, mein armer kleiner Junge...«, und aus dem Hörer gluckst ein Geräusch, das wie ein Schluchzer klingt.

»Was ist denn passiert?«

»Sie haben ihn mir konfisziert, unten in Portorotondo, oder in Portocervo, das habe ich nicht genau verstanden...«

»Ja... ist seine Familie denn reich?«

»Du Dussel!« trillert Olimpia, die offenbar noch nicht geweint, sondern sich nur darauf vorbereitet hat. »Die Eltern, die Eltern sind schuld, diese spießigen Arschlöcher. Stell dir das mal vor! Wir wollten zusammen zum Argentario fahren, und da ruft er mich gestern aus Sardinien an, total daneben und nur mit ein paar Jetons und sagt: ›Das war eine Blitzaktion, tut mir leid, aber ich mußte den Mund halten, sonst hätte Papa mein Motorrad weggegeben, eine richtige kleine Erpressung, aber jedenfalls *je est un autre*‹, und hängt ein. Verfluchte Scheiße! Ist es einem denn nicht vergönnt, auch mal in Frieden vor sich hin zu leben? Ich kann das einfach nicht mehr aushalten! Da finde ich einen Prachtkerl von einem Achtzehnjährigen, geistreich, zärtlich, voller Lust zur Kommunikation auf allen Ebenen, oh! ich will gar nicht davon anfangen! der perverse Traum einer Oberschullehrerin, der sich ganz von allein für mich verwirklicht hat, ohne daß ich etwas dazugetan hätte, wer hat je eine so hinreißende Geschichte erlebt, Stunden – STUNDEN! – am Telefon, um sich die albernsten Sachen zu erzählen, und die Briefchen, und die Baci-Perugina-Röllchen, die man gemeinsam verzehrt, eines für mich, eines für dich, ein halbes für mich, ein halbes für dich, wegen dem Abdruck der Zähne in der Schokolade und dem Hauch von Spucke auf der Haselnuß, OH! und die Projekte, und die Diskussionen – DEBATTEN!, kannst du dir das überhaupt vorstellen? Über THOMAS MANN! – Herr im Himmel! und jetzt machen sie mich zum Kinderschreck!«

»Aber er ist doch volljährig«, wirft Marilina, von diesem

Schwall abwechselnd schriller und heiserer Töne ins Ohr getroffen, ein.

»Ja, vom Gesetz her können sie mir nichts anhaben, er ist sogar nicht mal mehr mein Schüler, sein Abitur hat er mit sechzig Punkten gemacht, wußtest du das? Ich möchte am liebsten sterben. Was soll ich nur tun?«

Sie scheint tatsächlich verzweifelt oder nicht ganz bei Trost. Soll sie ihr raten, einen anderen Grünschnabel zu nehmen, oder noch ein Beruhigungsmittel, gar das ganze Röhrchen, da sie ja sicher sein konnte, daß sie es doch nicht tat?

»Jetzt warte doch erst mal ab«, sagt Marilina und beißt sich eine Sekunde zu spät auf die Zunge. »Es können ja auch noch andere Dinge passieren, was weiß ich, so schwarz sehe ich da nicht, was soll ich dir sagen, jetzt willst du vielleicht am liebsten sterben, aber vor fünf Minuten hast du was Schönes erlebt, und sowas kann dir doch in den nächsten fünf Minuten auch wieder passieren, oder?«

»Nein, na ja, vielleicht... heute früh war ich im Schloß, da ist doch jetzt die Ausstellung von Theaterkostümen, und ich habe es bei dieser Hitze zu Hause nicht ausgehalten, da habe ich gedacht, es lohnt sich vielleicht – geh nicht hin, es ist nichts –, und also der Aufseher des ersten Saales war ein sehr gutgebauter Junge, braunes Haar, sehr dunkelhäutig, sehr hohe Jochbeine, sehr ausgeprägte Kiefer, sehr, sehr intensiv... weißt du, diese so hellgrünen Augen, daß es dich rings um die Taille und das ganze Rückgrat hinauf durchzuckt und du dich wie eine Art perverser hl. Sebastian mit all den kleinen Pfeilchen im Fleisch fühlst? Und er hat wohl auch gleich angebissen, das ging da ewig hin und her mit Blicken, so daß ich einfach nicht weg konnte, ich bin bestimmt fünfmal durch die ganze Ausstellung, aber er konnte sich ja nicht vom Fleck rühren, der mußte da ewig neben einem andern Aufseher stehen und die Karten abreißen. Wer weiß, vielleicht gehe ich noch mal hin. Wolltest du dir die Ausstellung nicht auch mal ansehen?«

»Ich glaube kaum, habe wenig Zeit, und außerdem, wenn du einen objektiven Rat willst, es wird besser sein, wenn du allein hingehst. Eindeutiger.«

»Meinst du? Hm… nein, zu aufdringlich, ich kann mich doch nicht da hinstellen und warten, bis er Feierabend hat, die sind ja auch arm dran, den ganzen Tag dazustehen und das Nichts zu bewachen… Aber findest du nicht, daß man das Kulturministerium auch mal loben muß, hin und wieder tun die ja mit dem Personal doch einen guten Griff, du müßtest ihn sehen, den Mann vom Schloß, Gott, wenn ich nur an ihn denke, wird mir schon besser…«

»Also dann denk an ihn«, und Marilina kritzelt auf das erste Blatt des Packens Extra strong: »Ein Keil treibt den andern«, mit zwei Fragezeichen.

»Ja, ja, mach du dich nur lustig, es wird mir schon was einfallen«, ruft Olimpia plötzlich ganz euphorisch aus. »Ciao, bis bald, und danke fürs Zuhören… ach übrigens, und du?«

»Nichts, alles in Ordnung, danke, bis bald, ciao.«

Wer hat zuerst aufgelegt? Marilina ist sicher, daß sie es gerade noch geschafft hat. Sie betrachtet das Blatt und schreibt »blöde Kuh« mit einer Reihe von Ausrufezeichen und grinst vor sich hin. Olimpia war schon immer so vital, und außerdem ist es doch eigentlich ganz nett, daß sie bei all den vielen Leuten, die sie auf dem Corso Buenos Aires erkennen oder falsch erkennen konnte, ausgerechnet an sie gedacht hat. Schade um die Geschichte mit dem Schüler, die vor drei Monaten gerade so klang, als liefe sie auf ein »und wenn sie nicht gestorben sind« hinaus. Und der Mann aus dem Schloß, wie alt mochte der sein? Seit ihrer Scheidung sucht sich Olimpia immer noch Jüngere aus. Vielleicht ein Berto in dunkler Ausführung? In ihrem Hinterkopf blitzt eine etwas fiese Neugier auf: die schöne Geste, ihrer Freundin zu helfen, würde sie nicht viel kosten, und immerhin wäre da ja auch eine Ausstellung zu sehen. Sie will schon den Hörer abnehmen, aber dann hemmt sie ein Gestank von brennendem Plastik: lieber nicht, diese Verknotungen im Magen sind ihr allzu bekannt, und tatsächlich hat sie sich schon die Szene ausgemalt, die Vorhalle mit den Absperrgeländern und dem Kartenverkauf, zwei große helle Augen im Schatten einer Schildmütze, o nein! nicht zum erstenmal läßt sie sich von jemandem faszinieren, der durch den Blick einer anderen ins rechte Licht gerückt worden ist. Sie legt Wert auf Loyalität und möchte nicht, wenn es zu spät ist, feststellen, daß sie an einer Freundin Verrat geübt hat. Daher ruft sie statt bei Olimpia jetzt unten bei *Renzo und Lucia, Brianzer Feinkost* an und bestellt zwei Dutzend Flaschen Stilles Wasser. Dann trödelt sie eine Weile herum, weil sie zu nichts Lust hat, und sieht schließlich aus dem Fenster. Zwischen den Dachpfannen des gegenüberliegenden Gebäudes und der Mauerkulisse des Mietshauses daneben ist ein neb-liger Himmelsspalt zu sehen. Sie weiß, daß sie im Zustand geistigen Überdrusses nicht nach unten blicken darf, aber die Anziehungskraft der sich über vier Stockwerke nach unten vertiefenden Leere ist unwiderstehlich: es wäre so leicht, sich einfach auf diese Platane fallen zu lassen, die dort unten dahinkümmert und ihre schwarzen Äste irgendeiner Vorstellung von Sonne oder einem Warum nicht? entgegenreckt. Schon lange hat sie nicht mehr ihre alten Flug- und Absturzträume, aber sie erinnert sich noch gut an das Hochschrecken beim Erwachen, an jenes furchtbare Gefühl, immer mehr Boden unter den Füßen zu verlieren, als versetzte der sich im Kreis bewegende Alptraum dem Zimmer um ihr Bett durch sein ständiges Rotieren immer heftigere Stöße. Dabei war es eigentlich ganz schön, dieses Gefühl, den Mittelpunkt zu bilden und sich solange an die Bettdecke klammern zu müssen, bis die Bewegung, dem Trägheitsgesetz folgend, sie aus allem hinauskatapultierte. Meist lag sie am Ende des Traumes mit auseinandergerissenen Armen platt auf einem Ziegeldach und starrte in das hohle Auge eines spiralförmig rotierenden Himmels. Sie erinnert sich auch an eine Mauer, eine efeubewachsene fensterlose Wand oder ein Weinspalier, das sie, wer weiß warum, hochklettern mußte: aber das war vielleicht ein anderer Traum gewesen. Zum Glück hat sie jetzt diese Arbeit, einen etwas festeren Sicherheitsgurt, der sie jederzeit zurückreißen kann, wenn sie sich allzusehr hängenläßt, weil sie am liebsten nicht mehr da sein möchte.

Und durch diese beiden Unterbrechungen hat sie schon allzuviel Zeit verloren. Sie kehrt an ihren Schreibtisch zurück, legt das unbrauchbare alte Buch beiseite und beginnt, die Fotokopien aus Zeitungen mit einem phosphoreszierenden gelben Text-Marker zu durchforsten. Alles ganz kurze Artikel, lakonische und nicht einmal namentlich gezeichnete Glossen. Die schnellste Methode war, sie auszuschneiden und nach Datum geordnet auf Karteikarten zu kleben, so erlag sie wenigstens nicht der Verführung, am Rande auch noch anderes zu lesen (Die Mode Herbst/Winter 1943, »Der Feind hört mit«, Edda in Ferien, Eine Rede des Duce, Angst um Florenz, Das Gold von Dongo, In Stresa eine neue Miss Italia), aber der Ausschuß mußte ja nicht gleich weggeworfen werden: der Haufen zerschnipselter Blätter konnte ruhig vorerst als Teppich unter dem Schreibtisch liegen bleiben, er würde ihr vielleicht noch dienlich sein, wenn sie dem dürren Gerippe ihrer Aufzeichnungen durch ein paar Spritzen Zeitkolorit listig aufhelfen müßte. Ja, gute Idee, man könnte aus den verschiedenen Büchern etwas zusammenklauen über das, was die Italiener im Krieg nicht gegessen haben, ein Rezept von Petronilla hinzufügen, als Beilage und Kontrast die irrwitzigen futuristischen Gastmähler auftischen, und dann war da ja auch immer noch D'Annunzio, der für alle Gelegenheiten Bahnbrechendes zu bieten hat, Marilina meint sich zu erinnern, daß er während oder kurz nach dem Ersten Weltkrieg einen Luftangriff Italiens auf Japan plante. Sie sollte vielleicht versuchen, Filipponi zu fragen, ob in der Spesenrechnung ein paar Studientage, Übernachtung, Vollpension drin wären, um in Gardone Riviera das Dichter-Archiv zu besuchen, wo es doch jetzt am See gewiß schön kühl wäre: er wird nein sagen, dieser Filz, aber ein Versuch konnte nicht schaden, und schon wählt Marilina die Nummer der Agentur Glücklich & Promoviert.

»Automatischer Anrufbeantworter der Nummer 781421... wir erledigen für Sie jede Art von Kopierarbeiten, akademische Forschungen, Bindung von Doktorarbeiten, Typolithographie und *desktop pablisching* auch in der Sommerzeit, sofern Sie nach dem Bip Name und Anschrift hinterlassen. Danke. Bip.«

»Sofern«, flüstert Marilina, bevor sie auflegt. Sie würde sich am liebsten einen Anrufbeantworter kaufen, nur um ihn anmachen zu können, sobald sie hört, daß sich am andern Ende der Leitung ein Tonband einschaltet. Sollen die sich doch allein miteinander unterhalten! Denn, wie soll man so aus dem Stegreif eine Nachricht zur zukünftigen Erinnerung erfinden? Das ist ein formales Problem: Marilina fände es logisch, das Gerät als Gesprächspartner zu betrachten und daher einen unpersönlichen Ton anzuschlagen (»Sagen Sie Herrn Filipponi, daß...« Sagen *Sie*? Soll man einen Plastikkasten mit Tonband siezen?), wenn sie sich hingegen zwingt, wie alle anderen so zu tun, als rede sie mit dem abwesenden Teilnehmer, stellt sich die schwierige Frage der Zeitform: »Hallo, Filipponi, wie geht's?« wäre absurd. »Hallo Filipponi, wie wird es dir in zwei oder drei Stunden gehen?« wäre surreal. »Hallo Filipponi, wie ging es dir am Samstag um halb sechs, das heißt jetzt, da ich dir diese Nachricht hinterlasse?« wäre noch schlimmer. Also sagt Marilina, wenn es nötig ist, immer nur ganz kurz: »Hier Labruna, bitte um Rückruf« und legt gleich wieder auf. Aber es kommt nur selten vor, daß sie ihren Kommunikationsversuch abbricht, bevor sie die Nachrichtenkonserve ganz bis zu Ende gehört hat: die forciert fröhlichen Stimmen vom Tonband verführen ihr

Ohr, sie haben etwas Hypnotisches wie ein Telefongesellschaftsschlangentanz. Berto hätte sich ja auch einmal herbeilassen können, sie anzurufen. Ob der Typ es ihm überhaupt ausgerichtet hat? Vielleicht hat er ja versucht anzurufen, und die Leitung war besetzt, und jetzt ist es schon sechs, da wird er nicht mehr anrufen. In solchen Fällen kann ein Anrufbeantworter wirklich bequem sein: wenn sie einen hätte, bräuchte sie nicht bei jedem Anruf abzunehmen – genauer gesagt, bei den Anrufen dieser Quatschbasen – und könnte sich gleichzeitig dieses ängstliche Warten ersparen. Sie bräuchte einfach nur abends das ganze Band ablaufen zu lassen, um zu hören, wer an diesem Tag angerufen hatte und wer nicht, auf diese Weise könnte sie in Ruhe arbeiten, ohne auf dieses Bohren zu achten, das in regelmäßigen Abständen wiederkommt, es ist nicht eigentlich ein Schmerz, sondern eher eine Empfindlichkeit, ein punktuelles Saugen, das einen inneren Sog anzukündigen scheint, richtig, es ist eine Entzugserscheinung, ein Hunger, der sich jetzt genau lokalisieren läßt, und Marilina stützt die Stirn in die Hände und kichert los: es ist nur Sehnsucht, vaginale Sehnsucht.

Inzwischen hat es geklingelt, Marilina läuft mit Tränen in den Augen, weil sie ein neues Gefühl entdeckt hat, zur Tür, um dem Ladengehilfen aufzumachen, aber dann sieht sie einen Strauß gelber Rosen vor sich, sieben Stück.

»Guten Abend, Frau Doktor, darf ich?«

Und schon ist er drinnen. Mit zwei ruckartigen Halsbewegungen hat er den Kopf nach rechts und nach links schnellen lassen und sich das Ambiente zu eigen gemacht. Jetzt sind seine rabenschwarzen Pupillen auf sie gerichtet, die in ihrem T-Shirt voller Salatflecken und dem alten Rock, an dem fast alle Knöpfe ab sind, am liebsten in den Boden versinken würde. Aber Accardi Giandomenico streckt ihr die Blumen hin, und folglich muß sie diese entgegennehmen und etwas sagen.

»Für mich?«

»Ich weiß, es ist unverschämt, einfach so hereinzuschneien. Aber ich war gerade in der Gegend, und da habe ich mir gesagt: Versuchen wir's, wenn sie da ist, gut, sonst komme ich noch mal wieder. Darf ich?« Und ohne ihre Antwort abzuwarten, zieht er seine weiße Leinensportjacke aus und steht in einem makellosen Luxusseemannsruderhemd vor ihr.

»Aber bitte, bitte«, sagt sie, während ihr Blick der Neigung eines gebräunten Deltamuskels im Armausschnitt seines Trikots entlanggleitet – schön ausgeformte Muskulatur, großer praller Brustmuskel vom täglichen Sport, und sie hat gedacht, er sei ein bißchen mager... »Ja, es ist sehr heiß, und was verschafft mir das...?«, aber er ist schon auf die Couch zugesteuert und läßt sich herrschaftlich nieder. Mitsamt diesen Rosen, mit denen sie nicht weiß, wohin, geht Marilina instinktiv vor die Wohnungstür und beugt sich übers Treppengeländer, aber nein, da kommt keine hinterher, merkwürdig, und jetzt, da sie wieder hereingekommen ist und die Tür zugemacht und die Brille abgesetzt hat, was soll sie jetzt tun, was sagen?

»Entschuldigen Sie die Unordnung, ich war gerade bei der Arbeit, und wenn man so bei der Arbeit ist, merkt man gar nicht, was für eine Sau... Nein, nein, bitte gucken Sie nicht, da gibt es nichts zu lesen, ich meine, nichts Fertiges!«

»Aber das ist doch interessant«, sagt der Herr Doktor, der von der Couch aufgesprungen und stracks auf ihren Schreibtisch zugegangen ist, wo er in ihren Karteien wühlt, ihre Bücher und Stifte in Unordnung bringt und schließlich ein paar Blätter vom Boden aufhebt. »Dies ist also Ihre Werkstatt...«

»Jaaa, die Dichterwerkstatt«, platzt sie nervös heraus, weil er die Nase in ihre Sachen steckt. »Wollen Sie ein Bier?« und flüchtet sich in die Küche, holt die Vase für die Rosen heraus, wäscht Gläser ab, fuhrwerkt lange mit dem Flaschenöffner herum, ohne daß es ihr gelingt, den Kronenkorken von der Heinekenflasche herunterzukriegen, weil ihre Hände so zittern.

»Lassen Sie mich das machen.«

»Bitte«, sagt sie resigniert. Wenn er ihr sogar in die Küche nachgekommen ist, wird er ja wohl irgendeinen Grund haben. Am besten, sie beruhigt sich jetzt und ist nett zu ihm. »Übrigens, Glückwunsch für den Doktor, ich habe Ihr Kärtchen bekommen und, ach, danke für die Rosen, die anderen... wissen Sie, wenn alle unsere...« Betreuten, Filipponi legt Wert darauf, den häßlichen Ausdruck *Kunden* zu vermeiden, »wenn alle unsere Betreuten so wären wie Sie, würde einen die Arbeit mehr befriedigen. Warum gelbe?«

»Was, Rosen? Gefällt Ihnen Gelb nicht?«

»Doch, doch, sehr, aber... in der studentischen Tradition gilt Rot als die Farbe des Doktors, nicht? Früher gab es auch rote Dragées und Bonbonnieren... Warum weiß ich auch nicht... vielleicht hat das was mit Blut zu tun, wissen Sie, in Spanien hat der frischgebackene Doktor eine

Corrida bezahlt und mit dem Stierblut seinen Namen auf die Mauern des Universitätshofs malen lassen... damals haben nur wenige den Doktor gemacht, das war dann ein öffentliches Ereignis...«

»Tatsächlich«, sagt er. »Das wußte ich nicht. Ich schenke den Damen immer gelbe Rosen.«

Sie sind in den einzigen anderen Raum zurückgekehrt, und Accardi, der mit übereinandergeschlagenen Beinen halb ausgestreckt auf der Couch liegt, schlürft sein Bier und wippt dabei mit einem Fuß, der in einem mindestens zweihunderttausend Lire teuren Mokassin steckt. Marilina hat sich auf die Kante ihres Drehstuhls gesetzt.

»Da wird sich auch Ihre Verlobte gefreut haben. Über den Doktor, meine ich.«

»Wer?«

»Na, das Mädchen, das neulich dabei war, diese Bildhübsche, in der Bar...«

»Die Cinzia? Wir sind doch nicht verlobt. Mit hundertzehn Punkten hatte ich schon gerechnet: bei dem bißchen Arbeit konnten sie mir nicht weniger geben, und dann hatte ich mich ja auch sehr gut vorbereitet. Wort für Wort. Damit wir uns richtig verstehen, es ist natürlich alles Ihr Verdienst, klar, aber man muß die Dinge auch richtig an den Mann bringen, und ich verstehe mich, ehrlich gesagt, ganz gut auf Kommunikationsstrategie, auch ohne Bocconi; ich mache schon seit acht Monaten mein *Treinin'* beim *Mänätschment* der Firma... da steckt mein *Däddi* dahinter, wir haben so 'ne kleine Fabrik, und er meint, daß ich da rein soll, aber ehrlich gesagt, interessiere ich mich für andere Dinge.«

»Zum Beispiel?« fragt Marilina, ängstlich besorgt, sich kein mögliches Gesprächsthema entgehen zu lassen. Accardi (Giandomenico? liegt es nicht an ihr, ihm das Du anzubieten?) neigt ein wenig den Kopf, um sie mit einem einzigen Auge anzuschauen. Entweder er ist astigmatisch oder er weiß ganz genau, daß sich ihm so aus dem Profil zwischen Augenbraue und Jochbein ein dunkles Trapez einschneidet, das seinem trägen Raubtierblick mehr Schärfe verleiht.

»Oh, darüber reden wir später...« sagt er weich. »Jetzt reden wir erst mal über uns. Sie werden sich ja fragen, warum ich hier hereingeschneit bin.«

»Ich? Nein, das heißt, worum geht es?«

»Um die Doktorarbeit. Sie soll veröffentlicht werden.«

Marilina umklammert die Armlehnen ihres Stuhls. Diese umwerfende Nachricht verschlägt ihr den Atem. Schließlich wiederholt sie:

»Veröffentlicht? Ihre... die Arbeit über das Speiseeis?«

»*Die eisige Muse*, gewiß. Der Titel muß geändert werden, aber... Warum sind Sie denn so überrascht?«

»Sie kann gar nicht so gut sein! Und Professor Sterlizza stellt sich immer furchtbar an, bis er mal eine Veröffentlichung genehmigt, und ich... ich...«

»Der Professor hat gar nichts damit zu tun. Ich erkläre Ihnen gleich alles, es ist ganz einfach, ich habe *Sponsors* gefunden.«

Und der Doktor, dem sie die Doktorarbeit geschrieben hat, erzählt mit dem blendendsten Lächeln, daß die Firma seines *Däddi* Kleinzeug aus Metall herstelle und er in seinem Kundenkreis einen Hersteller von Kleinmotoren für

Haushaltsgeräte habe, der die größte Firma dieses Sektors beliefere, die ihrerseits eine reiche Auswahl an Eismaschinen für den Privathaushalt produziere. Also habe es nur eines zwanglosen kleinen Gesprächs bedurft, um die für *marketing & advertising* zuständigen Direktoren zu überreden, eine für sie mikroskopisch kleine Quote aus dem saisonalen Geschenkbudget abzuzweigen: vierzigtausend Exemplare Garantieabnahme, abwaschbarer Kunstledereinband, hundert Farbfotos außerhalb des Textes und etwa zwanzig schwarzweiße, am liebsten nach alten Drucken, nur keine Verleger, die Verzögerungen bringen, für die Herstellung sei schon Kontakt mit einem hochprofessionellen Studio aufgenommen worden, nur Laserdrucker und auch ein Scanner neuester Bauart, wenn man in den nur ein Foto reinstecke, spucke er perfekte achtfarbige Selektionen aus.

»Für den Umschlag möchten sie am liebsten eine stilisierte Eistüte, aber das halte ich für eine Schnapsidee, ich habe vorgeschlagen, daß wir erstmal abwarten, ob wir einen schönen Ausschnitt aus einem Gemälde finden, was weiß ich, Caravaggio, hat der vielleicht Sorbets gemalt?«

»Das bezweifle ich«, sagt Marilina entnervt. »Vielleicht Longhi auf einem Salonbild, oder Hogarth...«

»Nein, nein, nur Italiener, weil dann machen wir für den ausländischen Markt englische und französische Ausgaben, das ist eine Image-Frage... Na, was sagen Sie?«

»Oh... ja, ja, großartige Idee, so... so unakademisch, ja. Nett von Ihnen, daß Sie sich herbemüht haben, um mir das zu erzählen. Ich kriege ja dann ein Exemplar, nicht?«

Und entschlossen, das Gespräch damit zu beenden,

erhebt sich Marilina. Jetzt wird sie den neuen Autor, der hier eingedrungen ist, zur Tür begleiten und dann, sobald sie allein ist, die eiskalte Wut, die in ihr aufgestiegen ist, heulend und schreiend austoben. Ein Buch, auch eines, das nur als Werbegeschenk dient, ist jedenfalls ein Buch, das ihr weggenommen wird.

»Setzen Sie sich hierher«, sagt Accardi, während er die Couch tätschelt, »damit wir jetzt mal zur Sache kommen.«

»Zur Sache?« fragt Marilina, die allzu wütend ist, um den Mund halten zu können. Am liebsten würde sie ihm einen Tritt in seine in teuren Jeans steckenden Waden geben. Aber sie setzt sich neben ihn und kreuzt die geballten Fäuste im Schoß.

»Sind Sie immer so blaß?«

»Niedriger Blutdruck. Also?«

»Ich hatte an fünfzig Prozent gedacht.«

»Wovon?«

»Das weiß ich noch nicht genau, weil sie jetzt einen Kostenvoranschlag machen und ich einen Gegenvorschlag erwarte, aber grob gerechnet müßten wir auf zwanzig Millionen kommen. Wenn Sie einverstanden sind, teilen wir *fifti-fifti.* Wissen Sie, daß Sie jetzt ganz rot geworden sind?«

»Einen Moment! Das habe ich nicht ganz verstanden: Sie wollen mir *zehn Millionen* geben? Einfach so? Und warum... Sie sagen, ich bin rot geworden?«

Jetzt, da sie sie zwischen die Handflächen legt, spürt sie, daß ihre Wangen ganz heiß sind. Vielleicht aus Verlegenheit, weil sie so intensiv und so aus der Nähe fixiert wird.

»Ja, aber das steht Ihnen. Vielleicht habe ich mich nicht klar ausgedrückt, es handelt sich nicht um eine Beteiligung am Geschäft, sondern hier muß noch gearbeitet werden. Der Text muß umgeschrieben werden, verstehen Sie, das ist eine Frage des *target*, ich habe darauf bestanden, die Anmerkungen beizubehalten, das ist eine Frage der Seriosität, die bringen wir alle hinten, und wer sie ansehen will, kann sie da finden, aber die eigentliche Arbeit ist die iko… wie sagt man, die Suche nach den Fotos: mir fehlt es nicht am guten Geschmack, aber ich wüßte einfach nicht, wie ich das anfangen müßte, und ich hielte es für verfehlt, die Aufgabe einem Außenstehenden zu übertragen, der das Thema nicht kennt, das ist eine Frage der Kohärenz.«

»Ah, ja, einverstanden!« entschließt sich Marilina plötzlich. Mit zehn Millionen kann sie sich ein Auto kaufen, oder den Teppichboden oder die Garderobe erneuern, den Busen verschönern lassen oder das Leben genießen…

»Soll ich gehen?« fragt Accardi und deutet auf die Tür.

Es hat wohl geklingelt, sie hat es überhaupt nicht gehört, schon schlimm, sich so bei ihren Träumereien ertappen zu lassen! Sie läuft zur Tür, es ist der von den vier Treppen ohne Aufzug völlig verschwitzte Ladengehilfe mit dem Kasten Mineralwasser auf der Schulter.

»Stellen Sie ihn ruhig gleich hier hin«, keucht Marilina, läuft, um ihren Geldbeutel zu holen, bezahlt, schließt die Tür und bevor sie sich umdreht, hat Accardi schon den Kasten geschnappt und trägt ihn in die Küche: für einen Industriellen doch ganz schön hilfsbereit. Er kehrt zurück, schnippt ein Stäubchen von seinem Ruderhemd, setzt sich wieder hin und verbittet sich mit gebieterischer Geste jede Andeutung von Dank: »Was bliebe uns denn sonst noch zu tun, uns Männern?«

»Das frage ich mich allerdings manchmal auch.«

Er lacht, vielleicht hat er ihre schlagfertige Antwort tatsächlich verstanden. Einen Augenblick lang hat Marilina das sichere Gefühl, daß er ihr gleich die Hand aufs Knie legen wird, aber er macht es nicht.

»Also, wann können Sie anfangen?« fragt er statt dessen.

»So in zwei Monaten, sobald ich mit dieser Arbeit hier fertig bin.«

»O nein! Es muß alles vor Mitte September abgeliefert werden, sonst klappt es nicht mehr, habe ich das noch nicht gesagt? Nein, ich habe es noch nicht gesagt, *rait*, aber das sind die Termine, *sorri*, wenn wir die Weihnachtsaktion starten wollen, müssen wir Anfang November ausliefern...«

»Weihnachten? Eismaschinen zu Weihnachten?...nein, nein, schon gut, verlieren wir uns nicht in Nebensächlichkeiten, ich muß jetzt nur mal kurz überlegen...«

Die Kamikazes sind für die Prüfungstermine im Herbst, daran ist nichts zu ändern, aber für zehn Millionen kann man auch mal nachts arbeiten, oder vielmehr... aber natürlich! sie kann Olimpia einspannen, der macht das vielleicht sogar Spaß, gut, sie läßt sich darauf ein, aber dann ist da immer noch das kleine Problem, wie sie mitten im Hochsommer, wenn alle Bibliotheken geschlossen sind, auf ikonographische Suche gehen soll.

»Ich muß ein paar Anrufe machen, holen Sie sich inzwischen noch ein Bier«, befiehlt sie, schnappt sich, ohne weiter auf ihren Gast zu achten, ihr Telefonverzeichnis und klappert der Reihe nach die ganze Liste brauchbarer Verwandter, hilfsbereiter Bekannter, früherer Mitschüler, die sie schon lange nicht mehr gesehen hat, und linksorientierter Kulturzirkel ab. Zwanzig Minuten später und trotz der vielen Anrufbeantworter hat sie eine fünfzigjährige illustrierte Kunstgeschichte, einen Treccani, die vollständige Sammlung »Meister der Farbe« und eine Kusine in Limbiate aufgetrieben, die in einem auf alte Stiche spezialisierten Antiquariat arbeitet: außerdem gibt es da noch die Museen und eine gewisse Wahrscheinlichkeit, daß die Städtische Bertarelli-Sammlung offen hat.

»Also, es läßt sich machen«, verkündet sie daher froh, ihre zehn Riesen praktisch schon auf dem Konto zu haben, so daß sie lachen muß. »Was ist? Was gucken Sie mich denn so groß an?«

»Oh, nichts!« sagt er mit merkwürdig verstörter Miene. »Ich... ich bewundere Ihre Professionalität. Es wird... es wird eine Ehre sein, mit Ihnen zu arbeiten.«

»Bitte?«

Der scheint ja tatsächlich entschlossen, ihr die Informationen in Häppchen zuzuteilen: jetzt kommt er plötzlich damit, daß er mitarbeiten will, da versteift sich Marilina aber und versetzt spitz, daß sie ihre Sachen alleine machen muß. Bei der Arbeit einen anderen neben sich haben? Nein, nein. Dann verzichtet sie lieber.

»Aber lassen Sie sich doch ganz kurz erklären... abgesehen davon, daß ich beim Durchgehen *Ihres* Textes ganz hingerissen war – er ist wirklich *schön*, glauben Sie mir – *echt*, was glauben Sie, wie ich die vom Marketing sonst herumgekriegt hätte? Vor den Prüfungskommissionen kann man auch bluffen, aber vor denen nicht, ha! wenn einer einen Einsatz wagt, dann muß er auch die richtigen Karten haben, habe ich mich verständlich ausgedrückt?«

»Ja, ja«, sagt Marilina schon besänftigt. Er hat sich erhoben und durchmißt jetzt den engen Raum gestikulierend, mit nervösen Sprüngen, wie ein Stelzvogel, der zum Flug ansetzt. Und da hebt er nun tatsächlich ab: und gesteht ihr mit gesenktem Kopf, daß der eigentliche Grund, warum er zumindest in dieser »Phase der Perfektionierung« unbedingt mitmachen will, *will*, jenes Unbehagen ist, das ihn befiel, als er für eine Arbeit beglückwünscht wurde, die er nicht selber verfaßt hat.

»So etwas habe ich noch nie gemacht. Das war eine Idee von meinem *Däddi*, und ehrlich gesagt, so beschämend das ist, hatte ich es ja auch schon satt, all die Jahre, die ich schon überfällig war, und wie es dann hieß, hier das Geld, da die Doktorarbeit, habe ich gesagt, bestens, dann sind wir die Sache wenigstens los. Aber dann nachher konnte ich nicht mehr schlafen, ich fühlte mich wie... ich kann es auch nicht erklären, es ist ganz übel, ich komme mir vor wie einer... ja, wie so ein Süditaliener.«

Marilina würde ihn am liebsten mit der Faust auf die Nase schlagen, aber sie hört ihm still zu, während er sich ereifert und ihr verspricht, sie auf keinen Fall zu behindern, er wisse ja, daß er nur einen dilettantischen Beitrag leisten könne, doch den leiste er sehr gern, und außerdem sei es ja das Wichtigste mitzumachen, und als erstes werde er ihr seinen *Peze* zur Verfügung stellen, der einen sehr guten *wördprosesser* drin habe. »Venceremos!« jubiliert Marilina innerlich, als vom Computer die Rede ist, denn sie träumt schon lange von der Arbeit am Bildschirm, ja, und das wäre noch so etwas, was sie sich von den zehn Millionen kaufen könnte.

»Bringen Sie ihn morgen her, dann fangen wir gleich an.«

Accardi bleibt zwischen der Couch und dem Bücherschrank stehen. »Morgen? Phantastisch! Allerdings kann ich morgen nicht, da muß ich *Maman* an die Riviera begleiten... Ich lasse ihn vom Firmenfahrer herbringen, dann können Sie schon mal anfangen, nicht? Vielleicht schauen Sie schon mal in die Sammlung, von der Sie gesprochen haben – ah, für die Schwarzweißbilder brauchen wir das Negativ, und für die Farbfotos lassen Sie sich nur Dias geben, und alle Rechnungen auf meinen Namen, jetzt schreibe ich Ihnen meine Steuernummer auf – und alles Weitere fangen wir dann an, wenn ich von Portofino zurück bin.«

»Portofino? Habe ich richtig verstanden? Haben Sie Portofino gesagt?«

»*Rait*, da haben wir ein Häuschen... Warum?«

»Und auch eine Jacht?«

»Na, Jacht... halt so eine Badewanne, elf Meter. Und deshalb muß ich auch hin, wissen Sie, der Skipper in der Familie bin ich.«

»Heißt sie vielleicht... warten Sie, ah! *Lady D II?*«

»Neeein, unsere heißt *Ciapasu*... eine Idee von *Maman*, die aus Venetien stammt... Warum?«

»Nichts, nichts, ich dachte... gut, gut... Also dann haben wir ja alles besprochen?« schließt Marilina, als sie sieht, daß der Junge nach seiner Jacke sucht.

An der Tür und mit schon ausgestreckter Hand, sagt

er: »Übrigens, was den Titel betrifft... habe ich schon gesagt, daß *Die eisige Muse* nicht geht? Das ist eine Frage der Markenzeichen, da könnten wir Rechtsprobleme bekommen...«

»Oh, ich verstehe. Gut, ich werde mir einen anderen Titel einfallen lassen.«

»Aber *unter uns* können wir bei diesem bleiben«, sagt er und lockert den kräftigen, warmen und trockenen Händedruck noch immer nicht, »denn schließlich ist es ja *unser* Buch.« O Gott, er hat ihr so lange in die Augen geblickt, bis sie verwirrt wegsehen mußte. Und dann ist er endlich weg, ein Glück.

Marilina brennt vor Arbeitseifer, sie rückt die beiden Stühle zurecht, plaziert die Aktenbündel von der einen Seite der Schreibmaschine auf die andere, wirft die verstreuten Fotos in die Schubladen, bis morgen will sie alles so weit vorbereiten, daß sie den Kamikaze-Auftrag an Olimpia weitergeben kann: besser, sie ruft sie gleich an, um zu hören, ob sie die Arbeit und das Honorar annimmt, jawohl, sie hat angenommen, wunderbar, was sind schon fünfzehn Minuten Fragen und Antworten, Fragen und Antworten und Bitten am Telefon gegen diesen vorhersehbaren Erfolg? Jetzt braucht sie nur noch mal eine Dusche zu nehmen, um all diese Erregung, die ihr in den Sehnen zuckt, herunterzuwaschen. Sie hat sich ausgezogen, zum Schutz der Frisur die Duschhaube aufgesetzt, und gleich nachdem sie das Wasser aufdreht, klingelt wieder das Telefon, und sie läuft an den Apparat.

»Ich bin auf der Unfallstation, sie haben mir die Handtasche weggerissen. Dieses Schwein! Ich stand da und wartete auf den Zwölfer, um im Odeon, Kino fünf, *Poltergeist Neun* anzusehen, da nähert sich dieser Blondling mit dem Motorrad, gut gekleidet, ganz höflich, wie blöde ich war! und fragt mich nach der Uhrzeit, und ich gucke, weil ich glaube, seine Uhr ist stehengeblieben, denn er hatte eine, eine Uhr, eine *Suotsch*, und während ich gucke – es hat ein bißchen gedauert, weil es nicht sehr hell war und ich ohne Brille die kleinen Ziffern schlecht sehen kann, aber es war Punkt acht – da schnappt das Schwein meine Tasche und gibt mir einen Stoß, oh! ich bin nur so über den Gehsteig gekullert! Dieser Schuft! wozu mußte der mich auch noch unbrauchbar machen? Als ob ich ihm in meinem Alter hätte hinterherrennen können! Aah …«

»Mama!« schreit Marilina, besorgt über die Grabesstille nach dem Stöhnen. »Bist du verletzt?«

»Woher soll ich das wissen? Es tut mir überall weh … vielleicht das Oberschenkelhalsbein, die Rippen … ein einziger Schmerz … ein sehr freundlicher, sehr vornehmer Herr mit Mercedes hat mich schonend vom Boden aufgekratzt, er sagt, er hat alles gesehen und daß er erst nicht wußte, ob er den Dieb verfolgen oder sich um das Opfer kümmern sollte, aber daß dann seine Hilfsbereitschaft stärker war als seine Rachsucht, ah, wie fein der sich ausgedrückt hat, und zum Glück war die stärker, weil so bin ich jetzt hier auf der Unfallstation der Poliklinik, meine Liebe, aber wenn du glaubst, daß die sich um mich kümmern, eine Ewigkeit bin ich jetzt schon auf einem einzigen Bein in diesem zugigen Flur, nicht einmal die Aufnahme bis jetzt. Ein Schmeeerz … was machst du, Kind, kommst du her?«

»Natürlich komme ich, rühr dich da nicht weg und warte auf mich, und rede nicht soviel, wo du doch Osteoporose hast, ich bin gleich da.«

Das hatte gerade noch gefehlt. Jetzt muß sie alles liegen und stehen lassen und…, aber nein, die Dusche nimmt sie noch, das Unglück ist jetzt schon passiert, und im Krankenhaus ist Mama sicher. Sie läßt noch mal kurz das Wasser laufen, trocknet sich oberflächlich ab, zieht eine Kittelbluse und eine Hose an, trinkt eine halbe Flasche Stilles Wasser – ja, es ist zu – und läuft die Treppe hinab. Vor der Haustür steht Berto und hebt gerade die Hand, um zu klingeln.

»Wohin läufst du denn?«

Sie erklärt es ihm. Vielleicht hat sie, von dem – entschieden inquisitorischen – Ton seiner Frage verärgert, etwas übertrieben, was ihre Sorge und ihre Eile betrifft. Berto packt sie über dem Ellbogen am Arm und schiebt sie in Richtung Moped.

»Gehen wir«, sagt er mit sehr männlicher Autorität. So ungeschützt auf diesem kleinen Sattel, der für junge Leute gedacht ist und auf dem sie nun schon zwischen zwei beängstigenden Mauern von Autos rechts und links durchschießt, umschlingt sie seine Taille und drückt sich fest an seinen Rücken wie an einen Schild. Bei der Ankunft ist es aber dann doch besser, daß sie ihm sagt, nicht mitzukommen. Verletzt oder nicht, die Mama könnte doch einen Schreck bekommen.

Jede vollständige Pedalumdrehung entspricht 5 Meter Strasse mit dem Fahrrad. Was für ein merkwürdiges Gefühl, sich plötzlich wieder in ihrem Mädchenzimmer mit dem Schwedenregal auf seinen starren Metallfüßen zu befinden, in dem nur noch alte Grammatikbücher und Romane stehen, die so unbedeutend sind, daß sie sie beim Umzug nicht mitgenommen hat. An der Wand über dem Bett hängt, mit vier Reißnägeln befestigt, noch immer das Egon-Schiele-Poster, das sie bei einem Schulausflug im Kunsthistorischen Museum von Wien gekauft hatte: eine blutrote Mutter-Kind-Darstellung, die von den Geschossen der Spielzeug-Flobert, die sich Marilina von ihrem Vater zum Abitur gewünscht und auch erhalten hatte, völlig durchsiebt war. Ganze Nachmittage lang tobte sie damals ihre unterdrückte Wut aus, indem sie immer wieder auf diese Reproduktion schoß, und am Abend klebte sie dann als Reparationsleistung neue Tesafilmstreifen auf die Rückseite, die in der Zwischenzeit sicher völlig vergilbt sind. Wenn man genau hinsieht, weist auch die Tapete ringsum ein paar Kerben zwischen den einzelnen Girlanden auf, nicht sehr viele, weil sie genau zielte (einen Fehler zu machen hatte ihr nie gefallen), doch wenn man das Plakat abnehmen würde, käme dahinter ein großes blatternarbiges Wandrechteck zum Vorschein: wahrscheinlich hat es die Mama deshalb nicht einmal jetzt, wo sie es gekonnt hätte, durch irgendeine Jungfrau von Lourdes ersetzt. Die Pistole hingegen schenkte Marilina, nachdem sie lange Zeit vergessen unten im Schrank gelegen hatte und ihr beim Auszug wieder in die Hände geraten war, den Enkelkindern der Hausmeistersfrau, und dabei hatte sie dann der Gedanke erschreckt, daß die übriggebliebenen Plastikkugeln sie in jener bleiernen Zeit hätten in Schwierigkeiten bringen können. Das Trimmrad, auf dem sie in die Pedale tritt, ist neu: Ersilia behauptet, es bei einem Glücksspiel im fünften Kanal gewonnen zu haben, aber das glaubt ihr Marilina nicht. Wahrscheinlich hat sie es sich selber gekauft und will es nicht zugeben, dabei hätte sie doch ein Alibi mit ihrer schlechten peripheren Durchblutung... Soll einer diese Mamas verstehen, die sich mit über sechzig noch einmal aufschwingen und einer Fitneßutopie nachjagen. Viel wird sie jetzt mit ihrem gesplitterten Oberschenkelknochen ja nicht mehr treten können: wenn sie Glück hat, kann sie das Trimmrad vielleicht im September, Oktober für Reha-Übungen verwenden. Marilina, die jetzt hier ist, um ihr Gesellschaft zu leisten, hat sich angewöhnt, jeden Morgen ein paar Runden im Stehen zu drehen. Die Lenkstange ist auf ein plumpes Kohle-Porträt ausgerichtet, das ein jugoslawischer Maler so um das Jahr 68 auf dem Montmartre (Busreise mit der Pfarrgemeinde) von ihr skizziert hat. Es sieht ihr überhaupt nicht ähnlich, ist aber doch eine Erinnerung an eine illusionäre Flucht und hing, nachdem sie es hatte rahmen lassen, lange Zeit anstelle eines Spiegels, den Marilina nicht in ihrem Zimmer haben wollte, an der Wand. Wenn sie sich unbedingt ansehen mußte, benutzte sie den kleinen im Bad oder den rauchgrauen Wandspiegel an der Vierjahreszeiten-Garderobe im Flur. Es gibt viele Systeme, sich selbst zu hassen. Und sie hat schon eine ganz schöne Strecke zurückgelegt, seit sie sich hier in diesem Zimmer einschloß und auf die Wände ballerte.

Über und unter dem Streifen der Badehose war Alfredo Delledonne nur weiße Haut und hervorstehende Knochen. Er haßte Kieselstrände, verabscheute Sandstrände, und Schwimmbäder machten ihn nach eigener Aussage hysterisch. Im Sommer vergrub er sich am liebsten den ganzen Tag in seinem Arbeitszimmer und ging erst um Mitternacht spazieren. Daher erwartete Marilina sich nicht viel, als ihr absichtlich die Information herausgerutscht war, daß sie mit Olimpia und einem Verlobten Olimpias, der einen Fiat 600 hatte, an den Gardasee fahren würde. Jedenfalls hatte sie wie beiläufig erwähnt, daß diese beiden in der Gegend von Manerba einen Ort kannten, einen Privatbesitz, wo man nur über die verrostete Schranke klettern mußte, um sich in einer vollkommen menschenleeren Wildnis zu befinden. Alfredo hatte sofort gesagt, daß er gern mitkommen würde, und als sie dann vorbeikamen, um ihn abzuholen, war er tatsächlich mit seinem Beutel, in dem sich belegte Brötchen und Cola und ein Frottierhandtuch befanden, abfahrbereit.

Der Strand war eine steinige Sichel mit mehreren Hundehaufen und nicht einmal einer Andeutung von Schatten, aber als sie sah, daß Alfredo Schuhe und Hose auszog und auf das dunkelblaue Wasser des Sees zuging, überließ Marilina Olimpia und den Verlobten Olimpias sofort den Freuden eines nahegelegenen Wäldchens mit den kühlen Getränken und dem Plattenspieler.

Auf diese Weise lief sie ihm nun schon seit vier Jahren nach, wie magisch angezogen von seinen mageren Beinen und den nervösen schmalen Hüften, die sie vermutlich mit zwei Händen hätte umfassen können. Jedesmal wenn Alfredo wieder von einer seiner Odysseen zurückkehrte – er hatte zu den ersten italienischen Hippies gehört, die Marokko besetzten –, blickte sein Auge noch seliger und floß seine Stimme noch sanfter über: und die Innenwände der Falle, in der Marilina von Flucht träumte, bekamen immer mehr Stacheln, die sich ihr unangenehm ins Fleisch bohrten. Aber sie sagte sich, daß es ein reines Wunder war, in ihm einen Freund gefunden zu haben. Sie hatten sich zufällig in der Sormani-Bibliothek kennengelernt, als sie in der fünften Gymnasialklasse war und nicht recht wußte, wie sie aus all den Karteien Material für eine Arbeit über die literarischen Höllen nach Dante zusammenfinden sollte. Ein etwa zwanzigjähriger Junge mit himmelgrauen Augen und massenhaft blonden Haaren stöberte in den verschiedenen Karteikästen herum: er nahm sich ihrer an, stellte sich vor und empfahl gebieterisch einen gewissen Rimbaud, Arthur. Sie wollte diesem Blick eines Volljährigen, der sie – mit Ironie, wie ihr schien – maß, nicht allzu viel Beachtung schenken und dankte sehr ernst, holte sich das Buch, las, staunte, bewunderte es, schlug rasch im Kommentar und den Anmerkungen nach und schrieb mit tief gebeugtem Kopf ganze Absätze ab. Erst an der entsetzten Reaktion ihrer Italienischlehrerin, einer Nonne (»Labruna! Ich muß mich sehr über dich wundern! Weißt du denn nicht, daß dieses Zeug auf dem Index steht?«), erkannte sie zwei Tage später die Ungebührlichkeit und hatte eine Erleuchtung: dieser Delledonne war kein Umgang für sie. Abgesehen davon, daß er unanständige Sachen las, ging er womöglich auch nicht in die Kirche, ja war vielleicht gar ein Kommunist oder ein Anarchist. Also nahm sie ihren ganzen Mut zusammen, rief ihn aus einer öffentlichen Telefonzelle an und fragte, ob er wohl, da er so freundlich gewesen sei, ihr für alle Fälle seine Adresse zu geben, ihr noch ein paar nützliche Informationen für die Schule geben könnte: sie versprach hoch und heilig, daß er nicht viel Zeit mit ihr verlieren würde, worauf er mit einem sympathischen, aber ein wenig hochnäsigen Lachen zur Antwort gab, daß die Zeit nur dazu diene, verloren und wiedergefunden zu werden. Sie trafen sich einmal, ein zweites Mal, dann noch zweimal, und Marilina begann ihr Leben danach einzurichten: in jenen Jahren war Pippo Labruna noch nicht über alle Berge, ja er hing fast jeden Tag zu Hause herum, und da er wohl dachte, daß seine Frau zu sehr mit ihren scheußlichen Sammelbildchen beschäftigt oder zu unbesonnen sei, um sich wegen ihrer einzigen Jungfrau, die mit ihren sechzehn Jahren in Mailand herumspazierte, Gedanken zu machen, setzte er sich zum Ziel, seine süditalienische Familientradition aufrechtzuerhalten, indem er der Tochter den Zeitpunkt für das Nachhausekommen vorschrieb und auch noch ihre wenigen Freundschaften zu kontrollieren versuchte. Mit komplizenhafter Unterstützung der Bogani (Olimpia hielt sich für die beste Banknachbarin der Welt) erfand Marilina immer neue Hausaufgaben, und während Mama und Papa sie paukend bei der Freundin wähnten, war sie auf ihrem täglichen Eskapädchen zu Alfredos Wohnung, wo die Geste des Türschließens nicht als ein Sakrileg angesehen wurde. Ja, die Mutter – eine blasse, lächelnde Frau, die nie mehr sagte, als »schönen Nachmittag« und »auf Wiedersehen, Liebe« – *klopfte sogar an*, bevor sie zwei Tassen Ovomaltine oder Tee in Alfredos Arbeits- und Schlafzimmer brachte. Überrascht, aber froh, daß es auch so wohlerzogene Mütter gab, hörte Marilina schon bald auf, Vergleiche anzustellen, und vergaß sie einfach, so wie Alfredo es tat. Im Territorium ihres neuen Freundes konnte man frei durchatmen: schon an seiner Haustür schwanden alle ihre Ängste, die sie herbegleitet hatten, nach den drei Treppen war nicht mehr viel von ihnen übrig, sobald sie die Wohnung betrat, waren sie fast ganz weg, und nachdem Marilina die Tür von Alfredos Zimmer hinter sich geschlossen hatte, holte sie erst einmal tief Luft. Sie gaben sich ein formelles Küßchen auf die Wange, und dann setzte er sich hinter seinen stets mit Neuerscheinungen und merkwürdigen, hellblau oder grün eingebundenen Zeitschriften bedeckten Schreibtisch: Marilina setzte sich davor auf einen drehbaren Bürostuhl, mit dem man durch ein leichtes Abstoßen der Fußspitzen von links nach rechts und von rechts nach links wippen konnte. Alfredo sah nie auf die Uhr, als hätte er tatsächlich nichts Besseres zu tun, als ihr ungereimte Verse gewisser Amerikaner zu zitieren, die bereits eine Revolution ausgelöst hatten oder dabei waren, eine solche auszulösen, und ihr von Alchimisten, Symbolen, indischen Philosophen zu erzählen und davon, daß man Lehrer und Eltern töten sollte. Er war über eine Menge interessanter Dinge informiert, die immer anderswo geschrieben, gesagt, getan worden waren, und es machte ihm Spaß, Marilina mit einem freundlichen Lächeln davon zu erzählen, die, wie sie selber verstanden hatte, nicht einfach irgendein intelligentes, scheues kleines Mädchen war, sondern sein Publikum, das sich zu seinem Gesprächspartner entwickeln konnte. Wenn sie zögernd eine geistreiche Bemerkung zurückgab oder vernünftig antwortete, belohnte sie Alfredo nämlich immer mit einer neuen Geschichte, einem aufmerksameren Blick, einem Räucherstäbchen zum Mitnehmen oder einem jener Zeichenblätter, die er selber mit gewissen sehr merkwürdigen unbekleideten Figuren füllte, die aus den Schnörkeln der Wachskreide oft nicht auf den ersten Blick zu erkennen waren. Glücklich, in diesem Kammertheater eine Rolle spielen zu dürfen, bemühte sich Marilina sehr, ihm die passenden Stichworte zu liefern, und hatte manchmal das Gefühl, bald zur zweiten Hauptdarstellerin aufzurücken. Alfredo war geduldig, er schien nie müde, ihr mitleidsvoll in die Augen zu sehen, wenn sie sich Luft machte. Außerdem war es ja so, daß sie nicht nur redeten. Manchmal erhob er sich aus seinem Armsessel und dirigierte die Wagnerplatte, die im Schummerlicht der halbgeschlossenen Läden vom Grammophon rauschte. Oder aber sie saßen schweigend da, jeder ruhig in sein eigenes Labyrinth versunken. So ganz allmählich aber saß sie immer häufiger ganz steif auf dem wankenden Stuhl und spürte dabei einen unangenehmen Schauder, wie wenn Schuppen über die Haut rieselten. Die Augen fest auf Alfredos Augen gerichtet, sah sie sich winzig klein, doppelt, verloren in einem immensen Himmelsraum, aber es war wohl ganz richtig, sich so zu fühlen, als eine winzig kleine Schlange, die sich in der Brust rührte und den Versuch wagte, ihren Schlangenbeschwörer zu beschwören.

Alfredo sagte es ihr jetzt, da sie vertraut waren und er ihr schon Jung und Reich zum Lesen gegeben hatte: »Du bist zu verkrampft. Warum schaust du dich immer mit diesen verängstigten Gazellenaugen um? Lockere dich und versuche, deine Neurosen ein bißchen in den Griff zu bekommen.«

Marilina zuckte mit den Achseln und gab sich gleichgültig, in Wirklichkeit aber war sie gleichzeitig gerührt und gepeinigt von dem Bild, das in ihrem Kopf herumgeisterte und soviel flatterhafter war als sie.

»Du bist eine Kleinbürgerin, Katholikin mit Sexkomplex«, sagte Alfredo und horchte genüßlich der komischen Musikalität der Worte nach (er modulierte sie genau und zog dabei die Töne ein wenig mit den Lippen lang, die schön, fleischig schwellend, eine Spur lüstern waren).

»Siehst du?« sagte er. »Kaum spricht man vom Sex, fällt dir gleich was aus der Hand. Quod erat demonstrandum.«

Marilina wurde rot, hob die Streichhölzer oder das Zigarettenpäckchen auf, aus dem sie umständlich eine Zigarette herauszog. Ihr Vater, der jeden Tag mindestens zwanzig Esportazione rauchte, schimpfte immer herum, daß dies eine ganz dumme Angewohnheit sei und man lieber nicht damit anfangen solle, da es nachher so schwer sei, wieder aufzuhören, und außerdem gehöre es sich für eine junge Dame ohnehin nicht: also bemühte sie sich, möglichst eine nach der anderen anzuzünden und mit Lungenzügen zu rauchen.

»Ich bin nicht mehr katholisch«, sagte sie in dem Sommer vor ihrer Prüfung. »Das ist doch schon mal was, oder?«

»Mal sehen. Versuche, mir einen Traum zu erzählen.«

»Was für einen?«

»Einen schönen«, befahl Alfredo, streckte seine Beine auf dem Schreibtisch aus und kreuzte die Arme.

»Also, es hat angefangen wie ein Fernsehfilm: eine Villa mit lauter Kristallwänden, mit einem Rasen und einem Swimmingpool. Darüber der Titel: ›Das Haus des Todes‹. Kameraschwenk nach vorne: dort waren eine Menge Leute, eine Art Party, und ich ging da durch und kannte keinen einzigen, es war aber so, wie wenn ich die Parade eines Heeres abnehmen würde oder so was ähnliches, weil sie alle in Reih und Glied dastanden und ich vor jeder Person stehenblieb und die sich verneigte und mir erklärte, was sie für eine Arbeit machte: einer machte die Särge auf, ein anderer zog die Leichen heraus, ein anderer ließ sie verwesen … und dann war da ein Junge … blond war er und schön und von freundlichem Aussehen, der sagte, daß er sie entfleischte. Gefällt es dir?«

»Sympathisch. Schon aus?«

»Nein. Da war eine Katze, in einer Ecke. Großaufnahme. Die Katze wächst, ihre Augen werden wie zwei rote Feuer, jetzt ist sie riesig, springt mit voller Wucht auf mich wie eine Lokomotive. Aber der blonde Junge mischt sich ein, und die Katze schrumpft zusammen … ich meine, sie wird wieder normal klein. Dann Replay. Dreimal die gleiche Szene, nur daß beim drittenmal nicht mehr die Katze auf mich sprang, sondern all diese Leute, aber der Junge hat mich wieder gerettet, die andern sind alle verschwunden, und er sagte zu mir: ›Vierzig Tage lang wirst du sterben, und vierzig Tage lang wirst du auferstehen‹, dann streichelte er mich und erklärte mir, was im Grab mit mir geschehen würde... Warum lachst du eigentlich?«

»Weil das wie aus dem Lehrbuch ist. Denk doch nur an die Katze.«

»Na, die war groß. Schwarz. Mehr fällt mir dazu nicht ein. Sie ist der Tod, oder?«

»Nein«, und lacht wieder.

Alfredo schien sich bei ihren Erzählungen sehr zu amüsieren. Er tat geheimnisvoll, behauptete, daß es eindeutige Interpretationen gar nicht geben könne, und sprach dann über den Narren beim Tarock und die Universalität der Archetypen.

»Ist das nicht ein Widerspruch?« fragte Marilina.

»Alles ist Widerspruch. Yang und Yin, Licht und Dunkel, Geburt und Tod, Mann und Frau... vergiß nicht, daß die Vollkommenheit im Zusammentreffen der Gegensätze besteht...«

»Eben«, versuchte sie zu sagen. Aber Alfredo war in Fahrt.

»Denk an die Hexagramme des *I Ging*, der Berg, der auf den Kopf gestellt zum See wird! Alles ist umkehrbar, das Leben ist keine Gerade, wie sie dir in der Schule erzählen, nein, es ist der Uroboros, der sich in den Schwanz beißt. Verstehst du, die versuchen euch total zu verarschen mit ihren ewigen *A ist nicht gleich Nicht-A*, damit sie euch die Denkweise der Väter einhämmern können, die aber eine völlig kastrierte Denkweise ist, eine eindimensionale Denkweise, Marcuse docet. *Turn on, tune in, drop out.*

Wenn wir nun einmal eine nicht-aristotelische oder besser gesagt, nicht-euklidische Sicht annehmen, dann haut die Sache nämlich hin, dann sind zwei und zwei nicht mehr vier, sondern fünf, sechsundzwanzig, dreiundvierzig... Die Dichter haben dies zum Glück schon immer gewußt: *La Nature est un temple où de vivants piliers laissent parfois sortir de confuses paroles*... streng deine Gehirnwindungen nicht unnötig an, Kleine, das ist von Baudelaire... Also verstehst du, schon merkwürdig, daß es da eine Art internationale Freimaurerei der Dichter gibt, die olympisch über alle Jahrhunderte, Kontinente, Kulturen hinweg... ja, eine fast schon mafiose Bruderschaft der auserwählten Geister bildet...«

Es kam hin und wieder vor, daß Alfredo auf diese Weise mitten im Satz stockte, die Augen schloß und drei Minuten oder eine Viertelstunde lang schwieg. In solchen Fällen muckste sich Marilina nicht, sie gab sehr acht, daß der Sessel nicht quietschte und daß sie nicht zu geräuschvoll atmete. Bei jenem Mal dachte sie schließlich, Alfredo sei über einem ganz besonders verschlungenen Gedankengang eingeschlafen. Aber nach einer Weile schlug er die Augen auf.

»Du hast eine ganz verbohrte katholische Phantasie, Marilyn. Nimm nur einmal diesen durch und durch neutestamentarischen Satz: ›Vierzig Tage lang wirst du sterben, und vierzig Tage lang wirst du auferstehen‹, das ist doch ein reizendes Beispiel für die Perversion von Tagesresten... mach doch nicht so ein Gesicht! Jawohl, Perversion, weil du eine Sprachstruktur christologischen Typs gebrauchst, um ein absolut dämonisches Machtgelüst auszudrücken.

Du kehrst das um, verstehst du? Du versetzt dich an die Stelle des Gottessohns ...«

»Ich!?«

»Du oder dein Unbewußtes, so genau wollen wir das jetzt nicht untersuchen. Und daß nun eine Frau nach Transzendenz strebt, ist überhaupt das Satanischste, was man sich vorstellen kann. Du kleiner Luzifer! *Habetne mulier animam*? He? Hast du denn eine Seele?«

»Weiß nicht, ich achte schon länger nicht mehr darauf.«

»Gut gesagt«, meinte Alfredo grinsend, »du machst Fortschritte. Aber was ich sagen will: Solange du dich nicht entschließt, deine weibliche Seite zu akzeptieren, wirst du mit diesem kolossalen Animus, den du in dir hast, nicht zurechtkommen. Und du darfst mir ruhig glauben, du erreichst überhaupt nichts damit, daß du hier mit diesem Männerhaarschnitt und der Krawatte deines Vaters herumläufst. Was willst du denn mal werden, wenn du groß bist, die Päpstin Johanna?«

»An sich hatte ich gedacht, mich in Philosophie einzuschreiben ...«

»*Om mani padme hum*«, zitierte Alfredo und schlug die Augen zum Himmel auf, woran sie merkte, daß sie wohl zu weit vorgeprescht war.

»Willst du mir wirklich nicht sagen, was diese Katze bedeutet?« fragte sie, um ihn abzulenken.

»Eine Katze, schlicht und einfach eine Katze, glaub mir. Warum soll man sich denn auf eine Analyse beschränken, die sagt, hier ist das Symbol und hier seine Deutung, schön abgewogen, abgepackt zum nach Hause tragen? Dabei würden wir doch eine Dimension völlig außer acht lassen, mein liebes Kind: *die Ästhetik*! Deine Lokomotiven-Katze ist einfach eine prachtvolle Lokomotiven-Katze, warum soll man sie denn häßlich machen? Wenn die Schönheit, ich zitiere, die zufällige Begegnung einer Nähmaschine und eines Regenschirms, auf einem Operationstisch usw. ist, wo läßt sie sich leichter finden als im Traumrepertoire? Was glaubst du denn, woher die Surrealisten...«

So konnte das stundenlang weitergehen. Und infolgedessen entzückte Marilina die Prüfungskommission für Italienisch beim Abitur, ohne auch nur ein einziges Mal ins Stottern zu geraten, mit einem außerplanmäßigen Exkurs über die künstlerische Avantgarde des zwanzigsten Jahrhunderts und bestand, obwohl sie in Algebra danebengehauen hatte und in Leibeserziehung hingeknallt war, mit einer Durchschnittsnote, die ihr jedesmal, wenn sie an dem rauchgrauen Spiegel vorüberkam, ein Lächeln abzwang. Die Krawatte trug sie damals schon nicht mehr. Nun mußte sie nur noch ein wenig dünner werden. Leicht gesagt. Zum Glück hatte sie ihr orangerotes Tuch mit dem großen Blumenmuster an den See mitgebracht, das wikkelte sie wie einen langen Rock um den Badeanzug, der zuviel weißes Fleisch freiließ.

Alfredo lag bäuchlings in der Sonne. Sie setzte sich auf die Steine und legte die flatternden Stoffzipfel sorgfältig übereinander. Auch der Wind war heiß. Von irgendwoher kam ein pulsierendes Geräusch wie Herzklopfen. Sie umfaßte ihre Knie und stützte den Kopf darauf. Auf der Innenseite ihres linken Schenkels war der blaue Fleck von einer schon alten Verbrennung zu sehen, der ihr plötzlich ganz künstlich erschien wie ein aus unwahrscheinlicher

Eitelkeit dort hingeklebtes Schönheitspflästerchen oder wie eine eklige blutsaugerische Zecke. Sie hatte sich schon gefragt, ob er vielleicht nicht so einer von denen wäre, wie Platon oder Ginsberg. Aber dann war da dieser Nachmittag gewesen, an dem ein Mädchen, dünn wie Twiggy und vollbusig wie Jane Fonda, kurz, der Inbegriff des Schönheitsideals von damals, zu Alfredo kam, um eine vierzigbändige Enzyklopädie zu verkaufen, und er hatte sie nicht nur eintreten lassen, sondern ihr vor Marilinas Augen den Hof gemacht, und zwar so schamlos, daß Marilina, die lernbegierigst zusah, sich nicht einmal vernachlässigt fühlte. Von ihrem Zuschauerplatz aus betrachtet, enthielt das Netz, das Alfredo mit Blicken und Worten raffiniert um das Mädchen gewoben hatte, ein paar allbekannte Muster, aber das Falterchen war voll darauf hereingefallen und flatterte nur so mit den Lidern und drehte sich immer häufiger nach Marilina um, die der faszinierende Witzbold als seine Zwillingsschwester vorgestellt hatte, und sah sie schief an. Dann hatte auch er sich umgedreht, ihr ein nicht abgesprochenes, aber eindeutiges Zeichen gemacht, und Marilina hatte kapiert, daß der Spaß zu Ende war und sie schleunigst gehen mußte. Zwischen ihren Knien stieg jetzt ein ganz merkwürdiger Geruch auf, ein roher heißer Gestank, von dem sie ins Schwitzen kam.

»Ich habe wieder einen katholischen Traum gehabt. Soll ich ihn dir erzählen?« fragte sie mit etwas zu lauter Stimme.

Alfredo nickte träge, stützte einen Ellbogen in den Kies und hob den Kopf. Ein Zipfel ihres Tuchs streifte sein Gesicht.

»So nimm doch diesen Lappen ab und wickle ihn dir um den Kopf, du kriegst ja noch einen Sonnenstich...«

»Ja, ja, also«, warf sie hastig ein, »ich suchte in einem Nonnenkloster nach einem Jesuiten. Sie ließen mich in das Kloster herein, wo auch ein Strand war – aber nicht wie dieser hier, ein Meeresstrand mit glasklarem grünen Wasser –, und wir wollten gerade alle reingehen...«

»In Kleidern?«

»Ich weiß nicht. Die Nonnen waren schwarz, mich habe ich nicht gesehen. Aber da taucht am Riff ein Boot auf mit einem Mann, der aufrecht stehend rudert, wie die Venezianer, weißt du, aber als Ruder benutzt er einen Stock, einen frisch entrindeten Ast, sehr lang, knotig, und in seinem Kielwasser schwimmen, als hätte er sie im Schlepptau, eine Menge Steine. Die Steine bedecken das Meer bis zum Horizont. Wir müssen aber trotzdem ins Wasser und versuchen, zwischen den Steinen hindurchzuschwimmen, ich schaffe es auch, aber die anderen bleiben zurück und ertrinken vielleicht, das weiß ich nicht, ich höre sie schreien und dann...«

Er hörte ihr nicht mehr zu. Er spielte mit etwas Kleinem, das er zwischen den Steinchen gefunden hatte.

»Schau mal, sieh dir das an, wie sie versucht, schlauer zu sein«, sagte er.

Marilina näherte sich. Es war ein Insekt, eine Art mißratenes Marienkäferchen, bräunlichgelb. Es kletterte hastig auf einen Stein, aber sobald Alfredo wieder seinen Finger davor legte, blieb es wie angewurzelt stehen, zog Fühler und Füße unter den verblaßten Panzer und wirkte plötzlich wie verdorrt.

»Hast du gesehen? Sie stellt sich tot und glaubt uns dranzukriegen.«

Er nahm seinen Finger weg. Kurz darauf kam zögernd ein Fühler zum Vorschein, der die Luft abtastete, dann kam auch der andere hervor, die Füße erschienen alle gleichzeitig, und das Insekt lief hastig weiter, um den Schattenfleck zu durchqueren, und ahnte nicht, daß über seinem Himmel wieder ein drohender Finger erscheinen würde, der es je nach Laune leben lassen oder töten konnte. Warum hatte Alfredo eigentlich die weibliche Form gebraucht? Und was fand er überhaupt so lustig daran? Irgendwie war diese immer gleiche Verteidigungstaktik rührend, auch wenn es stumpfsinnig war, daß das Tierchen beharrlich seinen Weg weiterverfolgte, der so von oben betrachtet nirgendwo hinführte: die Steinchen schienen alle mehr oder weniger gleich, keines wirkte erstrebenswerter als die übrigen. Und dennoch schien das häßliche Marienkäferchen einen genauen Plan zu verfolgen, und Marilina gefiel es nicht, daß Alfredo es auf seinem Weg von einem Nichts zu einem anderen Nichts behinderte. Nun hatte er es noch einmal aufgehalten und fuhr mit der freien Hand über den Strand, um die Steinchen beiseite zu schieben.

»Such einen flacheren, Marilyn, jetzt töten wir sie wirklich, das hat sie nun davon.«

Marilina bezweifelt, daß sie wirklich nur ein gefährdetes Insekt retten wollte, Tatsache ist jedenfalls, daß sie es ihm in jenem Moment gesagt hat.

»Alfredo, ich bin ich dich verliebt.«

Er drehte seinen Kopf langsam dem See zu.

»Hast du gehört, was ich gesagt habe?«

»Du hast gesagt, daß du in mich verliebt bist.«

Vielleicht war es die Hitze oder die Sonne. Woher hätte sonst dieses Verlangen kommen sollen, ihn an der Gurgel zu packen? Der Marienkäfer war jedenfalls inzwischen verschwunden. Und Alfredo entschloß sich, eine andere Lage einzunehmen: er lag jetzt rücklings auf dem Kies und kreuzte die Arme als Kissenersatz unter dem Kopf.

»Es gibt so viele andere Jungen...«, sagte er. »Weißt du, ich verliebe mich oft, aber ich habe keine Lust, immer mit einer zusammenzubleiben.«

»Was hat das denn damit zu tun? Das heißt, ich weiß, daß *du* nicht in mich verliebt bist, aber ich mußte es dir einfach sagen.«

»Ist ja gut, sprechen wir also über diese Liebe. Wie ist sie denn, hm? Ist es eine glühende, leidenschaftliche, sinnliche Liebe? Eine romantische, platonische, sentimentale? Heftig, stürmisch, qualvoll?«

»...«

»Also dann beruhige dich, du liebst mich gar nicht. Wenn du mich lieben würdest, könntest du diese Gefühle, die du zu empfinden meinst, auch vernünftig einordnen. Das ist keine Liebe, nur ein Strohfeuer.«

»Nicht? Äh, wir könnten sagen... sagen wir, ich mag dich gern?«

»*Gern*... was soll ich denn damit anfangen, mit diesem *gern*?«

»Steck's in deine Tasche, wirf's ins Klo!« schrie sie vor Wut, weil sie nicht weinen konnte. Und Alfredo sah ihr endlich ins Gesicht.

»Marilyn ... ich verstehe. Du sollst nicht meinen, daß ich nicht verstehe.«

Marilina senkte den Blick. Sie war jetzt vor allem verwirrt. Vielleicht irrte ja auch er einmal? Und jetzt? Was machte er jetzt? Warum nahm er denn ihr Kinn zwischen zwei Finger? Alfredo beugte sich über sie, berührte ihre Wange leicht mit seinen schönen prallen Lippen, sagte: »Reden wir nicht mehr davon«, und erhob sich.

Sie beobachtete ihn, wie er zuerst den einen, dann den anderen Fuß ins Wasser tauchte und schaudernd herumhüpfte. Das Wasser konnte gar nicht so kalt sein. Er wagte sich vorsichtig ins Flache, schob die Algen beiseite, bis der See seine Hüften beleckte, seine rote Badehose dunkel färbte und an seinem Rücken emporstieg. Lautlos entglitt Alfredo in Richtung des Veroneser Ufers. Die Brise hatte nachgelassen. Er hielt beim Schwimmen sorgfältig den Kopf über Wasser, um sich den reizenden Lockenschopf nicht naßzumachen – wie ein Cocker – und hinterließ auf der ölglatten Oberfläche des Sees nichts als ein zittriges Gekräusel. Gleich danach war er nur noch ein heller Punkt weit draußen, ein abgeschlagener Kopf auf einem Tablett.

Marilina kann sich noch erinnern, daß sie beim Aufstehen leicht schwankte, vielleicht hatte sie einen Sonnenstich oder waren ihr die Beine eingeschlafen. An ihren Schläfen pochte etwas, aber sie zwang sich zum Nachdenken. Alfredo schätzte sie, er hielt sie für fähig, jede Wahrheit zu ertragen, daher knallte er sie ihr ins Gesicht. Ein wahrer, ihr einziger Freund. Also mußte sie sich bremsen und diese verrückten Vorstellungen von einem gemeinsamen Leben, die in ihrem Kopf herumgeisterten, unterdrücken. Als erstes nahm sie diesen lächerlichen Fetzen herunter, der ihre Hüften verhüllte, tauchte ihn ins Wasser und wickelte ihn à la Lawrence of Arabia um die Stirn. Ein Freund konnte ruhig auch ein wenig Zellulitis sehen, zum Teufel. Sie ging entschlossen auf das Wäldchen zu, und während sie den wieder größer werdenden Lichtpunkt ins Schlepptau ihres Blickes nahm, fühlte sie sich schon frischer, gazellenhafter. Alfredo kam aus dem Wasser, schüttelte Tropfen aus den Haaren, schlug sich mit beiden Händen auf Brust und Schultern, drehte sich mehrmals hölzern um sich selbst wie eine Ballerina auf einer alten Spieldose oder ein steif gewordener Flamingo. Marilina lächelte, dann lächelte sie noch einmal, weil ihr klar wurde, daß sie aus Mitleid gelächelt hatte. Sie ging auf ihn zu, stellte sich neben ihn und hängte sich bei ihm ein, bereit, ihn zu einem kleinen Aufwärmelauf zu ermutigen. Alfredo packte sie an der Hand und schob sie beiseite.

Den ganzen Heimweg über stellte sie sich auf dem Rücksitz des Fiat 600 neben der stark nach schweißigem Patschuli, trockenem Laub und irgendetwas Desinfektionsmittelartigem riechenden Olimpia schlafend. Aber am Abend zu Hause schloß sie sich, während Ersilia und Pippo traut vereint das Samstagsquiz im Fernsehen verfolgten, ins Bad ein, machte ein neues Zigarettenpäckchen auf und biß die Zähne zusammen. Dies war damals ihre Art, den Schmerz herauszulassen, und die war auch nicht schlechter als andere. In rascher Folge zündete sie alle Zigaretten an und drückte sie wieder aus. Und erst hinterher sah sie, daß sie auf dem bläulich weißen Schenkel einen roten Ring wie ein spitzenbesetztes Strumpfband eingedrückt hatte.

»Mein Gott, Schatzilein, es klingelt schon seit einer halben Stunde!« jammert die Stimme der Mama. Marilina springt vom Sattel des Trimmrads. Das wird die Stefanoni sein, die jeden Tag nach ihrem Dienst im Krankenhaus vorbeikommt: »Nur auf ein Stippvisitchen, um unserer lieben kleinen Patientin, o weh! gute Besserung zu wünschen und ihr vielleicht einen kleinen Dienst zu erweisen«, sagt sie regelmäßig, und Marilina, die so verschrobene Interjektionen wie »O weh« haßt, wird ganz nervös (als ob die da einen Grund zum »o weh« schreien hätte, wenn sie hier voll aufgedonnert aufkreuzt, mit strahlendem Lächeln und verschmiertem Lippenstift, schlimmer als bei ihrer Mama, und richtig, von ihr hat die Mama diese unerträgliche Angewohnheit, ihre Sätze mit Diminutiven vollzustopfen). Das Stippvisitchen dauert jedoch im allgemeinen genau die drei Stunden, die sie braucht, um nach Gratosoglio hinauszufahren, den Ficus zu gießen, an Accardis PC zu arbeiten oder sich in Gesellschaft Bertos zu entspannen, der sich zum Glück auch auf Begegnungen von halber Dauer – allerdings nicht zum halben Preis – einläßt.

»Hast geträumt, wie? Ach, die Jugend!« wispert die Krankenschwester, während sie in die Wohnung schlüpft. »Die liebe Ersilia sollte mir doch wirklich das Schlüsselchen geben, oh! dieses himmelblaue Hemdchen steht dir ja *göttlich*, Märilin! Es paßt ganz zu deiner Aura, verstehst du?« und nimmt einen Anlauf, um sie zu küssen, trifft aber ins Leere, weil Marilina prompt halb unwillkürlich einen Rückzieher gemacht hat, was ihr jetzt leid tut, aber nicht so sehr, daß sie sich herabläßt und es wiedergutmacht: was ist denn so Schlimmes dabei, wenn ein ein Meter dreißig kleines, klapperdürres, mit zwei bärtigen Muttermalen beidseits des Kinns geschmücktes und toll herausgeputztes Medium versucht, ihr ein Kompliment zu machen. Aber alles hat seine Grenzen, auch ihre Befürchtung, die Zwergin in ihrem gewiß riesenhaften Stolz verletzt zu haben.

»Entschuldigen Sie, Pucci, ich hatte die Klingel nicht gehört. Haben Sie schon lange gewartet?«

»Ach nein, nein, nein, ein Minütchen vielleicht, gar nicht tragisch. Und das Mamachen, hm? das Mamachen?«

»Wie immer. Sie klagt über die Hitze. Aber sie muß ja im Bett bleiben... Gehen Sie nur zu ihr, gehen Sie.«

»Oh, welche Eile! Die liiiebe Ersilia läuft ja nicht weg, die Ärmste, nicht wahr? Hör mir doch mal ein Momentchen zu – aber schau, was für ein nettes Figürchen du hast, wolltest wohl gerade weg, da du dich so schön gemacht hast? –, hör mal, ich habe eine Botschaft für dich, jawohl, *ausdrücklich* für die Märilin, die verständlicherweise vor Verlangen brennt...«

»Vielleicht später«, fällt ihr Marilina erschreckt ins Wort, weil sie fürchtet, sich hier zwischen Tür und Angel wieder einen Bericht von diesem Jenseitsgeplauder anhören zu müssen. »Ich muß jetzt ganz schnell weg, und außerdem ruft Mama schon nach Ihnen, hören Sie sie nicht?«

»Du brennst also nicht darauf«, stellt Pucci fest und schiebt die kahlgezupften und praktisch mitten auf der Stirn mit einem braunen Stift nachgezogenen Augenbrauen so weit dies möglich ist zusammen. Zum Glück ruft die Mama tatsächlich und auch in dem passenden Klageton, der diese Nervensäge zwingt, schnellstens in das Schlafzimmer zu trippeln. Gut. Nachdem sie sich schnell umgezogen und das »Hemdchen«, das in Wirklichkeit das Oberteil eines uralten Pyjamas ist, mitsamt seiner Aura in den Korb mit der schmutzigen Wäsche geworfen hat, klopft Marilina kurz an Ersilias Tür, streckt den Kopf ins Zimmer, um zu sagen: »Ich gehe jetzt, Mama« und erhascht dabei ein Gewedel von Papieren und Händen zwischen dem spitzenbesetzten Leintuch und dem mit Sonnenblumen bedruckten Jersey von Puccis Kleid. Was treiben die beiden, was haben sie zu verstecken? Sie haben sich alle beide ruckartig umgedreht und klimpern nur so mit den Wimpern und runden die Mündchen zu einem O, und Marilina hat plötzlich die seltsame Vorstellung von zwei Ursulinerinnen, die dabei ertappt werden, wie sie Heiligenbildchen mit der Madonna im Korsett tauschen.

»O ja, ja«, sagt die Mama, »und vergiß nicht, Kaffee zu kaufen, es ist ja keiner mehr da!«

»Wie? Ich habe doch erst gestern abend welchen gekauft...«

»Geh nur, meine Liebe, geeeh! Keine Sorge, ich kümmere mich schon um alles, geh, geh, amüsier dich, aber Marke Gold und nicht gemahlen, denk dran, ja? Geh, geh!« kreischt das Puccilein und stopft dabei den... Brief? das Foto? den Bericht von einer spiritistischen Sitzung? tiefer in die Tasche. Nun ja, es ist schließlich ihre Sache.

»Wenn jemand nach mir fragt, in einer halben Stunde bin ich bei mir zu Hause, aber ich komme bald zurück«, sagt Marilina und hört, während sie die drei Schritte vom Flur zum Schirmständer zurücklegt, prompt das laute Schimpfen ihrer Mama: »Als ob je einer nach ihr fragen würde, kein einziger Anruf, seit sie hier ist, nicht der Schatten eines Mannsbilds, ach Pucci, alle Opfer waren umsonst...«, naja, weil Ersilia Labruna bei der Stefanoni nämlich außer täglichen Dankbarkeitsdosen, ausbezahlt in Halbkilopackungen Kaffeebohnen (sie trinkt den Kaffee nicht, sondern kaut ihn), auch den ganzen Kummer ablädt, der ihre Seele bedrückt. Das heißt, vermutlich nur den einzigen und ewigen Kummer, daß sie sich nämlich nie hatte das Brautmutterhütchen aufsetzen dürfen. Worüber die beiden sonst noch miteinander reden, weiß Marilina nicht, es interessiert sie auch nicht.

Ihr Problem ist, daß sie mit niemandem Streit will. Darüber denkt sie jetzt gerade nach, während sie auf die Straßenbahn wartet und sich in das mit Filzstift vollgekritzelte Wartehäuschen aus Aluminium und Plexiglas stellt. Wenn sie doch einmal aufgeschrien, protestiert, ihr Recht auf Dinge verlangt hätte, auf die jeder Mensch Anspruch hat – leben, vögeln, geliebt zu werden oder sich wenigstens selber ein wenig zu mögen –, könnte sie diesen unangenehmen Eindruck etwas leichter verdrängen, immer nur dünnhäutig gegen das Leben gekämpft zu haben. Dann könnte auch sie einmal ihr Innerstes nach außen kehren, wie jener Typ, der hier geschrieben hat: »Hast du heute schon deinen Exilanten getötet?« oder wie jener andere, der mit Sorgfalt eine lange Anzeige an die Wand gekritzelt hat: »Achtung! Rita G. leckt riesige Schwänze (aber sie *müssen* riesig sein) GRATIS. Ich weiß nicht, ob das klar ist. Ist es klar? Nähere Auskünfte unter der Nummer...« oder auch einfach wie jener, der seine Zeit dafür geopfert hat, jede freie Stelle mit »Inter ist ein Scheißverein« vollzuschmieren. Marilina ist ihr Leben lang allen Hindernissen ausgewichen, sie hat sich nie auf einen frontalen Streit eingelassen oder jedenfalls alle Ungerechtigkeiten viel zu nachgiebig hingenommen, weil sie glaubte, auf diese Weise gegen Verletzungen gefeit zu sein. Sie hat nicht den Eindruck, daß dies erst seit der Geschichte mit Alfredo so ist. Sie war auch schon vorher so. Und die Tatsache, daß er dann Olimpia heiratete, hat nichts daran geändert. Nein, das Problem ist, daß sie vor lauter Angst schließlich keine eigenen Vorstellungen mehr hatte. Zumindest keine, um die es sich zu kämpfen gelohnt hätte.

»Ach, armes Mailand, wie viele Schäden!« sagt die alte Dame, der Marilina ihren Sitzplatz in der Straßenbahn überlassen hat. »Denken Sie nur, meine Großmutter wohnte an der Piazza Vetra, wissen Sie, wo jetzt die Steuereinnahmestelle ist?, und ich ging dort in der Nähe bei den Nonnen zur Schule, ganz allein und zu Fuß, wo man sich heute nicht einmal mehr am hellichten Tage und schon gar nicht am Abend hintrauen kann, na ja, ich erinnere mich, daß ich spät nach Hause kam, sogar nachdem die Straßenlaternen angezündet wurden – das waren damals Gaslampen, denken Sie nur, wieviel Zeit seither unter den Brücken durchgeflossen ist –, und wenn dann Abendessenszeit war, mußte mein Großvater das Fahrrad nehmen und mich suchen. Und wissen Sie, warum ich so trödelte? aus Eitelkeit, aus weiblicher Eitelkeit! Jetzt stellen Sie sich einmal vor, ich kleiner Wildfang, eine Erstkläßlerin, die gerade ein paar Buchstaben entziffern konnte, war so darauf versessen, meine Lesekünste zu zeigen, daß ich auf dem Heimweg vor jedem Anschlag stehenblieb, wartete, bis ein Passant auftauchte, und mich dann, sobald er nahe genug gekommen war, auf die Zehenspitzen stellte und so tat, als würde ich gespannt lesen. Sind Sie Lehrerin?«

»Nein«, erwiderte Marilina und hätte instinktiv am liebsten hinzugefügt: »Ich bin Beichtmutter.« Sie hat schon öfter erlebt, daß etwas verrückte Unbekannte sich ihr Ohr liehen, um auf der Straße, in der Tram oder in der U-Bahn Monologe hineinzuergießen. Manchmal haarsträubende Dinge. Diese betagte Schülerin hingegen ist sehr höflich: als Marilina sich mit einer bedauernden Geste zum Ausgang begibt, hört sie hinter sich ein unsinniges, aber freundliches »Auf Wiedersehen«. An der Porta Ticinese ist es menschenleer, als wäre es schon August und nicht erst der 25. Juli: vielleicht wegen der Uhrzeit oder weil andere Leute schon in Ferien sind? Jedenfalls ist es schön, diesen großen Waffenplatz im Sturmschritt zu überqueren und genau auf die schattige kleine Ecke des gegenüberliegenden Gehsteigs zuzuschießen, wo auch schon die Straßenbahn kommt, in die sie umsteigen muß. Sie hat sich hineingeschwungen und kaum den Griff zur Hilfe genommen. Kommt das vom täglichen Fahrradfahren, beflügelt sie ihr Ausgang oder das Telefonat, das sie heute früh heimlich geführt hat? Ist es das Sommergefühl, das sie auf der Haut spürt und das ihre Nerven wie kleine Bogen spannt? Egal was, man fühlt sich jedenfalls jung, wenn man ohne den kleinsten Stich in der Milz und ohne Keuchen gelaufen ist. Mit einem einzigen Blick erfaßt sie alles: schön, diese hellorangenen Sitze, die sich jenseits des Gelenks zwischen den Wagen wie Schlangen winden, wenn die Bahn sich schnell in die Kurven legt, schön auch die Häuserfassaden zu beiden Seiten des Corsos, zwischen denen sich gähnende Höfe auftun, und nicht einmal die drei Rowdys in schwarzen Radlerhosen scheinen ganz übel, die hinten im Wagen herumhüpfen, um die ganze Plattform bis zum Fahrer, der vorne flucht, zum Vibrieren zu bringen. In der Via Missaglia steigt ein Marokkaner mit brennender Zigarette ein: er schaut verloren drein wie ein Tagessäufer, Marilina lächelt ihm hinter dem Rücken zu und sagt ihm nicht, daß es verboten ist zu rauchen, ja, sie hofft sogar, daß es kein anderer bemerkt, weil sie irgendwie das Gefühl hat, daß nichts verboten sein dürfte. Das liegt vielleicht an diesem Augenblick: es ist leicht, großzügig und anteilnehmend zu sein, wenn Körper und Geist in Urlaub gehen, und sei es auch nur für zwei Stunden und in eine Einzimmerwohnung.

Genau vor ihrer Haustür parkt, mit zwei Rädern auf dem Fußgängerstreifen, ein sperriger weißer Volvo, ein glatzköpfiger Kerl in ärmellosem Trikot sitzt auf der Kühlerhaube. Aus dem Halsausschnitt ragen graumelierte Haarbüschel hervor, aber sein Schnauzbart ist von einem schönen Dunkelrot, als wäre er gefärbt oder aufgeklebt. Er sitzt mit gekreuzten Armen da: mit der Linken kratzt er sich an einem großen barocken Kreuz, das auf seinem rechten Bizeps eintätowiert ist, und mit der Rechten umklammert er die verblaßte Zeichnung einer himmelblauen großen Schlange, die von seinem Handgelenk bis zum linken Ellbogen emporsteigt und, wie es scheint, einen Apfel im Maul hat.

»Signora Marilina, ja?« sagt er, während sie in ihrer Tasche nach dem Schlüssel kramt und absichtlich nicht in seine Richtung schaut: ach, du liebe Zeit, dieser sizilianisch-mailändische Akzent und dieser übertrieben komplizenhafte Ton sind ganz und gar unverwechselbar, das ist Marietto, der Freund und Sekretär Bertos. Sie hatte ihn sich weniger alt und weniger folkloristisch vorgestellt. Jetzt ist er aufgestanden, hebt einen Arm und deutet auf das Auto, das, nachdem er es von seinem Zentnergewicht befreit hat, vorne hochgeschnellt ist, und sagt augenzwinkernd: »Lieferung frei Haus.« Mit der anderen Hand fährt er sich kurz über den Hosenlatz. Marilina ist leicht entrüstet, aber es bleibt ihr gar nichts anderes übrig, als auf das Auto zuzugehen und hineinzusehen, und da liegt tatsächlich Berto auf dem Rücksitz und schläft. Oder ist er tot?

»'tschuldigen Sie vielmals, der Junge macht zur Zeit Nachtdienst, aber keine Sorge nicht, ich lade ihn schon aus«, verkündet der gräßliche Kerl ganz fröhlich. Er schüttelt den Volvo, und Berto fährt hoch, stößt mit dem Kopf an das Verdeck, schnappt nach Luft, reibt sich die verklebten Lider, dann nimmt er Marilina wahr, die ihn durch die Fensterscheibe betrachtet, und einen Augenblick lang sehen sie sich abwartend an, als könnten sie beide nicht entscheiden, wer von beiden jetzt in dem Aquarium mit seltenen Fischen ist und wer draußen. Dann aber lächelt ihr Berto so unverhohlen zu, daß Marilina seine Situation noch peinlicher findet als ihre.

»Ich ... ich komme gleich«, murmelt er noch immer halb verschlafen.

»Laß dir ruhig Zeit«, sagt sie und geht. Aber Berto steigt schon aus, fährt sich durchs Haar, zieht sein T-Shirt herunter und die Blue Jeans hoch, bleibt stehen und fragt seinen Geschäftspartner: »Wo habe ich das Zeug gelassen?«, und dieser deutet ohne seinen Schnurrbart zu verziehen, mit seinem großen Kopf auf den Vordersitz. Das *Zeug* ist nur die Papiertüte aus einer Snackbar, die Berto vorsichtig an den Henkeln faßt und mit der anderen Hand von unten stützt, als handle es sich um einen Säugling. Marietto steigt ins Auto, brummt etwas, das wohl ein Gruß sein soll, und fährt ab.

»Was soll das heißen, daß du jetzt Nachtdienst machst?« fragt Marilina nach der dritten Treppenrampe.

»He? Was?«

»Das hat mir dein Freund erzählt. Bei dem weiß man aber nie, ob er Witze macht oder ob er es ernst meint... gib mir den Beutel, sonst schläfst du ja gleich wieder ein, wenn du ihn so auf der Handfläche trägst. Was ist denn das überhaupt für Zeug, ist das zerbrechlich?«

»Nein, nein, nur eine Kleinigkeit zum Abendessen, allerdings ist auch eine Flasche Ferrari dabei... Dieses Klatschmaul! Ich wollte es dir selber sagen, daß ich Arbeit gefunden habe, das sollte eine Überraschung sein...«

»Ah, sehr gut«, sagt sie, weil sie nicht weiß, was sie sagen soll. Der Wohnungsschlüssel rutscht ihr, vielleicht weil sie schwitzt oder aufgeregt ist, zwischen den Fingern durch, und sie kann ihn nur mit Mühe im Schloß umdrehen. Sekt um zu feiern? Mit ihr? Sie hat die Tür aufgekriegt. Jetzt müßte sie Fragen über die Arbeit stellen, die er gefunden hat, sich dafür interessieren, herzlichen Anteil nehmen an diesem intimen Fremden, der ihre Wohnung mit dem sicheren Schritt eines Menschen betritt, der genau weiß, wo sich hier das Bett und die Einbauküche befinden. Dennoch ist Marilina peinlich berührt, weil Berto sie in seinen persönlichen Feier-Ritus miteinbeziehen will. Sieh mal an: sogar Ente Orange, zwei glasierte Törtchen, Riesengarnelen in Gelatine und die bereits gekühlte Flasche im Thermosbehälter.

»Hast du Sektkelche?«

»Nein. Ich hole die Weingläser, daraus schmeckt er auch«, sagt sie lächelnd und sieht, wie der Junge das Gesicht verzieht, weil er wohl bedauert, nicht auch an die Kelche gedacht zu haben: schließlich ist er noch der Typ, der eine bürgerliche Einrichtung oder wenigstens das Einstecktuch passend zur Krawatte anstrebt, dazu farblich abgestimmte lange Socken, weil das fein aussieht. Er hat den Korken mit einem Knall herausgezogen.

»Glückwunsch.«

»Auf mich«, sagt Berto und verzieht nach dem ersten Schluck wieder das Gesicht. »Schmeckt bitter.«

»Das ist ein *brut*«, erklärt ihm Marilina. »Der muß so sein. Der ist sehr gut.«

Und teils, um ihm dies zu demonstrieren, teils als Reaktion auf seine Besserwisserei, läßt sie den Sekt nur so durch die Kehle rinnen.

»Hui, langsam. Ich bin jetzt hellwach und will ordentlich einen draufmachen.«

»Ich habe aber nicht viel Zeit.«

»Ach richtig, deine Mutter. Wie geht es ihr?«

»Besser. Eine Nervensäge. Erinnere mich nicht daran.«

»Weißt du, was seltsam ist?« fragt Berto, während er mit der Gabel in das Entenbein sticht, »vorhin habe ich von meinem Vater geträumt, ja, während ich da unten auf dich gewartet habe, bin ich plötzlich weggesackt, und zack standen wir mitten auf einem Acker, und das Merkwürdige ist, daß ich mich überhaupt nicht erinnern kann, je mit ihm auf dem Land gewesen zu sein, na ja, und ich sollte dann einen Hubschrauber fliegen, warum weiß ich auch nicht, aber nicht etwa einen richtigen Hubschrauber, sondern so ein ganz offenes Ding mit zwei Plätzen, weißt du, eher so ein Paragleiter mit der Schraube oben, und da war mein Vater mit einem blauen Anton unter einem Zweireiher, der sollte auf den Passagiersitz ... Naja, du weißt ja, wie das in Träumen ist, du mußt immer unbedingt etwas machen, auch wenn du gar nicht weißt, warum, es ist einfach so, und hier war es nun so, daß keine Sicherheitsgurte da waren, und ich hatte Mordsschiß, ich spürte, daß es gefährlich war, und ich wollte ihn nicht einsteigen lassen, aber war nichts zu machen, wir mußten unbedingt alle beide auf dieses Klappergestell ohne Gurte, und ich sagte, Gott, jetzt fliegt er runter, Gott, jetzt zieht er mich mit, aber nichts, ich hatte eine Art Stange in der Hand, was wohl der Steuerknüppel war, und wir stiegen aufwärts, und dann bin ich aufgewacht. Wer weiß, was das bedeutet.«

»Ist dein Vater denn tot?« fragt Marilina und bereut es sofort, denn er wird rot.

»Hm«, meint sie, hat er gesagt und die Nase ins Glas gesteckt.

»Die Träume bedeuten gar nichts«, behauptet sie in einem Atemzug. »Die sind wie ein Kaleidoskop ... das heißt, so was ähnliches wie ein Werbespot, der dir mitten in den Film hineinplatzt, der in deinem Kopf abläuft. Aber sie sind nützlich. Man kann sich darin abreagieren, und ohne sie wäre es schlimmer. Eine Zeitlang habe ich mir jeden Morgen meine Träume aufgeschrieben, vielleicht habe ich das Heft noch irgendwo: du kannst dir überhaupt nicht vorstellen, was für einen Mist ich da zusammengeträumt habe.«

»Erotisches?« fragt Berto. Er hat sich wieder gefangen. In Wirklichkeit hat er bis jetzt noch nie etwas von seinem Vater erzählt und immer nur lakonische Anspielungen auf seine Mutter gemacht.

»Auch.«

»Kann ich die mal lesen?«

»Nein.«

»Wetten, daß du sie mich früher oder später lesen läßt... Warum guckst du mich denn so an?«

»Wie denn?«

»So...«, sagt Berto und macht eine unbestimmte Bewegung. »Ich weiß nicht, es überrieselt mich schon ganz... Los, was machen wir jetzt? Es ist noch zu früh zum Abendessen. Soll ich die Couch aufschlagen? Oder willst du hier in der Küche bleiben? Auf dem Tisch?«

»Wie du willst. Nein, besser drüben«, beschließt sie, aber sie hat schon keine Lust mehr und rührt sich nicht.

»Bist du schon mit zwei Gläschen hinüber? Das ist ja vielleicht ein Ding... Ach, hör mal...«, sagt Berto. Er zieht fünfzigtausend Lire heraus und streicht sie auf dem Tisch mit dem Handrücken glatt. »Ich habe überlegt, daß ich dir vorerst mal die hier zurückgeben könnte, weil du jetzt, wo das mit deiner Mama passiert ist, vielleicht Geld brauchst...«

Sie ist sich nicht ganz sicher, ob der schmachtende Blick

aus seinen Augen, den er jedesmal bekommt, wenn er zum Sex bereit ist, diesmal eine andere Nuance hat. Aber es kommt ihr doch so vor.

»Keine Angst, ich kann es mir erlauben, ich habe einen schönen Vorschuß bekommen. Das ist eine riesengroße, hypermoderne Autowerkstatt, die Tag und Nacht offen hat, und nachts kriegt man ganz nett was.«

Marilina nimmt den Geldschein langsam an sich. Soll sie ihn in den Büstenhalter stecken? In ein Strumpfband? Was erwartet er wohl? Sie überlegt, kann sich aber nicht entschließen: sie will nicht übertreiben. Schließlich faltet sie ihn zusammen und läßt ihn auf ihrer Tischseite liegen, was ja wohl als Zeichen der Annahme reichen sollte. Und in der Tat ist Berto aufgestanden, er zieht das Rouleau herunter (das macht er immer, obwohl hier im vierten Stock und mit einer fensterlosen Mauer gegenüber die Gefahr gering ist, daß ein Voyeur zusieht, wahrscheinlich stört ihn das Licht). Sie folgt ihm und erwartet, daß er sich auszieht: aber er hat sich auf die Couch gelegt und sieht sie an.

»Fick mich«, sagt er. »Wie es dir gefällt.«

Wenn plötzlich ein altes Verlangen erwacht, das nun erfüllt werden soll, ist das mindeste, was einem passiert, daß man sich als losgelösten Beobachter der eigenen Person entdeckt. In vollstem Bewußtsein außerhalb ihrer selbst überlegt Marilina: ach nein, es braucht überhaupt kein Vorspiel, sie kann angekleidet bleiben, sich ihm nähern und ihm fest in die Augen sehen, sich hinknien. Sein Herz klopft unter der Haut, das spürt sie mit den Lippen, während sie sein T-Shirt ganz langsam nach oben rollt und den Reißverschluß der Jeans herunterzischen läßt.

Gut, so verdient sie sich langsam ihren Professionellenlohn. Bei ihren Unterlagen hat sie lange Zeit ein Foto aus einer Softporno-Zeitschrift aufbewahrt: ein männliches Modell posierte auf einer Couch ausgestreckt als Gangster, das Gesicht unter der Krempe des Zwanzigerjahre-Hutes versteckt, eine leere Revolvertasche unter der Achsel, und sein verflucht schöner Körper wurde von einer knienden Frau entwaffnet. Die Schönheit des Mannes kam gerade in dieser schmachtenden, ergebenen Position besonders schmerzlich zum Ausdruck. Bei der Frau erinnert sie sich nur noch an das raffiniert über seinen Bauch gebreitete Haar, aber die Eleganz des Fotos konnte nicht über die Bedeutung dieser Sex-Szene hinwegtäuschen: wer hier siegte, war sie. Marilina verfolgt an Bertos Beinen entlang die heiße Welle einer Muskelkontraktion und hört ein fernes Kichern. Kitzlig? Aber nein, wer da lacht, ist gar nicht er. Dieser Zusammenprall zweier Träume mit Hilfe einer Flasche trockenem Sekt ist gnadenlos komisch.

»Nein, los, nicht aufhören«, fleht Berto. Und sie kämpft, um sich zu kontrollieren. Ihn jetzt sich selbst zu überlassen mit seinem steifen Ding wäre nicht anständig. Würgend macht sie weiter, bis er sich zufrieden windet, und so bleibt ihr nichts anderes übrig, als auch die Enttäuschung hinunterzuschlucken und sich zu sagen, daß Gott, naja, es auch besser hätte sein können.

»Ha, jetzt rauchen wir eine Zigarette«, sagt Berto, dann: »Weißt du, daß du wirklich gut bist?«

Marilina betrachtet ihn verblüfft, weil es ihr unwahrscheinlich vorkommt, daß er rein zufällig den gleichen Satz gesagt hat, den sie damals nach dem ersten Mal zu ihm gesagt hatte. Ob dieser scheinbar harmlose Epikureer nicht zu verachtende Gefühle nährte, zum Beispiel ein geheimes Rachegelüst?

»Erzähl mir was«, sagt er jetzt, während er träge Marlboro-Light-Kringel an die Decke bläst, sicher weil sie es vor der neuen Prohibition in den amerikanischen Filmen nach der Liebe immer so gemacht haben.

»Was denn?«

»Keine Ahnung. Du bist doch die Gebildete. Ich hab einfach Lust, dich reden zu hören... Erzähl mir, was dir gerade so durch den Kopf geht, nur so, wegen dem *saund* der Stimme.«

»Ich kann dir ja das Radio anmachen.«

»Bloß nicht. Es ist doch sehr schön so zu zweit, sei kein Spielverderber... Ach so, entschuldige, du bist ja gar nicht... Warte, ich rauche nur schnell den Stummel zu Ende, dann kümmere ich mich drum.«

Marilina schüttelt sofort ein paarmal den Kopf, und um ihm noch deutlicher zu zeigen, daß sie keineswegs eine Befriedigung ersehnt, setzt sie sich auf den zwei Meter entfernt stehenden Drehstuhl: »Nein«, sagt sie, »ich habe nur einfach keine Lust zu reden, ich habe mich in diesen Tagen ein wenig eingeigelt.«

»In diesen Tagen?« betont Berto merkwürdig sarkastisch.

»Mein Gott, ich habe eben Probleme.«

»Mit der Liebe? Probleme hat man entweder mit der Liebe, mit der Arbeit oder mit dem Geld.«

»Geld«, sagt sie abrupt und hofft, das Thema damit am schnellsten beenden zu können. Aber Berto richtet sich auf und stützt sich mit sehr anteilnehmender Miene auf den Ellbogen.

»Siehst du, das habe ich mir gedacht. Komm, erzähl doch mal.«

Und Marilina hört sich zu ihrem eigenen Erstaunen von gewaltigen unvorhergesehenen Ausgaben für Behandlungskosten erzählen, die sich die arme Ersilia nie hätte erlauben können, wenn ihre Tochter sich nicht verpflichtet gefühlt hätte, sich ihretwegen in Stücke zu reißen. Daran stimmt natürlich gar nichts, aber sie meint, daß eine solche Geschichte nicht nur Bertos Erwartungen, sondern auch ihrem Bedürfnis entspricht, sich auf seine Ebene oder möglichst noch darunter zu begeben.

»Das tut mir aber leid. Und vielleicht bin sogar ich ein bißchen mitschuldig.«

»Ach neeein...«, hebt Marilina an, verstummt aber dann plötzlich, als sie bemerkt, daß Berto nicht besonders betrübt wirkt. Er sieht sich aufmerksam im ganzen Zimmer um, bis sein Blick an dem PC hängenbleibt.

»Warum verkaufst du nicht den da?«

»Na, Mensch, und womit soll ich dann arbeiten, mit dem Mund vielleicht?« Mein Gott, wie vulgär! Es ist ihr buchstäblich herausgerutscht. »Das heißt, er gehört mir nicht einmal, ich habe ihn nur geliehen bekommen: und übrigens, *falls er mir je abhanden kommen sollte*, müßte ich ihn ersetzen... Mach dir keine Sorgen, so schlimm ist es noch nicht, ich habe noch was flüssig, meine Mama kriegt am Monatsende ihre Rente, und vorerst müssen wir noch gar nichts verkaufen... Wie kommst du eigentlich darauf? Kennst du vielleicht einen Hehler?«

»Langsam, langsam!« protestiert Berto grinsend. »Ich habe ja nur so gemeint, Frau Flattergeist! Für wen hältst du mich eigentlich?«

»Für den, der du bist«, würde Marilina am liebsten sagen. Sie hätte es auch sagen können, aber auch das wäre eine Lüge gewesen oder vielleicht eher die nackte Wahrheit, die sie nicht einfach so aussprechen konnte, ohne sie wenigstens in ein paar weniger harte Worte einzukleiden. Dann schwieg sie schon lieber wie gewöhnlich.

Berto lacht nicht mehr. Er hat eine unergründliche Miene aufgesetzt: halb wütend und halb nachdenklich, meint sie, es könnte aber auch eine Form von Angst sein, wie man sie eben im Oggiaro-Viertel bekommt.

»Essen wir?« fragt er. »Ich habe Hunger.«

Nach dem Nachtisch Kaffee. Er bietet sich mit so demonstrativer Begeisterung an, ihn zu kochen, daß Marilina sich hütet, einzuwerfen, es würde ihr nicht das geringste ausmachen, ihn selber zuzubereiten. Und jetzt verlangt er auch noch das Tablett, um die Tassen ins »Wohnzimmer« zu tragen, und er hat sie sorgfältig auf Untertassen gestellt, an die sie sich nicht einmal mehr erinnern konnte: Löffelchen hat er drei Stück aus der Schublade geholt, eines nur für die Zuckerdose, und wenn er irgendwo hinten im Hängeschrank in der Küche ein silbernes Väschen mit einer entsprechenden Rose gefunden hätte, was aber nicht der Fall ist, hätte er das hundertprozentig auch noch aufs Tablett gestellt, zur Dekoration, wegen der Schönheit, aus so einer Art von Formgefühl, um zu zeigen, daß er seine Rolle beherrscht, von der er wer weiß was für eine Vorstellung hat.

»Hör mal«, hebt er jetzt an, »ich wollte dich was fragen. Aber vielleicht ist es … Ich weiß auch nicht, also wenn es dir nicht paßt, sagst du sofort nein, und die Sache hat sich. Sonst traue ich mich schon überhaupt nicht zu fragen. Gut?«

»Gut!«

»Wirklich?«

»Wenn es mir nicht paßt, sage ich nein.«

»Eben. Wir kommen doch gut miteinander aus, oder?«

»Na ja, so im allgemeinen schon«, erwidert Marilina, ohne zu verstehen, worauf er mit diesem unerwarteten und so nervös sokratischen Geplauder hinauswill.

»Eben, das meine ich ja. Also die Sache wäre die: ich habe schon gedacht, ob ich nicht zu dir ziehen könnte. Natürlich nicht für immer: so lange, wie du willst, das heißt, bis ich ein Zimmer finde, eine Mansarde, irgendein Loch, das ich mieten kann. Ich weiß, daß du hier wenig Platz hast und daß du arbeiten mußt, aber ich glaube nicht, daß ich dir besonders auf den Wecker ginge, und wenn ich merke, daß ich störe, gehe ich weg …«

»Warum eigentlich? Hast du denn keine Wohnung? Hat deine Mutter dich hinausgeworfen?«

»Nein … Also ich könnte schon dort bleiben. Aber ich habe eben keine Lust mehr. Da sind so gewisse Geschichten … zu viele Scherereien. Hier bei dir gefällt es mir besser. An dir gibt es nie etwas auszusetzen.«

»Na, siehst du. Nein, weißt du … ich glaube, das kann ich wirklich nicht. Du hast es doch selber gesagt, nicht? Ich muß hier arbeiten. Und außerdem habe ich auch meine Gewohnheiten, meine Manien.«

»Aber doch nur, weil du's noch nie ausprobiert hast, mit einer anderen Person zu leben. Vielleicht würde es dir ja gefallen. Es wäre auch nur für kurze Zeit, und jetzt bist du ja auch fast nie da...«

»Nein«, sagt Marilina entschieden. »Ich möchte nicht. Ich kann nicht.«

Berto ist so blaß geworden, daß der Schorf in seinem Mundwinkel, den Marilina schon fast nicht mehr wahrgenommen hat, plötzlich so deutlich hervortritt wie eine frische blutverkrustete Wunde.

»Gut«, sagt er. »Gut. Ich habe ja nur gefragt.«

Er ist aufgestanden, macht zwei Schritte, noch einmal zwei, zieht das Rouleau hoch, reißt das Fenster auf, streckt den Kopf hinaus und scheint die schon abendliche Schwüle voll in die Lungen zu saugen. Sehr brav, das wird ihn beruhigen. Dann wird er gehen. Er hat doch wohl nicht im Ernst geglaubt, daß sie einen so windigen Vorschlag annehmen würde. Er hat es einfach versucht.

Und tatsächlich zieht er jetzt langsam wieder das Rouleau herunter und macht auch ganz ruhig den Vorhang zu. Aber warum kommt er jetzt plötzlich auf sie zu, packt sie, wirft sie auf den Boden, reißt ihr den Rock herunter, nagelt sie fest und raubt ihr mit seinem Gewicht den Atem?

»Der ist verrückt geworden«, denkt Marilina, und dann: »Will er mich umbringen?«, aber sie kann ohnehin nichts machen, außer auf etwas weniger Schlimmes hoffen und sich wünschen, daß der Schock sie betäubt, denn Berto tut ihr weh, und er hört nicht auf, sie hin und her zu schleudern und, neeein! er hat nicht einmal ein Gummi genommen. Verdammt. Frau zu sein bedeutet vielleicht gerade dieses Gefühl, niemand zu sein. Marilina staucht zweimal ins Leere, macht ein paar Versuche, ihm das Gesicht zu zerkratzen, dann ergibt sie sich, weil er ihr körperlich einfach überlegen ist und weil sie schließlich mit dieser Vergewaltigung nichts zu tun hat. Sie geschieht mit ihr, hat aber im Grunde mit ihr persönlich nichts zu tun. Wenn Marilina Zeit und Muße hätte, diese merkwürdige flaue Schwäche zu analysieren, die sie langsam lockert, würde sie merken, daß sie nicht einfach mechanisch physiologisch reagiert, nein, das ist das Feuerchen der Eitelkeit in ihr, weil sie sich als Trägerin von etwas Absolutem anerkannt fühlt, das so austauschbar ist, daß ein Mann sehr gut von den individuellen guten Eigenschaften oder Bosheiten einer Frau absehen und sich trotzdem mit ihr einlassen kann, nicht weil sie sie ist, sondern weil sie irgendeine ist und damit *alle*.

Gemessen an dem, wie sich Marilina gewöhnlich einschätzt, würde ihr dies nun genügen, sich geschmeichelt zu fühlen: aber darüber wird sie erst später nachdenken. Jetzt nämlich denkt sie, daß die einzige Möglichkeit, dem Flegel eine Lektion zu erteilen, die ist, ihm hier und jetzt ihr eigenes Wesen aufzuzwingen, indem sie *gegen ihn* mitmacht, gegen dieses beleidigende Ignorieren ihrer Person. Dazu braucht sie nur wie ein Mann von ihm abzusehen, den Zusammenhang auszuklammern und sich auf den Sex zu konzentrieren. Und jetzt stöhnt er schon ganz anders, sie preßt ihn zwischen die erhobenen Beine, drückt ihm die Fersen auf den schwingenden Hintern, altes Arschloch, sie hat es geschafft, die Karten zu vermischen, jetzt ist nicht mehr klar, wer von beiden den anderen vergewaltigt, und ob es sich überhaupt um eine Vergewaltigung handelt.

Dann ist er fertig, er zieht sich kriechend zurück, soweit es der Raum ermöglicht, und bleibt da mit dem Rücken an die Couch gelehnt auf dem Teppichboden sitzen. Peinliches Schweigen. Marilina stützt das Kinn auf die so weit wie möglich zusammengeschobenen Knie und überlegt, daß in einem Standard-Drehbuch die erste Bemerkung jetzt wohl von ihr kommen müßte, aber es fällt ihr nichts ein, außer...

»Mensch, erzähl mir jetzt bloß nicht, daß du HIV-positiv bist!«

»Wer, ich? Nein, nein.«

»Woher willst du das denn so genau wissen?«

»Ich weiß es.«

»Und das soll ich glauben?«

»Warum? Vertraust du mir nicht?«

»Ah ja, sicher, ich soll dir wohl vertrauen, nachdem du mich wie ein... wie ein Berserker packst und dein Clockwork Orange hier ablaufen läßt! Daß du mir dabei nicht ein paar Rippen gebrochen hast, ist ein reines Wunder!... Nein, hör auf, das kannst du mir ein anderes Mal erklären, jetzt ist mir ohnehin nicht zum Lachen zumute. Vertrauen? Dir?«

»Entschuldige«, sagt Berto zahm. »Hast ja recht. Aber wegen dem andern brauchst du keine Angst zu haben. Ich habe vor kurzem den Test gemacht. Alles in Ordnung.«

»Ach, du hast den Test gemacht«, äfft ihn Marilina nach, während sie in ihrem von den finstersten Befürchtungen schon befreiten Kopf schnell ein wenig die Daten nachrechnet. »Warum eigentlich?«

Er sitzt ganz kleinmütig in seiner Ecke und sagt leise:

»Na, das ist eine alte Geschichte, ich hab mal eine Zeitlang Drogen genommen, und da weiß man eben nie, auch der Marietto lag mir dauernd in den Ohren, da hab ich dann schließlich nachgegeben und letzten Monat den Test gemacht. Bei mir kannst du ganz ruhig sein. Wenn du mir vertraust.«

Bis zu ihrer Menstruation waren es noch zwei oder drei Tage, also auch von dieser Seite keine Gefahr. Und es mußte auch noch ein Päckchen Rosa Tantum da sein für die Ausspülung.

»Gut, also reden wir nicht mehr darüber. Ich gehe ins Bad.«

Wenn er einen solchen Raptus bekommen hat, muß er auch einen Grund dafür haben. Marilina verurteilt nicht gern, bevor sie nicht alle mildernden Umstände geprüft hat, sie sieht ihre eigenen Balken ganz gut, bevor sie nach den Strohhalmen in den Augen der andern sucht, und sie hält sich auch für gescheit genug, nicht als erste den Bumerang zu werfen. Also beschließt sie, auf dem Bidet hockend, nur mit dem antiseptischen Mittel einen Sturm zu veranstalten und klatscht nachdenklich ganze Händevoll Wasser an sich. Giandomenico Accardi hatte sich am 10. Juli nochmals telefonisch gemeldet und ihr mitgeteilt, daß er sehr *büsi* sei: dringende Geschäfte zwängen ihn, am Meer zu bleiben, aber sie solle ruhig schon mal alleine weitermachen und auf Wiedersehen dann nach dem 15. August. Den PC hatte sie ja.

Gierig hatte Marilina in den ersten zwei Stunden nach der Übergabe die Gebrauchsanweisung verschlungen. In das kostbare Maschinchen den Text der Doktorarbeit einzuspeisen und dabei hier und da etwas zu streichen, hatte sie knapp sechs Tage gekostet. Am siebten Tag hatte sie, entschlossen, sich kurz zu erholen, bevor sie dieses Riesenpaket an Aufgaben und Tochterpflichten aus der Poliklinik zurückbekam, den Zug nach Rapallo bestiegen. Ohne Koffer, nur ein Täschchen mit Badeanzug und Handtuch, weil sie vorhatte, am Abend zurückzukehren, nachdem sie ein bißchen in der Sonne gesessen, kurz ins Wasser getaucht, ein paar Züge geschwommen wäre und einen kleinen Spaziergang in Santa Margherita gemacht hätte. Aber dann fand sie sich, wie und warum wußte sie selber nicht, an der Mole von Portofino wieder und studierte die Namen der Segelboote. Die *Hoppla!* war aber nirgends zu sehen, und die Sonne knallte ihr auf den Kopf wie ein alter Schulmeister, der keine Fehler und Unaufmerksamkeiten duldet. Nachdem sie lange genug herumgeschlendert und ihre weißen Füße in den staubigen Leinensandalen betrachtet hatte, ließ sie sich gegen halb fünf ermattet in einem Café nieder. Dieses Gefühl, unvermeidlich Schiffbruch zu erleiden, war ihr nicht fremd, aber sie kannte auch eine Rettungsmethode. Sie brauchte sich nur in das Loch eines Rettungsringes zu verwandeln, um den herum dann ruhig die ganze Welt untergehen konnte. Automatisch spürte sie eine Leere im Kopf, die, wie sie aus Erfahrung wußte, binnen kurzem ihr ganzes Unbehagen verschlucken würde; sie setzte ein nichtssagendes Lächeln auf und bestellte ein einfach belegtes Brötchen und eine kleine Flasche Mineralwasser. Wenn es einem gelingt, nicht ganz bei sich zu sein, kann man ohne weiteres auch inmitten einer Menge von schönen und gutgekleideten Leuten sitzen, die sichtlich mit ihrem penetranten Gruppengebaren und ihren innigen Zweierbeziehungen herumprotzen. Schon bald konnte sie sich wieder darüber amüsieren und genoß still für sich das kühle Fächeln des Windes an ihrem schweißnassen Hals. Das Café war hübsch, der Kellner ebenfalls. Ein Sonnenschirm spendete ihr einen Schattenkegel. Marilina hörte den Gesprächen an den Nachbartischen zu: »Sergio war gestern abend unerträglich – Die Chicca hat eine neue Eroberung gemacht – Letztes Jahr hat sie auf Gardinis Maxiyacht gekotzt, stell dir das einmal vor! Wenn das keine Vorwarnung war! – Und wer ist es? wer ist es? – Gedörrten Delphin, den echten, den kriegst du heute nirgends mehr – Sag bloß, im Ernst? Was für eine Hure! – Wenn einer seekrank wird, sollte er das nicht herumerzählen – Das weiß doch jeder, auch in den Restaurants geht alles nur über Beziehungen – Ach, ich glaube, das Lifting ist ihr zu Kopf gestiegen – Hauptsache, es wird gezahlt, meine Lieben, selbst wenn es wenig ist! – oh, da ist ja Accardi Junior.«

Er war es tatsächlich. Am Horizont des Platzes zog er vorüber, eine gelbe Wachstuchjacke scheinbar lässig über der Achsel, Marilina holte hastig einen Zehntausender aus der Börse und wartete nicht auf den Rest: es verlockte sie wahnsinnig, diesen in weißen Hosen steckenden Beinen zu folgen, die sich einmal auf ihrer Schlafcouch im Neubauviertel Gratosoglio niedergelassen hatten. Er ging rasch, als verfolgte er ein bestimmtes Ziel. Anfangs hielt sie großen Abstand, aber als sie dann sah, daß er sich nie umdrehte, wurde sie sicherer, kühner und entdeckte, daß es erregend war, auf den Schatten eines Mannes zu treten. Nach der zehnten Ecke fragte sie sich, ob sie sich eigentlich schämen müßte, ihm so nachzulaufen: aber nein, im Grunde war es doch nur harmlose Neugier, einfach Lust, sich zu informieren, Genaueres zu erfahren, ihre Beobachtungen zu machen. Dann sah sie, daß er vor einem Haus stehenblieb, einem alten Gebäude, das ohne Rücksicht auf die Kosten furchtbar geschmacklos renoviert worden war. Unter dem Gewölbe des gegenüberliegenden Hauseingangs versteckt, sah Marilina, wie er etwas in seinen Taschen suchte. Was hatte sie denn erwartet? Heimliche Verabredungen in anrüchigen kleinen Pensionen mit einer oder mehreren Akazienhonig aus der Haarpracht absondernden Cinzias? Wahrscheinlich ging er ganz einfach nur nach Hause, zu seiner *Maman* oder seinem *Däddi.* Ja, mein Gott, wie lang brauchte er denn, um seinen Schlüssel zu finden? Nein, was er herauszog, war ein Zettel, und den verglich er mit den Klingelknöpfen neben der Haustür. Er klingelte. Er sagte etwas in die Sprechanlage. Er lehnte sich mit dem Rücken an die Wand, sah sich mit zwei ruckartigen Halsbewegungen um, dann hob er ein Knie, stützte sich mit der Sohle an die Hauswand und stellte sich offensichtlich auf eine lange Wartezeit ein. Marilina zog sich so weit wie möglich in den halbdunklen Hauseingang zurück, der sie aufnahm. Da waren mehrere Schilder: »Palazzi, Vermessungstechnik, Stadtplanung«, »Fußpflege«, »Aldebaran – Tarock, Wahrsagekunst und okkulte Wissenschaften«. Konnte sie da einfach mit gespielter Ungezwungenheit heraustreten? »Oh, was für ein

Zufall, auch Sie hier! Ich komme immer nach Portofino, um mir...« die Karten legen, die Hühneraugen behandeln, einen Bebauungsplan ausarbeiten zu lassen? Nein, nein, da war es schon besser, auch den Siebenuhrzug zu verpassen. Fünf Minuten später traute sie sich, noch einmal hinauszuspähen, und sah niemanden mehr. Huch! da stand er ja, er war nur ein bißchen mehr nach rechts gegangen und wollte sich gerade umdrehen. Um Haaresbreite! Nur einen Augenblick bevor er entdeckte, daß sie ihm nachspionierte, sprang die Haustür auf und nahm Accardis Blick gefangen. Im Gegenlicht tauchte eine hohe, zweifellos männliche Gestalt auf, winkte ihn mit knapper Geste herein und verschwand wieder. Accardi folgte ihm, aber die Haustür blieb offen und gab den Blick auf einen Neonlichtstreifen frei. Knapp eine Minute später kam der Beobachtete wieder heraus und ging weiter. Was tun? Jetzt aufgeben, wo die Sache spannend wurde? Es gelang ihr, ihn bis zum Jachthafen zu verfolgen, wo sie ihm in die Arme lief. Nun ja, weil er auf der abschüssigen Straße seinen Gang nämlich immer mehr beschleunigt hatte und sie ihm aus Angst, ihn zu verlieren, unbesonnen nachgestürzt war und dann ihren Lauf nicht mehr bremsen konnte. Accardi hatte sich blitzschnell um die eigene Achse gedreht.

»Oh, was treiben Sie denn hier?«

Eine rasch abgeschossene Salve: Angst, Überraschung, Zweifel, Verständnis, Spott traf sie in schnellem Wechsel ins Gesicht. Ihr blieb nur noch die Flucht nach vorn.

»Ich bin Ihnen nachgelaufen.«

»Richtig. Und seit wann?«

»Nein, nur von dort... das heißt, ich ging da vorbei und

habe zu mir gesagt: ist das denn nicht mein Accardi? und wollte Sie rufen, aber Sie hätten mich nicht gehört... Wissen Sie, daß Sie mir Angst eingejagt haben... ich habe richtig Herzklopfen...«

Mit einem unsympathischen Grinsen hatte er gemurmelt, er sei wirklich *sorri*, aber einer, der sich in einer Hafengegend von hinten angegriffen fühle, reagiere unwillkürlich mit einem Angriff, vor allem wenn er den braunen Aikido-Gürtel besitze, aber er habe sie ja zum Glück sofort erkannt.

»Na ja, mit dem Aikido...«, hatte sie so niedergeschlagen gesagt, daß sie nun auch aufs Ganze gehen konnte: »Soll ich Ihnen die Wahrheit sagen? Ich bin gar nicht zufällig in Portofino. Ich habe gehofft, Ihnen hier zu begegnen. Es ist nämlich so... ich habe da ein paar Schwierigkeiten mit der *Eisigen Muse*.«

»Ach. Sprechen wir doch am besten beim Abendessen darüber. Warten Sie nur einen Moment, ich bringe schnell was aufs Boot. Bin gleich wieder da.«

Sie stand wie betäubt im Flackerlicht der spärlichen Hafenbeleuchtung, die, wenn sie bald voll aufgedreht würde, den Ölfilm auf dem Wasser in irisierendes gelbes Licht tauchen würde, und hatte ihre Arme fest um die Brust gelegt, um sich ein wenig Halt zu verschaffen und das Übelkeitsgefühl zu unterdrücken, das sie schon schwanken ließ. Sie stand auf dem Sprungbrett zu einem möglichen Glück. Wenn sie nur daran zurückdenkt, steigt auch jetzt noch Angst in ihr hoch, wie ein plötzlicher Schluckauf, der ihre Kehle mit einem scharfen Geschmack erfüllt. Und das ist nicht schön: die Erinnerung an etwas, das auf jeden Fall Liebe gewesen war, sollte nicht mit einem Rülpser hochkommen, der nach Sperma schmeckt.

Beim Abendessen in einem fast leeren kleinen Restaurant, das aber eine Klimaanlage hatte sowie Wasserspiele über dem Becken mit den lebenden Fischen in der Mitte des Speisesaals, hatte Accardi rasch alle vorgegebenen Zweifel ausgeräumt, die sich seine Tischgenossin auf dem Weg vom Hafen zu dem Platz schnell hatte einfallen lassen. Er war entspannt und geschwätzig. Brotstängelchen knabbernd hatte er gesagt, daß dies eine *terrific* Gelegenheit sei, sich gegenseitig ein bißchen näher kennenzulernen, und daß er wetten möchte, daß eine so hervorragende Frau wie die *dottoressa*, die auf jedem Wissensgebiet so *kiin* und von so strenger Professionalität sei und auf der anderen Seite ganz gewiß nicht unerfahren auf dem Gebiet der Gefühle und äußerst sensibel – doch, doch, so etwas bemerke er auf den ersten Blick, da brauche sie gar nicht so bescheiden zu tun –, daß eine solche rundherum perfekte Person, die nicht gezögert habe, sich nur mit Hilfe einer kleinen Jackson-Gebrauchsanweisung in das Universum des MS-DOS zu wagen, doch ganz gewiß auch ein Interesse für die esoterische Sammelleidenschaft und die keltische Musik nähre.

»Oh … gewiß«, hatte Marilina mit der Gabel auf Halbmast geantwortet, »erzählen Sie mir doch bitte davon«, und dann den ganzen langen Abend über ohne sich zu mucksen einen hochvertraulichen Monolog Accardis über seine Hobbys angehört, die vom Sammeln der Liebig-Bildchen bis zum Vermischen esoterischer Weisheiten reichten. Was, sie habe Castaneda nicht gelesen? Und *Der Morgen der Magier*? Er auch nicht, weil man ja wisse, daß auch eine noch so große Menge von Wörtern nichts sei im Vergleich zu einer Stunde *frii claimbin* in der Stille der hohen Gipfel, und so habe er auch schon vor, sich diesen Winter einer kleinen Gruppe von Eingeweihten aus Rho anzuschließen, die den Aconcagua besteigen wollten, natürlich mit bloßen Händen. Ob sie denn noch nie am Fels geübt habe, wo in extremen Lagen alle sechsten Sinne erwachten? Und auch noch nie eine Einhand-Regatta gesegelt? Schade. Andererseits sage sein Meister der Selbstverteidigungskunst immer, daß jeder Weg gut sei, und deshalb könne er ohne weiteres einräumen, daß gewisse Leute wie die *dottoressa* den Weg der Bücher vorzögen. Alles eine Frage der verschiedenen Formen des *treinin, ollrait.* Was sie denn von den Initiationsriten der Rothäute halte? Na eben so wie in *Ein Mann namens Pferd*, wo sie ihm die zwei Haken reingebohrt und ihn dann vom Dach des *tipi* hätten runterhängen lassen mit diesem so symbolischen Solarisations-Effekt ... er habe die Kassette, weil er auch eine Leidenschaft für das Große Kino und seltene Streifen habe. Wenn sein *Däddi* darauf verzichtete, ihn an Weihnachten unbedingt mit *Maman* in ihren stinkfaden Skiurlaub nach Sankt Moritz zu schicken, würde er sich ein bißchen auf die nördliche Halbkugel vorwagen, um vielleicht ein Indianerreservat zu besuchen und möglicherweise auch noch einen Sprung nach Mexiko zu machen. Sie wisse doch vielleicht, ob der halluzinogene Pilz nur zu einer bestimmten Jahreszeit wachse?

»Nur keinen zweiten Alfredo!« hatte Marilina gedacht und wäre am liebsten aufgesprungen, um ihm klar und deutlich ins Gesicht zu sagen, daß all dieser Geist ohne eine

Spur von Fleisch sie anwidere und sie zuletzt gedacht hätte, daß sein scheinbar so bedeutungsvolles Schweigen am Telefon in Wirklichkeit nur aus seinem hohlen billigen Irrationalismus käme und daß auch die gegrillten Krebse garantiert aus der Kühltruhe stammten und vor allem, daß es doch wirklich nicht normal sei, sie eine Stunde lang anzuschmachten und dann genau in dem Moment mit Absicht die Serviette fallen zu lassen und sich nach dieser hinunterzubeugen, als sie mit entschlossener Zerstreutheit ihre Hand auf die seine legen wollte.

Jetzt greift dieselbe Hand ins Wasser, zieht den Stöpsel heraus, und dieser ganze Sturm im Bidet gurgelt weg.

»Kann ich reinkommen?«

Berto ist bereits eingetreten, ohne ihre Antwort abzuwarten, hat sich zum Waschbecken begeben und den Hahn aufgedreht. Rasende Wut steigt in Marilina auf, das Blut in ihren Schläfen pocht wie verrückt. Völlig außer sich schlägt sie mit der Faust auf die Kacheln und schreit:

»Raus! Ich will dich nie mehr sehen!«

Wenn die Liebe nicht wie ein Fahrrad ist, das man auf der Straße durch kräftiges Treten Augenblick für Augenblick im Gleichgewicht halten muß, indem man die beiden miteinander verkoppelten Leben gleichzeitig vorantreibt, so ist sie wie ein fest auf dem Boden stehendes Trimmrad. Und soviel du auch in die Pedale trittst und schwitzt: diese sadistische Maschine für Ledige führt dich nirgendwo hin. Während sie Berto umarmte und auch als sie ihn wegjagte, hat Marilina nicht an ihn gedacht. Sie hat an jenen anderen gedacht, an diesen verrückten Accardi mit dem Ekstase-Tick.

Dieses brennende Gefühl, das aus den Eingeweiden kommt und langsam bis in den Kopf steigt, hat sie noch nicht lange. Vielleicht ein Jahr. Vorher glaubte Marilina sich schon damit abgefunden zu haben, sich als nichts Bestimmtes zu fühlen. Sie verzog sich ja auch immer am liebsten spontan, wenn sie mit mehr als zwei Personen zusammentraf, daher brauchte sie auch gar nicht betrübt zu sein, wenn sie nicht mehr beachtet wurde als ein Phantom. Schon früher bei Schulausflügen und Feten der Klassenkameraden hatte sie beharrlich geübt; als sie zwanzig war, schaffte es keiner mehr, sie durch Nichtbeachtung zu verletzen: sie kam allen anderen zuvor, indem sie sich selber ausschloß. Dabei half ihr auch die Arbeit, durch die sie vertraglich gezwungen war, ganze Monate ihres eigenen Lebens der Vergangenheit eines anderen zu widmen. Gelegentlich bedauerte sie sich selber ein wenig, weil sie es nicht geschafft hatte, in einer Partnerschaft Fuß zu fassen, in der sie zumindest als die Hälfte einer anderen Person anerkannt worden wäre, aber dann sagte sie sich auch wieder, daß sie als Preis für dieses Eine-Hälfte-Sein ihre Unabhängigkeit eingebüßt hätte. Darin war sie ganz gewandt, jeder Niederlage auch eine gute Seite abzugewinnen. Sie übte also keine Anziehungskraft auf Männer aus? Sehr gut, da konnte sie wenigstens auch nachts seelenruhig spazierengehen. Und tatsächlich war Marilina bis vor einem Jahr oft erst um Mitternacht mit der Straßenbahn nach Hause gekommen und hatte die vier Blocks von der

Haltestelle bis zu ihrer Haustür zu Fuß zurückgelegt und dabei die Strecken im Dunkeln und die finsteren breiten Alleen furchtlos durchquert. Schlüssel und Ausweis trug sie allerdings auch damals schon in der Kleidertasche, da die Handtaschenräuber bekanntlich nicht nur auf hübsche und sexy Frauen aus sind, aber ehrlich gesagt, war ihr, als wäre sie tatsächlich unsichtbar, so etwas nie passiert. Sie ging ihres Weges und horchte dabei auf das rhythmische Klappern ihrer Absätze, auf dem Asphalt dröhnten sie wie Hämmer, auf den gepflasterten Gehsteigen variierten sie angenehm in verschiedenen Tonarten und hallten dann in der Unterführung an den Wänden wider: sie beeilte sich nicht einmal in diesem verpesteten und schlecht beleuchteten Schlauch, sondern hielt sich auch noch damit auf, genüßlich in der stehenden Luft den scharfen Ammoniakdämpfen nachzuschnuppern, die so etwas wie einen Eisengeschmack im Rachen hinterließen. So völlig unbedarft war sie allerdings auch wieder nicht: Sicherheitsmargen kalkulierte sie schon ein, wenn sie von ferne Männer kommen sah. Dann berechnete sie deren potentiellen Weg und wich ihnen möglichst aus; andernfalls kreuzte sie sie mit ihrem geziertesten Gang, indem sie nämlich in einen streng abweisenden Laufschritt verfiel.

In jener Nacht vor einem Jahr war sie im Theater gewesen – ein langweiliger, schlecht inszenierter, noch schlechter gespielter *Adelchi* – und dachte, wobei sie sowohl das Geld wie die Zeit reuten, mit gesenktem Kopf noch darüber nach, so daß sie gar nichts bemerkte: das Geräusch von eiligen Schritten erreichte sie erst, als sie sich schon an der Schulter gepackt fühlte und ein Hecheln wie von einem

Wolfshund vernahm. Der Schreck dauerte nur einen Augenblick. Sie spürte sofort, daß der Griff nicht hart und feindselig war: das Tier, das auf sie gesprungen war, hatte vielleicht gefährliche Zähne, war aber sicher verspielt, und tatsächlich stieß es sie mit etwas Hartem, das als Waffe gewiß ungeeignet und unpassend war. Sie entspannte sich, während sie sich eine Schlagzeile ausdachte: »Überfall aus Lüsternheit, na und?« Der Mann drehte sie heftig um, Marilina schlug mit dem Rücken gegen den Drahtzaun eines Vorgärtchens und sah, daß es gar kein Mann war, sondern ein Junge von kleiner Gestalt und auch vom Alter her klein, vielleicht fünfzehn oder sechzehn. Er stand so nahe, daß sie ihn nicht genau sehen konnte, aber er schien auch nicht einmal häßlich. »Mach es mir«, stammelte er ihr ins Gesicht, »das ist das erste Mal.« Argwöhnisch und wie betäubt überlegte sie, da ihr der Schirm am linken Arm hing, die Umhängetasche von der rechten Schulter rutschte und die Brille schief auf der Nase saß, daß sie wenigstens über irgendetwas die Kontrolle zurückgewinnen mußte.

»Einen Augenblick«, sagte sie daher und schob den Schulterriemen so weit wie möglich hinauf. Der Junge gab ihr Küsse in Lippennähe und versuchte gleichzeitig, ihn ihr irgendwo hineinzustecken. »Bitte«, winselte er fast flehend. Der einzige Einwand, der Marilina einfiel, war: »Was... hier mitten auf der Straße?« und ertappte sich dabei, daß sie ihm vorgeschlagen hatte, die Vergewaltigung an einen geeigneteren Ort zu verlegen. »Mach schon, hier sieht uns keiner«, und versuchte wieder, ihr seine Zunge in den Mund zu stecken, »hol mir nur schnell einen runter, mehr verlang ich nicht.« In ihr Schicksal ergeben, lockerte sie die Kiefer und beschloß, das Ding anzupacken, das sich als handlich erwies. Neugierig ließ sie sich zu einer tiefergreifenden Berührung hinreißen, traf auf zwei Marmorkugeln, fuhr wieder nach oben, da ließ er mit einem Stöhnen ihren Arm los, machte einen Versuch, sich zu ihrem Dekolleté durchzugrapschen, verhedderte sich in der Jacke und manipulierte irgendwie mit dem Stoff herum, während er ihr das ganze Gesicht und den Hals einspeichelte. Sie hatte sich mit Sorgfalt ans Werk gemacht, ob dies nun wirklich das erste Mal war oder nicht, sie wollte ihm jedenfalls einen erstklassigen Service leisten, der ihm auch in Erinnerung bleiben sollte, aber nach nicht einmal drei Sekunden spürte sie, ohne daß er auch nur ein wenig gezuckt oder gestöhnt hätte, die Flut zwischen den Fingern und auf dem Rock. Vielleicht hat er es gar nicht gemerkt, dachte sie, und hörte daher nicht gleich auf. »Okay«, sagte der Junge, »okay.« Marilina ließ ihn los, drückte ihre Lippen auf seine Wange und sagte, aus heiterem Himmel von Mitgefühl, Verlangen, Pein erfaßt: »Also dann, ciao.«

Der Junge war so schnell entwischt, daß ihr alles ganz komisch irreal erschien, bis Marilina dann nach Hause kam und sah, wie ihr einziger Theaterrock zugerichtet war. Als sie noch einmal über den Zwischenfall nachdachte, überlegte sie, ob sie nicht doch ein bißchen mehr Widerstand hätte vortäuschen, ein Minimum von Abscheu hätte zeigen sollen, um ihn nicht zu verstören oder zu enttäuschen. Aber die blauen Striemen an ihren Armen, fünf auf der einen Seite und fünf auf der anderen, brachten sie wieder zu sich. Das nächste Mal konnte es sie sehr viel mehr kosten als einen Rock. Und ein nächstes Mal konnte es geben, nachdem es dieses erste Mal gegeben hatte. Auf diese Weise also hatte Marilina ihre nächtliche Unbefangenheit verloren und einen merkwürdigen Eindruck gewonnen: daß in ihrem Rückgrat nämlich ein zartes Funkensprühen eingesetzt hatte, dem die kleinste Berührung, ein Streicheln oder auch ein Blick als Zunder diente, um hell aufzulodern. Sie hatte eine ganz neue Leidenschaft für Netzstrümpfe, Büstenhalter mit tief ausgeschnittenen Körbchen, schwarze Spitzen und stark moschushaltige Parfüms entdeckt, dabei allerdings ein Gefühl für das Lächerliche daran nicht verloren, und soviel sie auch unter ihrem Schnurrbart hervorgrinste, weil sie wußte, unter den schlampigen Hosen und dem weiten Hemd trug sie hauchfeinen Flitter, hätte sie sich doch nie getraut, ihre Reize auch nach außen sichtbar zu machen.

Jetzt würde sie am liebsten alles begraben, dieses Irrlicht auslöschen, das unter ihrer Haut brennt. Jener, der noch am ehesten die Rolle ihres Liebhabers gespielt hat, nahm sich ihren Wutausbruch leider zu Herzen und läßt sich seit zwei Wochen nicht mehr blicken oder erreichen. Soll sie sich einen anderen suchen? Ja, aber wie diese einmalige Mischung aus Leichtsinn und Verzweiflung wieder herstellen, die sie soweit gebracht hatte, auf Bertos Anzeige zu antworten. Nein, da weiß sie eine bessere Lösung, die realistischer und ganz gewiß preiswerter ist. Sie wird sich einen Vibrator kaufen. An sich eine alte Idee: mit Olimpia hatte sie oft darüber gesprochen, als der Feminismus Mode war und sie todernst über Vor- und Nachteile einer

Abschaffung der Machoschweine diskutierten (Alfredo war mit einem Alitalia-Steward abgehauen, und Olimpia hatte eine Mordswut auf ihn, vor allem, weil sie sich nicht erklären konnte, wie sie sechs Jahre lang einen solchen Ehemann hatte ertragen können, der aus Prinzip arbeitslos, rein zufällig bisexuell und außerdem mit dem Kopf dauernd in Haschischwolken war). Aber keine von beiden war je so weit gegangen, die Theorie auch in die Praxis umzusetzen, die sie als schön, aber doch übertrieben ansahen. Und dann war es ja auch gar nicht so einfach, sich dieses Objekt zu beschaffen: Olimpia behauptete aus eigener Erfahrung, daß jede Frau, die nicht von einem Freund oder von einer Gruppe oder sonst einem Komplizen begleitet würde, der den Erwerb auf seine Kappe nähme, zu große Hemmungen hätte: dazu konditioniert, sich entweder als abhängig vom Männchen oder als keusch auszugeben, würden alleinstehende Frauen ihre Methoden, sich einen abzufingern, niemals hinausposaunen. Alles Quatsch, erwiderte Marilina: ihr würde es nicht das geringste ausmachen, sich vor einem unbekannten Verkäufer zu entblößen. Aber dann hatte sie aus den verschiedensten Gründen nie einen freien Augenblick oder die Adresse eines Porno-Shops gehabt und hatte sich selber nicht auf die Probe stellen müssen.

Jetzt aber vertreibt sie sich, während sie, um im August einen offenen Laden zu finden, mit zwei verschiedenen Obus-Linien halb Mailand durchquert, die Zeit damit, sich hin und her zu überlegen, was sie sagen und was sie tun wird. Sie könnte den klassischen Vorwand mit dem Geschenk benutzen: wer weiß, wie viele Leute sich auf diese

Weise inmitten von Videos und Plastikartikeln verhaspelten und sich auch noch einbildeten, daß der Verkäufer ihnen glaubte. Aber schon steht sie Ecke Piazzale Gorini und Via Inama wankend in der Aureole ihrer eigenen Kühnheit, denn zu lange ist sie darauf gedrillt worden, daß man in den Boden versinken müsse, wenn man eine Sache mache, die sich nicht gehört. Dabei gab es doch offensichtlich einen Zusammenhang zwischen ihrem Alleinsein und der Einsicht, daß sexuelle Bedürfnisse Grundbedürfnisse sind. Also konnte es doch nichts so Heldenhaftes sein, sich einen Vibrator zu kaufen – nichts anderes eben, als wenn man sich in einem Supermarkt, wo die Masse der Nicht-Singles ihren Karren mit Fünfkilotüten und Sechserdosenpacks vollädt, eine einzelne Kartoffel, hundert Gramm Schinken oder eine Minipackung Käse kauft.

Allerdings ist neben dem Vanitas Videoladen ein Café, das mit seinen Tischen den ganzen Gehsteig versperrt. Entweder muß man diesen Spießrutenlauf zwischen den das Weißweinglas schwenkenden alten Männern hindurch auf sich nehmen oder umkehren und sich eingestehen, daß man auch diese Schlacht im Kampf gegen sich selber verloren hat. Den Mund und die glühenden Wangen bedeckend, wagt sich Marilina in den Laden.

Ein rascher Blick in die Runde: Videos für die ganze Familie und ein Dickwanst, der an einem Schreibtisch im Hintergrund in Rechnungen blättert, das ist alles. Idiotin, sie werden sie doch wohl nicht hier vorne hinstellen, wenn sie sie haben. »Guten Tag, haben Sie nur Videos oder auch andere Sachen?« fragt sie. Der Schmerbäuchige hebt eine Augenbraue und einen Zeigefinger: »Dort drüben.« Sie hat sich beruhigt, geht durch den Vorhang, und da, im hinteren Raum, sind die Regale voll mit den richtigen Videokassetten, und, schön geordnet, in drei oder vier Fächern, ein ganzes rosafarbenes Instrumentarium. Der erste Schritt ist getan, jetzt würde sie sich gern in aller Ruhe umsehen, aber nein, da kommt schon ein Verkäufer mit beflissener oder mißtrauischer Miene, und zu allem Überfluß ist das auch noch ein schöner Mann, interessantes Gesicht eines Vierzigjährigen, der sich in Form hält, dunkelhaarig, schlanke Taille und mit jenen kräftigen breiten Schultern, bei denen du, wenn du sie vor dir siehst, einen Kloß im Hals spürst und, wenn er sich umdreht und sie von dir abwendet, heißes Bedauern fühlst.

»Sie wünschen?«

»Im Augenblick wenig oder nichts, danke«, würde Marilina am liebsten sagen, wenn sie den Mut dazu hätte, aber sie hat sich bereits entschlossen, wie eine tüchtige Hausfrau, die ihren Einkaufszettel herunterliest, schnell zu sagen: »Einen Vibrator, nicht zu teuer.«

Ihr Blick ist in Richtung eines nach Ausmaßen und Aussehen monströsen Werkzeugs entglitten, eines karnevalistischen Schwengels aus runzligem Gummi im obersten Fach: auch diese anderen Apparate sind komisch, die vor ihrer Nase der Größe nach aufgereiht sind, angefangen von einem wohl nur dekorativen Zwecken dienenden Exemplar von etwa einem halben Meter Länge bis zu einem von noch immer beachtlichen, aber annehmbaren Ausmaßen. Sie sind bonbonrosa oder karamelfarben, sympathisch, wenn auch für ihren Geschmack ein wenig zu krumm. Sie würde sie gern alle einmal in die Hand nehmen, um Beschaffenheit und Gewicht zu prüfen, aber wie soll sie das machen, mit diesem Prachtskerl da, der ihr ins Gesicht sieht und, auf ein absurdes Monstrum mit Eiern von Elefantenausmaßen, aus denen eine Art Zahnbürste herausragt, deutend sagt: »Ich würde Ihnen dieses Modell empfehlen, mit einem Klitorisstimulator«?

Am liebsten würde sie lachen, andererseits steht ihr die Verlegenheit bestimmt deutlich auf die Wangen geschrieben, deren Farbe sich wohl inzwischen auf kirschrot oder eichelrot eingependelt hat. Daher bringt sie einen ziemlich befremdlichen Einwand hervor: »Die Ästhetik ist mir nicht so wichtig, er kann ruhig weniger realistisch sein, Hauptsache effizient. Wie ist denn dieser hier?«, und hebt aus dem unteren Fach eine durchsichtige Schachtel heraus, in der ein weder krummes noch übertriebenes, ziemlich kleines Ding liegt. Ein mit einem rechteckigen, ebenfalls puppenfarbenen Kästchen, wahrscheinlich der Batterienbehälter, verbundenes Kabel hängt daran. Das könnte unbequem sein, es sei denn, man hängt es sich in den Gürtel wie die Mikrofonkästchen, die man beim Fernsehen benutzt. Aber würde das Kabel sich nicht überall hineinverwickeln? Der Verkäufer erklärt ihr unterdessen, daß auch dies ein sehr brauchbares Modell sei, etwas besonderes, das neueste auf dem Markt.

»Was ist das Besondere daran? Ist er weicher?« fragt Marilina, obwohl sie in Wirklichkeit fragen wollte, ob er flexibler sei, da sie an dem rosa Stab nämlich eine Art ziehharmonikaförmigen Blasebalg entdeckt hat.

»Neeein!« ruft er entsetzt aus. Die Besonderheit sei seine Ausrüstung mit einer Stoßtechnik, sagt er.

»Ich würde mir gern alle ein bißchen genauer ansehen, so schnell kann ich mich nicht entscheiden«, bittet Marilina, die tatsächlich unentschlossen ist und auch das Mißverständnis bedauert: sie wollte die Ware ganz bestimmt nicht schlecht machen, auch wenn sie ehrlich gesagt am liebsten einen Schwanz möchte, der nicht so sehr nach einem Schwanz aussieht. Diese hier sind wie Spielzeug, das man nur ein paarmal nimmt und dann unweigerlich beiseitelegt wie all die Gänschen und Pferdchen, die einer bestimmten Wirklichkeit allzu genau nachgebildet sind. Warum soll sie sich mit einer naturgetreuen Reproduktion zufriedengeben? Dann könnte sie ja gleich mit dem Original spielen. Was sie will, ist vielmehr ein abstrakter Körper, den man nach eigenem Begehren bekleiden könnte, eine nackte Barbie eben. Für die Garderobe würde sie schon selber sorgen. Das Ideale wäre ein weißer Vibrator, wie aus der Apotheke, nicht einmal an der Spitze modelliert, aber so etwas scheint es hier nicht zu geben. Dafür fällt ihr Blick jetzt auf einen Kugelfisch mit runden Augen und weit aufgerissenem Maul: Marilina ist so verblüfft, daß sie erst nach einer Weile begreift, hier eine künstliche Vagina vor sich zu haben, die vielleicht ein zum Scherzen aufgelegter Disney entworfen hat. Dann kämpft sie gegen die kostspielige Versuchung, ihn und sie zu kaufen, um sie zusammenzustecken und dann zuzugucken, wie sie ganz alleine vibrieren. Ob dies nicht überhaupt ihr geheimster Wunsch ist – sich aus allem herauszuhalten? Und statt dessen muß sie sich jetzt einen Ruck geben und einen von diesen Kerlen auswählen: es wäre doch unhöflich, die Erwartungen eines so zuvorkommenden und verständnisvollen Verkäufers zu enttäuschen, und außerdem kann sie auch nicht so tun, als hätte sie den ganzen Weg bis hierher nur zurückgelegt, um ihre Neugier zu befriedigen. Sie fühlt sich von den beiden männlichen Kunden, die im Hintergrund des Ladens in den Video-Regalen stöbern, und von einem Ladenmädchen beobachtet, das, der tiefen Stimme nach zu urteilen, vielleicht ebenfalls ein Mann ist.

Achtzigtausend Lire für das Modell in der Schachtel mit dem Kabel. Ein gesalzener Preis, auf den sie nicht vorbereitet war, aber sie nimmt es: weil es das stilisierteste ist und für nur zwanzigtausend Lire mehr im Vergleich zur mittleren Größe der krummen Vibratoren diese Stoßtechnik bietet, die ja wohl zu irgendetwas gut sein muß, wenn sie sie schon eingebaut haben. Verstört wegen der hohen Ausgabe, die für sie der reine Luxus ist, sieht sie, wie der Verkäufer ihre in dem durchsichtigen kleinen Sarg liegende Erwerbung dem Ladenmädchen bringt, und hat einen Augenblick lang die Vision einer männlichen Santa Lucia oder einer Sant'Agata in enganliegender Hose, die einen Teil ihrer selbst auf einem Tablett vor sich herträgt.

Jetzt machen sie ein Päckchen mit blaugeblümtem Geschenkpapier. So wird es aussehen wie eine Schachtel Pralinen zum Muttertag oder zum Vatertag: große Psychologen, diese Leute hier. Während sie das Ende der Vermummungsoperation abwartet, hebt Marilina den Blick, und tatsächlich steht da in einem etwas versteckten Regal genau jener aseptische weiße Vibrator, den sie gewollt hat. Aber jetzt ist es zu spät, sie würde es nicht wagen, ein bereits verschnürtes Päckchen wieder aufpacken zu lassen. Auch ist es höchste Zeit zu gehen, sie hat jetzt keinen Vorwand mehr, ihre Nase zwischen die Videokassetten mit Pornofilmen und die Döschen mit retardierenden Salben zu stecken.

Sie braucht noch Batterien. »Wissen Sie, wir tun keine rein, weil sonst...«, hat der Verkäufer erklärt, und sie hat sich gleich vorgestellt, wie in der ganzen Bude ein einziges wahnsinniges Vibrieren und Hämmern losging. In Wirklichkeit ist es aber nur eine banale Frage des Nichtgebrauchs, wodurch die Batterien oxydieren, so daß die Säure ausläuft, das weiß sie genau, weil sie mal vergessen hat, aus einem Kassettengerät die Batterien rauszunehmen, und da konnte sie dann das Ganze wegwerfen. Ob auch dieses neue Haushaltsgerät, dieser kleine Helfer im Haushalt so enden würde?

Marilina ist bester Laune: sie hat die Probe bestanden und sich dabei nicht einmal so dumm angestellt, ja und sogar preiswert eingekauft. Ob sie Olimpia davon erzählen soll? Dann müßte sie ihr allerdings vor allem von Berto erzählen, damit sie begreift, daß ihre schamlose Tat nicht die Bravourleistung einer emanzipierten Frau ist, sondern auf die Entdeckung einer harten und einfachen Wahrheit zurückgeht: Sex ist, wenn er nichts bewegt, irrelevant, also ist man sich selbst gegenüber verpflichtet, ihn auch auszuüben, selbst allein. So weit wird ihr Olimpia folgen können. Aber könnte sie als eingefleischte Feindin der Pornographie, die die Frau beleidigt usw., auch verstehen, warum Marilina jetzt, da sie einen jener dem Kult der vorgegebenen Schaltungen gewidmeten Tempel betreten hat, um die Batterien zu kaufen, diese jungen Kerle sehr viel obszöner findet, die die Potenz ihrer jeweiligen Chips und Mikroprozessoren messen? Das sind die gleichen Leute, die dann die Telefonleitungen mit ihren Videotel-Botschaften verstopfen: sie haben ganz andere Phantasmen im Kopf als die Phantasien, die Marilina schon immer geliebt hat und noch immer liebt. Diese hier haben keinen Körper und wollen auch keinen haben.

Kaum verläßt sie im Haus an der Via Bezzecca den Aufzug, da klimpert die Stefanoni mit ihren Wimpern schon in Richtung eines Herrn, den Marilina noch nie gesehen hat, vielleicht siebzig, aber rüstig, hager, auf altmodische Art elegant in einem weißen Leinenanzug mit irgendeinem Abzeichen im Knopfloch, auch der Panama fehlt nicht.

»Oho, schon da!« zwitschert Pucci und macht einen übertriebenen Hüpfer, als hätte sie sich tatsächlich erschreckt. »Doktor Minni«, murmelt sie dann, während sie auf den Greis deutet, und Marilina ist gleich alarmiert:

»Doktor?« fragt sie, »Arzt?« und deckt damit die Stimme der Krankenschwester zu, die atemlos erklärt, daß »das Fräuleinchen hier das Töchterchen der lieben, liiieben Ersilia« sei.

»Sehr angenehm«, sagt er und lüftet den Hut. »Nein, nein, ich bin Berater in Handelssachen. Ich habe die Ehre, Ihre Frau Mutter zu kennen.«

»Ah, gut, ich dachte schon... daß vielleicht ein Notfall... und in meiner Abwesenheit...«

»Oh, wie süß! Oh, was für ein rührendes Töchterchen! Nun, nun, in diesen goldenen Händchen wird unsere Ersilia schon bald wieder in alter Pracht auferstehen!« kreischt die Verrückte, schiebt den Berater in Handelssachen in den Aufzug, hebt sich schnell auf die Spitzen ihrer Holzpantöffelchen und drückt Marilina, die, so überrumpelt, nicht schnell genug ausweichen kann, zwei große Schmatze ins Gesicht.

Bäh. Ihre Wangen abreibend, betritt Marilina die Wohnung, versteckt geschickt ihr Blümchenpäckchen im Schirmständer, will durch die Schlafzimmertür ihrer Mutter, bleibt aber wie angewurzelt stehen: da liegt etwas in der Luft, wie ein Schwirren von elektrischen Partikeln, so daß ihr geradezu die Haare zu Berge stehen und sie die unbedachte Gewißheit hat, daß hier vor kurzem eine Bombe explodiert sein muß.

Von ihrem großen Bett aus blickt ihr in großem Abend-Make-up à la Jean Collins und in einer Wolke von Nylonvolants Ersilia fest in die Augen und behauptet:

»Du spürst es!«

»Was denn?«

»Das Echo der Präsenz! Ich sehe es dir an! Jetzt kannst du wirklich nicht mehr behaupten, daß alles nur Gefasel sei! Du hast gespürt, daß er in diesem Zimmer gewesen ist!«

»Dein Freund? Ja, dem bin ich gerade auf der Treppe begegnet. Sieht gar nicht übel aus für sein Alter...«

»Nicht er, *er*! Don Disparì!«

»Habt ihr eine spiritistische Sitzung abgehalten? Bei dieser Hitze? Um fünf Uhr nachmittags?«

»Als würde den höheren Wesen die Hitze etwas ausmachen! Jawohl, um fünf Uhr, um drei, um eins! Ist das vielleicht verboten?«

»Keine Ahnung, ich dachte nur, es wäre vielleicht doch nicht ganz die richtige Uhrzeit.«

»Setz dich mal hin, ich hab dir einiges zu erzählen, unglaubliche...«

»Geht das nicht später? Ich bin ein bißchen müde und habe Kopfweh, wenn du jetzt nichts brauchst, ruhe ich mich ein Stündchen aus«, sagt Marilina hastig und zieht sich überstürzt zurück. Im Flur schnappt sie ihr Päckchen, schießt in ihr Zimmer, schließt die Tür ab und hält den Atem an. Von drüben ist unverständliches Brummen zu vernehmen, dann ein Klicken, und gleich darauf erschallen Musik und Stimmen – ein Glück, sie hat den Fernseher angemacht und wird bestimmt schon in wenigen Minuten einschlafen.

Marilina hat bereits das Papier der Schachtel heruntergerissen, und jetzt versucht sie, die Batterien in den Behälter *made in Taiwan* einzusetzen, aber irgendwie klappt es nicht, er ist zu breit, die drei Stäbchen haben zuviel Spielraum, sie halten nicht hintereinander, so daß sich die Pole nicht berühren, wie es sein müßte. Es sei denn, sie klebt sie zusammen. Gedacht getan. Schön mit Klebeband umwickelt, sind die drei wackeligen Batterien jetzt wie eine einzige lange Batterie, und um sicherzugehen, daß Kopf und Ende nicht wieder von den entsprechenden Lamellen herunterrutschen, wickelt Marilina noch so viel Klebeband darum, bis das elektrische Stäbchen ein dicker Klumpen ist, der gerade noch in das rosa Kästchen hineinpaßt. Der Schalter läßt sich auf zwei, nein sogar drei verschiedene Positionen einstellen, und es gibt auch einen Schieber, der vermutlich die Intensität der Bewegung reguliert. Jetzt müßte sie es mal ausprobieren. Aufgeregt nimmt Marilina den eigentlichen Vibrator, den sie bisher, ohne ihn zu berühren, am Kabel hatte herunterhängen lassen – wie ein merkwürdiges Tierchen, das man aus der Ferne bewundern muß, während es an seiner Leine zieht. Sie hat es eingeschaltet. Und bricht gleich darauf in Lachen aus, weil dieses Scheißding einen solchen Lärm macht, daß es glatt den Fernseher übertönt: stellt man es auf Vibration ein, gibt es ein Brummkonzert wie von zehn elektrischen Rasierapparaten von sich und im »Stoßgang« kommt es dem betäubenden Geräusch eines Preßlufthammers gleich. Undenkbar, es hier zu benutzen, nur schnell damit brav wieder ins Schächtelchen.

»Was machst du da?« ruft auch schon die Stimme der Mama.

»Nichts«, erwidert Marilina und läuft barfuß auf Zehenspitzen zur Tür, um wieder aufzuschließen, »ich leg mich ein bißchen schlafen.«

Aber es ist gar nicht so einfach, in dem schmalen Bett, an das sie sich wieder gewöhnt zu haben glaubte, Ruhe zu finden. Auch wenn sie sich zuerst auf die eine, dann auf die andere Seite legt und sich dann noch einmal umdreht und die Beine ins Leintuch wickelt, kann sie der Kuhle in der Mitte der Matratze nicht ausweichen, wo die Federn schon vor zwanzig Jahren durchgebrochen sind. Ein *Stündchen*? Ein *bißchen*? Sie redet ja schon genauso manieriert daher, wie diese beiden albernen Tussis. Nur jetzt keine Regression in die bittere Kindheit. Dies wäre ein denkbar schlechter Augenblick dafür. Sie hat schon genug zu schlucken und kann sich nicht auch noch Erinnerungen leisten. Was diese beiden wohl aus der Versenkung hervorholen wollen? Irgendetwas muß jedenfalls geschehen sein:

daß es in Ersilias Zimmer eine Art Spannungsfeld gegeben hat, ist eine Tatsache, ihre Nerven sind noch immer gereizt davon. Ob Hysterie eine Form von Energie ist? Die sich sogar kanalisieren ließe? So daß man von unglücklichen alten Jungfern alimentierte kleine Kraftwerke, von Witwen am Abgrund zum Greisenalter betriebene Dynamos bekäme? Das wäre doch eine schöne Ersparnis: Die geistige Gesundheit wäre gesichert, und endlich gäbe es all diese schwefligen Nebenprodukte der Emotivität nicht mehr, die das Familienleben so vergiften und Verwandtschaftsbeziehungen tödlich machen; von der wohltuenden Auswirkung auf das städtische Umfeld ganz zu schweigen. Andererseits würden die ökologischen und ökonomischen Vorteile die Politiker veranlassen, Maßnahmen zu einer stärkeren sozio-sexuellen Unterdrückung der Frauen zu ergreifen: es würde Moralisierungskampagnen, Werbefeldzüge für freiwillige Keuschheit, vielleicht sogar ein kleines Konzentrationslager für die unverbesserlichen Marilinas geben. Die Frauen, denen jede Möglichkeit genommen wäre, sich irgendwie abzureagieren, würden Schlange stehen, um ihren Hysterie-Tribut in die kommunalen Sammelbecken zu ergießen. Zorn dem Vaterland? »Nein, danke«, denkt Marilina im Halbschlaf und bringt das neckische Gehabe der Mama mit dem Besuch des Berater-in-Handelsfragen-Doktors und der sichtlichen Verlegenheit der Stefanoni in Zusammenhang. Aha, eine Ursulinerin scheint sie also nicht zu sein; schon eher eine Celestina. Wunderbar, auf diese Weise wird der Oberschenkelknochen um so schneller wieder zusammenwachsen: die Krankenschwester versteht ihr Handwerk, sie ist ganz bestimmt all die vielen Kaffeebohnen und noch weit mehr wert. Je früher die Mama wieder auf den Beinen ist, desto besser für alle, auch für Marilina, die wieder in ihre harmonische Einsamkeit und auf ihre Schlafcouch zurückkehren kann. Telefon.

»Ich gehe«, schreit sie und läuft in den Flur, um abzuheben, bevor die Mama den Nebenapparat auf ihrem Nachttisch erreicht. Wer weiß, warum sie plötzlich befürchtet hat, es könnte Berto sein, da sie sich doch wohl gehütet hat, ihm diese Nummer zu geben: aber es ist Giandomenico Accardi, auf Durchreise in Mailand. Er sagt, daß er eine oder zwei Stunden Zeit habe, um einen Blick auf ihren *fail* zu werfen, und ob man sich nicht jetzt gleich in Gratosoglio treffen könne, die Zeit für den Weg natürlich einberechnet.

»Ja, sicher, gern«, erwidert sie mit erstickter Stimme. »Ich brauche vielleicht 45 Minuten.. oder sagen wir lieber eine Stunde«, denn es ist ihr eingefallen, daß sie sich nicht nur umziehen, frisieren und auf die beiden Straßenbahnen warten, sondern auch noch schnell etwas für die Kranke zubereiten muß, die jetzt durch ihren Türspalt späht: sie ist also aufgestanden und humpelt mit ihrer dreibeinigen Krücke herum.

»Ich hole Sie lieber ab, das geht schneller«, sagt Accardi. »Ich sitze ja schon im Auto. Wo sind Sie denn?«

»Geh nur, geh«, sagt die Mama, die gleich nachdem Marilina die Adresse erklärt und eingehängt hat, im Flur erscheint. »Ich komme allein zurecht, und außerdem schaut Pucci heute abend noch einmal mit ein paar Leuten herein. Geh nur, wenn du was vorhast. Wer holt dich denn ab?«

»Olimpia. Sie macht mit mir eine Arbeit für Filipponi.«

»Ja? Es kam mir wie eine Männerstimme vor.«

»Sie ist erkältet«, sagt Marilina und entflieht ins Badezimmer. Sie hat überhaupt kein schlechtes Gewissen mehr, wenn sie lügt, aber sie würde es lieber nicht tun: auch dies ist ein Rückfall in die Vergangenheit, als sie ihrer Mutter nie die Wahrheit erzählen konnte, weil diese sich alles zu eigen machte und ihrem Mann prompt eine entstellte Version weitererzählte. Seither ist viel Wasser den Berg hinuntergeflossen, aber es tritt trotzdem immer wieder über die in Jahren mühsam aufgerichteten Dämme. Eine kurze Dusche hat sie schon genommen, jetzt läuft sie, um ein etwas besseres Kleid anzuziehen und, jawohl, einen Hauch Puder und einen Sprüher Haarlack, dann putzt sie die Brille und sieht dabei über ihre Mama hinweg, die immer noch auf ihre Krücke wie auf einen Krummstab gestützt, mitten im Flur steht.

»Nimm mein Chanel.«

Dieses schiefe Lächeln könnte so manches bedeuten, zum Beispiel, »einer Mama kann man nichts vormachen« oder »vielleicht ist es diesmal der Richtige, aber gib acht, weil alle Männer Betrüger sind«, uff, wie lästig, und was für eine Hetze: sie steckt die Fotografien und Mikrofilme, die sie Accardi zeigen will, in die Handtasche, und da klingelt es auch schon.

»Streng dich nicht an. Ich bin bald zurück«, sagt sie zur Mama.

»Du kannst auch spät kommen.«

Im Aufzug denkt Marilina darüber nach. Es war vielleicht ganz harmlos gemeint gewesen, einfach eine Feststellung: »Du kannst auch spät kommen«. Kann eine verliebte, verführte Mama friedlich werden? Schon möglich.

Der Range Rover parkt in der zweiten Reihe, alle Fenster sind heruntergelassen, Lambada in vollen Stereotönen, und ein, zwei, nein *drei* Köpfe drehen sich gleichzeitig in ihre Richtung, sie bleibt wie vom Schlag gerührt mitten in einem voreiligen Tanzschrittchen stehen. Das hat sie nun davon, daß sie ihm noch einmal auf den Leim gegangen ist: selbst nach der Schlappe von Portofino hat sie immer noch beharrlich versucht, ihn innerlich in Schutz zu nehmen und sich selber beschuldigt, daß sie es nicht geschafft hat, eine erotisch günstige Atmosphäre herzustellen, auch bestanden ja in einem Fischrestaurant in der Tat wenig Hoffnungen, daß man zu einer mehr fleischlichen Beziehung gelangte. Es mußte doch irgendeinen Grund dafür geben, daß Giandomenico den ganzen Abend lang glühende Blicke über den Tisch auf sie schoß: gut, sie ist immer voller Zweifel über sich und die anderen, aber man mußte schon blind sein, wenn man nicht zwischen Achtung und glühendem Begehren unterscheiden konnte. Und eine Flamme war da gewesen, ganz sicher. Und jetzt, da sich ihnen noch einmal eine Gelegenheit hätte bieten können, schleppt er seine Freunde an. Ein Mädchen mit einem grünen Haarschopf und ... nein, das ist unmöglich! Sie möchte wetten, daß der, der hinten sitzt, der Verkäufer aus dem Porno-Shop ist.

Marilina stolpert mitten auf dem Gehsteig über ein nicht vorhandenes Hindernis, aber kein rettendes Loch tut sich vor ihr auf, in das sie versinken könnte. Accardi ist ausgestiegen, um ihr die Wagentür zu öffnen.

»Los, steigen Sie ein, es ist schon spät. Was haben Sie denn? Ist Ihnen schlecht? Sie sehen ein bißchen bläßlich aus.«

»Nein, nein, alles in Ordnung«, sagt Marilina todesmutig, läßt sich die Tasche aus der Hand nehmen und sich auf das hohe Trittbrett hinaufschieben.

»Dies ist Fedora, *accaunt eksekiutif*. Und das ist mein Freund Enzo.«

»Angenehm«, sagt das Mädchen. »Niki hat mir wahre Wunderdinge über dich erzählt, wir duzen uns doch, nicht?«

Marilina lächelt gequält und drückt dem Verkäufer völlig verwirrt die Hand. Ja, er ist es tatsächlich, aber er sagt nichts und hat außer durch ein ganz leichtes Runzeln im Bereich des Faltenfächerchens an der linken Schläfe (möglicherweise ein winziges Blinzeln) durch nichts gezeigt, daß er sie wiedererkennen will. Flehentlich hält sie seine Hand ein wenig länger fest als nötig, dann heult der Motor auf, und bei dem ruckartigen Anfahren dreht sie unwillkürlich den Kopf Richtung Vordersitz.

»Was machst du? Ich hab's nicht richtig verstanden«, fragt sie und versucht, sich auf die Frau zu konzentrieren, die ihr im übrigen auf Anhieb sympathisch ist: trotz ihres grünen Haarschopfes und des einfachen weiten T-Shirts sieht man ihr an, daß ihr Bequemlichkeit mehr wert ist als jeder Look, und es scheint ihr auch nicht viel auszumachen, daß sie Pickel und eine gewisse Behaarung an den Armen hat.

»Werbung. Hat Niki dir das nicht erzählt? Typisch, da schleppt er mich am vierten Tag meiner einzigen Ferienwoche mit Gewalt ab und macht nicht einmal ein bißchen Werbung für mich.«

»Hören Sie nicht auf sie, Dottoressa, da gibt es nicht viel zu erzählen, und außerdem stimmt es gar nicht, daß ich sie mit Gewalt abgeschleppt habe, sie wollte unbedingt mitkommen und sehen, wie weit wir sind, und nur, weil ich ihr gesagt habe, daß wir hinterher den ganzen Abend lang Filmchen angucken.«

»Blödmann!« sagt das Mädchen und pocht ihm mit dem Fingerknöchel kräftig auf den Schädel, aber alle drei, auch Accardi, der sich über das Steuer duckt, lachen. Gleich darauf wendet sich Enzo an Marilina und sagt mit sehr lauter Stimme: »Ich arbeite in einer Videothek. Einer etwas pikanten.«

»Oh ... interessant«, antwortet sie ebenso laut und hofft, daß er in ihren Augen ihre ganze Dankbarkeit für die so stilvoll inszenierte Diskretion liest.

Fedora hat sich zu drei Vierteln umgedreht und wendet sich vertrauensvoll an sie: »Nur weil wir praktisch Cousins sind, macht er mich immer schlecht, dabei habe ich ihm geholfen, euer Projekt einzufädeln. Da wollte ich dich auch kennenlernen, das ist doch normal, oder? nachdem er mir dauernd die Ohren voll geredet hat mit seiner Dottoressa hier und seiner Dottoressa da ...«

»Übrigens Accardi, es wäre ja vielleicht doch an der Zeit, daß wir aufhören, uns zu siezen?« wirft Marilina geistesgegenwärtig wie selten ein.

»Klar. Hier muß ich wohl rechts rum, oder?«

»An der Ampel«, sagt Marilina. »Wir sind gleich da.«

Ihre Wohnung ist gewiß in einem fürchterlichen Zustand. Sie hat schon seit zwei Wochen nicht mehr saubergemacht, diese Leute werden überall Essensreste und schmutzige Handtücher entdecken. Sie bräuchte jetzt entweder einen Zauberstab oder ein ganz dickes Fell, einfach die Nonchalance zu sagen: »o ja, manchmal feiere ich hier wahre Orgien, und meine Putzfrau hat gerade Urlaub ...« Geld ist schon etwas Schönes: einer, der es von Geburt an hat wie dieser Giandomenico-Niki, entwickelt soviel Selbstsicherheit und Arroganz, daß er sich auch den Luxus der Schlamperei erlauben kann. Marilina meint sogar, daß es gar keine häßlichen Reichen gibt oder wenn ja, ist ihr das nie aufgefallen. Ob ihre häufigen Träumereien von einem plötzlichen Lottogewinn wohl aus der Armut ihrer Vorfahren geboren sind? Sie kauft immer drei oder vier Lose der verschiedenen Staatslotterien, um eine Zeitlang jeder Art von größenwahnsinnigen Träumen nachhängen zu dürfen: bis zum Zeitpunkt der Ziehung kann sie sich allerhand Chancen vorgaukeln und sich bis in alle Einzelheiten ausmalen, wie sie reagieren würde, wenn Buchstabenserie und Zahlen die richtigen wären. Gewöhnlich geht sie dann zuerst mal zur Bank, läßt den Direktor rufen, eröffnet ein Konto über eine Milliarde und läßt den Rest in Staatsanleihen anlegen, dann kauft sie ein Haus am Meer und eines in der Stadt, richtet sie ein und geht schließlich in die prächtigsten Geschäfte im Zentrum, wo sie sich das Vergnügen leistet, ohne nach dem Preis zu fragen, »ich nehme dies, das und das« zu sagen, während draußen ihr Chauffeur mit dem Wagen wartet. In Wirklichkeit weiß sie, daß sie sehr gut auch ohne schöne Kleider und Sekretäre aus dem achtzehnten Jahrhundert leben kann; aber es würde ihr schon gefallen, wenigstens einmal nicht aufs Geld achten und die Preise von Ikea und Standa vergleichen zu müssen, nur um dann festzustellen, daß sie sich das, was sie gern hätte, nicht leisten kann und daher besser gar nichts kauft. Selbst ein bescheidenes Vermögen wäre schon angenehm: mit fünfzig oder hundert Millionen Lire auf der Bank könnte sie unbesorgter leben und sich leichten Herzens eine Reise, ein Auto, ein Videogerät, vielleicht auch einen Liebhaber, der nicht schon im Gefängnis gesessen hat, leisten, vor allem aber einen Computer, auf den sie jetzt, da sie damit arbeitet, gar nicht mehr verzichten kann. Aber wenn man schon träumt, dann wenigstens in ganz großem Stil, sonst ist es knickrig, also ist Marilina lieber großzügig und wünscht sich so zwischen zwei und vier Milliarden, die vom Himmel auf sie herabregnen und ihr ein Luxusleben in Villen mit Swimmingpool und Dienern in Kniehosen gestatten sollen.

»Vierter Stock, Aufzug gibt es keinen. Wir gehen voraus«, schreit Accardi und schiebt Marilina die erste Treppenrampe hinauf. Dann packt er sie und säuselt ihr ins Ohr: »Hör mal, Fedora weiß nicht, daß du die Hauptarbeit gemacht hast. Ich habe ihr erzählt, daß du nur für die Durchsicht und die Abbildungen zuständig bist, ist das schlimm?«

»Nein, nein, schon gut.«

Er faßt sie an der Schulter und legt einen Augenblick lang seinen Handteller auf Marilinas Nacken. Sie fühlt, wie ihre Knie weich werden: vielleicht vom schnellen Treppensteigen.

»Super, ich wußte ja, daß du das sofort verstehen würdest, weißt du, das ist einfach eine Frage der Glaubwürdigkeit, egal, ob sie jetzt meine Kusine ist, sie vertritt hier den Sponsor, ist das klar?«

»Mensch, du wohnst ja im Himmel!« keucht Fedora, als sie den obersten Treppenabsatz erreicht, dabei wirkt sie taufrisch, gerade so, als sei sie absichtlich langsamer gegangen, um Niki Zeit für ein ungestörtes *Beiseite* zu lassen.

»Die Aussicht ist ganz schön«, erwidert Marilina, schließt die Tür auf, und: tatsächlich Unterhosen auf der Couch. Sie stürzt hinein, schleudert ihre Handtasche in Richtung der Kissen, getroffen, jetzt braucht sie sich nur noch draufzusetzen und sie mit der einen Hand zusammenzuknäueln, während sie mit der anderen die Handtasche aufmacht, Abrakadabra, billiger Taschenspielertrick, sie hat genausoviel Erfolg damit, wie wenn sie gesagt hätte: »Alle mal hersehen!«, na gut, sie kann sie ja später mit einem »Voilà« wieder hervorzaubern und das Ganze ins Komische ziehen. Aber jetzt nicht.

»Wollt ihr was trinken?« fragt sie in der Hoffnung, wenigstens schnell in die Küche verschwinden und ein paar schmutzige Teller wegräumen zu können, aber keiner hört ihr zu. Enzo ist gleich auf den Kassettenrecorder zugegangen und stöbert zwischen den Kassetten herum, die beiden anderen stellen Stühle an den Schreibtisch, als wären sie hier zu Hause.

»Ist die Floppy drin?«

»Ich komme.«

»Entschuldige, wir haben nämlich nicht viel Zeit. Ich will einfach, daß Fedora sich eine Vorstellung machen kann, wie das Ganze wird. Hast du mein Original?«

»Hier«, sagt Marilina und streckt ihm ein gebundenes Exemplar der Doktorarbeit entgegen. Sie setzt sich an das Keyboard, schaltet den Bildschirm ein und würdigt Accardi aus Wut über das allzu deutliche Possessivpronomen keines Blickes, sondern wendet sich nur noch an Fedora.

»Ich hole dir jetzt die erste korrigierte Seite rein, wenn du sie mit dem ursprünglichen Text vergleichst, wirst du gleich sehen, um welche Art von Veränderungen es sich handelt.«

»Die sind doch völlig verschieden«, bemerkt das Mädchen, nachdem sie die elektronische Seite Zeile für Zeile hat ablaufen lassen: auf der anderen, der getippten Seite, fährt sie mit dem Finger hin und her, als hätte sie Mühe, den Worten zu folgen; aber daß es nicht dieselben sind, hat sie jedenfalls gemerkt.

»Na sicher. Denn als er den Originaltext schrieb, mußte *Niki* sich doch an einen idealen Leser wenden, in dem Fall an seinen Doktorvater, daher diese Fülle von Spezialbegriffen und bibliographischen Hinweisen und, ehrlich gesagt, Accardi, auch stilistischen Ausschmückungen, die ja ganz schön sind, nichts dagegen einzuwenden, aber eben doch nur Effekthascherei...«

»Allerdings«, meint Fedora.

»... während wir jetzt doch den gewöhnlichen Leser anvisieren, die breite Masse, deren Aufmerksamkeit wir möglichst schon mit der ersten Zeile fesseln müssen, und die Strategie, die sich dafür anbietet, ist, wenn ich das einmal so ausdrücken darf, ein Hin und Her zwischen dem Zuckerbrot des einfachen, einschmeichelnden Stils und der Peitsche des kulturellen Engagements. Zack-zack. Ist das klar?«

»Und wie! Du redest ja druckreif.«

»Alles eine Frage des *target*«, mischt sich Niki ein und bläht den Brustkorb, »habe ich es dir nicht gesagt?«

Marilina wendet sich ab, um ein Grinsen zu verbergen, und fängt einen Blick des Verkäufers als Edelmann auf: vernichtend, wie ein Keulenschlag. Aber nur den Bruchteil einer Sekunde lang, und vielleicht war es gar nicht Tadel und nicht einmal Vorwurf, sondern eine Täuschung: hat sie diesen Sarkasmus selber in seinen Blick projiziert? Schwer zu sagen, da er die langen braunen Wimpern bereits gesenkt hat und mit dem Kopfhörer des Kassettenrecorders auf den Ohren verzückt vor sich hinsummt.

»Red weiter, es interessiert mich«, sagt Fedora.

Und Marilina redet eine geschlagene halbe Stunde weiter, liefert am laufenden Band digitale Beispiele, die beweisen, was für eine Kapazität sie ist, und kostet grausam die Wonne aus, ein Publikum vor sich zu haben, das den Trick nicht kennt und sich durch einen Schwall von gelehrtem Gewäsch, bildungsträchtigen Zitaten und besserwisserischen Erklärungen beeindrucken läßt. Trotzdem hat sie nicht vergessen, daß ein braver Neger seinen Arbeitgeber in glänzendem Licht erscheinen lassen muß, also baut sie bei jeder Seite, die auf dem Bildschirm erscheint, ein Lob auf *Niki* ein, der vor Freude juchzt. Schließlich bricht Fedora den Zauber.

»Ich würde das ja nicht reinbringen, daß Leopardi sich an einem Sorbet den Magen verdorben hat und daran gestorben ist. Das ist kontraproduktiv für das Image des Produkts.«

»Da hast du recht! Streich... en wir es?«

Marilina hat bemerkt, daß Accardi die rüde Befehlsform im letzten Augenblick in eine höfliche Frage umgewandelt hat, aber sie ärgert sich nicht, sondern freut sich eher darüber, daß er sie doch irgendwie zu achten scheint. »Einverstanden«, sagt sie gleich, »vor allem, da es ja auch historisch gar nicht belegt ist. Das haben wir in der Anmerkung 157 erklärt.«

Während sie spricht, hat sie den Block isoliert und läßt ihn auf dem Bildschirm weiß aufblinken. Das Arbeiten am Bildschirm ist wirklich eine feine Sache, und so einfach, jetzt braucht sie nur eine Taste zu drücken, und Leopardi ist verschwunden, hat nie existiert, ist nie gestorben. Wenn man nur auch mit dem Leben so verfahren könnte und Zeit, Schmerzen, Beleidigungen, Obsessionen löschen könnte, Marilina hätte nur die Qual der Wahl, aber kein Bedauern, kein Zögern. Die einzige Gefahr wäre vielleicht, daß sie reinen Tisch machen und nichts übriglassen würde. Control KD. Wir sind aus dem File heraus, auf dem Bildschirm erscheint das Menü. Sie drückt eine Taste und erklärt, daß sie jetzt die Anmerkung holen und löschen werde.

»Warte, laß sie mich zuerst sehen, ich bin doch neugierig. Ich wußte über Leopardi nur, daß er bucklig war, aber das Wichtigste haben sie einem in der Schule ja nie erzählt«, raunt Fedora und verfolgt die über den Bildschirm laufenden unleserlichen Zeilen mit zusammengekniffenen Augen, »da ist sie, 157, und stop ...«

Nun lesen alle gemeinsam das Ranieri-Zitat, auch Enzo, der sich über Marilinas Kopf beugt, halblaut vor sich hin murmelt und einen angenehm herben Aftershave-Duft ausströmt, und so ist sie zu sehr abgelenkt, um das zweifache Klicken im Schloß der Wohnungstür gleich wahrzunehmen. Als sie sich umdreht, geht die Tür schon wieder zu, rahmt aber noch einen kleinen Teil eines erschreckten und ihr wohlbekannten Gesichts ein.

»Heee!«

Marilina springt auf, windet sich zwischen den drei Lesenden hindurch und läuft los, um ihn zurückzurufen. Das ist aber gar nicht nötig, denn die Tür steht schon wieder offen, und Berto deutet einen verlegenen Gruß an. Er hat sich wohl gesagt, daß es immer noch besser ist, seine Nummer durchzuziehen, als sich von einer Frau die Treppe hinab verfolgen zu lassen, die ihm nie ihren Wohnungsschlüssel hat geben wollen und daher allen Grund hat, sich darüber zu wundern und zu ärgern, daß er im Besitz von Nachschlüsseln ist.

»Guten Abend«, sagt er. »Hast du Besuch?« und scheint sogar ein wenig zu zittern. Er hat sich noch immer nicht abgewöhnt, an seinem Herpes herumzukratzen, wenn er nervös ist: der Schorf über seiner Lippe ist deutlich sichtbar, körnig, vulgär. Aber nun ist er eingetreten, und die anderen blicken vom Computer auf. Accardi hat sich als erster umgedreht, wer weiß, was er jetzt denkt, dann dreht sich mit leeren Blick und einem schiefen Lächeln Fedora um, und schließlich dreht sich wie im Sog ihrer Bewegung auch Enzo um und macht zwei Schritte nach vorn.

»Das... das ist mein Bruder«, erklärt Marilina hastig. »Setz dich, Filiberto, und warte. Wir sind bei der Arbeit.«

»Angenehm.« »Hallo.« »Wie geht's?«

»Laßt euch nicht stören. Hallo, Enzo.«

»Wir sind gleich fertig und gehen«, sagt Accardi, als

müsse er sich irgendwie rechtfertigen. Marilina ist am Boden zerstört. Wie hätte sie ahnen sollen, daß diese beiden sich kennen? Und wie ist sie überhaupt auf diese idiotische Idee mit dem »Bruder« verfallen? Die müssen sie doch für völlig schwachsinnig halten.

»Löschen wir das also?«

»Ja, ja, ich komme.«

»Ich schaue mal nach, ob noch Bier da ist. Hier nebenan«, sagt Berto und schiebt Enzo am Ellenbogen vor sich her in die Küche. Sie haben die Tür geschlossen, und sie, die vor Neugier und Scham fast vergeht, muß sich jetzt wieder zwischen Niki und das Mädchen setzen, die offenbar nichts anderes im Sinn haben, als ihr eine Menge Arbeit zu machen. Also weg damit, fertig. Und zwar gründlich: außer der Anmerkung hat sie auch noch die folgenden zwanzig Seiten gelöscht.

»Gut«, sagt Accardi, ohne das Malheur und den aschgrauen Teint der Tastenschlägerin zu bemerken. »Es ist schon spät. Erklärst du ihr die Sache mit der Zahlung, Fedy?«

»Kann ich ausmachen?« fragt Marilina kleinlaut.

»Mach nur aus. Die Arbeit ist wirklich super, das wird ein Erfolg«, sagt das Mädchen, während es aufsteht und sich streckt. »Also die Sache ist die: von den zehn Millionen, die dir zustehen, schreibst du über zwei eine kleine Rechnung aus, mit Steuer – du bist doch mehrwertsteuerpflichtig, oder? –, und der Rest wird in Ware ausbezahlt. Sehr viel besser, da sparst du eine Menge Steuern.«

»Ach ja? Und wie?«

Fedora erklärt es ihr. Haushalts-Eismaschinen zum

Handelswert von acht Millionen gegen eine einfache schriftliche Erklärung, sie nicht an den Einzelhandel abzustoßen. Marilina spürt plötzlich einen eiskalten Schauder im Rücken, als sie sich vorstellt, wie ihre Einzimmerwohnung bis unter die Decke mit Schachteln vollgestapelt ist. In dieser Halluzination ist sie wohl etwas lange erstarrt, denn eine warme Hand hat sie am Handgelenk erfaßt und schüttelt sie heftig.

»Für den Absatz mußt du doch nicht selber sorgen! Das wird heute allgemein so gehandhabt! Da gibt es extra Leute, die die Ware vermarkten, und du kriegst dein Bargeld garantiert – abzüglich der Provision natürlich...«

»Also.. ich weiß nicht, ich verstehe davon nichts... Er hatte mir nichts davon gesagt.«

Fedora macht ihre Tasche auf und legt eine ganze Reihe von Vordrucken auf den Schreibtisch.

»Du brauchst wirklich keine Angst zu haben, daß du aufs Kreuz gelegt wirst. Hier steht schon alles, du brauchst nur noch zu unterschreiben, dies ist der Vertrag für das Buch, du erscheinst als Lieferantin von Nikis Firma, alles ganz regulär, nicht? Und dies hier habe ich für dich vorbereitet, das ist der Auftrag für den Absatz der Ware, die nehmen wir in den Halbjahresbestand meiner Agentur auf, und da geht sie weg wie warme Semmeln, weil wir das Zeug nämlich an die privaten Rundfunk- und Fernsehsender weitergeben, die Quizspiele mit Preisen veranstalten: schau her, du brauchst mir nur zwei kleine Unterschriften zu leisten, und Ende des Jahres, spätestens März–April, hast du deine Gutschrift auf der Bank. Hier und unten, auch auf den drei Kopien.«

»Kann ich mich da auch sicher fühlen?« fragt Marilina zweifelnd.

»Wie in Abrahams Schoß«, versichert Accardi, der nun hinter ihr steht. »Das ist eine Frage der Ernsthaftigkeit«, sagt er und legt ihr wieder die Hand auf den Nacken. Wird er zudrücken? Nein, es war nur ein kleiner Beruhigungsklaps, wie man ihn einem Pferd oder einem braven Hündchen gibt. Marilina ergreift den Stift und gibt vor, die mikroskopisch kleinen Klauseln über dem Raum für die Unterschrift zu lesen, denkt aber in Wirklichkeit immer nur darüber nach, was diese beiden sich so lange in der Küche zu erzählen haben. Bier gibt es dort bestimmt keines, das weiß sie. Und es bleibt ihr gar nichts anderes übrig, als blind zu unterschreiben.

»Oho, da haben wir's ja. Können wir jetzt gehen?« ruft Fedora aus. »Muß ich armes Schwein denn unbedingt auch in den Ferien arbeiten. Ciao, meine Liebe.«

»Freut mich, dich kennengelernt zu haben, wirklich... Aber wollt ihr nicht doch was trinken? Einen Augenblick«, und endlich hat sich Marilina befreit und kann schnell nebenan nachsehen.

Der Vanitas Video-Verkäufer sitzt mitten zwischen den schmutzigen Tellern von mehreren vergangenen Mahlzeiten auf dem Tisch, Berto steht am Kühlschrank mit einem Joint zwischen den Fingern. Beide drehen sich zu ihr um und lächeln synchron, als wäre nichts.

»Wir sind fertig«, sagt sie kalt. »Habt ihr euer Bier getrunken?«

»Es gibt keines.«

»Das weiß ich.«

»Willst du mal ziehen?«

»Am Strick, ja! Aufhängen sollte man dich!«

Enzo ist heruntergesprungen, klopft sich sorgfältig die Hinterseite seiner Hose ab, öffnet die Tür, aber bevor er sich verdrückt, packt er Marilina plötzlich und gibt ihr einen Kuß auf die Stirn, so daß sie völlig verblüfft stehenbleibt.

»Ist wohl nicht der richtige Moment, wie?« meint Berto, während er die Kippe im Spülbecken ausdrückt.

»Was hattest du hier zu suchen? Wer hat dir den Schlüssel gegeben?«

»Nichts, ich war nur … ich war in Sorge um dich. Ich bin doch kein Unmensch. So wie du mich neulich rausgeschmissen hast, das fand ich schon nicht so gut, da dachte ich, na ja vielleicht hast du jetzt das heulende Elend und könntest eine Dummheit machen …«

»Ach, das ist ja reeeizend! … Da bist du also hier hergekommen, um zu kontrollieren, ob ich mich nicht vielleicht am Tatort umgebracht habe, weil du ja schließlich ganz genau wußtest, daß ich um diese Uhrzeit gar nicht zu Hause bin! Wann hast du dir diese Nachschlüssel machen lassen?«

»Entschuldige, Labruna, ich möchte mich nicht in eure Familienangelegenheiten einmischen, aber wir müssen los«, meint Accardi, der seinen Schnabel durch die Küchentür gesteckt hat. Ob er wohl alles gehört hat? Mit einer impulsiven Geste streicht Marilina den Rock über den Hüften glatt, bügelt ihre Mundwinkel nach oben und flötet tief beschämt das süßeste »ich begleite euch« ihres Lebens. Wie unangenehm, jedesmal, wenn sie ihn ansieht, dieses rasende Flattern in ihrem Brustkasten: eine dumme Extrasystole, wenn sie die nicht unter Kontrolle bringt, könnte es ein chronisches Gebrechen werden.

Jetzt gilt es Hände zu schütteln und zu danken und nicht zu vergessen zu fragen, wann man sich wiedersieht, dann gehen sie langsam die Treppe hinunter. Auch dies ist geschafft: aber da gibt ihr Berto einen Stoß und stürzt hinaus, und Marilina kann den *Bruder* gerade noch an einem Hemdzipfel packen und ihren Schlüssel zurückfordern.

»Hier, du mißtrauische Seele«, sagt er, händigt ihn ihr aus und läuft den andern nach, denen er durchs Treppenhaus hinterherruft: »Wartet auf mich!«

Was zuviel ist, ist zuviel. Marilina schließt die Tür, macht einen halben Schritt und setzt sich mit dem Rücken zur Wand auf den Boden. Ist das vielleicht menschenwürdig, ein Leben in solchen Schüben? Tagelang überhaupt nichts und dann plötzlich ein Sturm von Ereignissen, die an den Nerven zerren? Sie muß Ordnung in ihrem dröhnenden Kopf schaffen, eine gewisse Person aus den verworrenen Gedanken verbannen, die ihr Gehirn verstopfen. Die Sache mit dem Geld zum Beispiel ist ein übler Schlag, aber sie war auch zu vertrauensselig: besser, sie rechnet nur noch mit den zwei sicheren Millionen und verbucht den Rest in der Sparte Lotterien. Aber Berto, was der diesen dreien jetzt wohl erzählt? Welche Rolle spielt es schon? Die Würde, was ist das? Der Begriff ist ihr im Moment nicht ganz klar. Sie wird später mal im Lexikon nachschlagen.

Marilinas leerer Blick senkt sich auf den Schreibtisch, auf Accardis PC. Kein Zweifel, Berto ist gekommen, um den zu stehlen, den einzigen Gegenstand hier, der einen gewissen Wert hat. Damit stellt sich gleich das nächste Problem. Wer sagt denn, daß er nur ein einziges Exemplar des Schlüssels hat, der jetzt in ihrer Hand brennt: für tausend Lire kann man sich in jeder Eisenwarenhandlung so viele nachmachen lassen, wie man nur will, also ist es möglich, daß er wiederkommt. Das Dämmerlicht ist ganz dunkelgrau, bestimmt ist es schon neun, sie muß zu ihrer Mama, die ja zwar gesagt hat, daß sie auch spät kommen könne, aber doch gewiß erwartet, daß sie bei ihr übernachtet. Ihr zu erzählen, daß sie die ersten Symptome einer Kolik spürt, wäre nicht sehr schön, wenn auch der Wahrheit entsprechend. Also muß sie sich jetzt zusammenreißen, sich zum Nachdenken zwingen und dabei den Grundsatz nicht vergessen, daß fast alle Leiden psychisch bedingt sind: der Körper reagiert nur und wehrt sich, wie er kann. Ein Buscopan-Zäpfchen vermag ihn zu überlisten und ruhigzustellen. Aber sie, wird sie es schaffen, von diesem Fußboden aufzustehen und bis zu dem hellen Fleck zu gehen, den die Glastür in der Ferne, jenseits der Dunkelheit, die jetzt das ganze Zimmer erfüllt, bildet? Sie muß sich dazu zwingen, schließlich kann sie ja nicht ewig in dieser Haltung eines Fötus, der vor der Außenwelt zurückschreckt, sitzen bleiben und sich wie ein Stück Blei auf das glühende Zentrum eines Schmerzes ausrichten, der letzten Endes einfach Bauchweh ist. Eins, zwei, drei, und Marilina steht auf, läuft ins Bad, macht Licht an, öffnet das Arzneischränkchen, reißt die Zäpfchenverpackung mit den Zähnen auf, runter mit dem Slip, fertig.

Und nun, da das Übel mit dem Medikament bekämpft

wird, das für sie arbeitet, muß das dringendste Problem gelöst werden: sowohl die Mama zu versorgen als auch den Computer zu retten. Das läßt sich kaum bewerkstelligen, da der PC nicht transportabel ist. Daher hat sie ihn auch bisher nicht mitgenommen. Man könnte ihn natürlich abmontieren und ein Taxi rufen, aber abgesehen davon, daß es ganz schön anstrengend wäre, Drive, Bildschirm, Drucker und Tastatur vier Treppen hinunter zu tragen, ist sie sich auch nicht so sicher, nachher alle Kabel wieder richtig zusammenmontieren zu können. Die einzige Alternative wäre die, hier zu bleiben, um Wache zu halten, und die Mama wenigstens heute abend zu verraten. Sie wird die Lage durch einen Anruf sondieren:

»Hallo? Marilina. Alles in Ordnung?«

»Oh? Wie reizend, daß du anrufst! Oh, ja, oh, ja! Alles in Ordnung! Wir sind hier bei deinem Mamachen, willst du mit ihr sprechen? Ersilia, Liiiebe, nehmen Sie ab, da ist Ihre Märilin dran!«

»Mama?«

»Was ist los? Bist du schon allein?«

»Ja, natürlich. Hör mal, ich fühle mich nicht besonders gut, könnte ich nicht heute abend hierbleiben? Vielleicht könnte ja die Stefanoni bei dir schlafen, sie hat ja offensichtlich keinen Dienst...«

»Keine Sorge. Kümmere dich jetzt mal um dich. Ich war sogar schon drauf und dran, dich anzurufen, aber ich wollte dich nicht stören, ich dachte, du hättest Besuch. Ich wollte dir sagen, daß du dich um diese Uhrzeit nicht mehr in die Straßenbahn setzen sollst. Ich brauche heute nichts mehr, etwas später nehme ich mein Schlafmittel, dann schlafe ich süß und selig. Aber morgen mußt du kommen, unbedingt, allerdings nicht vor zwölf, ich habe dir nämlich einiges zu erzählen, Neuigkeiten, Neuigkeiten.«

»Gut, also dann bis morgen.«

Im Hintergrund war lebhafte Musik zu hören gewesen, wahrscheinlich aus dem Fernseher.

Es ist nicht einfach, die Wirklichkeit mit jener Vorstellung in Einklang zu bringen, die sich Marilina hin und wieder davon macht. Dabei scheint ihr, daß es allen anderen Leuten bestens gelingt: Olimpia zum Beispiel, die immer wie ein blutiges Heftpflaster an der Wirklichkeit klebt, wobei es dann keine Rolle spielt, ob das Blut ihr eigenes ist oder das von andern. Mitte August ist sie plötzlich abgereist und hat Marilina die Pflege ihres Angora Cream Tabby anvertraut, sie aber vor allem mit der Angst sitzenlassen, daß die Kamikazes niemals fertig würden: zwischen indianischen Schälchen und cremefarbenen langen Härchen hat sie auf Olimpias Schreibtisch ein Durcheinander von Konzeptblättern und Zeitungsausschnitten gefunden, die vor lauter Bleistiftschnörkeln und mit dem Stift gezeichneten Pfeilchen ganz unlesbar geworden sind; da sie es sich nicht erlauben kann, Filipponi im Stich zu lassen, mußte sie sich daran machen, dies Gekritzel zu entziffern, und ist jetzt noch dabei, die Arbeit auf der uralten elektrischen Schreibmaschine abzutippen, die einst Alfredo gehört hat. Sie hat in der Wohnung auch noch andere Spuren von ihm entdeckt: einen seiner in einer südamerikanischen Zeitschrift abgedruckten Artikel, den Olimpia auf das schräge Dach der Katzenhütte geklebt hat, und Ansichtskarten aus Tahiti, Haiti, vom Machu Picchu, aus Alberobello, Katmandu, Sidney, Kyoto, Agadir, mit Daten, die ein ganzes Jahrzehnt umfassen, aber nur eine einzige Botschaft enthalten (»An die Seele der Frau! Ein

Umherirrender denkt an Dich. In Haß, A.«), und schließlich ein Foto von ihrer Hochzeit, mit einer fünfundzwanzigjährigen Olimpia am Arm eines halb herausgerissenen und halb mit der Schere herausgeschnittenen Lochs in Form eines Mannes. Damals hatte Marilina nächtelang wach gelegen, aber nachdem sie sich Nacht um Nacht bemüht hatte, die Augen nicht ganz so offen zu halten, war sie schließlich zu der Überzeugung gelangt, daß, wenn ihm ein Typ wie Olimpia gefiel, es ganz normal und richtig war, daß Marilina ihm eben niemals gefallen konnte; also hatte sie ihre Einladung gern angenommen und war unter Tränen Trauzeugin geworden (sie hatten in der Kirche geheiratet, mit Orgelspiel und allem Drum und Dran, und die einzige Merkwürdigkeit war, daß die Sopranistin nicht Schubert, sondern *La Traviata* trällerte, aber nur, weil Alfredo kein tibetanischer Lama zur Verfügung stand und ihm auch sonst kein Knalleffekt einfiel). Später hatte sie die beiden mit einer gewissen Erleichterung aus den Augen verloren; und als sich Olimpia dann nach der Trennung auf der Suche nach einem Ohr, in das sie ihren Groll von sechs Jahren ergießen konnte, wieder bei ihr meldete, hatte Marilina soviel Solidarität mit ihr empfunden, daß sie nicht einmal mit einem »ich habe es dir ja gesagt« bescheidene Rache nahm. Der kastrierte Turkish Angorakater jedenfalls, den Olimpia mit Thunfisch in Olivenöl und vitaminangereicherten Häppchen ernährt, heißt Dino, was aber nach Aussage seiner Herrin nicht etwa die Koseform eines Menschennamens, sondern die Abkürzung von »Dinosaurier« ist. Wer weiß, ob das stimmt.

Heute kommt sie um elf Uhr plötzlich mit zwei Koffern, einem Beutel, einem marokkanischen Korb und einer Rolle Kilim-Teppichen zurück, und das erste, was sie sagt, als sie Marilina in ihrer Wohnung schwitzend an der Schreibmaschine antrifft, ist nicht etwa »was machst du hier?« oder »warum tust du das?«, was logischer gewesen wäre, sondern:

»Es geht mir furchtbar schlecht. Mein Gott, geht es mir schlecht.«

Kaum zu glauben, wenn man sie so braungebrannt, schlank, mit gepflegter Frisur und trotz der Reise taufrisch ankommen sieht. Aber Marilina nimmt ihre Pflichten als Vertrauensperson ernst und wendet nichts ein.

»Hier stinkt's ja nach Kater«, bemerkt Olimpia und rümpft das vor zwei Jahren schönheitsoperierte Näschen. Sie läßt ihr Gepäck einfach fallen, wirft der seidig glänzenden blonden Haarkugel, die sich nicht von der Couch gerührt hat, einen bösen Blick zu und schreit: »Warte nur ... bis du beim Tierarzt landest«, dann bricht sie in Tränen aus und hebt, während sie die Katze streichelt, die ihre verschlafenen himmelgrauen Augen aufreißt, zu ihrer Klage über einen zehntägigen Aufenthalt mit diesem allzu jungen Jüngelchen in Rimini an. Das einzige, was aus dem ganzen Winseln und Miauen klar wird, ist, daß sie diesen Clementino am dritten oder vierten Abend auf einer Tour durch die Diskotheken dabei überrascht hat, wie er eine vielleicht fünfzehnjährige Göre äußerst überschwenglich begrüßte, und diesen Affront nicht etwa hingenommen hat, worauf er frech geantwortet hat, mit ihr sei es sowieso aus, und dieses Flittchen – bestimmt einsfünfundachtzig groß, eine Riesenlatte, mit soo langen Schenkeln – sie immer nur von oben herab angegrinst hat, als wolle sie sagen: »Mensch, Oma, was willst du eigentlich?« Zumindest hat Olimpia das so interpretiert, und dann hat es noch tagelang furchtbaren Streit gegeben, bis sie dann beide am Ende ihrer Kräfte und ihrer Argumente beschlossen haben, sich endgültig zu trennen.

»Gott, das war aber doch mehr oder weniger abzusehen«, meint Marilina. »Du hast ja selber davon geredet, daß diese Beziehung mehr eine von der intensiven Art als eine von Dauer ist...«

Olimpia tupft einen Tropfen Wimperntusche vom Kinn und schleudert ihr aus geröteten Augen einen bösen Blick entgegen:

»Sowas kannst du nicht verstehen. Du weißt doch gar nicht, was Leidenschaft ist.«

Marilina fühlt ein Kitzeln in der Nase und würde am liebsten alles herausniesen, was sie jahrelang aus Schamgefühl, Zurückhaltung, aus Angst, lästig zu fallen oder einfach aus Unfähigkeit, sich Gehör zu verschaffen, in sich hineingefressen hat. Aber auch jetzt hat sie keine Chance.

»Du mit deinen Weisheiten! Von Gefühlen hast du doch keine Ahnung! Immer pünktlich, immer ausgeglichen, du verausgabst dich doch nie, schießt nie übers Ziel hinaus, brichst nie ein! Du hast einfach *keine Gefühle*, verfluchte Scheiße. Du bist völlig gefühllos! Ich möchte nur wissen, wie du das machst!«

»Alles Übungssache«, brummt Marilina.

An jenem Tag zum Beispiel, an dem sie sich ein neues Türschloß einbauen ließ, das ist jetzt auch schon einen Monat her, war Marilina ganz sicher gewesen, zu Hause bei ihrer Mama mit der Nachricht eines künftigen gemeinsamen Haushalts Minni-Labruna erwartet zu werden oder vielleicht, falls Ersilia so vernarrt war, daß sie sogar auf ihre rückfällige Rente verzichtete, von ihrem bevorstehenden Ehestand mit dem Berater in Handelssachen zu hören, wie anders hätte sie das so hochgestimmt ins Telefon gebrüllte »Neuigkeiten! Neuigkeiten!« deuten sollen? Und Puccis verschmitzte Miene, und die Briefe oder Fotos, die sie im erstbesten Versteck verschwinden ließen, sobald sie sich an der Zimmertür der Kranken zeigte, und jene plötzliche Hast, mit der sie sie weggeschickt hatten... Aber als sie dann unter peinlicher Beachtung der Anweisung, nicht vor zwölf zu erscheinen (es war schon nach eins – wie soll man auch am 10. August in Mailand einen Schlosser finden) in der Via Bezzecca ankam, traf sie niemanden in der Wohnung an. Erst gegen drei Uhr nachmittags hörte sie im Flur den dumpf aufschlagenden orthopädischen Stock im Wechselspiel mit dem Klappern von drei Absätzen. Sie sprang vom Bett, setzte eine heitere Miene auf und lief hinaus. Die Mama im meergrünen geblümten Seidenchemisier und mit einer wahren Kaskade von Goldkettchen ergriff abrupt Pucci Stefanonis Arm, reckte den gummierten Dreifuß absurd in die Höhe und richtete ihn gegen sie.

»Ma... Mama! Ich bin es.«

»Ach ja. Wo kommst du denn her?«

»Ich... hatte mich hingelegt und gewartet... Hast du vergessen, daß du mich heute herbestellt hast, weil es Neuigkeiten...«

»Ja, ja, gewiß, gewiß... Aber jetzt bin ich müde«, sagte

die Mama, und diese gräßliche Pucci, deren Hand noch auf der Brust lag und in einer affektierten Pose ihr Herzklopfen bezeugte, beeilte sich, sie in ihr Schlafzimmer zu begleiten, drehte sich aber noch einmal um, um sich die Gelegenheit nicht entgehen zu lassen, Marilina anzuknurren:

»Also so etwas macht man doch nicht! Einfach da so aus dem Nichts aufzutauchen, huhu, wir hätten ja beide fast einen Infarkt gekriegt!«

Dann hatten sie sich in dem Zimmer eingeschlossen. Marilina stand im Flur und hörte noch lange Getuschel, Geklimper von Goldkettchen, Geknister von Seide und gellendes Gekicher, dann zog sie sich Schritt für Schritt in ihr Bett zurück und schlief ihre Kolik aus. Gegen sieben Uhr abends wurde sie von Pucci geweckt.

»Schläfst du, Schätzchen? Nein? Gut, dann hör mal zu: die liebe Ersilia scheut sich ein wenig, selber mit dir zu reden. Verstehst du, gestern abend, da war sie ganz gepickt von der Idee, aber jetzt, wo die Sache vollzogen ist, da ist sie irgendwie ein bißchen befangen... Darf ich mich hier auf dein Bettchen setzen? Also... naja, da mußte eben ich mich in die Höhle des Töchterchens wagen! Jaja, so ein Mutterherz! Ich habe ja getan, was ich konnte, aber sie hat einfach nicht den Mut, es dir zu sagen. Stell dir vor, sie will dich nicht einmal sehen!«

Marilina, die noch halb ausgestreckt dalag, drückte sich ganz an die Wand, aber sie mußte ihr zuhören.

»Jetzt hat sie ihr Tablettchen genommen und schnurrt wie ein Engelchen, weißt du, das war schon ein Streß mit ihrem armen Bein, den ganzen Vormittag beim Notar zu sitzen, aber es tut ihr ja so gut, wenn sie mal herauskommt, und jetzt ist alles wunderbar in Ordnung: die Eigentumsübertragung, die Bankangelegenheit und vor allem die Garantien, *sämtliche* Garantien, weil, verstehst du, Kindchen, davor habe ich nämlich am meisten Angst gehabt, aber jetzt bin ich völlig beruhigt, und auch du, meine Liebe, hast gar keinen Grund, so angespannt zu sein, ach! hier, fühl nur mal, was das für ein harter Knoten in diesen Muskeln ist, erlaubst du? ich mach dir eine kleine Massage, du wirst sehen, wie das entspannt.«

Marilina hatte keine Kraft, sich ihr zu entziehen, und während ihr die Zwergin die Krallen in den Nacken grub, den Rücken hinab und wieder herauffuhr, erfuhr sie, daß sich zwar tatsächlich alles um Minni drehte, aber nur in dessen Eigenschaft als hervorragender Berater in Handelsfragen mit ganz besonderer Erfahrung im Verkauf von nackten Mauern.

»Ist das nicht genial? Überhaupt keine Gefahr, etwas zu verlieren: die Ersilia hat ihre Wohnung verkauft, aber bis an ihr Lebensende Nutznießung und muß künftig weder Steuern noch Umlagekosten bezahlen. Bei ihrem Lebensalter, das ja unter uns gesagt schon ein bißchen hoch ist, auch wenn man es ihr wirklich gar nicht ansieht, konnte der Käufer keinen großen Preisabschlag verlangen: er zahlt praktisch den vollen Preis, und in dieser Gegend kostet der Quadratmeter heute fünf Millionen. Das ist ein Vermögen, verstehst du? es wäre doch ein Jammer, das einfach so brachliegen zu lassen. Wir haben uns für die günstigste Zahlungsweise entschieden: hundert in bar bis Oktober, der Rest als Leibrente, abgesichert durch massenhaft Policen. Du wirst schon sehen, wie deine Mama künftig Geld ausgeben und unter die Leute bringen kann! Wenn man bedenkt, was für eine kümmerliche Rente sie hatte und nur die paar Papierchen! Wir haben auch schon überlegt, wie das Bargeld aufgeteilt werden soll: vierzig Prozent Flüssiges braucht man schon, weil man ja nie wissen kann, ein Notfall vielleicht, eine kleine Reise, oder, Gott behüte, ein Operatiönchen, aber alles übrige muß fest angelegt werden, da sorgt schon Dr. Minni dafür, daß sie ihr progressives Wertpapierpäckchen bekommt: und unsere Ersilia kann sich endlich sicher fühlen, wie? Wenn da ja nicht dieses heilige Wesen wäre, das uns führt, wären wir überhaupt nie auf diesen Gedanken gekommen.«

Merkwürdig, wie wenig Diminutivformen und Interjektionen Pucci diesmal in ihrer Rede gebraucht hatte! Vielleicht wurde sie von dieser anhaltenden Massage abgelenkt, von der auch ihre bewegungsunfähige Zuhörerin wie hypnotisiert war. Wozu sollte sie auch Fragen stellen? Die Stefanoni oder ihr spiritueller Führer hatten alle Einwände schon vorhergesehen:

»Ja, Schätzchen, du könntest vielleicht meinen, daß dein Erbe auf diese Weise hopsgeht, aber du weißt doch, daß deine Mama bestimmt keine Egoistin ist? Es gibt da eine besondere Klausel in dem Verkaufsvertrag, die der Tochter ein Optionsrecht einräumt. Verstehst du? Wenn einmal, Gott behüte, das eintritt, was eintreten muß, dann kannst du die Immobilie ohne weiteres zurückkaufen und mußt dem Käufer dafür nur die Summe zurückzahlen, die er bis dahin gezahlt hat. Ein Riesengeschäft! Na, sagst du gar nichts?«

Endlich gelang es Marilina, sich von ihrem Ekel so übermannen zu lassen, daß sie Stefanonis Hand abrupt beiseite schob und in einem Atemzug sagte: »Sie sind ein widerwärtiges Weibstück. Ich kann Sie wegen Überlistung von Rechtsunfähigen anzeigen.«

Jene zuckt mit den Lidern: nur ein ganz klein wenig, aber eben doch. Andererseits ist Marilina selber ganz verblüfft, daß es ihr gelungen ist, sie in eine sprachlose Statue mit offenem Mund zu verhexen. So standen sie sich eine ganze endlos scheinende Weile gegenüber. Dabei verdrehte das Medium kaum merklich die Augäpfel. Als sie fast ganz weiß waren, sah Marilina zwei symmetrische Tränen herausfließen...

»Ich habe Ersilia gern«, sprach eine ferne Stimme... »Wir sind so allein.«

Der Kater hat es geschafft, sich aus Olimpias Griff zu befreien, und schnuppert träge an dem marokkanischen Korb herum, als müsse er sich noch lange zieren, bevor er zu einem Sprung ansetzt und sich zwischen den schmutzigen Handtüchern, die ihn fast bis zum Henkel füllen, zusammenrollt.

»Schöne Farben«, sagt Marilina. »Kriegt man die in Rimini?«

»Ach nein. Den habe ich im Souk von Tanger gekauft, für ein Nasenwasser. Im Runterhandeln ist Silvio gut.«

»Silvio?«

»Na ja, ich hab dir doch von ihm erzählt. Der von der Ausstellung antiker Kostüme...«

»Ach, der Mann aus dem Schloß! Hast du dich noch mit

ihm getroffen? In Marokko? Aber warst du denn nicht in Rimini?«

»Ach, nein. Was hätte ich denn nach dem letzten Krach mit Clemente tun sollen? Vielleicht wie eine Idiotin in der Algenbrühe rumplantschen? Wirklich ein kolossales Vergnügen! Wenn es einer schafft, sich in Rimini zu amüsieren, ist er entweder doof oder ein Pole. Also habe ich angerufen und mich der Herde angeschlossen, weil Silvio nämlich dort unten bei Leuten war, die im gleichen Viertel wohnen wie Bowles, denk mal – der Schriftsteller, der den Film gemacht hat –, und mir die Nummer gegeben hatte. Aber das war die dümmste Idee, auf die ich hatte kommen können. Sechs Tage lang nur tödliche Langeweile... Und Tanger ist heute ein noch viel schlimmeres Drecknest, als wie ich damals mit Dino... mit Alfredo dort war. Alles Homos.«

»Und dieser Silvio?« fragt Marilina im Bemühen, eine Lebensfabel zusammenzustückeln, von der sie nur Bruchteile kennt, dabei kommt ihr Olimpia wie ein Programmierer vor, der verlangt, daß sie sich für die zweihundertste und letzte Folge einer Seifenoper interessiert, von der sie nur ein Stückchen der ersten, rein zufällig fünf Minuten von zwei oder drei anderen Folgen und von der vorletzten überhaupt nichts gesehen hat.

»Ach nein, er nicht. Aber er ist nicht mein Typ. Zu alt, zu anspruchsvoll: von tödlicher Fadheit, sage ich dir. Und behauptet auch noch, daß ich die Fade sei! Komm, machen wir uns einen Tee, dann erzähle ich dir alles.«

»Ja, gut«, sagt Marilina und macht sich ans Teekochen. In ihrer Einöde ist ihr nur noch diese eine Frau geblieben, um die sie sich kümmern kann: nachdem sie Pucci zum Weinen gebracht hatte, klebte am nächsten Morgen ein von ihrer Mama eigenhändig geschriebener Zettel am Badezimmerspiegel, auf dem die eigentümlich lakonischen Worte standen: »Ich wünsche, daß du nach Hause gehst. Laß den Schlüsselbund hier. Ich komme zurecht. Ich habe Hilfe. Ersilia Labruna Fiorini«, Punktum. Das Schlafzimmer war verschlossen und wurde auch nicht mehr aufgemacht. Bei jedem ihrer Versuche, anzurufen, vorbeizukommen, sich nach ihrem Befinden zu erkundigen, hieß es, daß »die liiiebe Ersilia« gerade schlief oder bei der Krankengymnastin war oder einfach nicht gestört werden durfte. Vor zwei Tagen war Marilina schließlich so besorgt gewesen, daß sie drohte: »Pucci, ich schicke Ihnen die Polizei ins Haus.« Das Ergebnis war dann gewesen, daß ihre Mama ans Telefon kam und ihr persönlich sagte, sie solle mit den ewigen Belästigungen aufhören, es gehe ihr bestens, sie brauche nichts und sie habe sich vor undankbaren Töchtern nicht zu rechtfertigen.

»...und so habe ich am Ausgang auf ihn gewartet, und dann sind wir an den Navigli-Kanälen entlang gegangen, und da hat er erzählt, er hasse jede Art von Werbung, und wenn zwei kapierten, daß sie einander gefielen, hätten sie die moralische Pflicht, *augenblicklich* aufeinander zuzugehen, und das hat mir schon merkwürdig in den Ohren geklungen, ja du meine Scheiße: wenn es wissenschaftlich bewiesen ist, daß unsere sexuelle Ansprechbarkeit nicht immer gleich ist, wie soll da unsere affektive Ansprechbarkeit immer gleich sein? Das ist doch völliger Quatsch, oder? Ich habe mir sofort gedacht, der sucht nur eine billige Ausrede für einen Rückzieher, und war darauf gefaßt, ihn gleich von hinten zu sehen. Aber irgendwie geprickelt hat es eben schon: du kennst doch diese völlig auf Sex eingestellten Leute? Du könntest ihre biologische Aura fotografieren und auch noch beim Anblick des Fotos eine Gänsehaut kriegen. Ja also, so einer ist Silvio.«

Olimpia hat der Reihe nach sämtliche Küchenschränkchen aufgemacht – Bücher, Thunfischdosen, Fläschchen mit Tamarindensaft, Henna-Schampoo, Gläser, Vollkornnudeln, Maizena, ein Karnevalshut mit Federn, Sojamehl, Schachteln mit Weizenkleie – und hat eine Packung Mellin-Kindernahrung ausgegraben: jetzt taucht sie einen Löffel in das körnige Pulver und steckt es genüßlich in den Mund, wobei sie aber immer noch weiterredet.

»Wann war das, im Juni, Juli? Kann mich nicht mehr erinnern ...«

»Im Juli.«

»Eben, das dachte ich auch: es war heiß, und wahrscheinlich war mein Blutdruck ein bißchen schwach, also habe ich mich nicht erst auf große Diskussionen eingelassen. Du liebst den Augenblick? Na, dann nutze ihn doch, den Augenblick. Besser geht es ja wohl kaum ... Aber dann hört er mittendrin plötzlich auf und sagt: ›Entschuldige, lassen wir's vielleicht lieber‹, darauf ich gleich wie aus dem Lehrbuch: ›mach dir keine Gedanken, die Penetration ist überhaupt nicht wichtig‹, auch wenn ich eigentlich nicht glaubte, daß er Erektionsprobleme hatte, im Gegenteil ... ein Mordsding ... ›Nein‹, sagt er darauf, ›nicht deshalb, sondern weil du einfach nicht großzügig bist‹. Was glaubst du, hat er denn damit gemeint?«

»Keine Ahnung«, sagt Marilina. Zwar kam ihr gleich eine mögliche Deutung in den Sinn, aber da es sich um Olimpia handelte, war sie wohl doch etwas abwegig, und außerdem wäre es auch nicht besonders elegant gewesen, ihr das einfach so ins Gesicht zu sagen.

»Na eben. Anfangs habe auch ich nicht kapiert: was soll das denn heißen, ich baue dir goldene Brücken, nehme dich mit zu mir nach Hause, gehe mit dir ins Bett, und du erkühnst dich zu sagen, daß ich nicht großzügig bin? Ich war so mit den Nerven fertig, daß ich einen fürchterlichen Weinkrampf bekam. Und wie reagierte er da deiner Meinung nach?«

Diesmal hat sie ihr nicht die Zeit gelassen, sich mit einem »keine Ahnung« herauszuhalten.

»Er wurde butterweich. Liiieb, so was von lieb, wahnsinnig zärtlich ... wie eine Mama. Da habe ich ihm meinen ganzen Kummer mit Clemente erzählt, und er hörte sich das nackt wie ein Wurm alles an, streichelte mich und gab mir Ratschläge, sogar ziemlich geistreiche, denn ... ach, das habe ich dir ja noch gar nicht gesagt, er ist nämlich ziemlich gebildet, die Museumsaufsicht macht er nur, sagt er, weil er nicht Lehrer sein mag, und abends beschäftigt er sich mit einer wissenschaftlichen Arbeit, die er auch beim Nationalen Forschungsrat eingereicht hat, aber ein Stipendium haben sie ihm nicht gegeben ... irgendwas über mittelalterliche Geschichte oder Kunst, ich weiß nicht genau. Deshalb habe ich dann gedacht, daß sich trotz des Fehlstarts vielleicht doch noch eine Beziehung aufbauen ließe ...«

»Sag mal, wie alt ist dieser Silvio eigentlich?«

»Sechsunddreißig. Aber das sieht man ihm nicht an, er wirkt viel jünger. Er kann so unschuldig lächeln mit seinen ein wenig schiefen Vorderzähnen, fast ein bißchen wie Donald Duck... Aber von wegen unschuldig. Weißt du, was er mit seinem ›nicht großzügig‹ gemeint hat? In Tanger hat er es mir dann erklärt. Sagt er doch wörtlich: ›Ich habe genug von Frauen mit so einer hölzernen Möse. Ich will eine, die mit ihrer Möse lachen und weinen kann.‹ Hast du Töne? Das ist doch der reinste D. H. Lawrence in postmoderner Ausgabe! Er sagt, daß wir sie hergeben, um uns nicht selber hergeben zu müssen: auch dies wörtlich so. Was hat er mich in Tanger mit solchem Gerede gelöchert... Naja, also, ehrlich gesagt, nur relativ gelöchert, weil er nämlich die meiste Zeit geschwiegen hat. Ich kenne keinen, der so gut schweigen kann, außer dir natürlich. Sechs Tage tiefstes Schweigen. Ich habe gedacht, ich werde wahnsinnig.«

»Kann ich mir vorstellen«, sagt Marilina. »Das war bestimmt ganz schrecklich für dich.«

»Nie mehr, das schwöre ich dir, nie mehr«, schließt Olimpia, während sie der Milchpulverpackung vollends den Garaus macht. Dann fragt sie wie in einem plötzlichen Anfall von Rücksicht:

»Was hast du eigentlich um diese Tageszeit hier gemacht?«

Marilina erklärt es mit einem ausweichenden Gemurmel, um sie nicht zu sehr zu verletzen.

Olimpia springt auf und schreit:

»Die Doktorarbeit?! Gute Frau, warum sagst du nichts, bevor du was machst, warum kannst du dich nie vorher informieren? Deine blöde Doktorarbeit habe ich doch vor meiner Abfahrt noch fertiggeschrieben, da unter der Couch liegt sie in dem alten Karteikasten, schon fertig abgeschrieben und alles, man muß sie nur noch fotokopieren: du hast dich hier völlig umsonst abgemüht.«

»Aber... warum...«, sagt Marilina und deutet auf das Durcheinander von Blättern und Notizen auf dem Schreibtisch, »das lag hier alles so unfertig herum...«

»Das ist doch nur die Kladde. Ich habe noch keine Zeit gehabt, es wegzuwerfen. Und du... lieber Himmel, du kommst hier an, siehst die Kladde und denkst, daß ich meine Arbeit nicht gemacht habe? Wo bleibt denn dein Vertrauen, hm? Glaubst du vielleicht, ich hätte dir nichts gesagt?«

»Na... du bist so plötzlich abgereist... und da ich nicht wußte, wann du zurückkommen würdest... Außerdem dachte ich, daß die Zeit vielleicht auch zu knapp war, weil du ja keine Erfahrung damit hast...«

»Also hör mal! In den zwanzig Jahren, die ich jetzt unterrichte, werde ich ja wohl auch etwas gelernt haben! Es war kinderleicht, überhaupt kein Problem. Du brauchst ja nur deshalb doppelt so viel Zeit für diesen Quatsch, weil du nicht weißt, wie man so was macht. Das Rohmaterial lag doch schon vor, oder? Das mußte nur noch ausgearbeitet werden, und dafür habe ich gleich eine kleine Arbeitsgruppe gebildet, zwei meiner besten Abiturienten, die waren überglücklich, weil ich ihnen das als Hausarbeit fürs Abitur anrechne. So wird das gemacht.«

Eben. So wird das gemacht. Wird sie denn nie lernen, daß die Welt den Schlauen und Überschlauen gehört oder jedenfalls jenen, die es verstehen, die reifen Früchte zu ernten, dabei aber auch die unreifen nicht außer acht lassen? Was nützt es ihr, daß sie sich in kleinen Unredlichkeiten übt (sie will den Computer klauen, sie hat ihre Arbeit nicht gemacht), wenn ihr solche Knüppel zwischen die Beine geworfen werden? Eine hörig gewordene Mutter war ja schon schlimm genug, aber so etwas konnte auch anderen passieren. Doch daß sie sich nicht einmal im Traum hat vorstellen können, wie tief man sinken konnte, nämlich einen bereits aus zweiter Hand übernommenen Auftrag noch einmal weiterzugeben, das wurmt sie schon. Aber so geht es ja wahrscheinlich auf allen Gebieten zu: auch die Mafia funktioniert auf diese Weise. Um sich zu trösten, denkt sie an das von Olimpia eingestandene amouröse Doppelfiasko: trotzdem, kein Vergleich, denn ob die Männer, die sie wollte, nun allzu unreif oder überreif waren, Olimpia hat sie jedenfalls für sich entfacht, während es ihr nicht einmal gelingt, ein Feuerzeug zu entfachen. Sie sitzt jetzt seit einer Viertelstunde mit einer Zigarette zwischen den Fingern in dieser Bar am Corso Italia, wo sie ein schon halb vergammeltes Brötchen gegessen hat, aber kein einziger dieser vielen Männer im Bankangestelltenjackett, die an den Nebentischen Tomaten mit Mozzarella und Bandnudeln mit Rauke verzehren, hat sich gerührt, um ihr Feuer zu reichen. Die Niederlage eines Mitmenschen kann unsere eigenen Niederlagen nicht aufwiegen, sondern macht diese nur noch schwerer, weil diese halbe Freude über ein gemeinsames Übel die Schuld, die man zu tragen hat, auch noch steigert. Und Marilina hat schon genug zu schleppen, sie kann nicht noch mehr gebrauchen, also lächelt sie dem abgerissenen Afrikaner zu, der ihr eine Packung Bic-Feuerzeuge entgegenhält, und kauft ihm, ohne lang zu handeln, das ganze Dutzend ab. Als sie Ersilia das letzte Mal gesehen hatte, lag diese mit offenem Mund rücklings auf dem Bett und schnarchte laut. Ohne Gebiß und Make-up waren ihre welken Wangen völlig eingefallen, so daß sich in der todesgrauen Haut dunkle Säcke abzeichneten; die schlaffen Halslappen zitterten, und bei jedem Atemzug rasselte in ihrer Kehle ein Speichelstrahl. Marilina war instinktiv einen Schritt zurückgewichen, als wäre etwas in ihr zerrissen und als beginne sie sich von ihr loszulösen. Aber sie war immer noch da, diese so oft durchschnittene Nabelschnur und band sie unrettbar an diesen schrecklichen, gegenwärtigen, aber auf seine Art auch tröstlichen Körper. Immerhin hatte sie jemanden auf der Welt. Und das war ihre Mutter. Sie bedauerte schon fast, diese Ahnenreihe absichtlich unterbrochen zu haben. Von diesen langen Wurzeln und Zweigen aus Männern und Frauen, Onkels, Vettern, Urgroßeltern, Ururgroßeltern war jetzt nur noch ein einziger trockener Ast übriggeblieben, der nicht mehr knospen würde: Marilina, unfruchtbar aus Stolz, Haß und Ekel. Ersilia drehte sich auf die Seite, das schwere Schnarchen brach ab, nur noch krampfhaftes Schlucken, gelegentliches Räuspern und schließlich normales Atmen war zu hören. Die Tochter beugte sich über sie, um ihr die Decke über die bloße Schulter zu ziehen, und atmete dabei außer einem schwachen Kölnischwasserduft einen süßlichen fauligen Gestank ein, der eine

Mischung aus Milch und Urin zu sein schien. Wenn Marilina gefragt wird, warum sie keine Kinder wollte, antwortet sie gewöhnlich, daß sie diese Welt keinem zumuten möchte, der nicht selber darüber entscheiden kann, ob er auf ihr leben möchte oder nicht, und manchmal beeilt sie sich noch, ein paar überzeugendere Argumente wie die Entropie des Weltsystems, den Nord-Süd-Konflikt, die Kosten für ein westliches Kind aufzuzählen. In Wahrheit aber hat sie davor Angst gehabt, sich in einem neuen unglücklichen Körper widerspiegeln zu müssen.

»Wohin des Wegs, schöne Frau, nehm' ich Sie ein Stück mit?«

Von einem manövrierenden Lieferwagen blockiert, hat der Volvo ausgerechnet ganz dicht vor all den Leuten gehalten, die auf den Fünfundsechziger warten, und der Fahrer streckt jetzt seinen dicken Arm aus dem rechten Fenster, was Marilina aus ihren Gedanken reißt. Sich von diesem Kerl da mitnehmen lassen? Auf keinen Fall! Sie beeilt sich, Marietto eine bedauernde Grimasse zu ziehen, und erklärt, es sei nicht nötig, ihr Bus käme gleich... Aber zwecklos: der Hüne hat nun auch die linke Wagentür aufgestoßen, wodurch er den Verkehr ganz massiv behindert, hinter ihm hat sich schon eine Schlange von Ungeduldigen gebildet, die auf die Hupe drücken. Wenn sie jetzt nicht aus dem Stegreif eine Entführungskomödie aufziehen will, bleibt ihr gar nichts anderes übrig, als nachzugeben, in das Auto einzusteigen und zu versuchen, ihre Antipathie hinter Höflichkeitsfloskeln zu verbergen:

»Wie kommen Sie denn in diese Gegend?«

Ganz schlecht: dieser Satz könnte ja auch so verstanden

werden, daß Kerle wie er in der Innenstadt nichts zu suchen haben und lieber in ihren Gettos am Stadtrand bleiben sollten. Doch wird ihr Fauxpas so verstanden, wie er gemeint war: als ein abgeschmackter Versuch, eine Unterhaltung zu beginnen. Weit ausholend dröhnt er von zu erledigenden Besorgungen, nervenden Polizisten, Fahrerlaubnissen in der Fußgängerzone, Zuständen, die immer schlimmer würden, und verkündet dann, daß sich alles ändern würde, wenn auch die Süditaliener endlich so gescheit wären, die lombardische Liga zu wählen, wie er selber auch.

»Das könnte dir so gefallen«, denkt Marilina, sagt aber: »Ach, tatsächlich?«, ist dabei allerdings mit ihren Gedanken mehr bei dem Autoheck in gefährlicher Nähe vor ihnen. Marietto gehört zu jenen Fahrern, die so dicht auffahren, daß sie sich in dem Nummernschild des Vordermanns verhaken und es ihm aus reiner Frechheit jederzeit herunterreißen können. Und in der Tat hat er schon den ganzen Kopf und eine geballte Faust mit erhobenem Mittelfinger aus dem Fenster gestreckt und schreit: »Mensch fahr doch, du Idiot!« Und überholt ihn auf der Taxispur.

»Ja, wo kämen wir denn hin, hä? Wenn da jeder sein Auto wollen täte und das Auto von seiner Frau und das Auto von seinem Sohn und das Auto von seinem Dienstmädchen? Da könnten wir ja gerade nur noch alle übereinander stapeln zu einem schönen Denkmal? Es ist kein Durchkommen mehr, es ist kein Durchkommen mehr...«

»Sicher, man müßte eben die öffentlichen Verkehrsmittel benutzen...«, wagt Marilina einzuwerfen. Der Mann brüllt vor Lachen, nimmt die Hand vom Schalthebel und wedelt in Gesichtshöhe damit herum, vielleicht um auszudrücken, daß er damit nichts im Sinn hat. Dann kommt er plötzlich auf ein anderes Thema.

»Was ham Sie bloß mit dem Jungen gemacht, hä, schöne Frau? Der gibt ja vielleicht eine komische Nummer ab, der ist mir doch tatsächlich wie umgedreht...« und wendet seine Pranke wie einen behaarten Pfannkuchen in der Luft hin und her.

»Berto? Den habe ich doch seit... seit fast einem Monat nicht mehr gesehen...«

»Das ist es ja gerade, deshalb dreht er doch durch. Und dann muß immer meine Wenigkeit herhalten, Sie haben ja keine Ahnung, schöne Frau, was ich mir einfallen lassen muß, um ihm diese Gedanken auszutreiben, weil bei ihm gehts dauernd hin und her, hin und her: warum ruft sie mich nicht an, warum will sie mich nicht mehr sehen, was habe ich ihr denn angetan...«

»Hören Sie«, zischt Marilina, »ersparen Sie mir Ihren Werbefunk.«

»Sie wolln wohl nich verstehn, hä? Den Jungen hats ganz schön erwischt, so hab ich ihn noch nie erlebt. Was, Sie werdn doch nicht grinsen? Also, daß wir uns da recht verstehn, schöne Frau, der hier anwesende Lazzari Mario Antonio redet nie, nur um seine Zunge mal zu lüften. Und jetzt rede ich nicht für mich. Ham wir uns da verstanden, hä?«

»Ja, gewiß, regen Sie sich nicht auf«, sagt Marilina. »Wohin fahren wir eigentlich?«

Das Auto ist auf den inneren Ring gefahren, anstatt sich aber jetzt Richtung Porta Ticinese einzuordnen, rast es mit achtzig Richtung Porta Romana.

»Warum, müssen Sie denn nich in die Via Bezzecca?«

Marilina fährt hoch. Woher weiß dieser Kerl da, wo ihre Mama wohnt? Aus dem Telefonbuch bestimmt nicht: eine Labruna Ersilia steht da nicht drin, denn die lustige Witwe hat damals, als sie den Vertrag des Verstorbenen auf sich hat überschreiben lassen, wieder ihren Geburtsnamen Fiorini angenommen. Und Berto hat sie es ganz bestimmt nicht gesagt. Ist sie beschattet worden? Aber warum?

»Nein, ich wollte nach Hause.«

»Ach, 'tschuldigen Sie nur. Weiß auch nicht, warum ich gedacht hab, Sie wolln dorthin, aber macht nichts, ich dreh bei der nächstn um, ach ja, wo wir grade hier sind, könnt ich schnell eine Winzigkeit erledigen, dauert nicht lang, bin gleich wieder da, und dann fahrn wir in die Via Baroni.«

»Gut, machen Sie nur. Ich habe es nicht eilig.«

Womit sie jetzt wohl erpreßt werden sollte? Mit Fotos? Das wäre peinlich, aber mehr auch nicht: ja, wer weiß, vielleicht könnte damit sogar ... nun ja, nehmen wir einmal an, die Mama bekäme den üblichen Umschlag ohne Absender in die Hand und sähe ihr eigen Fleisch und Blut opulent mit einem jungen Mann: dann würde sie ja wohl doch, sobald sie wieder zu sich gekommen wäre, ihrem eigenen Verhalten die Schuld geben, daß die Tochter so weit heruntergekommen ist. Gar nicht ausgeschlossen, daß sie dann Reue empfände und wieder Vernunft annähme. Allerdings, wo hätte Berto in diesem Einzimmerappartement, in dem es nicht einmal den kleinsten Spiegel gibt, einen Fotoapparat verstecken sollen? Videokameras? Mindestens.

Der Volvo hat in einer jener Straßen hinter der Via Ripamonti gehalten, die sich alle gleichen, Marietto ist ausgestiegen, hat gesagt, er sei gleich zurück, und ist hinter einer Hofmauer verschwunden. Marilina lehnt sich zum ersten Mal in den Sitz zurück und bemerkt, wie bequem er ist. Was Olimpia sagen würde, wenn sie das wüßte? Sie kann sich schon vorstellen, wie sie schreien würde, daß es ein Wahnsinn sei, sich mit zwei Vorbestraften einzulassen – bei den schaurigen Tätowierungen hat der Marietto bestimmt ein paar Jährchen im Loch gesessen –, und einer vierzigjährigen Intellektuellen unwürdig, sich blödsinnig in Gefahr zu begeben. In welche Gefahr denn eigentlich? Daß kanisterweise Benzin unter der Tür ihrer Mama durchsickerte? Würden sie ihr die Ersilia aus der Welt schaffen, wenn sie nicht...? Wenn sie nicht *was*? Eine Erpressung ist keine Erpressung, wenn die Erpresser nichts verlangen: und Berto weiß doch ganz genau, wie bescheiden Marilinas Beitragsfähigkeit ist. Also wenn sie kein Geld wollen, was könnten sie denn dann verlangen, diese beiden? Oder vielleicht nur der Marietto? In seiner Rolle als Liebesbote überzeugt er sie nicht sehr, aber als Schläger, Boß, Mörder wäre er nur allzu glaubhaft. Bestimmt hatte er diesen Plan ausgeheckt. Wahrscheinlich Drogenhändler. Er will sie unbedingt in irgendeine schmutzige Sache hineinziehen.

Jetzt ist er mit einem in Zeitungspapier gehüllten, ganz mit braunem Klebeband umwickelten Päckchen zurückgekommen. Er legt es ins Handschuhfach, knallt die Wagentür zu und macht mit einer einzigen Handbewegung Motor und Kassettengerät an.

»Die Mietta, gefällt die Ihnen? Mir nicht, aber meine Kleine kauft mir die Kassetten«, sagt er, während er auf die

Wendeschleife fährt. »Da hör ich sie mir eben an, auch wenn sie mir nicht gefallen.«

»Sie haben eine Tochter?«

»Dreizehn Jahre«, sagt der Kerl, fährt mit der Hand in die Hosentasche, zieht ein flachgedrücktes Portemonnaie mit der Aufschrift *Trussardi* heraus und wirft es ihr schon aufgeklappt in den Schoß. Das Mädchen hinter der Sichthülle für Ausweise ist nicht nackt. Es ist im duftigen Erstkommunionskleid, die weißen Handschuhe aneinandergelegt, die Augen nach oben, in Richtung ihrer Korkenzieherfransen gerichtet.

»Ein Bischuu, hä? Ich will mich ja nicht loben...«

Dann hört Marilina aus dem allgemeinen Lärm der Musik heisere keuchende Laute heraus. Sie hebt den Blick von dem Bildchen und entdeckt, daß er, Marietto, sie hervorbringt, weil er versucht, ein Lachen zu unterdrücken.

»Wissen Sie auch, was dieses helle Köpfchen immer gesagt hat! Daß sie, wenn sie groß ist, Berto heiraten will! Jawoll, ausgerechnet! Aber das hat sie früher gesagt, wie sie noch ein kleines Kind war, weil solang wie sie noch kein Fräuleinchen war, hat sie sagen dürfen, was sie wollte – aber jetzt bewahre! wo sie doch schon seit drei Monaten ihre Dings hat – meine Gattin erzählt mir nämlich immer alles: jeden Monat kommst du zum Rapport, hab ich zu ihr gesagt, ich will keine Geschichten – weil, ich hab ja nichts gegen leichte Mädchen und gewagte Sachen, aber wenn einer Vater ist, ist er Vater, da sind wir uns wohl einig? – und da hab ich zu dem Jungen gesagt: Paß bloß auf, von jetzt an Hände weg von meiner Deborah, hast nichts mehr in ihrer Nähe zu suchen! – weil wenn der sich da dauernd an die Eier faßt, ja ist es denn die Möglichkeit, daß es einen um so mehr juckt, je mehr er sich kratzt? Wissen Sie das vielleicht, schöne Frau, hä? Da sind wir.«

Marilina hebt den Kopf, ja, tatsächlich, da sind sie vor dem düsteren Wohnhaus in der Via Baroni, vor ihrem Haus.

»Würden Sie mir einen Gefallen tun?«

»Wenn ich kann...«

»Ich möchte, daß Sie das hier dem Jungen geben. Ich muß weg. Dringende Geschäfte außerhalb.«

»Aber... ich habe Ihnen doch gesagt, daß ich Berto gar nicht mehr treffe.«

»Sie werden ihn schon treffen, keine Angst.«

Die Fensterautomatik schließt blitzschnell, der Mann legt den Gang ein, startet und läßt sie mit dem Päckchen in der Hand auf dem Gehsteig stehen. War das jetzt ein Vertrauensbeweis oder eine Drohung? Und warum plötzlich diese korrekten Höflichkeitsfloskeln? Das Päckchen ist schwer, von unregelmäßiger Form, mit merkwürdigen Höckern und Kanten. Bestimmt zwei Kilo, wenn nicht drei. Schwarzer Afghan? Heroin für ein paar Milliarden? Die größte Kante fühlt sich durch das Papier wie Metall an, und die anderen Umrisse, die wie die von kleinen Dosen aussehen, fangen an zu klimpern, wenn man das Paket schüttelt. Marilina hat das immer dringendere Gefühl, es verstecken zu müssen, und läßt es fast auf den Boden fallen. Heiße Ware ist das ganz bestimmt, warum hätte er es ihr sonst angedreht, da die beiden doch Tür an Tür wohnen, wo sie sich mit Leichtigkeit alles aushändigen können, was sie nur wollen? Und ist die ganze Sache nun geplant gewesen, oder ist sie da nur zufällig hineingeraten? Was tun? Die Straße überqueren und die Beute unverzüglich hinter dem dichtesten Busch der Grünanlage verstecken? Wenn aber dann Berto tatsächlich kommt und es haben will? So auf dem Gehsteig stehenzubleiben ist jedenfalls die sicherste Methode, aufzufallen und sich vor allen bloßzustellen, auch vor der Kulishov aus dem dritten Stock mit ihrem wegen der Räude ratzekahl geschorenen Pudel: Schritt für Schritt kommen sie näher, einer an der Leine des andern, sie bereits in ihrem auf Breitschwanz getrimmten Kuhpelz, den sie den ganzen Winter über nicht mehr ablegen wird, der Hund ekelhaft rosig und mit heraushängender Geiferzunge. Marilina sucht hastig ihren Schlüssel, findet ihn, hält dem Hund, der sie anknurrt, und der Dame, die sie wie gewöhnlich nicht einmal grüßt, die Tür auf und bleibt dann, weil sie nicht hinter den beiden die Treppe hinaufgehen möchte, vor den Briefkästen stehen. Der ihre quillt über vor Reklameblättchen, kleiner Kuriositätenmarkt, großer Möbelmarkt, Supermarkt, Megamarkt, dann mitten zwischen der Reklame ein Umschlag von Querini Stampalia Venedig, auf den sie gewartet hat, wie gut, wie zuverlässig, diese Leute! und noch ein dicker kleiner Umschlag, der mit einer sehr kindlichen Handschrift an sie adressiert ist. Wird wohl wieder einer dieser Kettenbriefe sein, oder vielleicht haben sie sich nach den irreführenden Mitteilungen: »Sie, Herr/Frau VORNAME, FAMILIENNAME haben einen PHANTASTISCHEN PREIS gewonnen!, den Sie *(kleingedruckt)* nach Ihrer baldigen Bestellung aus unserem Katalog abholen können« wieder einmal etwas Neues einfallen lassen? In dem Umschlag befindet sich ein rechteckiges, in Schulheftpapier gewickeltes Päckchen, und darin steckt ein Bündel Geldnoten. Skeptisch zählt Marilina die Scheine, zählt sie noch einmal, prüft sie, hebt sie Stück für Stück ins Gegenlicht: das scheinen tatsächlich sechshunderttausend echte Lire zu sein, in Hundert- und Fünfzigtausenderscheinen, einige davon neu, die übrigen in überzeugender Weise gebraucht. Und es steht nirgends etwas darauf, kein Absender, keine Erklärung. Genau besehen steht in dem weißen Filigranfeld eines Fünfzigtausenderscheins mit Kugelschreiber ein Wort: UMDREHEN! Marilina tut das und findet auf der anderen Seite das Wort WENDEN!

Ja, war denn heute Nikolaustag? Weihnachtsbescherung? Lächelnd hat sie das Geld in die Handtasche gesteckt. Eine leise Idee, wer der geheimnisvolle Spender sein könnte, hätte sie schon, trotzdem ist das Gefühl, einen Überraschungsgewinn gemacht zu haben, so konkret, daß sie vier Stufen auf einmal nimmt, um nach oben zu kommen.

Der Computer auf ihrem Schreibtisch ist fingerdick mit Staub bedeckt. Im Vorübergehen haucht Marilina einen Kuß auf den Bildschirm, um sich bei ihm zu entschuldigen, sagt sie sich, weil sie ihn vernachlässigt hat: mit der Umarbeitung ist sie nun schon eine ganze Weile fertig, nur ein paar Bildunterschriften für die letzten Farbdias, die sie jetzt endlich bekommen hat, fehlten noch. Sie wird sie sofort einfügen und dann überhaupt keine Ausrede mehr haben, Accardis PC weiter behalten zu wollen. Sie macht ihn an, läßt die Files des Buches vor sich ablaufen, und da ist sie schon mitten in der Arbeit, ohne auch nur die Schuhe ausgezogen zu haben. Mit der einen Hand sortiert sie den kleinen Stapel Dias durch und mit der anderen tippt sie die Legenden ein. Fertig. Mit so einer einzigen HD-Minidiskette hat sie die zweihundertzwanzig Seiten Text und siebzig Seiten Anmerkungen allesamt auf ihrem Handteller liegen, ein federleichtes quadratisches Plastikplättchen, ein rauchfarbenes Garnichts. Sie müßte es nur noch einmal in den Apparat stecken und die Befehlstaste drücken: elf Monate ihres Lebens würden im Handumdrehen gelöscht. Hatte sie im Oktober oder im September angefangen, die ersten Notizen zusammenzutragen? Die Zeit verfliegt immer schneller, gerade so, als ob sich jetzt, da sie über vierzig ist, alles um sie herum verdichtete. Ob dies ein Effekt der allgemeinen Relativität ist? Ja, vielleicht doch: die Masse der Erfahrungen ist umgekehrt proportional zur Energie, die noch bleibt, um sie zu machen, daher ist es, wenn sich die biologische Uhr Mitternacht nähert und bei jedem neuen Vorrücken des Uhrzeigers ein bißchen zurückstecken muß, doch ganz natürlich, wenn man dieses Gefühl hat, daß sich die subjektive Zeit beschleunigt und sich der zur Verfügung stehende Zeitraum verringert. Sie muß eine Sicherheitskopie machen. Ein Blick in das Handbuch und schnell eine neue Diskette hineingesteckt: nachdem auch dies getan ist, hat sie die Kopie mit einem Etikett versehen und zur Ablieferung bereitgelegt. Jetzt ist die Arbeit wirklich fertig. Und trotzdem ist Marilina nicht befriedigt. Es macht keine Freude, ein Werk abzuschließen, das keine Spuren hinterläßt: auch wenn *Die eisige Muse* nur als Privatdruck erscheint, steht dann doch schwarz auf weiß ein Name darauf, und dieser Name ist nicht der ihre, sondern der eines andern. Und vielleicht ist es gar nicht Liebe, was sie so an Accardi fesselt. Eine erschreckende Erkenntnis bringt plötzlich Licht in den dunklen Wirrwarr in Marilinas Innerm. Aber dann klingelt das Telefon und sie verfolgt ihren Geistesblitz nicht weiter, sondern sieht auf die Uhr und seufzt. Schon vier Uhr. Das wird er/sie sein, auf die Sekunde pünktlich. Sie nimmt den Hörer ab, und tatsächlich ist außer dem leisen Rauschen der Telefonleitung im Hintergrund dieses Schweigens, das sie seit fünfzehn Tagen zu festgesetzten Uhrzeiten quält, nichts zu hören. Bei dem Anruf um vier verrät kein einziger Atemzug eine menschliche Präsenz: dennoch ist das Schweigen von etwas Organischem erfüllt, als hielte die Person am anderen Ende der Leitung den Hörer mit einer Hand zu oder drückte ihn vielleicht an eine Wange. Sie meint manchmal ein unregelmäßiges fernes Pochen zu hören, so etwas wie einen Herz- oder Gefäßsambarhythmus. Es dauert genau vier Minuten, dann wird eingehängt. Und genauso ist es auch diesmal. Vier Minuten gespannter Stille sind eine sehr lange, zermürbende Zeit. Der Anruf um Punkt fünf hingegen ist immer sehr kurz, gerade ausreichend für ein »Hallo«, das aber nie kommt, dann wird die Leitung unterbrochen, wobei manchmal ein Echo von Musik und Stimmen zurückbleibt – bestimmt von einem Fernsehgerät, weil sie aus dem Gedudel oft die Erkennungsmelodie für die Reklame im vierten Kanal heraushört. Gegen sieben, manchmal auch zehn vor sieben oder zehn nach sieben, noch ein Anruf: um diese Stunde sind die Hintergrundgeräusche wechselnd, manchmal ist so etwas wie ein

Klangmus aus Rock und Straßengeräuschen zu hören, manchmal aber auch nur ein silbrig zartes Geklingel wie von leicht aneinanderstoßenden Glas- oder Perlmuttplättchen. Der oder die Anonyme ruft eindeutig immer wieder von einem anderen Ort an, vielleicht aus Angst, daß Marilinas Leitung wie in den Fernsehfilmen von der Polizei abgehört wird. Das könnte er/sie sich auch sparen. Nachdem Marilina sich nämlich eine Woche lang hat verwirren und in Aufregung versetzen lassen, hat sie tatsächlich versucht, beim zuständigen Polizeikommissariat nachzufragen, ob sich der Störenfried durch Abhören ihrer Telefonleitung ermitteln ließe, als Antwort aber nur ein halb verzweifeltes Gelächter erhalten: nein, das sei unmöglich. Man könne doch nicht eine ganze Brigade von Beamten wegen eines harmlosen Verrückten Tag und Nacht blockieren, was sie sich denn dabei denke? Wenn sie wenigstens schon einmal angegriffen oder ernsthaft mit dem Tod oder schweren Verletzungen bedroht worden wäre und sie ordnungsgemäß eine Strafanzeige erstattet hätte, wäre es vielleicht etwas anderes, und die Sache ließe sich in Betracht ziehen. Am besten wäre es doch, einfach nicht abzuheben. Aber das schafft Marilina nicht. Seit diese merkwürdigen stummen Verabredungen angefangen haben, hat sie entdeckt, daß sie ängstlich darauf wartet, und meint sogar, daß sie fast ein wenig, ja... entrüstet wäre, wenn er/sie auch nur eine einzige nicht einhalten würde. Schließlich ist es doch gar nicht so unangenehm, daß sich jemand die Mühe macht, sie jeden Tag zu stören, und zwar nicht nur ein einziges Mal, sondern ganze drei Mal. Dazu gehört schon Beharrlichkeit, Pünktlichkeit und Aufmerksamkeit. Vor allem ist dieser Jemand, der dich verabscheut oder haßt oder dir aus anderen Gründen die Nerven ruinieren will, gezwungen, den ganzen Tag an dich zu denken. Einem anderen als fixe Idee im Kopf zu sitzen, ist fast so etwas ähnliches, wie geliebt zu werden.

ES WAR EINMAL *Es war einmal* es war einmal, wer? was? wo? wie? warum?

Sie hat sich gesagt, daß sie diese wunderbare Schreibmaschine ausnützen muß, solange sie sie noch zur Verfügung hat. Aber wofür eigentlich? Um ein Back-up von sich selber zu machen? Vom leeren Bildschirm blinkt ihr ein ungeduldiger Cursor zu, als wollte er sie auffordern, sich endlich zu entscheiden, welches Spiel sie spielen sollen. Einverstanden. Marilina holt sich Wordstar herein, läßt ihren Namen entstehen, zögert aber dann, weil sie nicht weiß, was diese zweite Marilina da hineinschreiben soll. Einen Lebenslauf? Ein Tagebuch? Einen Roman? Nein, ein Märchen.

Es war einmal eine wunderschöne Prinzessin, groß, schwarzhaarig, üppig, aber äußerlich biegsam wie eine Gerte und innerlich hart. Sie hieß Qwertzuiopü und hatte eine ganze Legion von Verehrern.

Aber da war einer

DELETE

Aber die Prinzessin verachtete sie und wies ihre Serenaden, Geschenke, Schwüre und Corbeilles *mit gelben Rosen hochmütig ab. Zu ihren Hofdamen, die sich über soviel Gefühllosigkeit wunderten, sagte sie: »Es interes-*

siert mich nicht, einen Mann zu haben, der mich nicht haben kann.«

Qwertzuiopü hätte sich hergegeben DELETE *hätte sich gern einem Einzigen hingegeben, dem Einzigen, der ihr noch nie ein Liebesbillett geschrieben und ihr nie seine Unterwürfigkeit bezeugt hatte. Er war ein schöner Prinz mit Namen Falco und widmete sich strengen Studien der Alchimie. Die schwarzhaarige Prinzessin verzehrte sich vor Kummer wegen seiner Gleichgültigkeit: war sie denn nicht die begehrenswerteste, die liebenswürdigste Frau des ganzen Königreichs?*

Dabei hatte sie doch alles versucht, um in seinem eiskalten Herzen Leidenschaft zu entfachen. Vergebens. Im Schloß lebte auch ein Knappe niederer Herkunft, der Qwertzuiopü liebte. Obwohl er sich voll bewußt war, daß er zu hoch hinauswollte, hatte er dennoch sein bescheidenes Vermögen DELETE *seinen Lohn für Diamanten und Rubine für sie verschleudert, aber sie sah sie kaum an und schenkte sie gleich ihren Dienerinnen* DELETE *und ließ sie sofort wegwerfen. Aber der Knappe ließ sich nicht entmutigen. Nach dem Wachdienst verbrachte er in der Hoffnung, wenigstens den Saum der Schleppe von Qwertzuiopü berühren zu können, seine ganze Freizeit mit Fegen und Aufwaschen der Säle und Flure.*

Und eines Tages geschah es: die schwarzhaarige Prinzessin kam vorüber, vernahm einen Seufzer, senkte den Blick und sah den so liebreizenden und sich so tief verneigenden Knappen und hatte einen Einfall. Noch in der gleichen Nacht ließ sie ihn in ihr Zimmer DELETE *in ihr Gemach rufen und sprach:*

»Bring mir das Herz des Prinzen Falco. Dann werde ich dein.«

Der Knappe verneigte sich und ging zitternd hinaus. Aber als er Falco in den Hinterhalt lockte, war seine Hand fest.

Die Pistole DELETE *das Schwert, das er zückte, durchbohrte den weißen Leib des Prinzen und*

Marilina läßt den Cursor auf der elektronischen Seite zurücklaufen und nimmt langsam Satz für Satz jedes Wort dieses Quatschs zurück.

Sie hat alles gelöscht, das File ist leer. Kein Indiz ihres kriminellen Zeitvertreibs ist übriggeblieben, aber er hat ganz bestimmt weniger gekostet als eine Sitzung beim Psychoanalytiker. Soll sie von Berto verlangen, Accardi umzulegen? Wenn schon, dann doch lieber die Pucci.

Gedankenverloren drückt sie irgendwelche Tasten. Oh, da ist sie in ein Directory voller Fenster geraten, das sie bis jetzt noch nie gesehen hatte. Auf einem steht GAMES: sieh mal an, das Jüngelchen gibt sich noch mit elektronischen Spielchen ab, kein Wunder, daß er für seinen Doktor so lange gebraucht hat. Wenn sie verschiedene Tasten ausprobiert, müßte es ihr doch gelingen, das Fenster auch ohne Mickey-Mouse oder wie das Ding heißt, zu öffnen, jawohl, da ist es schon geknackt: vor Marilinas Augen breitet sich ein Display in beißenden Farben aus. Seltsam, sie war auf grüne Marsmännchen gefaßt gewesen, statt dessen hat sie die mehr als realistische Zeichnung einer üppigen Jessica Rabbit und eines Kerls vom Typ Superman vor sich, die auf einer doppelten Reihe von Pokerkarten stehen und sich ansehen. Wie man das wohl spielt? Auf der Suche nach einer Anleitung hat sie das nächste Bild hervorgeholt, auf dem keine Zeichnungen mehr sind, sondern ein englischer Text. Vielleicht der Name des Spiels, auch wenn der Text mehr jenen terroristischen und grammatikalisch leicht schiefen Hinweisen ähnelt, die neuerdings auf den Zigarettenpäckchen stehen: ONLY SAFE SEX IS VIDEO SEX.

Schlechtgelaunt macht sie den Computer endgültig aus. Sie könnte es doch tatsächlich versuchen. Das Paket erinnert in seinen Umrissen eindeutig an eine Pistole. Die flachen rechteckigen Formen, die mit dem übrigen eingepackt sind und in denen es wie in metallischen Maracas geklimpert hat, sind bestimmt Patronenkästchen. Ganz sicher. Jetzt müßte sie allerdings die Standard-Rolle von der Frau spielen, die bittet, fordert, ihre Launen hat, verspricht, unterstellt, unbemerkt Unheil stiftet: etwas gewagt für sie, die es nie verstanden hat, ihre Weiblichkeit auszuspielen. Allein die Vorstellung, sie müßte als Prämie winken, reizt sie zum Lachen.

Es hat geklingelt, und zwar an der Wohnungstür, nicht unten an der Sprechanlage. Wetten, daß er es ist, der wie der Wolf im Märchen die Haustür offen vorgefunden hat? Ohne nachzudenken läuft sie zur Tür, um ihm aufzumachen, aber dann steht ein unbekanntes Paar vor ihr: eine hagere Frau im Strickjäckchen und ein demütiges Männchen mit ledernem Diplomatenköfferchen.

»Guten Abend, hätten Sie vielleicht einen Moment Zeit?« fragt das Männchen sanft lächelnd.

»Ehrlich gesagt, nein, ich bin sehr beschäftigt, tut mir leid«, sagt Marilina, da sie die beiden für Hausierer hält.

»Einfach nur für ein Gespräch«, sagt die Frau. »Wir möchten Ihnen gern unser Büchlein hierlassen, das kann Ihnen eine große Hilfe sein, es kostet nichts...«

Ach, du liebe Zeit, Zeugen Jehovas. Es ist immer eine unangenehme Sache, sie wieder loszuwerden, da Marilina ihnen selbst dann, wenn sie wirklich mitten in der Arbeit steckt, ungern einfach die Tür vor der Nase zuschlägt. Sie meint, daß diese Leute zwar verrückt sind, aber doch an etwas glauben, und um ihre eigene Sache zu propagieren, anderen Menschen eine Menge Zeit stehlen. Daher erklärt sie im allgemeinen, daß sie schon mit Kollegen von ihnen gesprochen habe, die Sache interessiere sie nicht, ja, und sie bitte darum, sich doch untereinander ein bißchen besser abzusprechen, damit sie sich einen neuerlichen Besuch ersparten: wozu mit ihr Kraft und Stimme vergeuden, wenn es doch vielleicht im gleichen Haus oder im Nebenhaus jemanden gab, der sich erleuchten lassen wollte.

»Ich respektiere Ihre Überzeugung, möchte aber, daß auch die meine respektiert wird«, fügt sie diesmal hinzu, da ihr die Frau mit ihrem nonnenhaft strengen Pferdegesicht auf Anhieb unsympathisch ist und der Mann mit seiner verzagten Buchhaltermiene ihr Mitleid erregt.

»O gewiß, nämlich?«

»Nichts, es interessiert mich nicht. Guten Abend.«

»Warten Sie, könnten Sie nicht darüber sprechen? Ein Gedankenaustausch mit einer Person, die bestimmte Vorstellungen hat, würde uns...«

»Nein, ich möchte wirklich nicht...«

»Sind Sie katholisch?«

»Nein.«

»Protestantisch?«

»Nein.«

»Buddhistisch?«

»Nein«, wiederholt Marilina und wartet darauf, daß der kleine Zeuge mit seiner Befragung fortfährt, auf die sie immer mit Nein antwortet. Sie ist unwillkürlich neugierig geworden, wieviele Angebote dieser Handelsvertreter in alleinseligmachenden Glaubensdingen ihr noch auftischt. Aber die Frau mischt sich spielverderberisch ein.

»Sie werden doch wohl eine Religion haben!«

»Habe ich nicht.«

»OH!«

»Verstehe«, sagt das Männchen, das sich jetzt wahrscheinlich höflich und angewidert zurückziehen würde, wenn seine regelrecht geschockte Apostolatsgefährtin nicht unverzüglich ihren Bannstrahl auf sie zischeln würde:

»Seien Sie auf der Hut: die ZEITEN nahen...«

»Ich werde ihnen schon ausweichen«, murmelt Marilina und schließt ungeduldig die Tür.

Dann legt sie das Auge an den Spion und sieht sie unbeweglich wie zwei Altarkerzen dastehen. Sie hat einen unfreundlichen Akt begangen. Daher macht sie mit vorgehängter Kette noch einmal einen Spalt auf und sagt: »Ich wünsche Ihnen anderswo mehr Glück.«

Sie hätte genausogut sagen können »der bestirnte Himmel über euch, und das moralische Gesetz in euch« und hätte damit auch keine andere Wirkung erzielt: die beiden stürmen die Treppe hinab, als wäre eine Horde von Teufeln hinter ihnen her. Nach einer Weile hört sie sie im dritten Stock klingeln. Nach einem wütenden Bellen ist eine mißtrauische Stimme zu vernehmen: »Wer ist da?«, danach Gemurmel, mehrfaches Schlüsseldrehen, das Aufschnappen eines Schlosses, eine quietschende Türangel: die Kulishov hat sie hereingelassen. Naja. Wer weiß, wieviele Leute in diesem Block mit drei Treppenaufgängen und fünfzig Wohnungen Heimaltärchen aufgebaut haben, von denen nur so eine wie Marilina nichts ahnt, weil sie eine Abneigung dagegen hat, in die Intimsphäre anderer einzudringen. Die Frau aus dem dritten Stock lebt, soweit sie weiß, allein und bekommt nie Besuch, nur manchmal, höchstens alle zwei Monate, kommt ein etwa dreißigjähriger Mann mit Bart und Brille, ihr Sohn, Enkel oder Freund, wer soll das wissen; also könnte ihr eine Religion dienlich sein, auch wenn sie schon den Hund hat. Ob dieser schlaue Vorschlag eines »Gesprächs« als Türöffner gedient hat? Allzu einfach, die ganze Schuld dem unmenschlichen Leben im Wohnblock und in der Großstadt zu geben, wo die Beziehungen erschwert werden: die Wahrheit ist doch, daß Marilina ihren Nächsten gar nicht näher kennenlernen will. Das fehlte noch! Einer Mutter davonzulaufen, um sich dann von potentiellen Tanten umgeben zu lassen? Nein, nein. Falls hier im Hause über sie geklatscht wird, weiß sie es jedenfalls nicht, und daher kann es ihr auch gleichgültig sein: aber was würde dabei herauskommen, falls die Untersuchungskommission bei diesen Leuten, die hier rings um sie wohnen, Zeugenaussagen einholte? Daß sie Männerbesuche hat? Daß sie eine zumindest verdächtige Reserviertheit zeigt? Die Kulishov würde sagen: »Eine Mörderin? Das wundert mich nicht...

Sie hat so eine merkwürdige Art, einen zu grüßen, so mit gesenktem Kopf, als könne sie keinem in die Augen sehen...« und dann vielleicht noch hinzufügen: »Mein kleiner Liebling hat das gewittert: wenn wir der da an der Haustür begegnet sind, hat er sie *immer* angeknurrt. Das macht er bei anderen *nie*, verstehen Sie?«

Der Anruf um fünf kam unausweichlich. Um Viertel nach sechs klingelt es wieder, diesmal unten an der Haustür, und es ist tatsächlich Berto, der einfach so, als wäre nichts, fragt: »Kann ich raufkommen?«

Marilina erwartet ihn an der Tür und wedelt ihm, noch bevor er eintreten kann, mit dem Geldumschlag vor dem Gesicht herum.

»Was ist das hier?«

»Was?«

Er hat ziemlich abgenommen, und an seiner Stirn klebt eine nasse Haarsträhne, als hätte er sich abgehetzt.

»Ach, das«, sagt er. »Das mußte ich dir doch zurückgeben, oder?«

»Sechshunderttausend Lire?«

»Ja, ich weiß, daß das nicht alles ist, wer weiß, wieviel du mir geliehen hast... das ist jetzt fürs erste...«

»Sehr gut«, sagt Marilina und ist aus einem ihr selber nicht erklärlichen Impuls mit einem Satz schon an ihrem Schreibtisch. So oder so würden sie jetzt abrechnen. Als sie Berto das kleine Heft in die Hand drückt, weicht dieser zurück, bis er mit den Waden an den Rand der Couch stößt: automatisch setzt er sich hin.

»Was ist das? Deine Träume?«

»Warte«, sagt Marilina und reißt es ihm wieder aus der

Hand, »ich habe noch nicht zusammengerechnet. So. Einschließlich der Stereoanlage sind das sechs Millionen achthundert. Aber die war ein Geschenk. Hier, rechne nach.«

Berto starrt auf die Zahlenreihen und flattert nicht gerade aufgeweckt ein paarmal mit den Augenlidern. Aber dann scheint er zu begreifen: jawohl, er reißt die Augen auf, er hat begriffen.

»Hast du alles aufgeschrieben?«

»Natürlich«, sagt Marilina mit einem Lächeln, das ihr, wie sie selber merkt, gut gelungen ist: ein Konzentrat aus Wut und bitterem Vergnügen, bei dem sich ihre Lippen zusammenziehen vor lauter Lust, sich endlich rächen zu können, und zwar mehr noch an sich selber als an dem Mann. Sie nimmt den Umschlag und das kleine Heft wieder an sich.

»Sagen wir, du hast mir zehn Prozent zurückgezahlt. Die ziehe ich dir jetzt ab.«

»Einen Augenblick ...«

»Was ist los, stimmt was nicht? Ich habe aber immer alles ganz genau aufgeschrieben, da steht kein einziger Posten zuviel oder zu wenig drin, außerdem konntest du dir das ja auch selber ausrechnen: fünfzigtausend Lire jedes Mal, nicht? und dann die Zigaretten, die Restaurants, das Kino, das Moped – stimmt, du hattest das als ›eine Rate des Darlehens‹ bezeichnet, aber ich habe es unter ›Moped‹ geführt – und da stehen ja dann auch die dreihunderttausend Lire für den Helm ...«

Marilina fährt mit dem Bleistift die Zahlenreihen und die verschiedenen Einträge entlang und blättert vor seiner Nase unerbittlich die Seiten um.

»Na, sagst du immer noch, daß das geliehen war? Ich habe das als Gegenwert angesehen: Du hast etwas verkauft, ich habe es gekauft und bezahlt. Das war doch ganz einfach. Warum willst du jetzt alles so kompliziert machen?«

Dann ging alles sehr schnell. Er hat ihr eine Ohrfeige gegeben und schnappt jetzt blöde nach Luft, während sie sich an die Wange faßt, die ihr nicht einmal weh tut, so heftig ist der Schlag gewesen. Und was macht er jetzt? Heult er? Und was hat er gesagt? »Aber ich liebe dich doch«? Jawohl, das hat er gesagt, und jetzt flennt er im Stehen, lautlos, genau wie Pucci: Tropfen steigen in seine Augen, kullern heraus, laufen über seine Wangen und sammeln sich in seinen Mundwinkeln, und schon kommt die Zungenspitze hervor und leckt sie von links nach rechts und von rechts nach links in einem mechanischen Rhythmus wie ein Scheibenwischer ab. Sie würde ihm gern wenigstens die Ohrfeige zurückgeben, aber Berto hält sie bereits in einer engen Umarmung fest, bedeckt ihre Stirn mit nassen Küßchen und reibt sich zitternd an ihr. Er wirkt verstört, als könnte er seinen schmachtenden Kopf und die Steifheit unter der Gürtellinie nicht in Einklang bringen. Was für ein Jammer, eine Erektion zu vergeuden, denkt Marilina. Aber der Gedanke ist so flüchtig, daß er sie nicht daran hindern kann, sich zurückzuziehen, und dabei wird ihr plötzlich klar, daß sie in ihrem ganzen Leben noch nie nein gesagt hat, wenn ein Mann sie wollte. So war es mit Ernesto gewesen, dem Jungen, den sie an der Universität kennengelernt hatte, und so war es auch mit Filipponi, dem einzigen anderen Liebhaber, den sie sonst noch gehabt hat und den sie wahrscheinlich immer noch jedes Wochenende hätte, wenn seine Frau nicht vor fünf Jahren dahintergekommen wäre und ihn gezwungen hätte, mit ihr Schluß zu machen. So war sie. Egal, ob sie Lust hatte oder nicht, fühlte sie sich immer verpflichtet, sich diesen Augenblick der Gnade nicht entgehen zu lassen, den der Mann des Augenblicks ihr gewährte: vielleicht kam er nie wieder, dachte sie dabei ganz bewußt. Dankbar für das von ihnen bewiesene Begehren und skeptisch, was ihre eigenen Fähigkeiten betraf, dieses noch einmal zu wecken, hat sie sie stets gewähren lassen, als wäre es jedesmal das letzte Mal. Sie hat also gar nicht aus Liebe geliebt: sondern aus Verwunderung.

»Nein«, sagt sie jetzt und rückt ihm vom Leib. »Laß mich in Ruhe. Und mach hier nicht so einen Tanz. Ich koche mir jetzt einen Hibiskustee. Willst du auch einen? Der ist gut für die Nerven.«

»Ich ... wie du meinst«, sagt Berto.

»Was machen wir jetzt?« fragt er später und dreht dabei die Tasse zwischen den Händen herum, die er mit geschlossenen Augen und kreidebleich ausgetrunken hat, als fürchtete er, beim ersten Schluck tot umzufallen.

»Ich mache gar nichts. Jedenfalls nicht mit dir. Mir reicht es. Nimm auch dein Zeug mit, da auf dem Tisch.«

»Was für Zeug? ... ach so, danke, tut mir leid, daß der Marietto ... Aber ich habe etwas anderes gemeint: ich meine, wir zwei ... was machen wir?«

»Nichts«, wiederholt Marilina.

»Warum denn? Ich kann dich einfach nicht verstehen. Das heißt, ich weiß natürlich, daß du keine Ohrfeigen willst, entschuldige, da ist mir einfach die Hand ausgerutscht. Und dann sieht man ja auch, daß es dir gefällt... nein, natürlich nicht die Ohrfeigen, sondern die Liebe, und deshalb kann ich dich wirklich überhaupt nicht begreifen. Gut, ich bin kein Genie, und ich wäre der erste, der sagen würde, daß du einen Besseren verdient hättest, einen, der das gleiche Zeug macht wie du, einen, der schreibt, forscht, was weiß ich was... aber ich habe doch gemeint, daß wir gut zusammenpassen, wir zwei. Und ich... weißt du, ich würde alles für dich tun.«

Eben. In einem Gangsterfilm würde sie an dieser Stelle die in schwarzen Strümpfen steckenden langen Beine übereinanderschlagen, genüßlich eine Zigarette in der Zigarettenspitze anstecken, und dann los, ihm den Rauch in die Augen blasen, während sie ihm den *Vertrag* unterbreitet. Aber Marilinas Beine sind kurz, und töten können nur Geistesgestörte.

»Danke«, sagt sie leise. »Ich fühle mich ganz gut so. Zusammen können wir nichts machen... Das heißt, einen Gefallen könntest du mir doch tun: sag deinem Freund Marietto, er soll mich aus euren Geschäften raushalten.«

Berto ist rot geworden: »Was für Geschäfte?«

Sie wirft ihm das Päckchen zu, er fängt es gerade noch auf, bevor es zu Boden fällt. Ihretwegen hätte er es ruhig auch explodieren lassen können.

»Das hier? Ja, was hast du denn gedacht? Das ist Zeug für die Arbeit.«

Marilina will gerade in scharfem Ton »genau« sagen, aber das Wort bleibt ihr in der Kehle stecken, da Berto die Verpackung heruntergerissen hat und die Pistole sich als einer jener elektrischen Schraubenzieher mit Batterie herausstellt, die beiden Schachteln daneben enthalten ein Sortiment kleiner Metallteile.

»Konnte er dir das nicht auch selber geben?« sagt sie voller Wut über ihren Irrtum und die entsprechenden falschen Schlüsse. »Wozu habt ihr auch noch mich gebraucht?«

Berto packt den Schraubenzieher in die Papierfetzen und zuckt mit den Achseln. »Keine Ahnung. Das ist Mariettos Idee gewesen ... Er will immer alles ganz genau wissen ... Stell dir vor, er ist eigens deshalb zu mir gekommen, geh, lauf schnell zu ihr, hat er gesagt, ich habe dir einen Vorwand geschaffen, um mit ihr zu reden, das wolltest du doch immer ... dabei war ich dagegen, ich habe ja gewußt, daß es so enden würde ...«

»Wenigstens haben wir auf diese Weise einmal klare Verhältnisse geschaffen. Und jetzt geh bitte.«

Melancholisch, folgsam steht er auf. Marilina sieht ihm nach, wie er mit seinem eingezogenen schönen Schwanz und dem schlecht eingewickelten Paket unterm Arm zur Tür geht und bedauert ihn, sie will ihn gerade hinausbegleiten, vielleicht, um ihm einen Abschiedskuß zu geben, aber da klingelt das Telefon, es dringt ihr bis ins Mark wie das Schrillen eines fernen Weckers, den man nicht mit einer Handbewegung abstellen kann.

»Warte!« schreit sie Berto zu. Es ist zehn vor sieben, und wenn er jetzt hier ist, kann er sie ja nicht gleichzeitig von irgendwo anrufen. Aber aus dem Hörer dringt die alles andere als anonyme Stimme Olimpias.

»Hör mal, verleugne dich jetzt nicht, heute abend mußt du unbedingt zu einer Sache kommen, ich habe das gerade erst erfahren, es ist im Teatro Manzoni, aber du mußt sofort losgehen, weil das um neun anfängt und es im Radio Popolare geheißen hat, daß sie die Türen eine Stunde vorher aufmachen, da kommen wahnsinnig viele Leute, der Eintritt ist frei, deshalb mußt du dich um halb acht, spätestens Viertel vor acht anstellen, sonst kommen wir nicht rein…«

»Hör mal«, schreit Marilina laut genug, um den Wortschwall zu unterbrechen, und fährt dann mit normaler Stimme fort: »Könntest du da nicht alleine hingehen? Ich habe heute abend nicht die geringste Lust auf Unterhaltung…«

»Neeein! Doch nicht Unterhaltung, über die Depression wird da geredet! Zwei Ärzte, ein Neurologe und einer, der auf die Melancholie spezialisiert ist… Starobinski, weißt du?«

»Starobinski kommt?«

»Neeein! was glaubst du… ich meine doch nur: der SPLEEN! Das taedium vitae! *L'Ennui!* Sie machen eine Art Talk-Show mit Gästen, wie bei Maurizio Constanzo. Los, so etwas darf sich eine Manisch-Depressive wie du nicht entgehen lassen, nun raff dich schon auf.«

»Aber, da müßte ich ja gleich wie eine Verrückte losrennen, es ist schon spät…«

»Wohin willst du denn?« fragt Berto. »Ich bring dich hin, unten steht mein Auto.«

»Dein Auto?«

»Das habe ich nicht«, sagt Olimpia, die den Ausruf auf sich bezogen hat. »Ich mußte es um fünf in die Werkstatt bringen. Aber wir können doch mit dem Taxi zurückkommen, da machen wir halbe-halbe, was ist denn daran so schwierig?«

»Nein, ich habe nicht dich gemeint... hier ist gerade ein Freund...«

»Bring ihn mit, aber beeilt euch. Ich sitze hier mit meinem Lehrplan fest, den muß ich morgen bei der Lehrerkonferenz vorlegen, ich habe noch nichts fertig und brauche mindestens bis acht Uhr, um diesen Mist zu Papier zu bringen...«

Deshalb also ruft sie an. Sie braucht jemanden, der ihr einen Platz freihält.

»Nimm zwei gute Plätze, auf der rechten Seite«, befiehlt sie und legt auf.

»Manisch-depressiv...« brummt Marilina vor sich hin, während sie den Hörer ganz sachte auflegt. Zu allem Überfluß streicht ihr Berto wie mit einem sanften Rechen mit den Fingern durchs Haar und fragt: »Bist du fertig? Wohin gehen wir? Wer war das?« Von mehrfacher Wut wie erstarrt, hört sie aufs neue das Telefon klingeln und nimmt ab. Schweigen. Im Hintergrund ein sanftes Klimpern von Perlmuttplättchen.

Marilina dreht sich langsam um und richtet ihren Blick auf den Jungen neben ihr.

»Also... dann bist das gar nicht du.«

Berto wird langsam rot. Vielleicht hat sie ihn allzu intensiv angesehen.

In der Mitte der Gallerie Manzoni hat sich eine Menschenschlange gebildet, wie sie in Rußland für Brot anstehen könnte, nur daß diese Leute hier alle gut gekleidet sind, wobei zwei oder drei Stilarten vorherrschen: jugendliche linke Designerklamotten, elegante Mode für Pensionäre, die auf sich halten, Boutiquenmode für mittelreiche Bürgerliche. Mit rein zufällig zusammengewürfelten Kleidern am Leib steht Marilina ein paar Meter vom Schaukasten des Filmtheaters entfernt, hinter dem sich die bunte Schlange in doppelter Windung bewegungslos krümmt: aber ihre Position ist nicht ganz schlecht, hinter ihr stehen noch viel mehr Leute, die später gekommen sind. Zum Glück drängelt keiner.

»Das war keine Übertreibung: hier ist wirklich ganz Mailand«, sagt Berto merkwürdig stolz. Er ist wohl froh, auch hier zu sein. Marilina nicht. Vor ihrer Haustür hat sie ihn geradewegs auf einen Porsche mit provisorischer Nummer zugehen sehen: sie ist gestolpert und wäre fast hingefallen, aber er hat weder das Schloß aufgebrochen noch das Ausstellfenster eingeschlagen, sondern mit dem Schlüssel aufgeschlossen, sich dann umgedreht, um sie zur Eile anzutreiben, und über ihre Verblüffung gelächelt.

»Der gehört nicht etwa mir«, hat er gesagt, »ich habe ihn bis Montag zur Prüfung. Toll, nicht? Steig ein, wenn wir deine Freundin da nicht reinbringen, ist sie sauer.«

»Im Ernst?« hat Marilina gesagt und damit gleichzeitig gemeint: kannst du überhaupt fahren? Ist er auch nicht gestohlen? Und was heißt hier »wir«? Du bist nicht eingeladen worden.

Im Auto hat sie dann versucht, ihn davon abzubringen mitzukommen, daß er sie hinfahre, sei schon des Guten zuviel, und ohnehin sei es Wahnsinn anzunehmen, daß es mitten in der Innenstadt einen Parkplatz gebe. Berto hat erwidert, daß man immer irgendwo eine Lücke finde und er bis Mitternacht nichts zu tun habe und es daher am besten sei, sich diese Sache über die Depression anzuhören, weil er noch nie in einem Vortrag gewesen sei und vielleicht ja was lernen könne.

»Du wirst dich tödlich langweilen.«

»Was ist denn? Genierst du dich mit mir? Kannst du dich mit mir nicht sehen lassen? Also dann erst recht«, hat er gesagt und ist mit quietschenden Reifen losgefahren und hat dann den Schraubenzieher gepackt: »Und weißt du was? Das hier nehme ich mit, dann können mich deine stinkfeinen Freunde gleich richtig kennenlernen! Angenehm, sage ich dann, Cantaroni Filiberto, Arbeiter nebst Fußfetzen dieser Dame hier.«

Marilina hat sich auf die Lippen gebissen, ihn aber dann doch gefragt: »Wo hast du denn dieses *nebst* her?«

»Von dir«, hat Berto finster gesagt.

Die einzige Lösung ist, ihr Unbehagen zu verdrängen und die weniger unangenehmen Seiten dieses unvorhergesehenen Unternehmens zu genießen. Er kann sich sehen lassen: die Cordsamthose ist von schönem Heidegrün, der Nicki im Farbton trevisanischen Lattichs paßt gut dazu, goldene Armbändchen und Kettchen mit Kreuz sind nicht zu sehen, falls er sie überhaupt trägt, und außerdem bringt die Sportjacke, die sie ihm geschenkt hat, seine breiten Schultern gut zur Geltung. Olimpia wird garantiert vor Neid platzen. Hauptsache, sie sagt nichts.

»Stell dir vor, wenn ich nicht mitgekommen wäre. Was hättest du denn jetzt diese langweilige Stunde lang gemacht?«

»Eineinviertel Stunden«, korrigiert Marilina lakonisch und hebt den Blick nicht von der Uhr, um ihm die Befriedigung nicht gönnen zu müssen, ihn aber andererseits auch nicht wieder zu beleidigen, indem sie bemerkt, daß die Zeit immer verstreicht, gleichgültig, ob man in Gesellschaft ist oder allein. Vor ihr findet zum Beispiel ein äußerst lebhaftes Gespräch zwischen zwei phantasievoll auf Sekretärinnen oder Lehrerinnen herausgeputzten Dreißigjährigen statt:

»... Karottensaft, und ein Spritzerchen Sojamilch, und dann im Laufe des Vormittags ein Täßchen Entkoffinierten, der deine Schleimhäute nicht reizt.«

»Ja, klar, frisch durchgedrehtes Gemüse ... aber irgendwelche Reste von Pflanzenschutzmitteln bleiben immer drin, auch wenn man es noch so gut wäscht ...«

»Oh, wenn man an die Konservierungsmittel, Unkrautvertilgungsmittel und Schädlingsbekämpfungsmittel denkt, die man auch beim besten Willen ... Ein Minimum von Vertrauen, Herzchen! Ich kaufe bei einem biologischen Gemüsehändler ein, der ist sündhaft teuer, aber ich habe wenigstens ein ruhiges Gewissen, nicht ...«

»Es geht ja noch«, sagt hingegen der schlanke Fünfziger mit Hut und wahrscheinlich Ehefrau hinter ihnen. »Wir haben schon befürchtet, daß es hier einen regelrechten Sturm gäbe ...« erklärt er der hübschesten der drei jungen Mädchen in leuchtfarbenen Windjacken, die nebeneinander aufgereiht eine unruhige Ausbuchtung in der Schlange bilden. Als Marilina sich das erste Mal umgedreht hat, um nach ihnen zu schielen, hätte sie gleich schwören mögen, daß der blonde Lockenschopf die Tochter ist, denn sie hat die gleiche Nase wie die Frau: glänzend, mit himmelwärts gerichteter Spitze über aerodynamisch weit, sehr weit geöffneten Nasenlöchern. Im Gesicht der älteren Frau bildet diese Nase einen merkwürdigen Kontrast zu den herunterhängenden Wangen, ja, sie scheint dort wie aus Versehen aufgeklebt. Vielleicht ist sie während eines Stromausfalls operiert worden, und der Chirurg hat im Dunkeln nach dem falschen Modell gegriffen. Der Jungen hingegen verleiht sie einen sinnlichen Schweinchenaspekt, der ihr gut steht.

»Aber es sind doch massenhaft Leute da«, erwidert das Mädchen jetzt mit näselnder Stimme.

»Nein, ich meine, daß es hier erstaunlich zivil zugeht, so anständig und ordentlich, eigentlich gar nicht italienisch...« erwärmt sich der Herr, der genau betrachtet gar nicht übel aussieht, wirklich nicht, der Borsalino wirft einen koketten Schatten auf die Krähenfüße um seine himmelblauen Augen, die doch tatsächlich den gleichen Farbton haben wie jene Paul Newmans. Auch verströmt der Herr einen so angenehmen zarten Kunststoffduft, wie von einem dicken Packen Kreditkarten.

»Da sieht man ja, daß wir alle depressiv sind«, sagt das junge Mädchen und riskiert einen forschenden Blick unter seine Hutkrempe.

»Aber, aber, das nehme ich doch einem so bildhübschen Mädchen nicht ab«, sagt Paul Newman. Die beiden Freundinnen der Schönen, die in ihren dicken Jacken ganz plump aussehen, schubsen sich wie zufällig an und kichern. Die Ehefrau hingegen, die kerzengerade in ihrem Übergröße-Schneiderkostüm dasteht, verzieht hochnäsig keine Miene.

»... warum, ist was Neues hereingekommen?«

»Ich habe mir ein zauberhaftes Stück herausgefischt, spottbillig, verstehst du, ein äußerst gewagtes großes Abendkleid. Aber du mußt dich beeilen, Schätzchen, du weißt doch, wie das mit diesen Märkten ist, wenn mal die erste Welle drübergegangen ist, findest du nur noch Ramsch. Also, das meine, das hat ein Dings, das hier von der Hüfte raufkommt, alles handbestickt mit Goldbändchen und Perlen nach usbekischen oder kasachstanischen, das muß ich noch kontrollieren, Folkloremotiven, und dann kommt es so über die Schulter und wird zum Cape über der ganzen nackten Rückfront...«

»Ferré?«

»Von wegen, das kommt aus Montecarlo von einem völlig unbekannten Stilisten, und das ist ja gerade das Gute, Schätzchen, weil mit diesen Designerkleidern herumzulaufen ist doch völlig passé...«

Marilina horcht auf das Gezwitscher vor ihr, dabei fände sie es viel interessanter, die Szene hinter ihrem Rücken weiterzuverfolgen, von der sie bloß Bruchteile mitbekommt, da sie sich nur hin und wieder unter dem Vorwand, ganz hinten am Ende der Schlange jemanden zu suchen, umdrehen kann. Was ist nur diese Ehefrau oder Lebensgefährtin für eine Person, die da ruhig und schweigend neben dem Mann steht, der vor ihren Augen einer anderen den Hof macht? Duldet sie das aus Müdigkeit, Gewohnheit, wegen höherer Gewalt oder Übergewicht? Oder leidet sie darunter und erträgt es, weil sie ihre Ruhe liebt, das Geld liebt oder die Liebe liebt? Vielleicht ist es ihr wirklich gleichgültig, weil sie überhaupt nicht liebt und also auch nicht leidet. Könnte auch sein, daß sie sich über diesen Zufall einer zweifach mißratenen Nasenplastik amüsiert, denkt Marilina, allerdings würde sie nicht gerade viel Realitätssinn beweisen, wenn sie dieses nicht einmal achtzehnjährige Schweinchen als eine jüngere Ausgabe ihrer selbst betrachtete, einer häßlichen Frau, die mit zweifelhaftem Erfolg versucht hat, sich zu verschönern: das junge Mädchen hingegen hat ein schönes Gesicht, schönes Haar, ein keckes, munteres Wesen, und es ist ein Unterschied, ob man sich zu verschönern oder nur von einem häßlichen Anhängsel zu befreien versucht.

»He, du Depressive, wach auf, es geht los. Wo warst du denn mit deinen Gedanken?« fragt Berto und wedelt mit der Hand vor ihren Augen herum. Marilina rafft sich auf: die Schlange bewegt sich tatsächlich voran, die ersten stürmen schon auf die beiden Säulen zu, die den Eingang zum Vorführungssaal flankieren, und sie hat sich eine halbe Stunde in Phantastereien verloren. Kann sie sich denn nicht einmal nur eine einzige vernünftige Geschichte zu den Personen ausdenken, deren Äußeres sie beeindruckt? Nein, sie muß immer zwischen mehreren Möglichkeiten hin und her pendeln, zweigleisig denken, und sie blockiert sich dadurch selber wie ein überladener Chip, der nicht mehr zwischen Null und Eins wählen kann. Und jetzt hängt sie am Arm eines Mannes, der sie zur ersten Sitzreihe ganz hinten im Saal führt.

»Hier ist es doch sehr gut, nicht? Man überblickt die ganze Situation«, sagt Berto und streckt die Beine aus. Er hat den äußeren Platz gewählt, wahrscheinlich, damit er jederzeit zum Rauchen oder überhaupt ganz weggehen kann, und hat Marilinas Handtasche wie in einem Zweiter-Klasse-Waggon auf den leeren Sitz zwischen ihnen gestellt. Da sie Gesichter aus der Ferne nicht einmal mit Brille erkennen kann, hätte sie sich ja lieber weiter nach vorne gesetzt. Aber der Saal hat sich im Nu gefüllt, und außerdem kann sie von dieser ersten Reihe, die die letzte ist, Olimpia gleich beim Hereinkommen sehen. Den Sitz neben ihr hat ein Mädchen mit schwarzen Haaren, schwarz geschminkten Augen, schwarzen Lippen, einem schwarzen enganliegenden Strickkleid, einem schwarzen Schal und einem Nagellack, der tatsächlich ebenfalls schwarz ist, eingenommen. Sie ist mager, glatt geschliffen wie ein Sepiaknochen, und tatsächlich strahlt ihr feines und blutleeres Gesicht ein kaltes Leuchten aus wie ein Aquarium. In einem friedhofsromantischen Sinne ist sie anziehend.

»Komm, rauchen wir noch eine! Wir lassen die Jacken hier liegen«, schlägt Berto vor, der es sich auf dem roten Samt schon äußerst bequem gemacht hat.

»Nein, ich bleibe hier und halte die Plätze frei.«

Er geht, kehrt aber gleich wieder zurück und verkündet lauthals, daß da eine Bar sei, von der er Eis, Pepsi oder Popcorn holen könne. Dann bleibt er eine Weile weg, vielleicht doch beleidigt, weil sie alles abgelehnt hat. So müßte es immer im Leben sein: man sitzt ruhig auf seinem Platz und wartet darauf, von anderen unterhalten und zwei Stunden lang in der Illusion gewiegt zu werden, daß man synchron mit dem ruhigen Meer von unbekannten Köpfen lebt, die alle in die gleiche Richtung sehen wie sie selber.

»Haben Sie vielleicht ein Programm?« fragt plötzlich das Dark-girl. »Ich weiß überhaupt nicht, wer kommt, wer redet... nicht dran gedacht, die Zeitung mitzubringen... schrecklich, wenn man nichts weiß...«

Marilina sagt bedauernd, daß sie auch kein Programm habe, und während sie das gebleichte Profil ihrer Nachbarin bewundert, die nun mit tragischer Miene auf den geschlossenen Vorhang starrt, bekommt sie Lust, sich mit ihr zu unterhalten. Aber da kommt Olimpia, setzt sich keuchend hin, beugt sich über ihre Armlehne und raunt ihr zu:

»Mußtest du dich denn ganz hinten hinsetzen?... Was für eine Unmenge Leute, wie schön, und dein Freund?«

»Er ist da«, sagt Marilina und deutet auf die Jacke über dem leeren Sitz.

»Dann setz ich mich lieber rüber, komm du in die Mitte, ich will euch ja nicht trennen... Ciao Irene! Ich hatte dich gar nicht bemerkt.«

»n'Abend, Prof. Haben Sie vielleicht ein Programm?«

Während sie weiter zum Gang rückt, fühlt sich Marilina übergangen: Olimpia hat ihre Schülerin oder Ex-Schülerin nicht nur umarmt und geküßt, sondern gleich ein lebhaftes Gespräch mit ihr angefangen. Sie hätte doch wirklich die freundliche Geste machen können, Marilina dieses Stückchen aus ihrem Leben vorzustellen, von dem sie immer nur dann etwas erfährt, wenn Olimpia sich ausheulen will! Und auch der kurze Blick, den sie dann, am Ärmel gezupft, auf Berto wirft, ist nicht nett: entschieden schulmeisterlich und abschätzend, bevor sie ihn mit einem »Ciao« abspeist und sich dann wieder auf die andere Seite dreht.

»Setz dich doch«, zischt ihm Marilina zu, da er noch

immer mit halb erhobener Hand dasteht und auf Kavalier macht. Das Publikum fängt an, ungeduldig zu klatschen. Kurz darauf verdunkelt sich der Saal, und unter kollektivem Aufatmen geht der Vorhang auf. Auf der Bühne sitzen auf Regiestühlen in Reih und Glied zwei Ballettänzerinnen, zwei berühmte Journalisten, zwei Schriftsteller, zwei Schauspieler, zwei Sänger und zwei unbekannte Herren, die wohl die beiden Leuchten der Wissenschaft sind. Nur der Moderator ist als Einzelperson vertreten und hebt jetzt mit diesen Worten an:

»Der Neurotiker baut Luftschlösser, der Verrückte wohnt darin, und der Psychiater kassiert die Miete, haha.«

Aber dann wird die Sache ernst. »Die Depression ist eine schmerzhafte Liebe zu sich selber und zu den anderen«, beginnt die psychiatrische Leuchte, und Marilina hört nun eine genaue Beschreibung ihrer selbst, die sie tief beeindrucken würde, könnte sie nicht aus der krampfhaften Konzentration im ganzen Saal schließen, daß alle anderen Zuhörer sie ebenfalls als ihr eigenes Porträt verstehen. Die Depression gehört zu den zehn häufigsten Ursachen für Selbstmord, sagt gleich darauf der andere Arzt und spricht dann über die Abnahme des Serotonins, des Noradrenalins und eines weiteren chemischen Transmitters mit einem so unaussprechlichen Namen, daß er selbst ihn im Galopp ausspricht, um ihn hinter sich zu haben und dann sagen zu können, daß man auch auf der Suche nach Faktoren einer genetischen Prädisposition sei, worauf viele im Publikum ihren angehaltenen Atem wieder in Bewegung setzen: es gibt also doch einen mildernden Umstand für diese Schuld, nicht glücklich zu sein.

Dann wird den Ehrengästen das Wort erteilt, die nun Beispiele vorbringen sollen. Diese sind wahrscheinlich ganz zufällig gewählt: einer spricht über Kriegserinnerungen, ein anderer zitiert Petrarca, um hervorzuheben, daß die Melancholie poetisch sei, die berühmte große Ballerina erklärt leichthin, daß sie ehrlich gesagt noch nie depressiv gewesen sei, das Leid der anderen aber verstehe und davon durchdrungen sei; der vor zehn Jahren sehr bekannte Liedersänger fragt zögernd, ob es nicht vielleicht daran liege, daß wir in einer Gesellschaft leben, die ihre äh, sagen wir, politischen Ideale verloren habe...

»Aber ganz gewiß!« ruft der Psychiater konziliant aus. »Als ich vom ›Verlust eines Gutes, das für das Subjekt wesentlich ist‹, sprach, habe ich darunter natürlich *jede* Art von Verlust verstanden, angefangen vom Verlust der Arbeit bis zu dem des Ehemanns oder der Ehefrau – im Verlust der Schwiegermutter sehen wir kein statistisch relevantes Element, hihi –, und daher kann also auch der Fall der Berliner Mauer, der Zusammenbruch des realen Sozialismus sehr wohl zur Formierung einer prädepressiven Persönlichkeit beitragen...«

»Sagen Sie«, läßt sich der Moderator vernehmen, »haben Sie viele Waisen der Kommunistischen Partei in Behandlung?«

»Wohin ufert das aus«, murmelt Olimpia angewidert. Vielleicht hat sie erwartet, den Saal mit einer Wunderpille in der Tasche zu verlassen. Berto hingegen hat keinen Kommentar von sich gegeben: einmal hat Marilina schon geglaubt, er sei eingeschlafen, aber dann hat sie seine Hand abwehren müssen, die über ihre Schulter strich und versuchte, sie zu packen und an sich zu ziehen. Er ist wach und hört fast aufmerksam zu. Als der Neurologe versichert, daß eine echte Depression zwischen drei und sechs Monate dauert und zu ihren Symptomen ein völliger Zusammenbruch der physischen Lust gehört, lehnt er sich erleichtert zurück, als fühle er sich von einer Sorge oder einem Zweifel erlöst.

Und jetzt darf das Publikum Fragen stellen, und es schwenkt nur so die erhobenen Hände. Als erste greift eine Frau mittleren Alters zum Mikrofon und bittet um Hinweise für die Dosierung eines Mittels, dann erhebt sich ein junges Mädchen und fängt einen Sermon über ihr Verlorenheitsgefühl nach der enttäuschten Abkehr von der katholischen Jugendbewegung Comunione e Liberazione und ihren neuen Glauben an, seit sie bei den Grün-Bunten mitkämpfe. Die folgenden Äußerungen bekommt Marilina nicht mit, weil sie darüber nachdenkt, ob ein Abfall der Serotonin-Werte ebenso deprimierend oder noch deprimierender ist als der Zusammenbruch jedweder Sicherheit und ob man daher die Soziobiologie für anpasserisch oder all jene, die Gott, Marx oder dem militanten Feminismus nachtrauern, für dumm halten müsse. Sie selber ist nie wirklich militant gewesen, aber sie hat versucht mitzumachen. Als sie an der Universität war, folgte sie den Protestmärschen mit brennendem Interesse, doch stets unentschlossen, ob sie sich ihnen anschließen sollte oder nicht: im allgemeinen ging sie dann einen ganz persönlichen Kompromiß ein, indem sie auf dem Gehsteig blieb, aber mit jenen Schritt hielt, die auch für sie auf der Straße die Stimme erhoben. Olimpia hingegen hatte alles mitgemacht: bevor sie zu den Selbstfindungsgruppen und dann zur transpersonalen Analyse und dann zur Pranotherapie und dann zum Za-Zen konvertierte, der sofort zugunsten von Tanzabenden aufgegeben wurde, hat sie an der Università Cattolica studiert und kann sich noch heute mit Stolz an einen von ihren einundzwanzigjährigen Händen ausgerechnet für Mario Capanna selbstgestrickten roten Schal erinnern.

»Es ist unmenschlich, daß ich mich, wenn ich ein Zimmer betrete, in dem eine Hundert-Watt-Birne brennt, immer wie im Dunkeln fühle«, sagt jetzt ein trauriger Herr. Nach ihm erhebt sich eine dicke Frau, wartet, bis der Solidaritätsbeifall abflaut, und beginnt dann den Professoren zu erzählen, wie und warum auch sie nichts mehr ertragen kann:

»... lachen Sie mich nicht aus, mir passiert eine Sache, für die ich mich schäme, etwas Lächerliches, Tödliches ... Es kann doch nicht normal sein, daß ich jede Nacht aufstehen und zum Kühlschrank laufen muß, um dann alles, aber wirklich alles aufzuessen, was da drin ist? Und ich kann nicht aufhören, ich kann es einfach nicht, es ist stärker als ich ... warum muß ausgerechnet mir so etwas passieren?! Bis zu zwei Kilo Bananen auf einmal!«

Hier und da im Saal kommt Gekicher auf, dann verbreitet sich Gelächter in einer Kettenreaktion, ganze Reihen werden davon erfaßt, jetzt lachen alle, aber nervös, wie Kinder, die dabei ertappt werden, wie sie sich über einen Abgrund beugen, in dessen Tiefe etwas Obszönes zu sehen ist. Die Frau weint jetzt. Einer der Professoren tritt an die Rampe und fordert sie auf, hinterher zu einer privaten

Beratung zu ihm zu kommen, und erteilt dem Publikum dann eine Kurzlektion über das doppelgesichtige Monster mit Namen Bulimie/Anorexie. Die große Ballerina, die dürr wie ein Skelett ist, stimmt ihm mit einer graziösen Handbewegung zu und erklärt dann, daß auch der Erfolg ein Schreckgespenst ist.

Dann steht Berto auf und wendet sich an die Frau.

»Solche Leute wie Sie«, sagt er, »machen uns unsere Leiden erst richtig bewußt.«

Er erntet frenetischen Beifall.

»Was hat er denn gesagt? Hier konnte man ja nichts hören«, schreit der Moderator ins Mikrofon. »Kommen Sie, kommen Sie hierher und wiederholen Sie es.«

Und Berto macht das: er durchquert den ganzen Saal, bleibt vor der Bühne stehen, ergreift das Mikrofon und wiederholt seine Aussage wörtlich, die durch den Lautsprecher auf Marilina noch banaler wirkt. Aber wieder tost der Beifall wie in einem Fußballstadion, und Berto kommt glückstrahlend den ganzen Gang entlangstolziert, wobei er sich immer schön nach rechts und links wendet, damit man ihn auch sehen kann.

»Wer ist denn dieser Junge? Der hat ja Mumm«, murmelt Olimpia, die auch geklatscht hat. »Seit wann kennst du den?«

»Ich kenne ihn nicht«, möchte Marilina am liebsten sagen.

»Was gesagt werden muß, muß gesagt werden«, meint Berto und nimmt seinen Sitz wieder ein.

Um elf ist alles vorbei. Der Saal leert sich langsam, aber sie, die logischerweise als erste hätten hinausgehen sollen, sitzen immer noch da, weil Olimpia angefangen hat, gemeinsam mit ihrer jungen Freundin Betrachtungen über den Verlauf des Abends anzustellen. Und so kann Marilina in aller Muße beobachten, wie Ersilia, flankiert von Pucci Stefanoni und dem häuserraubenden Berater in Handelssachen, sich auf dem anderen Gang ganz ganz langsam voranbewegt. Sie ist ganz rot im Gesicht, vielleicht ein neues Make-up, gestikuliert sehr angeregt herum und trägt ein himmelblaues siebenachtellanges Mäntelchen, das Marilina noch nie an ihr gesehen hat: vielleicht kommt sie ihr deshalb so fremd vor.

Als sie endlich auch aufstehen, spielt Berto wieder den Kavalier, indem er sie vorangehen läßt und sich mit dem schwarzen Mädchen anschließt.

»Was für eine reizende kleine postmoderne Familie«, findet Olimpia, »wirklich nett: die beiden könnten doch unsere im Reagenzglas gezeugten Kinder sein, wenn wir lesbisch wären, was meinst du?«

Berto lacht und zupft dann Marilina am Ärmel. »Sieh mal«, sagt er. »Vor dem Schaukasten. Dein Freund.«

Es ist tatsächlich Accardi, und obwohl sie ihn nur von hinten sieht, bekommt sie wieder dieses Herzflattern, diesen Krampf, der sie vergessen läßt, wer sie ist, und der längst vergessene Sinne weckt. Dann bemerkt sie die blonde Mähne, die am Raglanärmel seiner Jacke lehnt, und als ihr Blick nach unten wandert, sieht sie auch den Rest: kein Zweifel, diese schlanke Taille und diese schmalen Hüften gehören ihr, der Cinzia. Halb umarmt stehen sie da und reden Kopf an Kopf. Und da hat er behauptet, daß zwischen ihnen nichts sei.

Marilina sitzt plötzlich in dem Porsche, ohne selber zu wissen, wie sie da hineingekommen ist. Er hat sie angelogen, er hat immer gelogen, von Anfang an, in allem. Aber hatte er denn wirklich gesagt, daß zwischen ihm und Cinzia nichts ...? Vielleicht hat sie sich das nur eingebildet. »Cinzia? Wir sind doch nicht verlobt«: richtig, so hatte er gesagt. Auf so wenig durfte sie keine Luftschlösser bauen ... Jetzt hört sie drei verschiedene Stimmen fröhlich plappern, aber sie fühlt sich wie von einem Nebelvorhang umgeben, der alle Laute dämpft und wie aus weiter Ferne unverständlich macht. Unfähig, mehr als diese Fahrbewegung wahrzunehmen, die ihren Körper vorwärtsträgt, versinkt sie immer tiefer in ihren halb bewußtlosen Zustand. Dann, nach einem abrupten Halten, steht sie auf dem Gehsteig.

»Also dann, ciao«, sagt Berto, während er sich über den Beifahrersitz hinweg, wo jetzt schwarz umrahmt ein blasses Mädchengesicht erscheint, zum Fenster beugt. »Ich rufe dich morgen an.«

»Morgen«, wiederholt Marilina. »Ciao, macht's gut, danke.«

Wenn sie sich nicht täuscht, winkt ihr Olimpia durchs Heckfenster zu. Wer weiß, warum sie als erste nach Hause gebracht worden ist: vielleicht haben sie es ihr erklärt, und sie hat es nicht gehört.

Es ist noch nicht einmal Ende September und schon kalt: der Hausverwalter hat bereits eine Zahlkarte für die Überweisung der ersten Heizkostenrate geschickt, und daher hat es Marilina aufgegeben, mit einem schönen neuen Mantel noch vor dem Schlußverkauf zu liebäugeln. Der, den sie seit drei Jahren hat, ein tief dunkelbrauner, trägt eigentlich nicht sehr auf und ist noch gar nicht so schlecht, auch wenn die fünfzig Prozent Synthetik im Laufe der Zeit immer mehr Härchen anzuziehen scheinen. Sie achtet auf ihre Sachen. Zur Sicherheit hat sie nun auch Urin und Blut untersuchen lassen: alles negativ. Dabei hätte es sie ja tatsächlich auf die eine oder andere Weise erwischt haben können. Welche Alternative wäre die schlimmere gewesen? Marilina, die in ihren Ängsten, aber nur darin, oft extrem ist, kann keinen so großen Unterschied zwischen Schwangerschaft und Aids sehen, und wenn es auch heißt, der Regen sei nicht so schlimm wie die Traufe, gerät sie allein schon bei der Vorstellung, ein fremdes Leben könnte sich in ihr einnisten, in Panik und wüßte wirklich nicht, wie sie reagieren würde. Wenn es nicht bei jenem Mal mit Berto passiert war, hätte es sehr gut bei dem andern Mal mit dem Algerier sein können, der ja nun hundertprozentig zur Risikogruppe gehörte. Völliger Wahnsinn. Aber nachdem nun alles negativ ist und die Angstphase hinter ihr liegt, bildet sie sich ein, daß sie in jedem Fall das Bedürfnis gehabt hätte, das sie jetzt hat, nämlich Enzo zu danken. Ganz überraschend hatte er vor ihrer Tür gestanden, als sie einen Boten oder jemanden vom Kurierdienst erwartete, um die Diskette abzuholen, die sie Accardi abliefern mußte (»ich laß das bei dir abholen«, meinte sie aus dem Pfeifen und dem Fading seines Funktelefons herausgehört zu haben).

»Das macht mir nicht das geringste aus«, hatte Enzo erklärt und gesagt, daß er Niki ohnehin am Abend noch anderes Material vorbeibringen müsse und man sich auf den Kurierdienst auch nicht immer verlassen könne. »Und außerdem wollte ich dir noch eine Sache von mir geben.«

Marilina dachte an ein Päckchen, eine in Geschenkpapier mit hellblauen Blümchen eingewickelte Schachtel. War dies möglich? Wahrscheinlich: er wußte doch ganz genau, daß ihr Einkauf bei Vanitas ein völliger Reinfall gewesen war, und als der unvorhersehbare Edelmacho, der er in ihren Augen war, sagte er sich jetzt, da sie sich kannten, vielleicht, er müsse Ersatz schaffen. Trotzdem eine sehr peinliche Situation. Und wenn er sie dann vielleicht auch noch bitten würde, das Ding gleich auszuprobieren?

»Aber nein, warum denn?...«

Enzo lächelte sie mit einer Art befriedigter Bonhomie an. »Für seine vierzig Jahre sieht er gar nicht so übel aus«, dachte sie, während sie ihn dabei beobachtete, wie er die *Sache* aus einer Tasche seines Burberry zog, aber nein, es war kein Päckchen, wie sie es sich in ihrer Phantasie ausgemalt hatte, sondern eine Karte.

»An deiner Stelle würde ich da mal hingehen«, sagte er aufreizend lässig. »Ich habe so eine Vorstellung, daß du ein bißchen Ablenkung brauchst.«

Marilina drehte die Karte in den Händen herum und

versuchte zu verstehen: eine Fotomontage von Dick und Doof als küssende gelbliche Halbakte mit rosa Melonen, ein türkisfarbener Text lud zu einem Fest in einer Diskothek.

»Ja... aber ich bin doch nicht... ich meine, was soll ich denn in einem Homo-Lokal?«

»Oh, nein, so ist das nicht. Das ist ein gemischtes Lokal. Männer, Frauen, Sowohlalsauch, da gibt es alles. Wir bekommen in unserem Geschäft immer die Reklame zugeschickt, und da bist du mir in den Sinn gekommen. Denn ich möchte wetten, daß du selten ausgehst, stimmt's?«

»Ja, selten. Und du?«

»Oh, ich auch. Es ödet mich an. Aber es ist ja ein Unterschied, ob eine Sache dich anödet, weil du sie zu oft gemacht hast, oder ob du sie nicht machst, weil du sie einfach noch nie gemacht hast. Du bist eine Calvinistin, oder? Ich meine, was die Arbeitsethik betrifft usw.«

»Nicht, was das usw. betrifft. Da hast du eine falsche Vorstellung von mir«, sagte Marilina und zwang sich ein Lachen ab. Enzo hatte sich auf die Couch gesetzt, beneidenswert entspannt die Arme im Nacken gekreuzt und die Beine übereinandergeschlagen.

»Na gut«, sagte er. »Hast du jetzt zu tun?«

Marilina wäre fast in Ohnmacht gefallen, aber dann folgte auf ihr Kopfschütteln nur harmloses Geplauder. Enzo holte weit aus und erzählte ihr, wie er und Niki sich beim Segeln kennengelernt hatten, das sie jeder auf seine Weise praktizierten – Enzo war an Bord der Ketch eines reichen Freundes gewesen, und beim Anlegen hatten sie fast die Bordwand Accardis gerammt, aber dann war der

Streit bei einem üppigen Abendessen friedlich beendet worden – und seither entwickelte sich ihre Freundschaft mit vollen Segeln, wenn sie auch, einerseits wegen des Altersunterschieds und andererseits, weil sie sich auf Nikis Sammelwut gründete, vielleicht ein bißchen merkwürdig war.

»Verstehst du, ich fühle mich manchmal regelrecht ausgenutzt. Er hat eine wahre Leidenschaft für Videos, die kauft er mir stapelweise ab, und mir kommt das natürlich sehr gelegen, bei meinen Geschäftsinhabern bin ich sehr gut angeschrieben, ›der beste Verkäufer der Lombardei‹, und beschaffe ihm laufend die neuesten Kataloge aus Holland und Deutschland... einen Rückgang hat es nur gegeben, als er das Videotel entdeckt hat, aber es ging schnell vorüber, wie bei all den anderen Trotteln auch, die sich monatelang Abend für Abend mit Dutzenden Supersexy-Phantomen unterhalten haben, bis sie schließlich merkten, daß sie immer mit der gleichen, vom Vertrieb bezahlten Betriebsnudel redeten, womöglich einer neunzigjährigen alten Schachtel, die ihre spärliche Rente aufbessern mußte, und so etwas reicht einem dann für den Rest des Lebens. Er ist ganz schnell wieder zu den Videokassetten zurückgekehrt. Und dabei kann ich ihm nicht einmal das kleinste bißchen Rabatt geben, aber so ist er, er mag mich, und es käme ihm nie in den Sinn, sie anderswo zu kaufen. Und darüber wollte ich mit dir reden. Ich habe den Eindruck, daß der Niki dir gefällt.«

»Miiir?« stammelte Marilina in ihrer blödsinnigen Gefühlsverwirrung, aber der Blick dieses Ohrfeigengesichts war ein wenig zu scharf und fesselte sie so, daß sie ihm nicht ganz ausweichen konnte.

»Laß mich in Ruhe, ich möchte lieber nicht darüber reden«, sagte sie daher gequält. »Es ist ganz unwichtig, überhaupt nichts Reales. Das geht niemanden etwas an.«

»Wie du willst. Es ist ja nur, weil du mir sympathisch bist«, sagte Enzo. »Das habe ich auch deinem... deinem Bruder neulich dort drüben in der Küche gesagt.«

»Ach ja, schon komisch, nicht? Ich meine, daß ihr euch kennt. In einer Stadt von vielleicht drei Millionen Einwohnern mitten unter unbekannte Leute zu geraten, die sich untereinander kennen und...« Marilina seufzte tief auf und wußte schon, während sie sprach, daß sie beschlossen hatte, es ihm zu sagen: »Das war natürlich nicht mein Bruder. Eine oberflächliche Bekanntschaft. Wir haben auch schon Schluß gemacht. Er geht jetzt mit einem gleichaltrigen Mädchen. Anscheinend eine ernste Sache. Ist doch auch richtiger so, oder? Ist das auch so einer, der Videos kauft?«

»Berto? Nein, zumindest nicht bei mir. Gut, daß du den hast laufenlassen. Der hat unter anderem gedealt – aber völlig unbedeutend, mal ein bißchen Gras, mal ein bißchen Koks, ich habe es nie erlebt, daß er gut sortiert war, wenn du eine Sache wolltest, hat er dir eine andere angeboten und umgekehrt, und wie dann die Tunesier hier aufgekreuzt sind, war er sowieso weg vom Fenster, der versteht eben nichts davon – ein klassischer ewiger Versager. Er wird ja seine Gründe haben. Leidest du sehr darunter?«

»Jetzt mußt du wirklich gehen«, hatte Marilina gesagt und ostentativ auf die Uhr gesehen, »das Buch muß morgen früh in Satz, und ich glaube, Accardi erwartet den Grafiker jeden Moment.«

»Gut, ich gehe«, hatte Enzo gesagt und war aufgestanden, »aber ich würde mich gern noch einmal mit dir unterhalten, wenn du mehr Zeit hast. Ich bilde mir etwas darauf ein, eine Leistung anzuerkennen, wenn ich sie sehe.«

Der anonyme Anruf um sechzehn Uhr regt sie schon seit zwei Wochen nicht mehr auf: einfach deshalb, weil er gar nicht mehr stattfindet, und zwar ausgerechnet seit jenem Tag, an dem sie mit Olimpia gebrochen hat. Das hat doch sicher etwas zu bedeuten, auch wenn die beiden Anrufe um fünf und etwa sieben Uhr noch immer pünktlich kommen. Um es genau zu sagen, hat eigentlich Olimpia mit ihr gebrochen, nachdem sie sie eigens anrief, um ihr frohlockend mitzuteilen, daß Irene endlich aus ihrer schwarzen Phase herausgefunden hat:

»So war sie schon immer, nur Klagen über Existenzkrisen, ängstlich, magersüchtig, nur für Foscolo und Sid Vicious begeistert, dabei aber intelligent, nicht wahr, hochintelligent: du hättest sehen sollen, was für Aufsätze sie schrieb! Wahre Wunderwerke! Und dabei habe ich sie in der Unterprima übernommen, weil meine Kollegin aus der C, diese blöde Kuh, einfach nicht mehr weiterkam mit ihr und schließlich erreicht hat, daß sie sich versetzen ließ, und ich habe mir dann natürlich einen Spaß daraus gemacht, es ihnen zu zeigen, beim Abitur war Irene die Beste der ganzen Schule, mein Gott, als ob das so schwer gewesen wäre, ein Minimum an Sensibilität an den Tag zu legen, um diese Eiswand zum Schmelzen zu bringen, diese harte Schale vorgetäuschter Apathie zu durchbrechen – aber nein, für die Balletti aus der C war dies ein ›hoffnungsloser Fall‹, sie lief gegen eine ›Gummiwand‹, und… was hat sie noch gesagt? Ach ja, ›ein besorgniserregender Fall von Autismus, der in die Sonderschule gehörte‹, stell dir das vor! Wie eine Blüte hat sie sich entfaltet, eine Blü-te! ein wahres Feuerwerk, sage ich dir! Und jetzt kommt sie doch neulich freudestrahlend und in einem reizenden perlgrauen Kleidchen daher, was ja von ihrem völligen Schwarz ein Schritt in Siebenmeilenstiefeln ist: würde mich gar nicht wundern, wenn sie sich schon bald zu Pastellfarben bekehren würde. Alles ein Verdienst deines kleinen Freundes, das war wirklich genial von dir, daß du ihn an dem Depressionsabend mitgebracht hast: ich habe mich so für sie gefreut, daß ich die beiden gestern abend zum Essen eingeladen habe, und… Gott, was für ein reizendes Pärchen! Und der Berto immer so besorgt und nett – und was für interessante Augen er hat, wirklich – und meine Irene kaum mehr wiederzuerkennen, witzig, fast lustig, hat doch tatsächlich zwei Portionen Vollreissalat gegessen! Ich bin ganz hingeschmolzen bei ihrem Anblick, wie die sich lieben, das reinste Peynet-Pärchen, verstehst du! Fast schon übertrieben, meine Fresse, immer so Händchen in Händchen unterm Tisch, aber Hauptsache, es gefällt ihnen… möchte wetten, daß sie sich bei der ersten Gelegenheit kirchlich trauen lassen.«

»Ist ja wunderbar«, hatte Marilina nach einer Weile gemurmelt. »Dann kann ich ja das nächste Mal, wenn mich einer fragt, was ich treibe, sagen: ›Ich erlöse Straßenjungen‹.«

Sie hatte nur einen Lacherfolg gesucht, um den schweren Schlag ein wenig zu mildern, aber es wäre besser gewesen, sie hätte geschwiegen, denn Olimpia nahm ihren Selbstverletzungsexhibitionismus sehr übel auf. Sie hatte von ihrer bezahlten Geschichte nichts gewußt und bombardierte sie jetzt mit Fragen. Marilinas Groll war zu heftig, als daß sie ihn hätte unterdrücken können, so ließ sie sich dazu hinreißen, ihren Kropf zu leeren, wenn auch allerdings nicht bis auf den Grund; schon das bißchen Gischt, das sie abgesondert hat, um den Gebrauch des Wortes »Straßenjunge« zu rechtfertigen, hat gereicht, um das Unheil anzurichten. Dabei war noch das Schönste oder das Schlimmste, daß Olimpia sich gar nicht wegen der Tatsache selber aufregte, sondern darüber, daß sie sie ihr erzählte. Das war Olimpia zufolge »eine unerträgliche Manifestation narzißtischer Aggressivität«. Marilina habe ihr diese »unsägliche Sache« erzählt, damit sie, Olimpia, die Geschichte der armen, unschuldigen (?), naiven Irene mit der »machiavellistischen Absicht« weitererzählte, ihr, Irene, »jedes Vertrauen in die endlich aufgeblühte Liebe« zu rauben und sie »in eine beschissene Situation zu bringen«.

»Du liebe Güte ... ich wollte doch nur ...«

»Ja, und warum hast du mir dann nicht schon *vorher* davon erzählt?«

»Aber dafür gab es doch gar keinen Grund ... und außerdem, wenn dir an diesem Mädchen wirklich so viel liegt, wenn sie dein Schützling ist, dann solltest du sie meiner Meinung nach eben doch ... warnen, jawohl, und deshalb habe ich es dir erzählt: ich traue Berto nicht über den Weg ... vielleicht will er sie nur ausnützen und sie ...«

Olimpias Stimme klang eiskalt: »Ich sage dir nur eines: mit einer Freundin, die solche Überlegungen anstellt, will ich nichts mehr zu tun haben. Ich habe ja schon eine ganze Weile ein merkwürdiges Verhalten an dir beobachtet und mir damit selber einen Floh ins Ohr gesetzt, aber dann habe ich mir gesagt, nein, es ist doch unmöglich, daß sie sich so verändert hat... Und wenn ich jetzt so darüber nachdenke, hat mir das sogar schon Alfredo gesagt, nur daß ich damals nicht richtig verstanden habe, was er meinte... Weißt du, was er gesagt hat? Darüber nämlich, daß du in deiner Jugend verrückt nach ihm warst und ihm gar eine Liebeserklärung gemacht hast? Er hat mir einmal gesagt, daß er sich nie mit dir zusammengetan hätte, und weißt du auch, warum? *Weil Alfredo Angst vor dir hatte.* Ich habe gedacht, das sagt er nur so, aber von wegen. Du hast keinen Respekt vor den Gefühlen der anderen, du bist nur auf dich selber konzentriert und siehst nie über deine kostbare Nase hinaus, und ich habe wirklich genug von solchen Dampfwalzen, die alle andern niedermachen. Endgültig genug. Du tust mir einen Gefallen, wenn du mich nicht mehr anrufst. Ich werde dich jedenfalls nicht mehr anrufen. Du kannst mich nämlich kreuzweise.«

Marilina hatte kein Wort zu ihrer Verteidigung hervorgebracht. Aber naja, vielleicht war es sogar besser so. Olimpia hatte eine Brücke abgebrochen, die es in Wirklichkeit nie gegeben hatte.

Sie hätte Marilina auch nicht gefehlt: nur hatte sie seither keine Möglichkeit mehr, etwas über die sentimentale Entwicklung ihres Ex zu erfahren. Weil nämlich auch Berto nichts mehr von sich hören ließ. Und das machte ihr merkwürdigerweise mehr zu schaffen, als sie je gedacht hätte, solange es ihn noch gab. Vielleicht hatte sie also einfach deshalb, weil sie nicht wußte, was sie mit sich anfangen sollte, an jenem Abend die Dick-und-Doof-Einladungskarte sinnend betrachtet und sich dann zu einem traurigen »Warum nicht?« entschlossen. Konnte es denn eine passendere Vorhölle für eine an extremer Unschönheit und Unzufriedenheit leidende Frau geben als eine Welt, aus der sie von vornherein ausgeschlossen war?

Also war sie in die Schwulendisko gegangen. Und tatsächlich hatte sie nach anfänglichem Bammel, weil sie fremdes Territorium betrat (neugierig wie ein Affe sperrte sie die Augen auf und guckte sich in alle Richtungen gleichzeitig um), bald das Gefühl, in das richtige Purgatorium geraten zu sein. Kein Mensch kümmerte sich um sie. Es gab keine Vergleiche auszuhalten, keine Verführungswettstreite zu verlieren und vor allem gar nichts, was sie daran erinnern konnte, als ewiges Mauerblümchen sitzenzubleiben. Es gab keine Mauern in der Tuntendisko, und auch die Riten hier waren andere. Es wirkte eher wie ein Jahrmarkt, laut, voller herumspazierender Gruppen inmitten von anderen Gruppen, die an den Wänden, an den Rändern der beiden Tanzflächen, auf den Treppen, zwischen den Sofas und an der Bar herumstanden. Gewiß, unter all den vielen Männern schien es hie und da auch bildschöne Mädchen im glitzernden Laméminirock über wohlgeformtesten Beinen zu geben, aber dann verriet ein kleiner Aufschrei mit Tenorstimme oder ein unerwartetes Muskelzucken, daß es sich doch um etwas anderes handelte. Und die Mädchen ohne besondere Attribute, die einsam zu dritt oder viert in der Ecke herumstanden, waren fast alle farblos, nicht gerade Schönheiten, sie steckten in bequemen Hosen und absichtlich zerknitterten weiten Blusen, als wollten sie von vornherein jede Form von Koketterie unterbinden. Entzückt fühlte Marilina so etwas ähnliches wie ein Glücksgefühl in sich aufsteigen: in diesem Jedermannsland brauchte sie niemandem zu gefallen. Auf diese Weise von der Verpflichtung enthoben, sich verurteilen oder anstrengen zu müssen, ließ sie die Zügel schießen. Zuerst einmal sah sie sich in aller Ruhe um: das Lokal selber war ein einziges großes Spektakel, allein schon vom Rand der ersten Fläche, wo paarweise getanzt wurde, konnte man wie in einem Zirkus für zwanglose Familien stundenlang zusehen und die Tanzkunst von fast ausschließlich schnauzbärtigen Pärchen bewundern, die sich in komplizierten Tangofiguren umschlangen oder lärmend Polkas herunterhüpften. Mit einem Pappbecher in der Hand, in dem ein Long drink mit Brandy-Geschmack hin und herschwappte, saß Marilina breitbeinig auf einer Stufe neben der von einer furchtbar lauten romagnolischen Band besetzten Bühne und wunderte sich selber, daß ihr das so gefiel, daß sie dies alles so normal fand, sogar diese beiden Herren mittleren Alters, die vor der Balustrade in einem stummen griechisch-römischen Kampf begriffen schienen und gleichgültig gegenüber den ständig an ihnen vorüberziehenden Leuten Arme und Beine ineinander verschlangen und sich zu küssen versuchten.

Als sie dann ein merkwürdiges Gefühl, selber beobachtet zu werden, zwang, ihre Augen von den beiden abzuwenden, entdeckte sie einen graumelierten Typen, der vor ihr stand und sich so tief vor ihr verbeugte, daß er fast ihren Pappbecher berührte. Er forderte sie zu einer Mazurka auf. Äußerst verlegen erklärte Marilina, daß sie diese leider nicht tanzen könne: der Kavalier zuckte bedauernd mit den Achseln, schlug die Hacken zusammen und ging. Kurz darauf sah sie ihn hüftenschwingend mit einem langen, mageren Jungen in rotem Hemd über die Tanzfläche kreisen. Beide wirklich gut. Man konnte ja vielleicht auch einfach nur hierherkommen, um ein bißchen herumzuhüpfen, dachte sie und arbeitete sich langsam durch das Gedränge in den zweiten Saal vor, wo Rock und Pop vorherrschten: wenn sie nicht gezwungen war, sich im Paartanz einem anderen Rhythmus anzupassen, konnte sogar sie sich einen Tanz erlauben. Sie warf sich im Freistil in die wogende Menge von Jugendlichen, die sich unter einer Art weißem Tempeldach inmitten des halbdunklen Schuppens drängten, der mit seiner Alteisensammlung einen ebenso industrial-archäologischen Aspekt hatte wie der andere. Die dröhnende Musik umhüllte sie und gab ihr Halt. Was für ein ungewohntes Erlebnis, sich so in Form zu fühlen und Muskeln zu spüren, von denen sie nichts mehr geahnt hatte. Ungewohnt und angenehm, auf diese Weise sich selber zu spüren. Sie schnappte Bilder von sich bewegenden, ineinander verschlungenen Gliedmaßen auf, von Oberkörpern und Armen, Bizepsen wie von Standbildern, gekrümmten Rücken, rhythmisch zuckenden Hinterbacken, in der Luft herumwogenden kräftigen Unterarmen und sah Gesichter, denen sie absichtlos zulächelte, wenn sie, von dem violetten Licht geblendet, vor ihr auftauchten. Dieses stroboskopische Versteckspiel machte ihr Spaß, das rasch in der Dunkelheit pulsierende Licht ließ ihre Schläfen pochen und Schweißtropfen auf ihre Stirn treten. Sie nahm die Brille ab, und während sie weiterhin alles, was sie konnte, im Takt bewegte, knöpfte sie die Bluse auf und steckte einen Bügel durch ein Knopfloch, dann schloß sie die Augen und drehte sich in dem gewiß spärlichen, aber doch ganz ihr gehörenden Raum mit frei erfundenen Schritten nach allen Seiten. Sie stieß mit jemandem zusammen, entschuldigte sich lachend, wurde freundlich ein wenig zur Seite geschubst, der Rhythmus änderte sich, sie wandte sich um und hatte eine riesenhafte Gestalt in schwarzem Leder und mit einem Guckloch auf der Brust vor sich, wo Sicherheitsnadeln zwei geschwollene johannisbeerfarbene Brustwarzen durchbohrten, mit der einen Gesichtshälfte zog das Wesen eine freundliche Grimasse: sie antwortete, von Monster zu Monster, mit einem geradezu flamencoreifen Hüftschlenker und einem Augenzwinkern, dann vergaß sie es und gab sich wieder ihren eigenen Bewegungen hin. So leicht war ihr das noch nie gefallen. Sie merkte, daß sie ihre Phantasien einer inneren Primadonna ungestraft ausleben durfte, und setzte sie mit einer Ironie in Szene, die wenigstens dieses eine Mal nicht grausam war: das Kreuz biegend und den Rock raffend, den Stiel einer gedachten Rose zwischen den Zähnen, fuhr sie mit den Händen durch eine imaginäre Kaskade von Haaren, fächelte abwärts und zeichnete sich Formen von spitzen Brüsten und einem flachen Bauch in die Luft und schlenkerte einen Hintern von paradiesischen Proportionen, und da sie nun schon einmal dabei war, spielte sie auch noch die ganze Szene, wie sie sich einen langen Atlashandschuh vom Arm streift, denn hier gab es keine Spiegel, die ihr verbieten konnten, den Kopf zurückzuwerfen und die Lippen zu schürzen und die zwei Zipfel ihrer Stola zu packen und diese hochsinnlich vom Hals bis zu den Hüften und wieder hinauf gleiten zu lassen. Zwei andere Hände griffen danach, und sie drehte sich in dem seidenen Kreisel, wurde von einem männlichen Körper an sich gezogen. Ja, gewiß, dachte sie: dich interessiert nicht, was ich bin, und mich ebenfalls nicht, also spielen wir ruhig. Heute spielen wir, daß ich eine Frau zum Spielen bin. Dann sah sie, daß ihr nicht gewählter Partner ein schlanker Junge in engen Jeans war, mit eng geschnalltem Cowboy-Gürtel, aus seinem weißen Ruderhemd ragten bernsteinfarbene Schultern, und über dieser ganzen jugendlichen Pracht prangte ein schwarzer Lockenhelm, glänzend wie die großen Augen, die sie freundlich anstrahlten. Staunend ließ sie sich von ihm an sich ziehen, rieb sich einen Augenblick an seinem Körper entlang und setzte dann mit einem kapriziösen Hüftschwung zurück – bestimmt wegen der mitreißenden heißen Musik, Salsa oder Calypso oder Rumba oder Chachacha. Der Junge lachte, drehte sich zu anderen um, die neben ihm tanzten, Marilina zog ihm ihre Stola aus den Händen, legte sie wieder um den Hals und nahm einen herunterhängenden Zipfel, um sich die Stirn abzutupfen: sie war schon müde und hatte plötzlich weiche Knie, aber sie wollte nicht gerade jetzt aufhören, so versuchte sie, langsamere Bewegungen auszuprobieren, bis sie zu Atem kam und sich wieder frei fühlte. Sie lächelte vage in den Nebel von Gesichtern hinein, begann, nach einer neuen Musik zu tanzen. Aber dann spürte sie einen Arm auf ihrer Schulter.

»Komm was trinken. Es ist zu heiß hier.«

Sie war aus dem Rhythmus gekommen, wieder hineinzufinden war jetzt unmöglich. Sie ließ sich von der Tanzfläche herunterziehen und in den Gang geleiten, wo sich die Bar befand, ja, unter dieser Beleuchtung war es wirklich zu heiß gewesen, auch der Junge im Ruderhemd hatte geschwitzt: jetzt in dem frischen Luftzug konnte sie es riechen.

»Ich heiße Karim. Ich bin aus Algier.«

»Ich ... Märilin, ja.«

»Was nimmst du?«

»Oh ... einen ... Cuba libre«, sagte Marilina und begann in ihrem Umhängetäschchen zu kramen.

»Aber nein«, sagte der Junge, »das mache ich schon.«

Märilin lehnte mit den Schultern an der mit Stoff bezogenen Wand und beobachtete ihn, wie er sich durch das Gedränge an der Bar wühlte. Er war sehr hübsch, und es war sehr nett von ihm, sie einfach so zu einem Drink einzuladen. Er begrüßte zwei dickbäuchige Männer, drehte sich dann um, um sie seinen Freunden zu zeigen, und alle drei lächelten freundlich in ihre Richtung, so daß sie nun irgendwie reagieren mußte. Mit der Hand zu winken schien ihr übertrieben, also neigte sie nur leicht den Kopf und lächelte ebenfalls. Die beiden Männer, Blondlinge, Italiener, Bankmenschen in den Fünfzigern, stellten sich neben sie an die Wand, um ihre Pappbecher leerzuschlürfen.

»Wirklich gut, der Junge, nicht?« sagte der eine zu ihr. »Im allgemeinen sind sie nicht so. Angenehm, Eugenio«, und streckte ihr eine wulstige Hand hin. Der andere hingegen beobachtete wie in Trance die in dem Korridor hin und her spazierenden Leute. Marilina wußte nicht, was sie sagen sollte, und hob ein Knie, um den Fuß an der Wand abzustützen, aber sie fühlte sich noch immer wohl in ihrer Haut.

»Wir haben uns gerade erst kennengelernt«, sagte sie dann.

»Er ist wirklich gut«, wiederholte dieser Eugenio. »Sie werden schon sehen.«

»Was werde ich sehen?« dachte sie, sprach es aber nicht aus. Sie wollte keine Mißverständnisse aufkommen lassen. Und tatsächlich fuhr der Typ dann in neutralem Ton fort und fragte sie, ob sie oft hierher käme und, nachdem sie geantwortet hatte, es sei das erste Mal, ob ihr das Lokal gefalle und sie es nicht auch überfüllt finde: er selber komme normalerweise nie samstags hierher, wenn das gesamte Mailänder Hinterland da sei und man nicht einmal genug Platz habe, um einen zu heben, haha, er meine ja nur so, er übertreibe bestimmt nicht, einen oder zwei kleine Whiskys am ganzen Abend, weil es der Leber schade und dem Kopf, und darin hätten die Mohammedaner recht, es sei wirklich ein Jammer, daß diese Jungen so bald sie hier seien, sich mit Bier voll pumpten und dann jede Kontrolle verlören.

»Ja, sicher«, sagte Marilina freundlich. Hier auf einem einzigen Fuß zu stehen und mit einem völlig Fremden über nichts zu reden verlieh ihr ein Gefühl von Stabilität: so wie wenn man in einen Spiegel blickt und sich nicht darin sieht, etwas, das andere vielleicht umwerfen kann – sie aber nicht. Der junge Karim kam mit einem Becher in jeder Hand: er reichte ihr den ihren und legte dann den freien Handteller auf die fleischige Schulter seines Freundes, versetzte ihm einen Klaps und sagte: »Grüßen Sie bitte die anderen«, dann faßte er Marilina unter und leitete sie in den Strom, der sich in Richtung des Paartanz-Saales bewegte.

»Dort drüben gibt es mehr Sofas. Weniger Lärm«, erklärte er. »Es ist, wie sagt man, intimer.«

Eine merkwürdige Idee blitzte in ihr auf, daher stammelte sie:

»Hör mal, ich bin aber eine Frau...«

»Oh, das sieht man! Oder vielmehr, das spürt man«, und grapschte so unverblümt nach ihrem Busen, daß sie insgeheim grinsen mußte.

»Naja«, sagte sie, »weil ich hier nämlich gewisse Typen gesehen habe, die viel weiblicher aussehen als ich...«

»Das merkt man schon an der Stimme, daß du eine echte Frau bist«, sagte er ernst. »Letzte Woche bin ich mit meinem... Schwager? Sagt man so? Mit dem Mann meiner Schwester? Manchmal bin ich noch unsicher.«

»Du bist wirklich gut«, sagte sie. »Das heißt, du sprichst unglaublich gut italienisch.«

»Ich habe es studiert... Hier, da ist Platz.«

Das kleine Sofa war halb hinter einer Säule verborgen. Er stellte seinen Becher auf das Tischchen, dem Aussehen nach zu urteilen war nur Orangeade drin. Sie wußte nicht, ob sie, um irgendwie Anstand zu wahren, den Cuba libre in der Hand halten sollte, dann trank sie nur ein Schlückchen und stellte ihn ab.

»...an der Piazza Argentina, weißt du? Corso Buenos Aires?« sagte Karim gerade. »Mein Schwager geht oft dorthin, ich nicht, wir kommen also an, und da steht eine mit Mordsdingern an der richtigen Stelle, sehr viel von allem, eine große Dunkelhaarige, allein bei ihrem Anblick stand er mir schon bis hier… wir haben verhandelt, wir sind los, und dann war das doch tatsächlich ein Transvestit! Mein Schwager hat ihn verprügelt, aber das war nicht genug, meine ich, schon deshalb, weil wir Zeit mit ihm verloren haben. Außerdem gehe ich nicht gern mit Huren, ich bin nur mit, weil er das wollte. Den Italienern gefallen sie. Aber sie sind nicht sauber.«

»Ist dein Schwager Italiener?« fragte Marilina.

»Ja, der Mann meiner Schwester«, sagte er, legte den Arm um ihre Schultern und rückte näher.

»Du machst die Männer verrückt«, flüsterte er.

»Ich?!« platzte Marilina heraus. Aber der Junge reizte sie bereits mit seinen fleischigen Lippen an ihrer Wange, er wanderte damit zu ihrem Ohr und flüsterte hinein: »Was für ein gutes Parfüm. Ist das Diorissimo?« Dann fühlte sie ein zartes Schnalzen seiner feuchten und warmen Zunge. Fast instinktiv wich sie zurück, aber eigentlich mehr aus Verblüffung, und begriff gleich darauf, daß sie da rein zufällig typisch weiblich reagiert hatte, denn er sagte mit einem zufriedenen Unterton:

»Es ist schwer, jemanden zum Bumsen zu finden.«

»Wirklich?« fragte Marilina zweifelnd.

»Oh, ja. Gibst du mir einen Kuß?«

»Raub ihn dir«, hörte sie sich selber sagen, und schon war sie zwischen der Rückenlehne und den erstaunlichen Muskelpaketen des kräftigen Zwanzigjährigen gefangen und atmete seinen nach Pfefferminz riechenden Atem ein. Aber sie konnte es noch immer kaum glauben.

»Ahhh«, seufzte er und fing an, ihre verborgeneren Schleimhäute zu erforschen, während er sich mit der einen Hand zielsicher zu einer ihrer Brustwarzen vorantastete. Er rieb über dem Hemd und dem Büstenhalter und packte gleich darauf mit zwei Fingern zu, was sie ganz benommen machte. Als er mit dem Mund tiefer glitt, um an ihrer Halsgrube zu saugen, sah Marilina durch einen Rahmen von ebenholzschwarzen Locken auf einem Sofa jenseits der Säule ein Männerpärchen, das sie anstarrte. Sie wurde sehr verlegen, ihretwegen, und hatte irgendwie das Gefühl, kein Recht auf ein so heterosexuelles Schauspiel zu haben. Aber die beiden wirkten nicht entrüstet, also war wohl auch sie ziemlich normal. Nach einer Weile wandten sie sich ab und unterhielten sich weiter. Karim versuchte, die andere Hand unter ihren Rock zu stecken. Warum auch nicht? sagte sich Marilina. Sie spürte so etwas wie Musik in ihrem Kopf aufblitzen, zog ein Knie hoch und legte ihr Bein über die Beine des Jungen, so daß ihr Rock ihm einen bequemen Sichtschutz bot.

»Du bist naß.«

»Und du steif.«

»Das sind doch die Schlüssel. Probier mal weiter rechts.«

Marilina erstickte ihr Lachen an seiner nackten Schulter. Vielleicht hatte er, weil er Ausländer war, nicht bemerkt, daß sie mit diesem Geflüster die Barrieren jeder anständigen Wirklichkeit eingerissen hatten, aber sie wog ihre Worte genau ab und amüsierte sich dabei wie noch nie im Leben: gleichzeitig bei sich und außer sich, konnte sie spielend jede Ungeheuerlichkeit tun oder sagen, und daher fuhr sie jetzt mit den Fingern über das geradezu endlose

Relief seiner Jeans und bemerkte lachend: »ein ganz schönes Ding hast du da.«

»Du auch, du auch... Mon Dieu, was für eine Fotze...«

»Wir sollten die beiden unbedingt zusammenbringen«, sagte sie.

»Wenn es nach mir ginge, ich könnte dich die ganze Nacht bumsen.«

Sie sah ihn an: er lachte. Also spürte auch er, wußte auch er, daß der Gebrauch dieser abgeschmacktesten Klichées, um ein heftiges Begehren auszudrücken, eine ganz außergewöhnliche Leistung zweier Schauspieler war, die es schafften, gleichzeitig auf der Bühne und im Zuschauerraum zu sein.

»Warte, ich geh mal schnell telefonieren«, sagte der Junge und zog vorsichtig seine Finger heraus. Marilina versuchte, sich wieder ein wenig in Ordnung zu bringen, obwohl es an sich keine Rolle spielte.

»Ich warte«, sagte sie. »Aber nicht zu lange. Sonst suche ich mir einen anderen, ich habe dich gewarnt.«

Karim zwinkerte ihr zu, sagte, »wehe dir, dann bringe ich dich um«, und lief weg.

War es also, wenn man einen Mann kennenlernen wollte, am besten, erst gar keinen zu suchen? Schon merkwürdig, das Leben. Und merkwürdig auch, daß sie glaubte, eines der beiden Mädchen zu kennen, die sich jetzt auf ihr Sofa gesetzt hatten, nein, nicht die mit den hohen Schnürstiefeln, Tirolerhosen, kariertem Hemd und den über nichts gespannten ledernen Hosenträgern, die hatte sie noch nie gesehen: die andere, diese Bildschöne im Stretchanzug, die ihren prachtvollen honigblonden Haarschopf mit der Gebärde einer Meisterin jeder Lage herrschaftlich nach hinten peitschte und dann beim Rückschwung des Kopfes erstaunt die violetten Augen aufriß ... Ja, doch: Cinzia. Sie hatten einander im gleichen Augenblick erkannt, was das schöne Kind irgendwie zu beunruhigen schien.

»O gu ... o gg ... uten Abend«, sagte sie denn auch, »ddu, du bist doch ... Ssie sind doch ...?« und wandte sich gleich ihrer Gefährtin zu. »Das ist eine Professorin von Nikis Uni, ich habe sie mal mit ihm getroffen.«

»Ah, ciao«, sagte die Tirolerin. Ihre finstere Miene hellte sich sofort auf, und sie streckte Marilina als erste die Hand entgegen. Kräftiger, beherzter Druck.

»Und ... bbist ddu allein hier?« fragte Cinzia mit einer neuerlichen Halsverrenkung und anschließendem Haarpeitschen: entweder hatte sie zuviel Reklame für schuppenbekämpfendes Shampoo gesehen oder – wahrscheinlicher – sie war nervös. Marilina überlegte einen Augenblick, bis sie kapierte. So wie sie sich genähert hatten, nämlich eigentlich nicht Hand in Hand, sondern eher Fingerspitzen an Fingerspitzen, hätte sie auch gleich daraufkommen können. Gott, was für eine angenehme Neuigkeit! Was für eine Erleichterung! Sie mußte einen Augenblick ruckartig den Kopf senken, sich mit beiden Armen festhalten und ihren ganzen Anstand, ihr ganzes Taktgefühl zusammennehmen, um nicht aufzuspringen und loszuschreien: »Warum verbirgst du das denn, du Dumme? Bestell dir doch einen Marktschreier! Kleb öffentliche Plakate an, du Liebe! Laß es alle wissen, daß die Männer dir nicht gefallen! Du siehst doch, was du angerichtet hast, was du mir angetan hast!

Nein, nein, du Schätzchen: so darf man mit der Eifersucht nicht umspringen!«

»Nein, ich bin nicht allein«, sagte sie dann. »Ich bin mit einem Freund hier.«

»Es hat mich sehr gge... freut, Sie... dich getroffen zu haben. Gehn wir rüber, Mieze? Tanzen?«

»Du warst doch so müde«, sagte die andere.

»Aber jetzt will ich tanzen. Kkomm, gehen wir.«

Die gestiefelte Mieze zog eine Grimasse hinter ihrem Rücken, hob die Augen zum Himmel, wie eine Märtyrerin, die es satt hat, alle Launen ihres tyrannischen Gottes zu ertragen, aber dann winkte sie kurz, und die beiden tauchten in der Menge unter. Marilina, die schon voller Sympathie für Cinzias Freundin war, wünschte ihr von Herzen, nicht zuviel leiden zu müssen.

Um Viertel nach zwölf kam Marilina langsam der Verdacht, es stimme gar nicht, daß sie nicht allein sei. Sie fand die Diskothek jetzt zu verraucht und zu laut: zu viele Dezibel, zu viele Kippen in dem Aschenbecher auf dem Tisch, zu viele dunkle Gestalten hinter den Säulen, zuviel Tumult, der sie nichts anging. Und warum hatte sie sich eigentlich so gefreut, hinter die Geheimnisse dieses Mädchens gekommen zu sein? Bei genauerer Betrachtung war es überhaupt nicht besser, daß Niki keine amourösen Beziehungen zu Cinzia oder wem auch immer hatte. Damit war das Feld noch lange nicht frei. In Portofino hatte er sich jedenfalls nicht gerührt. Also... also gab es nur zwei Möglichkeiten. Soviel Marilina auch nachzählte, dabei die Daumen verdrehte und die Spitzen ihrer Zeigefinger aneinanderstupste, andere Alternativen zu ihrer Zwangsvorstellung fielen ihr nicht ein: »Entweder ist er auch Homo, oder ich gefalle ihm tatsächlich nicht.« Dabei kam ihr gleich der Verdacht, daß Enzo sie, wer weiß aus welchem persönlichen Grund, deshalb verleitet hatte hierherzukommen, um sie im Halbdunkel zwischen zwei Säulen oder im dichten Gedränge auf dem Gang vor der Bar oder mitten auf einer Tanzfläche oder sonst irgendwo heimtückisch mit der Wirklichkeit zu konfrontieren: Accardi in enger Umarmung mit einem anderen Mann. Und das wäre noch die für sie weniger demütigende Hypothese. Aber wenn er hiergewesen wäre, hätte sie ihn gesehen. Also war Accardi nicht hier. Also konnte ihre Hypothese nicht stimmen. Also gefiel sie ihm nicht. Sie gefiel ihm nicht und basta.

Aber zwanzig vor eins saß Marilina dann in der Via Melchiorre Gioia mit Karim auf dem Mäuerchen einer Verkehrsinsel und beobachtete zerstreut eine kleine Demonstration von Bewohnern dieses Stadtviertels, die die Straße mit Sperren und handgeschriebenen Plakaten blockierten *(Wir wollen schlafen. Weg mit den Transvestiten)*. Der junge Algerier trug jetzt eine olivgrüne Sportjacke aus Nappa oder Alcantara, die sich wunderbar weich anfühlte, und hatte, wer weiß warum, eine Sonnenbrille aufgesetzt. Er sagte, daß das Auto gleich käme, sie müßten nicht lange warten, und dann ab in sein Apartment. Eine halbe Stunde später versuchte Marilina den Vorschlag zu machen, ein Taxi zu nehmen, aber er sagte: »Nein, nein, er hat es mir versprochen, gleich zu kommen, er muß sich nur schnell anziehen und hinunter in die Garage. Das Auto gehört mir, ich habe es ihm geliehen, also muß er es bringen, wenn ich es brauche. Nur keine Sorge!«, und dann ging er auch gleich zu einem andern Thema über. Er könne nicht verstehen, sagte er, was diese Verrückten im Pyjama wollten: gut, da sei schon was los jede Nacht mit all den Autos, die hier herumkurvten, und all dem übrigen, andererseits aber müßten diese armen brasilianischen Transvestiten schließlich auch ihr Brot verdienen, und wenn man sie von hier verjagte, würden sie doch nur anderswo hingehen; es sei denn, man stellte sie allesamt an die Wand und knallte eine Saddam-Hussein-Salve zwischen all diese Silikon-Busen. Diese Demonstrationen hier mit todmüden kleinen Mädchen und dem Pfaffen nützten doch gar nichts, die Italiener seien wirklich wie im Film und glaubten noch an Wunder. Würde mich gar nicht wundern, dachte Marilina unterdessen, wenn dieses Auto, das angeblich hier auftauchen soll, ein Porsche wäre und der aus dem Bett geholte Unbekannte... aber nein, bei all den merkwürdigen Zufällen, die sich in letzter Zeit ereignet hatten, hält das Schicksal doch nicht gerade solche Scherze bereit, dir auch noch die Zugabe zu gönnen, von einer gewissen Person hier in dieser eindeutigen Situation gesehen zu werden.

Wenn Olimpia ihre Rolle wenigstens richtig gespielt hätte: wenn sie ihn wenigstens selber verführt hätte. Aber nein, nichts als eine Kupplerin war sie gewesen. Marilina hatte doch auch gar keine Leidenschaften, nicht wahr? Und wenn da wirklich etwas Ernstes mit diesem Berto gewesen wäre, dann hätte sie doch ihrer besten Freundin irgendeinen Hinweis geben, eine vertrauliche Anspielung machen können, daß sie sich auf eine Rolle in einer lumpigen Seifenoper eingelassen hatte! Aber was wollte sie denn eigentlich? Die beiden jungen Leute hatten einander auf den ersten Blick gefallen. Man weiß doch, wie so etwas geht, nicht? »Nein, wie geht das denn?« hatte Marilina gefragt und dabei an der Telefonstrippe herumgezwirbelt. Olimpia hatte doch ganz bestimmt ein schlechtes Gewissen, wenn sie es nicht einmal wagte, Irenes Sache von Angesicht zu Angesicht vor ihr zu vertreten. Oder vielleicht wollte sie auch einfach nicht miterleben, wie Marilina bei dieser verkehrten Geburt ihr Gesicht verzog: aus Rücksicht, aus einer besonderen Form des Mitleids von Frau zu Frau. Olimpia wußte ja selber nur zu gut, wie man sich fühlt, wenn man über einen Mann hinwegkommen muß, der einen verlassen hat.

Aber jetzt war etwas anderes dringender: Karim hatte sie veranlaßt, von dem Mäuerchen aufzustehen, und hob, während er sie zwischen seine gespreizten Beine preßte, den Kopf, um sie auf den Mund zu küssen. Sie entwand sich ihm.

»Hör mal, diese Leute hier sind sicher schon nervös genug«, sagte sie und deutete auf die Runde, die die Hausbewohner, vielleicht weil sie froren, vier Schritte vor und vier Schritte hinter der Sperre drehten.

»Was geht sie das an? Wir sind ein Mann und eine Frau, die sich küssen, oder?«

Sie hatte das Gefühl, ihm nicht sagen zu können, daß sie so in der Öffentlichkeit den Gedanken etwas obszön fand, eine Person, die sich in ihrem ligatreuen Schamgefühl beleidigt sähe, käme auf sie zu, um ihre Ausweise zu verlangen, und dann wäre bei ihr ja alles in Ordnung, aber bei ihm? Hatte er eine Aufenthaltsgenehmigung? Daher begnügte sie sich mit einem »ja, aber...« und schluckte Asylantenspeichel.

Aus der Gegend des Garibaldi-Bahnhofs kam Sirenengeheul und lautes Geschrei, das in der Unterführung widerhallte. Sie drehten sich um: ein Zucken ging durch die Menge, alle Blicke wandten sich wie magnetisierter Feilstaub blitzschnell in dieselbe Richtung. Etwas oder jemand kam von dort, wo die Rathausgebäude eine Straßenbrücke bildeten. Aus dem Tunnel darunter, einer rechteckigen kantigen Dunkelheitsnische, näherte sich etwas Längliches, Leuchtendes, das sich beim Näherkommen als eine im Schrittempo von einem Blaulicht verfolgte große blonde Frau entpuppte. Der Transvestit stürmte den Platz, die wogende Menge wich zurück bis zu den Absperrungen, die umfielen: seine/ihre weiße Pelzjacke hatte auf halber Schenkelhöhe rote Streifen, sie hob einen blutenden Arm in die Höhe. Und schrie. Man konnte die Worte nicht verstehen, aber das Messer in der anderen Hand funkelte deutlich sichtbar. Sie blieb auf ihren Stöckelschuhen stehen, ließ ihre mächtige Strohmähne kreisen, senkte den Arm und stieß immer mehr Worte aus, die aus einer dichten Folge von heiseren Lauten bestanden und wie Drohungen in der Luft hängenblieben. Die beiden Polizisten, die aus dem Einsatzwagen ausgestiegen waren, beobachteten sie von hinten und näherten sich unsicher Schritt um Schritt. Sie streckte den Arm in Richtung der Leute aus und gab etwas Verächtliches von sich, während das Blut träge von ihrem Handgelenk tropfte. Marilina erinnerte sich plötzlich, wo sie sie schon gesehen hatte: am Ausgang der Metrostation, als sie sich nach der Diskothek umsah.

Diese Person stand auf dem Trottoir des Rondells im Licht einer Straßenlampe und riß bei jedem Auto, das an ihr vorbeifuhr, die Pelzjacke auf und bot einen freien Blick auf glitzernden Flitter und braunes Fleisch. Von dieser arroganten Pracht abgelenkt, hatte ihr Marilina nicht ins Gesicht geblickt, und auch jetzt im Dunkeln und auf die Entfernung konnte sie es nicht sehen. Von der Piazza della Repubblica her kam ein Krankenwagen. Zwei Astronautengestalten im Raumfahreranzug aus Plastik stiegen aus. Sie ließ das Messer auf den Asphalt fallen und ging ihnen freiwillig entgegen. Auf dem Trittbrett kam sie wegen der hohen Absätze ins Wanken, drehte sich einen Augenblick um, neigte kaum merklich den Hals, riß sich die Haare vom Kopf und schleuderte sie in Richtung der Menge. Alle, auch die Entferntesten, wichen zurück. Aber die Perücke war mitten auf die Kreuzung gefallen und lag nun in einer bleichen Pfütze wie ausgespuckt vor aller Augen da.

Das Auto, das dann endlich kam, war ein BMW. Karim ließ Marilina hinten einsteigen, stieg selber ein und fing sofort mit dem Mann am Steuer zu reden an, auf arabisch, wohl damit sie nichts verstand. Sie schaute zurück, um sich den letzten Blick auf den Platz nicht entgehen zu lassen, wo aber schon gar nichts mehr zu sehen war. Der Tunnel war nur noch ein helles Rechteck und gleich darauf nichts als ein etwas hellerer Fleck in der dunklen Ferne. Der Mann am Steuer hatte ihren Gruß kaum erwidert, dabei war er ganz sicher Italiener: gut gekleidet, höhensonnengebräunt, braunes Haar mit Toupet. Die fremden Laute sprudelten ihm anscheinend mühelos aus der Kehle, und

Marilina konnte ihn sich gut in einem Campingwagen auf einer Baustelle mitten in der Sahara vorstellen: Erdöl oder Straßenbau. Ingenieur? Techniker?

»Wer ist die?« fragte er plötzlich, ohne sich umzudrehen, aber mit einer Daumenbewegung nach hinten. Der Junge antwortete mit einem Schwall von Worten. Sie stritten sich. Oder war dieses Gebell tollwütiger Hunde einfach der normale Gesprächston unter Männern? Jedenfalls hatte sie bald den Eindruck, daß sie nicht mehr über sie redeten, sie hatten sie einfach auf dem Rücksitz vergessen wie einen Schirm. Ruhig sah sie hinaus. Viele Scheinwerfer zuckten über die toten Ampeln. In einer solchen Nacht konnten die verschiedensten Unfälle passieren, dachte sie: es wäre doch einmal etwas Neues, in einem orientalischen Harem oder in einem Nachtclub von Beirut zu landen – was hatte sie schon zu verlieren. Sie versuchte, sich ein wenig aufzurütteln und diese Gleichgültigkeit abzulegen, die sie beim Anblick der flackernden Straßreflexe im Heckfenster grinsen ließ. Aber es gelang ihr nicht, sich selbst einen Schreck einzujagen. Komme, was da wolle, dachte sie. Bis jetzt war alles so gut gegangen, da konnte sie ruhig auch die Möglichkeit einer Messerstecherei in Kauf nehmen. Nicht, weil sie sterben wollte: nur weil dieser Augenblick des Stillstands auf dem Höhepunkt der Woge, die sie emporgetragen hatte, so schön war. Wie schnell konnte sich alles ändern.

Der BMW bog an einer Kreuzung abrupt ab, fuhr in verkehrter Richtung in eine Einbahnstraße und hielt. Karim stieg aus, zog Marilina heraus und schob sie auf eine Haustür zu. Sie wartete ab, um zu verstehen, worauf sie sich gefaßt machen mußte, aber der Junge sagte nur etwas auf arabisch zu seinem Schwager, und der Wagen fuhr ab. Es geschah überhaupt nichts Besonderes: wie sie sich da wieder von ihren Ahnungen hatte trügen lassen, von all diesen eingebildeten Ängsten, die sie vom Boden der Wirklichkeit weit entfernten. Nach Alcide Filipponis Meinung war dies ein Vorzug. Die zuverlässigsten Verfasser von Doktorarbeiten unter den von ihm bestallten freiwilligen Ex-Assistenten ohne Aussicht auf einen Lehrstuhl und pensionierten Gymnasiallehrern waren für ihn diejenigen, die im Leben die verrücktesten Ideen hatten. Er selber war über die Mittlere Reife nicht hinausgekommen, besaß aber Organisationstalent und wußte, wie man aus den geistigen Defekten anderer Gewinn ziehen konnte. Während der ganzen Zeit, die ihre Liebesgeschichte dauerte – Gott, Liebesgeschichte war ein zu großes Wort für diese Beziehung, die einmal wöchentlich ohne viel Gefühlsaufwand und Abwechslung stattfand: sechs Jahre lang kam er jeden Samstagnachmittag, während seine Frau im Supermarkt ihren Einkaufswagen mit Vorräten füllte, zu seiner Angestellten, um Kaffee zu trinken und ihr eineinviertel Stunden lang die x-te Wiederholung der gleichen Nummer zu bieten –, hatte Marilina oft überlegt, ob er sie nicht doch übermäßig ausbeutete. Als sie einmal eine Untersuchung über die räuberischen Händler im Mittelalter machen mußte, hatte sie ihm unter dem Vorwand, ihn um eine stilistische Kontrolle zu bitten, das Kapitel zu lesen gegeben, in dem es um Heimarbeit als Ersatz für das *jus primae noctis* ging: Filipponi (niemals, nicht einmal mitten in einem Orgasmus, wäre es ihr in den Sinn gekommen, ihn

Alcide zu nennen) hatte fein gelächelt und dann gesagt: »Was habe ich damit zu tun, mein Kind?« Dumm war er nicht. Und dann war er auch so vertrauenerweckend, gewissenhaft, ordentlich, methodisch beim Sex wie in seiner geizigen Buchhaltung. Er wäre nie wie Pippo einfach mit einer Strickwarenhändlerin aus Brescia durchgegangen. Er liebte den täglichen Trott und schätzte geistige Höhenflüge nur, wenn sie korrekt mit dreifachem Zeilenabstand getippt und mit vorschriftsmäßigen Fußnoten versehen waren. Auch sein Geschlechtsapparat wurde, da er nun einmal einen besaß, wie beim Rigorosum einer Doktorarbeit, mit genauem Fälligkeitsdatum und ohne allzu heftige amouröse Erregung eingesetzt: er feuerte gerade nur soviel ab, um seinen Mannesstolz zu befriedigen und es bis zur nächsten Woche durchzuhalten, aber er wußte das alles und war zufrieden damit. Wenn er nicht diesen unangenehmen Mundgeruch und diesen behaarten Bauchansatz mit noch nicht einmal fünfzig gehabt hätte – sie selber war damals noch zehn Jahre jünger als jetzt –, wäre er ein idealer Liebhaber gewesen. Schon deshalb, weil sie außer der Geschichte mit Ernesto, die in ihr nur Groll und ein zerstörtes Selbstwertgefühl zurückgelassen hatte, keine anderen Vergleichsmöglichkeiten besaß. Daher hatte sie mit Vergnügen und Erstaunen in die unerwartete Zusatzklausel eingewilligt, die ihr in dem armseligen Büro in der Via della Signora unterbreitet wurde, als sie sich dort nach einer ersten Probearbeit zur Unterzeichnung des Mitarbeitervertrags einfand (Marisa Felici Filipponi, die Ehefrau und Inhaberin des Schreibbüros *»Glücklich & Promoviert«*, das zur Tarnung der mehr oder weniger schwarz geführten Dissertationswerkstatt diente, ratterte im Vorraum, ohne auf die Tasten zu sehen wie ein Maschinengewehr auf einer elektrischen IBM und konnte daher nichts hören). Und Marilina hat auch keinen Zweifel, daß diese Geschichte, seine Frau habe es – nach etwa dreihundert Samstagen – endlich gemerkt, von ihm nur erfunden worden war, um die Affäre elegant und korrekt zu beenden: Filipponi haßte Szenen, auch eine einzige Träne hätte ihn genervt, und er hatte sich, um ein unangenehmes Nachspiel zu vermeiden, sogar dazu hinreißen lassen, ihr zum Andenken und als Zeichen seiner Hochschätzung ein Armband aus vergoldetem Silber zu schenken. Marilina hatte es mit einer Art nostalgischer Erleichterung entgegengenommen, ohne weiter nachzuforschen, wer ihre Nachfolgerin geworden war: wenn Filipponi Schwierigkeiten befürchtet hatte, konnte er bald beruhigt sein, es ging alles weiter wie immer, er kassierte seine Prozente, und sie nahm Aufträge an, als wäre nie etwas zwischen ihnen gewesen. Marilina verbrachte ihre Samstagnachmittage von nun an im Kino, was ihr punkto Emotionen erheblich mehr eintrug.

Sie durchquerten einen langen weißgrünen Gang mit einer Reihe von gelben Aluminiumfenstern auf der einen Seite und vielen Türen auf der anderen: Karim blieb vor der letzten stehen, tastete nach dem Schlüsselbund, der an einer Kette von der Gürtelschlaufe seiner Jeans hing, und wählte einen Schlüssel aus. Es war ein Einzimmerapartment, anonym und luxuriös: ein winziger Flur, von dem das Bad abging und dann das Zimmer mit einem französischen Bett an der Wand, einem Hoteltisch mit Stuhl und Kühlbar, einem Schränkchen unter dem Gitterrost der Klimaanlage und einem großen Fenster ohne Vorhang. Karim ließ den Rolladen herunter und sagte: »Mach's dir bequem. Du kannst auch duschen, wenn du willst. Es gibt hier warmes Wasser aus der Fernheizung.«

Marilina, die zwischen der Tapete mit Sonnenblumenmuster und dem Bett stand, sagte: »Nett hier.« Sie hatte Halsschmerzen bekommen und begann in diesem stickigen Zimmer plötzlich zu frieren.

»Eine Küche gibt es nicht, ich muß immer ins Restaurant gehen, aber sonst ist es bequem«, sagte der Junge, während er sich über den kleinen Tisch beugte und in einer Schublade kramte. Als er sich wieder aufrichtete, hatte er ein Messer mit einem gelben Plastikgriff in der Hand. Dabei schoß ihr der unangemessene Gedanke durch den Kopf, daß es farblich gut zu den Wänden und dem braunen Bettüberwurf paßte, auf den sie sich jetzt setzte. Auch Schreien wäre sinnlos gewesen, außerdem wollte sie doch wegen einer solchen Kleinigkeit niemanden um diese Uhrzeit wecken. Sie lenkte sich damit ab, daß sie eine weiße Lampe in der Form eines Delphins betrachtete, die auf dem Bord am Kopfende des Bettes stand: sie war zu leicht und zerbrechlich, also als Hiebwaffe nicht geeignet. Als sie sich umdrehte, sah sie Karim vor dem Kühlschrank unter dem Fernsehgerät hocken und eine mit Reif beschlagene Flasche herausholen. Er setzte sich auf die Bettkante und fing an, den Korken mit dem Messer zu bearbeiten.

»Hol die Gläser«, sagte er. »Sie sind im Badezimmer.«

Marilina dachte, daß sie nie wieder hochkäme, und doch

stand sie bereits auf den Füßen und ging die Gläser holen. Sie sah sich in dem Spiegel mit orangefarbenem Plastikrahmen: eine bleiche Maske mit roten Flecken, Resten von verschmiertem Lippenstift und tiefen schwarzen Ringen. Sie knöpfte die Bluse auf, machte ein Handtuch naß und tupfte sich schnell unter den Achseln ab. Dann korrigierte sie ein wenig ihr Make-up. Auf dem Bord standen umgestülpt zwei nicht sehr reinliche Gläser: sie nahm sie und trug sie hinüber, wobei sie zu lächeln versuchte. Der Junge versteifte sich darauf, den Korken mit dem Messer aus der Weinflasche zu ziehen, aber es war offensichtlich, daß ihm dies nicht gelingen würde, und in der Tat sagte er kurz darauf: »Verflucht, ich muß mir einen Korkenzieher kaufen, aber normalerweise trinke ich eben nicht«, und stellte die Flasche mit hartem Aufprall auf den Tisch.

»Macht nichts«, sagte Marilina, »ich hatte ohnehin keine Lust darauf.«

Karim erwiderte nichts. Er saß auf der Bettkante, hatte die Ellbogen auf die Knie gestützt und starrte zu Boden, dabei bildete seine gefütterte Sportjacke auf seinem Rücken einen olivgrünen Buckel. Jetzt das Spiel wieder aufzunehmen erschien ihr unmöglich. Und sie selber empfand auch nichts anderes mehr als ein vages Schlafbedürfnis. Andererseits wußte sie, daß keiner von beiden mehr zurück konnte, und sagte daher:

»Woran denkst du?«

»An den Mann meiner Schwester. Das Auto gehört mir, nicht ihm. Er hat seines in der Werkstatt und bat mich heute um meines, aber wir haben abgemacht, daß ich ihn anrufe, wenn ich es brauche: und jetzt erzählt er mir diese ganze Scheißgeschichte, daß er hat aufstehen und in die Garage gehen müssen und was sonst noch alles, ja, was will er denn eigentlich von mir? Und sagt dann auch noch ›wer ist die?‹, als ginge ihn das etwas an! Mir kann kein Mensch Vorschriften machen, nicht einmal mein Vater!«

»Komm, laß das jetzt«, sagte Marilina.

»Ich war dagegen, daß der meine Schwester geheiratet hat«, sagte er. »Aber sie wollte selber entscheiden, sie ist modern, hat in Paris studiert, und da sieht man ja, was dabei herauskommt, und dann war der meiner Meinung nach auch nicht der erste und hat es gemerkt und will das jetzt mir heimzahlen, aber was hätte ich denn tun sollen. Ich war damals in Paris nicht dabei, erst später, bevor ich nach Perugia ging, was weiß ich, was die da mit den Studenten getrieben hat!«

Marilina hatte ihre Stola bis zur Nase hochgezogen, um ein ungläubiges Lächeln zu verbergen, ließ sie aber sofort wieder fallen, weil sie fürchtete, ihre Geste könnte als Verunglimpfung des integralistischen Schleiers verstanden werden: sollte doch um Himmels willen jeder seinem kulturellen Glauben folgen, und sie würde jetzt versuchen, ihn nicht mehr wie ein seltenes Insekt anzustarren.

»Ach, komm«, wiederholte sie sanft, »denk' jetzt nicht mehr daran« und begann sich auszuziehen, wobei sie sich zwang, ihm in die Augen zu sehen.

»Donnerwetter«, sagte der Junge, »trägst du immer solche Reizwäsche?«

In Büstenhalter und Slip aus schwarzer Spitze fühlte sie sich einen Augenblick fehl am Platze und wankte, aber er zog bereits sein Trikot aus und starrte sie mit so glänzenden Pupillen an, daß sie meinte, darin als Reflex von zwei opulenten Bauchtänzerinnen zu erscheinen.

»Dreh dich um«, sagte er, und sie drehte sich um.

»Oh, mon Dieu«, hörte sie, »was für ein Hintern«, und hatte keine Zeit, sich zu fragen, ob er seinen eigenen oder den ihren meinte, es war jedenfalls gut, so von oben bis unten an eine glühende Haut gepreßt zu werden und zwei Hände zu fühlen, die ihre Brüste packten und sie wrangen wie den Gashebel eines Motorrads in vollem Anlauf auf die letzte Mauer.

Sie wurde aufs Bett geworfen, fühlte seine Hände, die fest in jede Erhebung und jede Speckfalte griffen, aber sie war schon über jedes Schamgefühl und jeden Abscheu vor sich selber hinaus. Diese Hände spreizten ihre Beine auseinander, und dann spürte sie verblüfft eine kühle Zunge, die sie mit ihrer Wühlarbeit reizte, und stellte sich schon auf ein träges Dankbarkeitsgefühl ein, aber dies war nur ein rasches Mittel zur Wegbereitung gewesen: er preschte hinein, hob eines ihrer Knie hoch, quetschte ihr das Bein gegen den Schenkel und raubte ihr mit seinem frenetischen Hämmern den Atem, ohne ihr eine Pause oder irgendeine Bewegungsfreiheit zu gönnen. Er war groß. Nachdem ihr ein schwacher Klagelaut aus der Kehle gepreßt worden war, versuchte Marilina, die Gelegenheit zu nutzen, um sich gegen diese Arme zu stemmen, die sie gefangenhielten, aber dann sah sie sein Gesicht. Er hatte die Augen geschlossen, und seine Gesichtszüge waren gemeißelt wie die eines Gekreuzigten im Todeskampf, der jede Hoffnung aufgegeben hat. Da gab sie sich ihm hin und ließ sich von diesem Schmerzensmann durchdringen, der unbedingt zu einem irgendwo in ihrem tiefsten Innern verbarrikadierten Kern vorstoßen wollte. Mit der Zeit, die eine ganze angespannte Ewigkeit in ständiger Wiederholung des gleichen Augenblicks war, wurde es für sie furchtbar, nicht schreien oder weinen zu dürfen. Aber dann spürte sie, daß er kam, und konnte befreit an die Bettkante rollen. Einen Augenblick lang hing sie da in der Schwebe und wagte nicht, sich umzudrehen, damit er nicht sehen konnte, wie sie so ganz bei sich und so verwundert war, eine Art Hölle durchgemacht und diese bewohnbar gefunden zu haben. Der Junge seufzte auf und legte ihr eine Hand auf den Rücken.

»Ça va?«

Marilina drehte sich ruckartig um. So also sah ein beschnittener Penis aus. Sonderbar. Es fehlte ihm etwas, und doch wirkte er, als habe er etwas, was andere nicht hatten. Ja, richtig: er war wie eine nackte Schaufensterpuppe in der Auslage eines Kleidergeschäfts, und das Merkwürdige daran war dieses Übermaß an Glanz und Steife, das enthüllte, daß er seinem Wesen nach ein geistiges Werkzeug war.

»Was heißt ça va! Der ist wie ein Prügel, und so benutzt du ihn auch«, sagte sie allzu fest entschlossen, wütend zu wirken, und bedachte dabei nicht, was sie sich ja hätte ausrechnen können, daß er dies als ein Kompliment verstehen würde. In der Tat lächelte er sie entspannt und freundlich an.

»Pardon. Ich war eben sehr wütend. Normalerweise mache ich das nicht.«

»Aha«, sagte Marilina. »Also dann danke für die Ausnahme. Ist es dir wenigstens vergangen?«

»Von wegen. Du hast eine Prachtmöse, weißt du das? Wie ein zwanzigjähriges Mädchen.«

Sie spürte, wie sich ihr Blut verflüssigte und Tropfen um Tropfen in alle ihre Kapillargefäße strömte, als wären sie Tränenadern dicht unter ihrer Haut. Aber es war noch zu früh, um nachzugeben.

»Oh, davon verstehst du wohl was, wie? Gehst du oft in diese Diskothek?«

Karim fing leise zu lachen an. Dann fragte er zurück: »Und du?«

Und schon waren sie auf dem besten Wege, wieder in ihren Wahnsinnsrhythmus zu verfallen. Ohne es zu wollen, hatte sich Marilina genähert und berührte ihn jetzt an der Hüfte. Spontan beugte sie sich über ihn.

»Oooh, ja, so, wunderbar, jaa, rings herum...«

Sie mußte einen Moment einhalten, weil ihr plötzlich das Foto einer ganz besonderen Erdbeereistüte vor Augen stand, das, wenn es auf dem Schutzumschlag ihres Buches abgebildet würde, bei Leckermäulern großen Erfolg haben könnte: nachdem sie ihre überschüssige Ironie auf ihrem Handrücken abgefackelt hatte, machte sie sich wieder ernst daran, ihn von oben bis unten und von unten bis oben zu lecken, dann glitt sie tiefer hinab und wurde in einen Strudel von Gerüchen und Kräuselungen gerissen.

»Nein«, hörte sie jemanden halb erschreckt, halb lachend schluchzen, aber das Fleisch blühte und wollte sich nicht zurückziehen, sondern schien ihr noch entgegenwachsen und sie in einem tiefen weichen Schacht verschlucken zu wollen. Atemlos geworden, war sie gezwungen, wieder aufzutauchen, und entdeckte, daß sie ihn mit den Hinterbacken nach oben gedreht hatte und seinen Stengel wie die Stele eines unverhofften Grals umfaßte. Karim packte sie, warf sie mit Gewalt auf den Rücken und zog sie unter sich: jetzt, da sie wieder an ihrem Platz lag, fühlte sie das kühle Kopfkissen im Nacken und zehn Finger, die sich um ihren Hals schlossen. Es dauerte ziemlich lange. Er sah ihr fest in die Augen.

»Hast du Angst?«

Marilina versuchte, den Kopf zu schütteln. Die Finger drückten noch ein wenig fester zu. Sie hatte keine andere Wahl, als diesen Blick zu erwidern und ein lautloses Nein zu japsen.

»Du bist verrückt«, sagte Karim. Aber er hatte den Griff schon gelockert. »Du bist eine Verrückte.«

Marilina sagte nichts. Sie atmete auf und streckte ihre Glieder wie eine Katze. Sie wartete. Diese magnetische Spannung zwischen ihrem und dem anderen Körper gefiel ihr. Mußte man da Angst haben? Wovor denn? Er preßte seine Brust an sie und fuhr mit der Handkante über ihre Schulter, den Hals, die Wange und hielt an ihren Lippen ein, die sie automatisch öffnete. Alles war so einfach: die Wärme der Haut, dieses harmlose Verlangen zwischen den Beinen. Karim nahm ihre Unterlippe zwischen zwei Fingerkuppen und küßte sie zart auf die Innenseite, dann steckte er, ohne den Blick von ihr zu wenden, den Mittelfinger in ihren Mund, zog ihn wieder heraus und immer weiter rhythmisch hinein und heraus. Die Botschaft war auch Marilina klar, aber sie fand sie nicht unangenehm: es lag Grazie und Harmonie in seinem Versuch, sich noch einmal als Mann zu behaupten, auch Großzügigkeit, und sie schloß die Lippen um den Finger des Jungen, dies war jetzt nur noch eine unbändigere, rauhere Art, sich zu küssen.

Sie erwachte, als die Sonne in bleichen Streifen durch den Rolladen hereinschien. Sie brauchte eine Weile, bis sie verstand, was dieser fremde Arm auf ihrem Kissen machte und warum ein fremder Körper sich mit dem ihren verkeilt hatte, dann fiel ihr alles wieder ein, und sie biß die Zähne zusammen, um nicht zu jammern, als sie sich vorsichtig befreite. Sieben Mal? War das möglich? Sie hatte wohl geträumt. Allerdings tat ihr alles so weh, es konnte also nicht nur ein neorealistischer Traum gewesen sein. Sie setzte die Füße auf den Boden, das Zimmer drehte sich einen Augenblick um sie, dann stand es wieder still, und es stimmte alles. Es mochte vielleicht halb sieben sein. Sie fand ihre Armbanduhr wieder, es war zwanzig nach sechs: sie irrt sich selten in der Uhrzeit, ja, es kommt sogar oft vor, daß sie ganz unwillentlich denkt »es ist fünf«, oder »schon wieder zehn vor zwei«, und dann, wenn sie auf der Uhr nachsieht, merkt, daß sie fast erschreckend genau gewesen ist. Als hätte sie ein Uhrwerk mit Datumsanzeige, und, klar, auch den Mondphasen in sich. Was für ein Mißgeschick, mit diesem inneren Ticken dem Alter entgegengehen zu müssen, das wie ein Holzwurm in dir nagt und dich auffrißt: dabei weiß man doch, daß die Zeit nicht mehr und nicht weniger ist als eine programmierte Bombe mit Zeitzündung, und wenn sie wirklich eine Frau wie alle anderen Frauen wäre, müßte sie diese in jedem Augenblick, der vorübergeht, als Gewicht in ihrem Kopf spüren und auch im Herzen, aber sie spürt diese Last nicht, im

Gegenteil, sie hat den Eindruck, immer leichter zu werden, je mehr sie sich jenem Alter nähert, in dem die meisten anderen Stunden ihres Lebens damit verbringen, vergebens der Jugend nachzuweinen, die vergeht und zwischen den Falten versickert. Oft hat sie sich gefragt, wie man sich fühlt, wenn man Schönheit besitzt: ganz sicher wird sie nie erfahren, wie man sich fühlt, wenn man diese verliert, also wird das Voranrücken jener inneren Uhrzeiger, so schmerzhaft es ist, für sie immer nur das bedeuten, was es für die Menschen, die nicht weiblich und damit der Pflicht enthoben sind, jugendlich schön zu sein, schon immer gewesen ist. Nämlich einfach nur der Schrecken, daß der letzte Augenblick kommt, bevor man Zeit gehabt hat, wenigstens ein Zeichen von sich zu hinterlassen. Und dabei war es ihr gestern noch gleichgültig gewesen, ob sie starb oder weiterlebte!

Der Junge hatte wohl die Leere neben sich oder einen Kälteschauer gespürt: er bewegte sich, streckte im Schlaf die Hände nach der Decke und hatte doch tatsächlich wieder einen Steifen, unglaublich. Marilina biß sich auf die Lippen und schob vorsichtig das Kopfkissen in den Hohlraum zwischen den Beinen und den Armen des schönen Mannes, der es sofort an sich drückte und sich beruhigte. So sind sie, dachte sie: sie umklammern ein warmes Ding, das sie nie mehr loslassen möchten, aber du kannst ihnen jederzeit ein anderes unterschieben, ohne daß sie es auch nur bemerken. Sie hob ihre auf dem Boden verstreuten Kleider auf und zog sich an. Dabei lehnte sie sich an die Wand, aber weniger wegen ihrer Kreuzschmerzen, es waren mehr die Sehnen in der Kniekehle, die so weh taten, daß sie bei jeder Bewegung am liebsten geschrien hätte. Jetzt hatte dieser Karim die Augen geöffnet und sah sie wie benommen an.

»Wohin gehst du?«

»Schlaf weiter.«

»Warte... das Telefon... gib mir deine Nummer...«

»Ich habe keine.«

»Dann schreibe ich dir meine auf. Hast du einen Stift?«

Marilina kramte in ihrer Handtasche und reichte ihm einen Straßenbahnfahrschein und ihren Augenbrauenstift. Der Junge stützte sich auf einen Ellenbogen und kritzelte eine Nummer, dann packte er sie an der Hand.

»Bleib noch.«

»Nein, ich muß zur Arbeit«, flunkerte sie.

»Wann rufst du mich an?«

»Nicht so bald«, sagte Marilina lachend und faßte sich mit einer affektierten Geste, die ihr gut gelang, an die Leiste. Sie fühlte sich sehr frivol, fröhlich und diesem jungen Körper, der ihr gehört hatte, freundlich gesinnt.

»Ciao«, sagte sie.

»Ciao, Gazelle.«

Seit wie vielen Jahren war sie nicht mehr so früh am Morgen auf der Straße gewesen? Die schon ein wenig kahlen Kronen der herbstlich gelben Bäume und die roten Dächer zeichneten klare Linien und Flecken in die transparente Luft, die ölig wirkte wie ein Plexiglasblock. Sie stand verloren auf einem Gehsteig. Mit Ernesto damals in der Piano-Bar, ihrer ersten Nacht. Sie kannten sich von der Fakultät, hatten aber nur selten miteinander gesprochen, daher hatte sie den Strauß Bergblumen, den der Student ihr eines Montags entgegenstreckte, einigermaßen mißtrauisch angenommen, und als er ihr erklärte, daß er auf einem Ausflug plötzlich an sie gedacht habe, befürchtete sie, daß da etwas faul sei: daß zum Beispiel eine Gruppe von Freunden hinter der Säulenreihe des Hofs hervorkommen und sie im Chor auslachen würde, wenn sie darauf hereinfiele. Aber es war nichts faul daran, und auch am Abend, als sie äußerst nervös vor der Piano-Bar ankam, war Ernesto allein und pünktlich. Das Lokal, das ziemlich weit entfernt von der Universität lag, war halbleer. Sie tranken an der Theke zwei Gläser eines unbekannten rosa Cocktails mit Kirsche und einem Pfefferminzblatt. Zwischen den Tischen und den Séparées lag eine Tanzfläche, auf die Ernesto sie entführte, als der Pianist anfing, *Michelle* zu spielen. Mit ihrer Brille auf der Nase brauchte sie einen Fehltritt nicht zu befürchten, dennoch hielt Marilina aus Verlegenheit über die ungewohnte unerhörte Nähe die Augen gesenkt. Von den Rängen der Hörsäle herab hatte sie ihn oft beobachtet und bei den Versammlungen seine Äußerungen beklatscht. So eng jetzt an diesem wohlbekannten roten Pullover zu haften und die nicht durch Lautsprecher verstärkte Stimme in ihr Ohr raunen zu hören »Genossin, du gefällst mir« war zuviel für sie. Er hatte es äußerst zärtlich, wie mit einer Art Liebe gesagt. Marilina wurde ganz schwindlig, sie stolperte, klammerte sich an seinen Ärmel und stieß ihn gleich wieder zurück: aus ihrem Magen schoß ein säuerlicher Schwall empor, und sie schaffte es nicht mehr bis zur Toilette: vor seinen Augen übergab sie sich auf die Tanzfläche. Ein Kellner kam angelaufen. Verwirrt und erschöpft ließ sie sich zu einer Tür begleiten, hinter der sie sich einschloß. Während sie sich den Mund ausspülte, wünschte sie sich, mitsamt den Schleimfäden im Abfluß zu verschwinden. Sie schämte sich furchtbar, aber sie konnte sich nicht ewig im Klo einschließen: schon wurde so beharrlich an die Tür geklopft, daß sie reagieren mußte.

»Fühlst du dich besser?«

»...«

»Das war bestimmt der Cocktail. Komm setz dich hier hin. Du wirst sehen, gleich ist es vorbei.«

Der Kellner hatte den Unflat mit einem Häufchen Sägemehl bedeckt und machte sich jetzt mit Besen und Kehrichtschaufel zu schaffen. Im Séparée erschien die Wirtin mit einem Täßchen Kaffee, und auch auch der Pianist schaute vorbei. Marilina trank gehorsam, aß den ganzen braunen Zucker, nahm einen Kaugummi aus der Tasche, wickelte ihn aus, steckte ihn mit gesenktem Kopf in den Mund und kaute langsam an ihrer Demütigung.

»Gute Idee«, sagte Ernestos Stimme. »Wirst sehen, gleich geht es dir besser.«

»Entschuldige«, stammelte Marilina, »ich wollte... ich hatte nicht die Absicht, ein solches Schauspiel abzugeben.«

»Du brauchst dich doch nicht zu entschuldigen, so etwas kann jedem mal passieren.«

»Nicht hier, nicht so, nicht mir«, dachte sie in tiefster Verzweiflung. Aber dann rückte Ernesto näher, zwang sie sanft, das Kinn zu heben, und sagte:

»Gib mir mal diesen Kaugummi.«

Verzückt erwiderte sie nun ihren ersten Kuß, immer tiefer und tiefer und dadurch in immer höhere Höhen des siebten Himmels gehoben. Wenn er *das* tat, nachdem er sie so gesehen hatte, ja, dann war es möglich, möglich... Und während sie atemlos vor Überraschung, wirklich begehrt zu werden, die Wange an die rauhe rote Wolle lehnte, war schon eine Hand bereit, in den Ausschnitt ihres Twinsets zu gleiten.

»Weißt du, daß du süß bist?« sagte Ernesto gerade.

»Ich... Du... hör mal... ich muß dir was sagen, ich bin nämlich ein bißchen... also, ich hab's noch nie gemacht.«

»Na, und? Ich auch nicht. Ist das ein Problem?«

»Nein...«, sagte sie verblüfft. Es geschah wirklich, nun drang ein Mund in den anderen, und es gab nicht mehr zwei verschiedene Personen, sondern ein einziges gleiches Begehren.

»Gehen wir zu dir?« fragte sie ihn.

Es war eine Wohnung, die Ernesto mit anderen Studenten teilte: aber ein Zimmer gehörte ihm ganz allein, mit einer Liege, die so schmal war, daß sie sich nicht lange zu suchen brauchten. Sie zogen sich aus, er küßte sie wieder und glitt an ihrem ganzen Zitterleib hinab, während sie ungläubig seine Arme drückte, sanft seinen Rücken und seinen Nacken streichelte und mit den Fingern in seinen Haaren spielte. Als Ernesto sich neben sie legte und mit einem unsicheren Lächeln auf seinen erigierten Penis zeigte, zögerte Marilina nur einen Augenblick, bevor sie ihn in die Hand nahm. Am liebsten hätte sie geweint, weil ein solches Wunder geschehen war.

»Probieren wir es?« fragte er.

»Warte«, antwortete sie, »ich möchte dich betrachten.«

Sie machten die Nachttischlampe an, und so konnte sie dieses Auge der Entität ganz aus der Nähe betrachten, von dem sie zu Alfredos Zeiten so häufig, aber so ergebnislos gehört hatte, daß sie schon in Zweifel geraten war, ob es tatsächlich existierte. Und da war es also, so wie es eben war, eine begehrliche Potenz, die sich anspannte, um sich ans Werk zu machen, die ihr zuzuzwinkern und sie mit einer einzigen opalisierenden dicken Träne zur Komplizenschaft aufzufordern schien. Vielleicht war es ein Nichts, aber demnach so essentiell und substantiell, daß sie sogar ihre Spielchen mit ihm treiben konnten: sie probierten lachend verschiedene Positionen aus, alberne und lustvolle, bis sie schließlich ineinanderglitten. Auf dem Heimweg am frühen Morgen erinnerte sich Marilina plötzlich, daß sie auch noch eine Mutter hatte, vor der sie über ihre erste Nacht als Erwachsene Rechenschaft ablegen mußte. Was sollte sie ihr erzählen? Daß sie bei einer Demonstration festgenommen worden war? Daß sie bei einer Freundin gewesen war, die kein Telefon besaß, und dann aus Angst, bei Nacht die ganze Stadt durchqueren zu müssen, lieber bei ihr geschlafen hatte? Alle Geschichten, die ihr einfielen, standen auf wackligen Beinen, wie im übrigen sie selber auch: außerdem war ihr doch bestimmt auch etwas von ihrer strahlenden Freude anzumerken, schon bei der kleinsten Bewegung zuckten Funken aus ihr heraus, und sie zog so etwas wie eine Leuchtspur hinter sich her.

Die Gegend, in der sie da gelandet war, kam ihr unbekannt vor: nach den altmodischen Wohnhäusern zu urteilen, befand sie sich nicht allzu weit vom Zentrum entfernt, aber es fehlte ihr ein Anhaltspunkt. Gut, sie hatte sich freiwillig von dem Erstbesten abschleppen lassen, und keiner von beiden hatte über Geld gesprochen, weder vorher noch nachher. Deshalb brauchte man doch nicht gleich die Orientierung zu verlieren. Marilina fühlte sich ja auch in Wirklichkeit weder gut noch schlecht, sie war sich einfach ihrer selbst bewußt und dabei gleichzeitig fremd: ein sehr merkwürdiges Gefühl, als wäre man zum Beispiel ein Tourist und sähe sich selber zu. Hinter der Straßenecke war eine Bar offen: sie trat ein, bestellte einen Cappuccino und ein Hörnchen, blickte in die Zeitung, entdeckte, daß es Sonntag war und kein einziger der drei Gäste, die schon so früh auf den Beinen waren, einen zweiten Blick auf sie warf. Sie wirkte unbedeutend wie immer: wenn sie überhaupt etwas über sie dachten, dann wahrscheinlich, daß sie sich auch hätte kämmen können, wenn sie schon zur Messe wollte. Sie erreichte eine Straßenbahnhaltestelle und ortete mit Hilfe des Streckenplans, wo sie sich befand: in der Conciliazione-Gegend.

»Wirklich furchtbar, das Leben«, sagte eine Stimme neben ihr. Es war eine alte Frau, die an der Haltestelle stand: ihr schmutziggraues Haar in der Form eines umgestülpten Kochtopfs umrahmte das unscheinbare Gesicht, ein dunkles Strickjäckchen hing über ein bescheidenes Sommerkleid herunter, Nylonkniestrümpfe, eine vollgestopfte Plastikeinkaufstasche, Gesundheitssandalen.

»Ich gehe meinen Sohn besuchen, wissen Sie, der ist schon so lange im Krankenhaus, so so lange immer dort, eine Kriegsverletzung, und ich bringe ihm die Eßsachen von zu Hause, weil das, was sie einem in den Krankenhäusern geben, einfach ekelerregend ist, aber er dankt mir nie, er sagt nichts, liegt einfach immer nur so da, es ist furchtbar, furchtbar... Ich bin auch sicher, daß sie ihn gar nicht gut behandeln: vielleicht nicht einmal aus bösem Willen. Sie vergessen ihn einfach. So einen vergißt man ja auch leicht, der sich nie meldet, nie stört, nicht redet, sich nicht rührt, gut, er ist nicht ganz sauber, aber gerade nur ein bißchen, und ein Glück, daß er das sogar noch merkt, und dann macht mein armer kleiner Claudio so Zeichen und wird ganz violett im Gesicht, ja wie eine Aubergine – wenn es die gibt, mache ich sie ihm immer paniert –, aber er hat schon immer dazu geneigt, rot zu werden: er ist ganz hellhäutig, mein Claudio, er war immer blöndlich, empfindlich, ich habe ihm früher mit der Lockenschere die Haare aufgedreht, aber jetzt, naja... Als wäre es gestern gewesen, wie er zum Militär ging, so ein schöner großer Mann, dem alle Mädchen nachliefen – alle waren verrückt nach ihm, aber da war nichts zu machen: er liebte mich und seinen Herrgott, und wenn wir die nötigen Moneten gehabt hätten, die man auch damals brauchte, wäre er am liebsten Priester geworden –, und dann haben ihn mir diese republikanischen Kanalratten ruiniert... denken Sie nur, er hat fast alle Zähne verloren, von den Haaren ganz zu schweigen, furchtbar das alles: meiner Meinung nach kommt das von dem Strom, von den Elektroschöcken, oder wie das heißt, die haben sie ihm oft, so oft gemacht, aber nur, wenn sie sich zufällig mal an ihn erinnerten, aber auch die, diese Doktoren sind ja arm dran, ich kann sie schon verstehen, wissen Sie, das muß doch eine Qual sein, da so viele herumliegen zu haben, bei denen man nichts mehr machen kann, das ist schlimm, sehr schlimm, und was die alles an Medikamenten schlucken müssen, Wahnsinn. Meinen Sie nicht auch, daß diese Professoren manchmal gute Lust haben, einfach den Stecker herauszureißen? Aber was soll ich sagen, ich habe meine Rente und komme allein durch, jeden Tag hin und her und rauf und runter, naja, und Sie? Verheiratet?«

»Nein«, erwiderte Marilina. Die Frau hatte am Ausschnitt ihres abgenutzten Kleidchens eine grobe Flickstelle. Durch den für das schon herbstliche Wetter allzu dünnen Stoff war mit großen, unordentlichen Stichen ein dicker Faden von hellerer Farbe gezogen, der eher an Bindfaden erinnerte, ja tatsächlich, das war Bindfaden.

»Wenn ich mal jemanden finde, der mir gefällt, dann gefalle ich ihm nicht«, sagte sie und blieb dann entsetzt mit offenem Mund stehen. Warum hatte sie das gesagt?

»Die anständigen Frauen werden mit den unanständigen zusammengemischt«, sagte die andere kopfschüttelnd. »Furchtbar, das Leben. Aber man muß kämpfen. Kämpfen Sie, kämpfen Sie für sich, denn von den anderen können wir uns nichts erhoffen, niemals. Entschuldigen Sie, ich muß jetzt zu meinem Sohn.«

Sie stieg durch die Falltür, die sich genau vor ihnen geöffnet hatte, in die Straßenbahn. Marilina überlegte einen Augenblick, ob sie ebenfalls einsteigen, noch weiter mit ihr reden und dann vielleicht an einer Haltestelle aussteigen sollte, die gewiß nicht vor einem Krankenhaus lag. Diese Straßenbahnlinie führte am Hauptfriedhof vorbei. Sie hätte die Frau zu einem fünfzig Jahre alten Grab begleiten können und dann beobachten, was sie mit den

Eßsachen aus ihrer Einkaufstasche machen würde – wenn es denn tatsächlich Eßsachen waren –, aber ihr guter Rat hatte sie verletzt, und sie wollte sich dafür nicht mit billiger Grausamkeit rächen. Sie blieb auf dem Gehsteig stehen und wartete auf die nächste Straßenbahn. An einem Sonntagmorgen eine halbe Stunde Zeit zu verlieren war kein Drama. Die nächste Bahn, eine mit vom vielen Gebrauch ganz blank polierten Holzbänken, kam fast leer an. Als sie den Arm hob, um sich an dem von Generationen von Fahrgästen abgeschliffenen stählernen Griff hochzuziehen, stieg ihr ein fruchtiger Geruch in die Nase: gut, daß sie von der Dusche keinen Gebrauch gemacht hatte, so konnte sie sich von diesem Düftchen einlullen lassen, einer Mischung aus dem Geruch von Erde, die mit Sardinenköpfen gedüngt war, aus Jasmin und halbverfaultem Stechapfel. Es war die gesättigte Geruchsmischung zweier zu einer Einheit verschmolzener Personen. Und es gab keinen Zweifel, so plump und ungraziös, so klein und vollbusig wie sie war, gefiel sie den Arabern. Sie stellte sich vor, wie sie weihrauchumhüllt auf Teppichen und Brokaten ruhte, während der junge Geddhafi auf einem schönen Porträt mit blendendweißen Zähnen krummsäbelumrahmt von der Wand grinste. Dann aber mischte sich zaghaft ein unangenehmer fremder Geruch in den ihren: Bier und schmutzige Füße, aber auch etwas Saures, das in Wolken aufstieg: dabei war es ein einfacher Geruch, ein Geruch wie gewohnt. Sie drehte sich um, auf der Rückseite der Sitzbank saß ein zusammengesunkener Mann, der die Mantelärmel zwischen die Knie klemmte und seinen Kopf mit den wolligen Haaren baumeln ließ. Ob sie auch diesem

Araber hier gefallen würde, wagte sie sich dann doch nicht zu fragen.

Aber heute, wieder an einem Sonntag, ist sie nun dabei, etwas zu unternehmen, was sie sich schon lange vorgenommen hat, wozu sie sich aber bis jetzt noch nicht aufraffen konnte, obwohl sie die Adresse von Lazzari Mario Antonio über die Telefonauskunft schon vor einiger Zeit herausbekommen hat, ebenso wie sie auch entdeckt hat, daß die Initiale im Straßennamen Via M. Melato nicht von Mariangela kommt, sondern von Maria, die zwar ebenfalls eine Schauspielerin gewesen war, aber schon vor langer Zeit. Straßenbahnlinie 19 oder, bequemer, den 57er Bus von der Endhaltestelle Cairoli. Vor der Mietskaserne angelangt, hat sie sich da eine ganze Weile in der Hoffnung versteckt, daß ihr irgendeine geniale Idee käme, die kam ihr aber nicht, ehrlich gesagt hatte sie auch keine genaue Vorstellung, was sie eigentlich hier wollte und vor allem, wie sie ihre Neugier befriedigen und herausbekommen sollte, wo und mit wem Berto ohne sie lebte. An einem der Briefkästen steht der Name Cantaroni, aber bei den Klingeln hat sie ihn nicht gefunden. Unschlüssig schlenderte sie ein wenig auf der Straße herum: es gab nirgends ein Geschäft, vor dem sie so hätte tun können, als sehe sie sich die Schaufenster an, und auch keine Bar, durch deren Glastür sie alles hätte beobachten können, nur schäbige Wohnblocks, die alle genau gleich aussahen wie derjenige, den sie mit Hilfe des weißen Volvos, der dick und lang zwischen zwei Pandas hinter dem Zaun parkte, von den anderen unterschied. Dann sah sie vom gegenüberliegenden Gehsteig aus, wie sie beide herauskamen: Marietto vorneweg im klassischen Nadelstreifen des Bezirksgangsters, den Glatzkopf unter einer schwarz-blau gestreiften Kappe versteckt, Berto dahinter mit einem rot-gelben Schal um den Hals, die Hände in den Taschen seiner gewohnten Sportjacke. Also trägt er sie noch, also hat er mich doch nicht ganz vergessen, denkt Marilina. Allerdings war es ja auch möglich, daß ihm Irene keine Geschenke machte, oder wenigstens keine auf dem Bekleidungssektor (Herzchen zum Valentinstag? Totenköpfe und Schienbeine aus Marzipan? Ossian in Taschenbuchausgabe? Wer weiß, was Dark-girls so schenken), und dieser Gedanke tröstet sie unwillkürlich. Die beiden gehen jetzt auf das Auto zu, der Motor heult auf, vielleicht fahren sie gleich ab: Marilina streckt ihren Kopf ein wenig hinter der schützenden Säule hervor, und tatsächlich ist der Volvo schon weit unten in der Via Andato, Ecke Via Pascarella zu sehen. Eine solche Gelegenheit muß sie sofort beim Schopfe ergreifen, und ehe sie sich's versieht, ist sie schon auf der Treppe und überlegt fieberhaft, welchen Bären sie der Mutter Rentnerin aufbinden könnte. Als Mormonin oder Zeugin Jehovas kann sie sich nicht ausgeben, weil man diese immer nur paarweise gesehen hat: Beauftragte für eine Volkszählung? Da müßte sie wenigstens ein paar Formulare vorweisen. Als sie das zweite Stockwerk erreicht hat, beschließt sie, eine Meinungsumfrage für Doxa oder Demoskopea zu improvisieren, das hörte sich seriös an und erweckte nicht den Verdacht, daß sie etwas verkaufen wollte. Im dritten Stock sieht sie ein poliertes Messingschild mit dem Namen »Lazzari« in Schnörkelschrift: aber auf der einzigen anderen Tür steht nicht »Cantaroni«, was sie als gemeinen Verrat ansieht. Sie ist ganz sicher gewesen, daß die beiden Familien Tür an Tür lebten, was soll also jetzt dieses Schild »MADAME GIUSI – Tarock, Weissagungen – Nur auf Verabredung«? Es sei denn... Ob Bertos Mama Kartenlegerin ist? Und warum hat er ihr nie davon erzählt? Um dies herauszubekommen, braucht sie nur zu klopfen. Also klopft Marilina.

»Können Sie nicht lesen, hm?«

Marilina dreht sich um. Nicht diese Tür hat sich geöffnet, sondern die andere, und ein großes, vierschrötiges Mädchen schaut heraus. Aber das ist doch Debora! Mit dem Foto von der Erstkommunion hat sie allerdings keine Ähnlichkeit. Marilina hat sie nur daran erkannt, wie sie die Augen aufschlägt und ihre Korkenzieherlocken schüttelt, auf denen diesmal kein Krönchen, sondern die Kopfhörer eines Walkman sitzen.

»Da steht SONNTAG RUHETAG«, fügt Debora hinzu und deutet auf das Schild der Wahrsagerin. Automatisch sieht Marilina hin, und da steht es tatsächlich in kleineren Buchstaben, dahinter ist auch noch eine Telefonnummer zu lesen, Marilina erinnert sich sofort, daß dies Mariettos Nummer ist.

»Wer ist da?« schreit eine Frau aus der Wohnung der Lazzaris.

»Eine«, erwidert das Mädchen, aber Marilina fällt ihr fast unwillkürlich ins Wort und antwortet selber: »Eine Journalistin von... von Novella 2000. Ich mache eine Untersuchung über die Handlesekunst. Kann ich hereinkommen?«

»Aber bitte! Durch das Studio, durch das Studio!«

»Momentchen«, sagt die Göre und knallt die Tür zu. Kurz darauf werden hinter dem Schild der Wahrsagerin geräuschvoll irgendwelche Riegel aufgeschoben, die Tür öffnet sich, die Korkenzieherlocken kommen wieder zum Vorschein, und sie wird hereingewunken. So ist das also, die beiden Türen sind nur ein Trick, in Wirklichkeit handelt es sich um eine einzige Wohnung: wenigstens ist das geklärt.

»Sie kommt gleich. Setz dich«, sagt Deborah und deutet auf einen Stuhl in spätmittelalterlichem Stil vor der violetten Tapete eines Minivorzimmers. An den Wänden hängen zahlreiche Drucke in schwarzen Lackrahmen, die aus einem chinesischen Restaurant stammen könnten, sowie das Foto einer mumifizierten Katze und Abbildungen aus dem Ägyptischen Museum von Turin. Marilina setzt sich und kramt in ihrer Tasche, um ihre Gedanken zu ordnen, aber das Mädchen hat sich mit gekreuzten dicken Armen an der Wand gegenüber aufgestellt und macht ganz den Eindruck, als wolle sie da stehenbleiben und sie wie ein arbeitsloser Leibwächter im Auge behalten. Erst dreizehn Jahre soll dieses Mädchen alt sein? Bei diesem Brustumfang?

»Madame Giusi heißt mit Nachnamen…« hebt Marilina an und gibt vor, in ihrem Bibliographienheft, das bei gutwilliger Betrachtung als das Notizbuch einer Journalistin durchgehen könnte, eine Reihe von Namen durchzusehen, »heißt Lazzari, nicht?«

»Nein«, brummt die Karyatide. Dann sagt sie: »Mein Bruder holt sich immer mit dem Telefon einen runter.

Wenn du das schreiben willst, kannst du es ruhig schreiben. Ich habe ihn selber gesehen.«

»Mit dem Telefon?«

»Mhm. Das muß was Neues sein. Er tut ihn mit der Spitze an die Muschel und dann zack, zack holt er sich einen runter, kapiert? Wie ich ihn das erste Mal gesehen habe, wollte ich es selber nicht glauben – schreibst du das auf? Ich heiße Deborah, mit einem H hinten – und habe gedacht, der macht da halt irgendwas, aber von wegen, genau das hat er gemacht, aber wenigstens macht er es mit einem Handschuh, weil sonst wäre es ja eine furchtbare Sauerei, bää! Weil wir haben nämlich nur einen einzigen Apparat, in der Küche, das ist der Hauptapparat von meinem Papa. Daß ich ja vielleicht einen Nebenanschluß in meinem Zimmer kriegen könnte! Dann wäre die Leitung immer belegt, behauptet er. Uff! Wegen diesem einen einzigen Mal, wie er mich mal erwischt hat, als ich einer, von der ich nicht einmal weiß, wer sie war, kurz hallo gesagt habe, hat er mich halbtot geprügelt, aber meiner Meinung nach hat er bloß Schiß, daß ich mit den Kundinnen besser verhandeln kann, und das stimmt ja auch, nicht, eine Frau hat doch mehr *sawuarfär*: und auch die Horoskope kann ich besser machen als meine Mama, ich habe nämlich den sechsten Sinn. Du bist eine Skorpionin, stimmt's?«

»Eine was? Ach so, ja, richtig, aber diese Sache mit dem Telefon...«

»Beim erstenmal war es eher ein Zufall, ich geh da rein, um mir ein schönes Sahneeis aus dem Tiefkühlfach zu holen, heimlich natürlich, weil mir alle dauernd predigen, daß ich Diät halten muß, und wehe, ich lasse mich dabei erwischen, wie ich eine Kalorie zuviel schlecke, furchtbar, ich könnte sie alle umbringen, so gehe ich also auf Zehenspitzen hinein – weil der einzige Augenblick, wo ich sowas machen kann, ist nachmittags so um vier, wenn Mama sich mit ihrer ersten Kundin in ihrem Studio eingeschlossen hat und Papa den Anrufbeantworter einstellt, um mit seinen Freunden abzuhauen –, und sehe ich da nicht meinen Bruder, der sich ausgerechnet vor dem Kühlschrank einen runterholt? Aber dich habe ich auch schon mal irgendwo gesehen.«

»Mich? Ja, kann schon sein ... vielleicht im Fernsehen ... weißt du, wir von *Eva Express* ...«

»*Eva Express*? Du hast doch behauptet, du kämst von *Novella 2000*!«

»Oh ... es ist einfach so, daß ich bei so vielen Zeitschriften mitarbeite, weißt du, das bringe ich dann manchmal durcheinander.«

»Muß ganz schön sein, so als Journalistin zu arbeiten. Und die Aufnahmen? Machst du die auch?«

»Was für Aufnahmen?«

»Na die Fotos! Die Aufnahmen eben ... Ach! es war ein Foto. Doch, ich habe dich auf einem Foto gesehen, ich weiß nur nicht mehr wo.«

»Ich habe dir ja gesagt, daß ich bei vielen Zeitschriften mitarbeite«, sagt Marilina und amüsiert sich bei dem Gedanken, daß sie nur ein bißchen frech auftreten mußte, um gleich mit einer anderen verwechselt zu werden. Was würde diese Göre wohl sagen, wenn sie wüßte, daß sie, Marilina, tatsächlich schon ein Foto von *ihr* gesehen hatte?

»Ich arbeite am liebsten allein«, sagt sie jetzt. »Normalerweise schicke ich die Fotografen erst später her. Das ist besser für die Atmosphäre.«

»Wirklich?«

Marilina nickt ernsthaft und fragt dann, während sie vorgibt, sich Notizen zu machen: »Dann willst du also später einmal den gleichen Beruf wie deine Mama ergreifen?«

»Ach, vielleicht. Warte, die Geschichte mit dem Runterholen ist aber noch nicht zu Ende: ich bin wieder hin, weil ich ja nicht so blöd war, mich erwischen zu lassen, nicht, ja und da habe ich entdeckt, daß er das doch tatsächlich jeden Tag macht, ich habe das aber nur deshalb gemerkt, weil ich, um mein Eis zu holen, immer warten mußte, bis er endlich das Feld geräumt hat, Tag für Tag... Das ist doch nicht normal oder? Ich meine, das mit dem Telefon, wo hat man denn schon mal so was gehört? Meiner Meinung nach kannst du daraus einen *Scup* machen, verflucht, schade, daß er jetzt weg ist, sonst hätten wir auch noch die Fotos machen können...«

»DEBORAHH! Geh raus! Laß die Frau Journalistin in Ruhe!«

Von einer gewaltigen Lichtflut geblendet, die plötzlich in das Vorzimmer eingedrungen ist, das Mädchen umhüllt und praktisch verschluckt hat, fährt Marilina von ihrem Stuhl hoch. Doch dann kommt der Wirbelsturm zum Stillstand, und Marilina sieht, wie sich der Faltenwurf langsam wieder dem matten Fliesenboden entgegensenkt und die Erscheinung, die jetzt vor ihr steht, in ihrer enormen Tunika aus einer Art Pralinenstaniol, mit einem breiten steifen Kragen, wie ihn die böse Fee aus *Schneewittchen* trägt, und Godet-Falten bis zum Boden, fast ersäuft. Sie hat auch die Stimme gesenkt, um im Ton eines scheuen Eichhörnchens zu sagen: »Sie müssen schon entschuldigen, die Kleine ist sonst immer sehr brav. Aber bitte, bitte! Hier, mein Studio!« und reißt die Glastür auf, um sich als erste in den dunklen Raum zu wagen, den man dahinter erkennt. Hinten hat sie ihr Haar zu einem kunstvollen Chignon im spätrömischen Stil geschlungen: kein Wunder, daß sie so lange gebraucht hat, bis sie sich zeigen konnte, die Ärmste, wahrscheinlich war sie gerade in der Küche, um das Abendessen zu kochen, und mußte sich, so außerhalb der Dienstzeiten erwischt, zuerst einmal herrichten. Marilina fühlt sich jetzt nicht mehr ganz wohl in ihrer Haut. Sie möchte niemanden hereinlegen, nicht einmal diese karnevalistische Hausfrau, die jetzt auf einen Lichtschalter gedrückt und ein ganzes System von bläulichen kleinen Scheinwerfern angezündet hat, die dem schwarzsilbern tapezierten Raum wohl eine geheimnisvolle Aura verleihen sollen, in Wirklichkeit aber nur eine deprimierende Bestattungsinstitutsatmosphäre um das elegante Tischchen schaffen, an das sie sich jetzt auf so etwas wie einen Thron, ebenfalls ein Stilmöbel, gesetzt hat. Dann betrachtet Marilina sie genauer und entdeckt, daß diese Frau unter der Schminke und dem blauen Scheinwerferlicht ganz genau das gleiche Gesicht hat wie Berto.

»Da bin ich«, sagt sie jetzt. »Wünschen Sie eine Darbietung? Tarock, Kugel, Handlesen, Wahrsagung? Oder sprechen wir über mich? Es ist nicht zum erstenmal, wissen Sie. Der *Corriere del Ticino* hat ein Interview mit mir gemacht, großartig. Sehen Sie: nein, dahinter, neben meinem Diplom, das mit dem Rahmen aus Dukatengold, ja, haben Sie gesehen, na? Drei Spalten. Wie viele Seiten bekomme ich bei euch?«

»Ich weiß noch nicht, zwei oder drei, das kommt darauf an. Es... es ist eine neue Serie. Die... die menschliche Seite der Magie«, sprudelt Marilina hervor. Inzwischen hat sie das Spielchen so weit getrieben, daß ihr gar nichts anderes mehr übrigbleibt als weiterzumachen. Sie kann nur hoffen, daß sie nicht gerade die dicksten Lügen auftischen muß.

»Welche Seite?« fragt die Zauberkünstlerin, dann wird sie erleuchtet und ruft aus »Ohhh Gut! Gut!«, legt eine Hand mitten ins Plissée ihrer Tunika und raunt: »Aber eines muß klar sein, nicht wahr, über meine Kundinnen kann ich nichts aussagen! Wo kämen wir denn da hin! Es gibt ja auch noch ein Berufsgeheimnis.«

»Ich meinte die menschliche Seite der Magierinnen«, korrigiert Marilina. »Das interessiert die Leute, wissen Sie, die Familie, die Kinder, die persönlichen Aspekte...«

»Ohhh, also dann... Aber gestatten Sie, wer hat mich Ihnen eigentlich empfohlen? Weil wir machen ja nicht gerade viel Werbung...«

Marilina, die fast gesagt hätte, daß sie ihren Namen aus dem Branchenverzeichnis habe, überlegt es sich schnell anders: »Ich weiß es eigentlich nicht genau. Das kommt von unserem Chef, Sie wissen ja, wie so etwas geht, ich habe gar nicht gefragt, wer... aber wenn Sie wollen, frage ich ihn noch...«

»Ohhh, ja, das würde mich sehr freuen. Aber bitte, fragen Sie mich nur, Frau... Frau...?«

»Stella Pende«, antwortet Marilina prompt.

»Ohhh, ja, gewiß, ist mir bekannt, Frau Pende, natürlich. Also wenn Sie dann jetzt anfangen wollen...«

Womit denn anfangen? Marilina ist mit ihrer Phantasie am Ende und kommt ins Stocken, aber irgendwie muß sie sich doch herauswinden, und in der Tat sagt sie dann:

»Reden Sie einfach drauflos. Solche konventionellen Interviews werden heute eigentlich nicht mehr gemacht: alles soll möglichst spontan kommen, wissen Sie, so wie in einer Talk-Show. Erzählen Sie von sich. Erzählen Sie mir etwas.«

»Ohhh. Ja, aber... das Aufnahmegerät, wo haben Sie das?«

»Nie. Ich benutze nie eines. Ich registriere alles im Kopf.«

Es könnte ja ganz lustig sein, wenn es nicht tragisch wäre, daß sie diese Fähigkeit, völlig glaubwürdig lügen zu können, so spät an sich entdeckt hat. Die Frau hat nicht nur ihre Zurückhaltung aufgegeben, sondern fängt nach einem weiteren »Ohhh« zu reden an, als hätte sie tatsächlich ein Mikrofon vor ihrem wagenradgroßen Kragen.

»Wie ich schon Ihrer Kollegin vom *Corriere del Ticino* sagte, habe ich von klein auf diese Begabung gehabt...«

Eine Geschichte über sich selbst zu erfinden, sollte nicht schwieriger sein, als eine Wette auf das Leben von anderen abzuschließen, wie sollte da eine angebliche Expertin in größeren Geheimnissen nicht die kleinste Gelegenheit für sich nutzen, begehrenswerter und begehrter zu erscheinen. Von wegen, daß sie alles im Kopf registrierte, schon in fünf

Minuten würde sich Marilina nur noch an ein paar Bruchstücke der hier ablaufenden Phantasie für rezitierende Stimme und Papagei erinnern, daher hört sie nur ein paar Fetzen, während sie versucht, das Klima in diesem zu einer magischen Höhle umfunktionierten Eßzimmer zu verkraften, das ihr so gar nicht zu Berto zu passen scheint: diese als Praline verpackte Krimhilde ist für sie einfach ungenießbar.

»...sind wir doch die reinsten Fürsorgerinnen und hätten dafür einen Orden verdient...«

Nachdem Marilina der Reihe nach sämtliche Gegenstände betrachtet hat, die in dem schwarzblauen Halbdunkel zu erkennen sind (das Zimmer ist eine Rumpelkammer von höchstens drei auf drei Meter, zwei Wandregale sind vollgestopft mit undefinierbaren Gegenständen, auf einer Konsole steht ein lamébehängtes Etwas, an der Rückwand hängen Eulen und große balinesische Masken aus Pappmaché, und in einer Ecke stehen zwei wahrscheinlich künstliche Topfpalmen), konzentriert sie sich aus Höflichkeit auf den Tisch, und während sie die grüne Filzdecke, die von einem Billardtisch zu stammen scheint, und die peinlich genau angeordneten Attribute dieses Handwerks betrachtet, wird sie plötzlich vom Anblick dieser Frauenhände hypnotisiert, die rhythmisch wie ein Automat Spielkarten mischen. Es sind knotige Hände ohne irgendwelche Ringe, rot und rissig wie von einer heftigen Allergie gegen Waschmittel, alle Knöchel sind geschwollen, die Nägel abgefressen bis aufs Fleisch.

»Sind Sie eigentlich eine gute Mutter?«

Die Frage ist ihr so herausgerutscht, und aus der abrupt

stockenden Handbewegung und dem verblüfften Gesichtsausdruck von Madame zu schließen, hat sie sie mitten in einem Redefluß unterbrochen.

»Ohhh, Gott, ich weiß nicht. Wie alle.«

»Mich interessiert, wie gesagt, vor allem die menschliche Seite. Haben Sie Katzen, Hunde, Kinder? Machen diese Ihnen Sorgen? Haben auch Magierinnen zu leiden? So etwas müssen wir unseren Lesern bieten.«

»Ohhh. Nein, Katzen und Hunde nicht, weil wissen Sie, mir würden sie schon gefallen, die Tiere leisten einem so angenehme Gesellschaft, aber mein... mein Lebensgefährte kann sie nicht leiden, er sagt, daß schon so viele zweibeinige Viecher herumlaufen... Kinder hingegen zwei. Das Mädchen haben Sie gesehen, von daher keine Sorgen, das heißt, diejenigen eben, die alle haben... Und dann ist da der Große, und der, na ja, der schon... Aber ich weiß nicht, ob so etwas für die Zeitschrift gut ist, ich habe nämlich eine etwas außergewöhnliche Situation und...«

»Keine Angst, am Schluß wählen wir dann aus, ich meine, wir schreiben dann nur das, was Ihnen recht ist, aber um auswählen zu können, brauche ich zuerst einmal einen Gesamtüberblick. Ist Ihr Lebensgefährte vielleicht zufällig dieser große stattliche Herr, den ich mit einer Inter-Kappe habe aus dem Haus kommen sehen?«

»Ohhh, ja, richtig, Sie sind genau in dem Moment gekommen, als er zum Fußballspiel weg ist: ein Glück, wissen Sie! Für mich! Ihnen mag das ja merkwürdig vorkommen, Sie werden sagen, wie denn, die freut sich, daß die Männer, statt sonntags bei der Familie zu bleiben, fortgehen, um sich zweiundzwanzig Idioten anzugucken, die in Unterhosen hinter einem Ball herrennen? Aber es ist wirklich ein Glück, nicht weil sie fortgehen, sondern weil sie gemeinsam gehen wie Vater und Sohn... das ganze Problem kommt nämlich daher, daß Filiberto nicht sein Sohn ist. Aber nicht, daß Sie jetzt denken, ohhh! Da ist nichts Böses dahinter, den Mariantonio habe ich damals noch nicht einmal gekannt, ich war ordnungsgemäß verheiratet mit Virginio, treuestens verheiratet, und als dann der ganze Kladderadatsch passiert ist... Jetzt werden Sie sagen, ja, wie, kann denn eine Hellseherin nicht vorhersehen, was ihr passiert? Eben nicht, liebe Frau Pende, weil ich für mich selber nie die Karten gelegt habe und dies auch niemals tun werde, das ist eine Frage der... wie soll man sagen? Verstehen Sie, so wie ja auch ein Anwalt nicht seine eigenen Angehörigen verteidigt...«

»Der Berufsethik?« schlägt Marilina vor.

»Die da, ja! Also, wie ich da diesen jungen Vikar gebeten habe, sich um meinen Mann zu kümmern, weil der war in San Vittore gelandet – Verbrechen aus Leidenschaft, auch die Zeitungen haben darüber berichtet, ich habe sie alle aufbewahrt, aber ich kann sie natürlich nicht einrahmen, sonst verprügelt mich der Mariantonio, er ist nämlich furchtbar eifersüchtig, wissen Sie – Tatsache war nämlich, daß ich mich an diesem Lebenslänglich auch ein bißchen mitschuldig gefühlt habe, schließlich hat Virginio meinetwegen diesen armen Metzger am Hals und an den Füßen zusammengefesselt und dann mit dem Messer niedergestochen, und ich schwöre, daß, wenn ich das vorher gewußt hätte... aber vielleicht auch nicht, denn was hatte ich eigentlich Schlimmes getan? Ich wollte mich nur selbständig machen, von ihm den freien Raum über seinem Laden mieten und ein kleines Studio eröffnen – wir wohnten in Pioltello, das war schon damals eine gute Gegend für Tarock und weiße Magie –, und ich glaube, daß es deshalb war und nicht wegen sexueller Eifersucht, denn die wahre Eifersucht ist nicht diese. Der Virginio konnte meiner Meinung nach den Gedanken nicht ertragen, daß ich nicht nur ihn im Kopf hatte. Natürlich hatte ich auch ihn im Kopf, denn wenn eine mit siebzehn heiratet und nie mit einem anderen geredet hat, hängt sie zwangsläufig an ihrem Mann, auch wenn der nur gelegentlich als Mechaniker arbeitet und nie eine Lira in der Tasche hat, aber ich war ehrgeizig, wissen Sie! Und während ich das Geschirr für ihn abwusch und sein Kind versorgte, übte ich mit den Karten und dachte den ganzen Tag daran, daß ich mit einem eigenen kleinen Studio langsam aber sicher alle Schulden abbezahlen und in Zukunft unabhängig sein könnte, ein wenig wie eine richtige Dame... Virginio war eben nicht mehr der König meiner Gedanken. Und wie er dann also entdeckt hat, daß ich mit dem Metzger verhandelt habe, muß er sich ein bißchen wie die Savoyer gefühlt haben, als sie vom Thron verjagt wurden... und so war es denn ja auch nicht wirklich ein Verbrechen aus Leidenschaft, weil bei all den vielen Messern, die der Metzger da in seinem Laden hatte, hat er sich sein eigenes von zu Hause mitgebracht, und so hat er noch die erschwerende vorsätzliche Tötung gekriegt. So war er schon immer gewesen, daß er tagelang eiskalt seine Gewalttaten geplant hat. Mariantonio hingegen war so nett, so fröhlich, phantasievoll... echt leidenschaftlich, Sie verstehen schon. Aus

Catania. Und dann war da ja auch die Faszination des Priestergewands, und sein Auftreten... Wenn Sie sich vorstellen, daß ihm dieser ganze Skandal in der Gemeinde, als er meinetwegen den Rock ablegte, überhaupt nichts ausgemacht hat... Anfangs war es natürlich hart, schon deshalb, weil er, um den Skandal voll zu machen, die Gelegenheit nutzen wollte, um seiner wahren Berufung zu folgen – denn das Priestertum war für ihn im Grunde ein Kreuz gewesen, er hatte es nur ausgeübt, um seiner Familie einen Gefallen zu tun, Bauern vom alten Schlage, wissen Sie, die hätten ihn nie Schauspieler werden lassen, was er eigentlich wollte –, und für einen Ex-Priester war es damals ganz bestimmt nicht leicht, ein Engagement zu bekommen. Aber wir haben es geschafft: irgendetwas hat sich dann doch ergeben, und denken Sie nur, auch ich habe ein paar kleine Rollen gespielt, um das Einkommen aufzubessern, aber mir lag nicht soviel daran: Die Welt des Films ist nicht meine Welt. Mariantonio hingegen hat das immer weiter betrieben, hier ein Röllchen, da ein Röllchen, und jetzt hat er es sogar geschafft, zum Theater zu kommen – ohhh, wie schade, daß Sie nicht vor einer Woche hier waren! Da hätten Sie ihn sehen können! In unserem Gemeindesaal wurde eine Soiree veranstaltet. Im ersten Akt hat Mariantonio den Massinelli in *Massinelli auf Urlaub* von Edoardo Ferravilla gespielt, und dann im zweiten Teil war er die Maske in der *Eisernen Maske* – ein mittelalterliches Stück aus dem neunzehnten Jahrhundert, eine alte Paradenummer von ihm, wissen Sie – ohhh! Mariantonio ist großartig, er kann blitzartig Stimme und Tonfall verändern...«

»Also, jetzt hab' ich's!«

Deborah ist wie eine Lawine ins Zimmer geprescht, das jetzt zu voll wirkt. Marilina sieht aus bedrohlicher Nähe einen Finger auf sich gerichtet, von dem Speiseeis heruntertropft.

»Das ist die von den Fotos, die Berto gebracht hat! Von wegen Journalistin!«

»Meine Brille, rasch!«

Das dreizehnjährige Elefantenbaby dreht sich nach allen Seiten, und Marilina fängt, von dem plötzlich strahlend hellen Licht geblendet, zu blinzeln an. Als es ihr wieder gelingt, die Lider offenzuhalten, hat die Sträflingsgattin eine dicke Hornbrille auf der Nase und fixiert sie durch die konzentrischen Kreise ihrer Gläser für stark Kurzsichtige mit Augen, die an zwei in der Pfanne brutzelnde Ochsenaugen erinnern.

»Ohhh. Ja, ich sehe. Schämen Sie sich gar nicht?«

»Weshalb denn?«

Das Mädchen stützt jetzt mit den Schultern die Wand ab und schnaubt in Richtung des pseudo-venezianischen Lüsters mit Kristallkugeln:

»*Eva Express! Novella 2000!* Was zuviel ist, ist zuviel!«

Die Mutter ist inzwischen unter die grüne Filzdecke gekrochen und taucht jetzt erblaßt und an mehreren Stellen fleckig wieder auf, was den Schluß nahelegt, der Tischbelag könnte tatsächlich von einem ehemaligen Billardspiel stammen. Aus ihrem Knoten haben sich einige Haare gelöst. Sie rückt die Brille zurecht und spielt zwei paßbildgroße Blätter aus...

»Was für ein Spiel wird hier eigentlich gespielt, schöne Frau?«

Marilina starrt sprachlos auf ihre Fotos. Das eine stammt aus der Zeit, als sie sich einen neuen Personalausweis ausstellen ließ, das andere muß älter sein, da sie noch jene Frisur mit Mittelscheitel trug, von der sie so ein ausdrucksloses Pferdegesicht bekam.

»Das verstehe ich nicht. Ich habe ihm nie ein Foto gegeben.«

Die Frau breitet mit ausholender Gebärde und aufwendigem Gold- oder Lurexgeflacker die Arme aus.

»Hören Sie, wie er dazu gekommen ist, geht mich nichts an, aber da es Sie so erwischt hat...«, sagt sie. Marilina weiß nicht mehr, was sie denken soll. Was bedeutet »erwischt«? Und warum sieht diese Frau, die voll berechtigt wäre, sie zu »erwischen« und zwar am Nacken und sie wegen Täuschung und Hausfriedensbruch vor die Tür zu setzen, sie so irgendwie mitleidig an? Gerade so, als wolle sie sich bei ihr entschuldigen: aber wofür bloß?

»Sie müssen mich verstehen, ich habe nur das getan, was mein Sohn von mir verlangt hat, ich konnte es ihm doch nicht abschlagen, schließlich ist er mein Sohn, und wenn einer verliebt ist... aber ehrlich gesagt, war ich meiner Sache nicht sehr sicher, denn ich habe zu ihm gesagt, daß in solchen Fällen Fotos nicht ausreichen, ich habe zu ihm gesagt, wenn du ein hundertprozentiges Ergebnis willst, mußt du mir etwas Intimes bringen, habe ich zu ihm gesagt, zum Beispiel ein paar abgeschnittene Fingernägel, oder Haare, am besten von den ganz persönlichen oder, wenn das nicht möglich ist, einen gebrauchten Slip, eine Strumpfhose... Schließlich bin ich ja nicht wie gewisse unverantwortliche Personen, die nicht einmal die elementarsten Regeln beachten ... Aber da er mich so sehr darum gebeten hat und sagte, daß er mehr nicht beschaffen könne, habe ich eben mein Bestes versucht ...«

»Aber was denn? Was wollte Berto?« fragt Marilina ganz verwirrt. Löste sich das Geheimnis der gestohlenen Schlüssel also auf diese Weise? War es das, was er gesucht hat? Fotos? Unterhosen?

»Was heißt, was er wollte?« fragt die Magierin. »Eine Liebesmagie natürlich!«

»Für mich? Gegen mich? Also hören Sie auf, das ist doch absurd! Und Sie ... was haben Sie dann mit meinen Fotos gemacht? Nadeln reingesteckt?«

»Sind Sie wahnsinnig!« schreit die Magierin ernsthaft erbost. »So etwas mache ich nicht! Für mich kommt nur weiße Magie in Frage. Nur glücksbringende Talismane und Liebeszauber!«

»Zauberhaft!«

Bei diesem Ausruf Marilinas lacht Deborah lauthals und offenbar nicht unintelligent. Die Mutter hingegen stützt die Ellbogen auf das Tischchen und das Kinn in die Hände, als wäre sie sehr müde oder ihr Chignon würde ihr langsam zu schwer.

»Hören Sie«, sagt sie, »was geschehen ist, ist geschehen, und wenn Sie wollen, können wir die Fessel auch wieder lösen. Es ist ja nicht meine Schuld, wenn ein Mann es sich dann anders überlegt. Aber hören Sie, glauben Sie einer Mama: für den Jungen ist es besser so, viel besser. Sicher, jetzt, da ich Sie kenne, kann ich das schon verstehen, Sie haben so etwas ... so etwas ...«

»Die ist Skorpionin, die ist Skorpionin, das habe ich

gleich geahnt«, mischt sich Deborah ein, aber zwei böse Blicke blitzen sie gleichzeitig an.

»Versuchen Sie sich einmal in meine Lage zu versetzen«, fährt die andere fort. »Ich kann schon verstehen, wie man sich mit so einer Fessel fühlt, aber seit er mit dieser Irene zusammen ist, hat sich mein Sohn vollkommen verändert. Sogar die Arbeit in der Autowerkstatt gefällt ihm jetzt, und er zieht nicht mehr mit diesen fiesen Leuten herum wie früher, er streitet nicht mehr mit Mariantonio wegen jeder Kleinigkeit, und auch die Tatsache, daß dieses gute Mädchen ihn so gern in ihrer Wohnung aufnimmt, hat für uns so manches Problemchen gelöst, denn die gab es, die gab es... Jetzt kommt er nur noch sonntags wie ein Verwandter auf Besuch und ist immer so nett, Sie haben es ja gesehen, auch mit seinem Stiefvater ist er ein Herz und eine Seele... Denken Sie nur, heute hat er sogar gesagt, daß er schon überlegt, vielleicht mit Kassetten Englisch zu lernen...«

Und er holt sich nicht mehr von vier Uhr bis vier Uhr vier einen mit dem Telefon herunter, denkt Marilina und fühlt sich plötzlich von Stolz durchzuckt. Also war sie ihm tatsächlich sehr wichtig gewesen. Armer Berto: er hat sie so sehr begehrt, ersehnt, geliebt, daß er sogar diese idiotische Zauberei versucht hat. Er wollte nur wiedergeliebt werden.

»Keine Angst«, sagt sie jetzt voll plötzlichen Mitgefühls für die berechtigten Ängste dieser so originell banalen Mutter. »Ich werde Ihren Berto nicht mehr wiedersehen, von mir aus kann Irene ihn behalten.«

Sie ist zufrieden, daß sie das gesagt hat. Wie durch Zauberwirkung ist dieser ganze Gefühlswirrwarr von Groll,

Eifersucht, gekränkter Eigenliebe, Schmerz über den ungerechten Verlust, der sie bis in dieses Zimmer hier getrieben hat, verschwunden. Wirkt sich Großzügigkeit sowohl auf die Selbstachtung als auch auf die Rückenmuskulatur aus? Sie hat tatsächlich den Eindruck, jetzt viel aufrechter auf dem Stuhl zu sitzen. Aber schon drängt sich ihr eine beunruhigende Frage auf: Wer ist der Anonyme, der um fünf Uhr und zehn vor oder zehn nach sieben an sie denkt? Soll Irene den Berto doch wirklich behalten. Eine Frau, die geliebt worden ist und die nicht liebt, kann es sich erlauben, den Mann, der ihr jetzt nicht mehr gehört, an eine andere abzutreten. Nun müßte Bertos Mutter doch glücklich, dankbar oder wenigstens beruhigt sein. Statt dessen fährt sie, ungestüm mit dem Goldstaniol rauschend, vom Stuhl hoch und ringt theatralisch die Hände:

»Ja, aber dann... hat es nicht geklappt! Sie sind nicht gefesselt! Ohhh, ich habe es ja gewußt! Ich hätte einen Slip gebraucht! Ohhh, wie stehe ich jetzt da! Ohhh, was für eine Katastrophe für meinen Ruf!«

Die pathetische Tunika oder Kutte, die aufgeregt herumflattert, ist vielleicht doch nicht von den Comic strips abgesehen, denkt Marilina jetzt, nein, sie hat etwas Priesterliches, Byzantinisches, richtig: das ist eine Dalmatika mit diesem leicht verrutschten Chormantelkragen.

»Machen wir es so«, schlägt sie vor, »ich sage niemandem etwas davon, daß Ihre Zauberkräfte zu wünschen übriglassen, und zum Ausgleich dafür erzählt ihr beide keinem Menschen etwas davon, daß ich hier gewesen bin. Das wäre mir nämlich sehr unangenehm.«

Mutter und Tochter sehen sich an, zucken mit den jeweiligen Schultern und nicken ein einstimmiges »Gut«, das ihr als Verpflichtung ausreichend scheint. Alles in allem ist Marilina diese brave Familie von Verrückten sympathisch, und eigentlich wäre sie gar nicht so abgeneigt, sich, nur um den übrigen Nachmittag und Abend nicht allein in Gratosoglio vor dem Fernseher verbringen zu müssen, die Tarockkarten legen zu lassen. Ach, aber fast hätte sie etwas vergessen:

»Noch etwas ...«

»Was denn?«

»Kennen Sie vielleicht zufällig eine gewisse Pucci Stefanoni? Wenn sie nicht gerade als Krankenschwester tätig ist, spielt sie Medium.«

»Ich habe nicht das Vergnügen. Wissen Sie, bei den Spezialisierungen... Ich habe mich nie auf diese okkulten Dinge eingelassen.«

»Ich dachte nur... Sind Sie sicher? Haben Sie nicht wenigstens ihren Namen gehört? Vielleicht war sie zufällig einmal als Kundin bei Ihnen ...«

»Deborah, schau doch mal nach, ob wir sie im Adressenverzeichnis haben.«

»Stefanoni wie Stefanoni?«

Das Mädchen setzt sich vor die Konsole, zieht die Lamédecke herunter, und das, was eine Nähmaschine zu sein scheint, erweist sich als Computer.

»Oder Pucci wie Pucci«, sagt Marilina, die sich jetzt, da sie sich nicht mehr über sich selber wundern kann, über gar nichts mehr wundert.

Zeile um Zeile laufen Namen über den Bildschirm, aber nein, die Pucci ist nicht darunter. Zur Sicherheit bittet

Marilina, auch noch unter F und L zu suchen, aber auch da taucht kein Name auf, den sie kennt.

»Du bist aber ganz schön neugierig«, meint Deborah kumpanenhaft, als sie sie zur Tür geleitet. »Warum wolltest du das denn wissen?«

Entschlossen und unverfroren, wie sie es sich nie zugetraut hätte, antwortet Marilina mit einer Lüge:

»Weil ich wirklich Journalistin bin. Hat dir das dein Stiefbrüderchen nie erzählt?«

Und jetzt kommt Lucrezia Borgia und ihr blondes Löckchen an die Reihe, das in einem Schaukasten der Biblioteca Ambrosiana ruht (Titel der Doktorarbeit: *Goldne Fäden sind's. Ausgesetztes Verfahren gegen die Männerphantasien von Pietro Bembo (Venedig 1470–Rom 1547) bis George Byron (London 1788 – Missolungi 1824).* Die Doktorandin ist eine Frau, die Verfasserin ebenfalls, also wird es sich empfehlen, Gregorovius beiseite zu lassen und lieber gleich direkt bei Maria Bellonci zu klauen, die sich ohne große Mühe umfrisieren läßt: man muß sie nur ein wenig auffrischen, etwas aktuelle Töne hereinbringen, ein paar »Gedanken über den Unterschied« beimengen, und schon kann man drauflos schreiben. Marilina ist die Vorstellung von einer spezifischen Frauenkultur zuwider: soll frau sich denn nach all den Kämpfen, um aus dem allgemeinen Getto herauszukommen, freiwillig in ein Sondergetto einsperren? Wie soll eine Frau sich denn von einem Mann *verschieden* fühlen, wenn alle beide fremde Wesen sind, die das Schicksal, das Chaos, die Evolution der Spezies oder weiß der Teufel welcher Gott dazu verleitet hat, in ein und demselben Boot sitzend gegeneinander zu kämpfen? Aber Arbeit ist Arbeit: sie hat schon Übung darin, Thesen aufzustellen, die sie nicht unterschreiben kann, also muß sie es so einrichten, daß ihr dieser historische Ausschnitt einer Mentalität gefällt, mit der sie nichts anfangen kann, denn bei guter Laune ist Marilina wirklich überzeugt, daß es unsinnig ist, sich innerhalb des großen Käfigs, der unsere einzige Welt ist, auch wenn diese uns oft zu eng erscheint, noch einen eigenen Käfig zu bauen. In letzter Zeit ist sie oft guter Laune, vielleicht auch dank dieser verrückten Borgias und dieser Renaissance-Richtung, in die ihre Gedanken jetzt zwangsläufig gehen. Sie fühlt sich als Papst. Dazu kommt, daß der Computer noch immer auf ihrem Schreibtisch thront und ihr seit gestern gehört.

»Ja, *ofcors* kannst du ihn behalten, im Gegenteil, ich weiß gar nicht, weshalb ich nicht selber auf die Idee gekommen bin: ich wollte ihn ohnehin gerade durch einen Laptop ersetzen, das ist eine Frage der Entwicklung«, sagte Accardi und ließ sich über veraltete Modelle und neue Anforderungen aus, aber sein Ton war allzu forciert, ja unecht. Als hätte ihn Marilinas Anruf und ihre alles andere als zögernd vorgebrachte Bitte, ihr den Computer noch eine Weile zu leihen, tatsächlich in Aufregung versetzt. Also wagte sie sich noch weiter vor:

»Wenn du dir tatsächlich einen anderen anschaffst, könnte ich dir doch vielleicht diesen gebrauchten abkaufen. Ich könnte ihn dir mit dem Erlös aus den Eismaschinen bezahlen, wenn es mal soweit ist.«

»Kommt überhaupt nicht in Frage! Das wäre ja noch schöner! Bei dem, was der noch wert ist! Ich schenke ihn dir.«

Verblüfft protestierte sie aus Höflichkeit, worauf Accardi mit einer Reihe von Gegenprotesten antwortete: Keine Widerrede! Und sie habe dies und das verdient, er sei doch nicht kleinlich, und diese Sache mit der Bezahlung durch Ware sei ihm auch nicht sehr korrekt erschienen, sie habe doch extra dafür gearbeitet und hätte, egal was

Fedora dazu meinte, ihr Geld gleich *käsch* auf die Hand bekommen sollen, ohne so lange hingehalten zu werden, daher könne sie doch diese Extraleistung ohne weiteres als Ausgleich für verlorene Zinsen betrachten, oder? Und außerdem benutze er den PC nie und...

»Genug. Ich bin glücklich und fühle mich verpflichtet, ihn anzunehmen, aber wenn du jetzt nicht aufhörst, dann endet es schließlich noch so, daß du dich bei mir dafür bedankst, und das wäre dann wirklich übertrieben.«

»Du hast mich nur einfach ein bißchen überrumpelt«, murmelte er dann nach einer dieser Pausen, bei denen sie immer Herzklopfen bekam. »Ich habe nämlich an eine kleine Überraschung für dich gedacht.«

»Was? Deshalb hast du ihn also nicht abholen lassen?«

»Nein... ehrlich gesagt... daran, daß der PC dir dienlich sein könnte, habe ich gar nicht gedacht... es geht um etwas anderes, etwas, das mit dem Buch zu tun hat. Du wirst morgen sehen.«

»Ist es fertig?« fragte Marilina ohne große Anteilnahme. Die spürbare Begeisterung Accardis, die seine Stimme jetzt schamlos, ja geradezu beleidigend zittern ließ, wirkte sogar abstoßend auf sie.

»Ja, morgen nachmittag bekomme ich das... wie nennt man das erste Exemplar...«

»Vorausexemplar.«

»Richtig. Ich wollte dich schon anrufen, weil ich dachte, du könntest vielleicht zum Abendessen zu mir kommen und es dann ansehen.«

Reizend, seine Angeberei.

»Gern. Hoffentlich gibt es nicht zu viele Hurenkinder.«

»Nein, wir sind ganz unter uns. Ich habe keinen Fahrer, da er *Däddi* und *Maman* wegbringen mußte, aber ich könnte Enzo nach Ladenschluß bei dir vorbeischicken, er kennt ja deine Adresse.«

Und er kam auch tatsächlich ganz pünktlich, sogar in dunklem Jackett mit Abendfliege aus Moiré, die gar nicht schlecht zu dem breitkrempigen braunen Bohemienfilz paßte. Marilina, die den ganzen Tag in Pantoffeln Bellonci gelesen und erst im letzten Augenblick ihre hochhackigen Schuhe und ihre einzige einigermaßen saubere Bluse zum erstbesten Rock angezogen hatte, hätte fast einen Rückzieher gemacht, als sie ihn so elegant vor der Haustür stehen sah, aber da sie nun einmal beschlossen hatte, sich nicht mehr so leicht ins Bockshorn jagen zu lassen, bestieg sie den Oldtimer, dessen Schlag er für sie aufgerissen hatte, eine ziemlich heruntergekommene hellblaue Ente aus Achtundsechzigerzeiten, wie man sie heute gar nicht mehr findet. Sie befürchtete, daß Enzo die Gelegenheit nutzen würde, das Gespräch von neulich fortzusetzen, aber vielleicht, weil er das Geklapper der Karosserie und das üble Gequietsche der Federn voll auskosten wollte, blieb er bis Vimodrone andächtig still.

Die Villa Accardi ist der zweistöckige neue Flügel einer Werkhalle, über deren Sheddach ein Aufbau mit flutenden Laserstrahlen thront, die sich in regelmäßigen Zeitabständen zu den Buchstaben HRD METALS formieren. Im Park kläffen ein Pudel und ein Dobermann wie übergeschnappt herum, aber nachdem sie zwei oder drei Runden um das Vehikel gedreht haben, fangen sie an zu raufen und trotten dann davon.

»Du hast sie mitgebracht«, sagt Niki und schiebt die asiatische Hausangestellte, die die Mäntel abnimmt, beiseite. Marilina lächelt unwillkürlich, aber es war als Frage gemeint und kein auf sie gemünzter Pleonasmus: Enzo hebt nämlich als Antwort eine Plastiktasche hoch, aus der rechteckige Formen durchscheinen. So also läßt sich Nikis Erregung erklären, das werden ein paar Spezialkassetten aus neuester Lieferung sein. Der Hausflur mit einer mattweißen Marmortreppe auf der einen Seite und vier nebeneinanderliegenden Türen auf der anderen ist dreimal so groß wie ihr Einzimmerapartment samt Bad und Küche.

»Fursicht auf Stuffe«, warnt die Hausgehilfin, während sie auf Marilinas schwindelerregend hohe Absätze deutet, und dies ist gewiß eine philippinische oder malaiische Untertreibung, denn der riesengroße Raum, der sich nun vor ihnen auftut – er gleicht weniger einem Wohnzimmer als einem überdachten Platz –, besteht praktisch nur aus Höhenunterschieden: Stufen gibt es gleich einmal zwei, die auf eine mittlere Ebene voller runder Tischchen wie aus einer Konditorei und Wiener Stühlchen nach dem Entwurf eines besonders albernen Designers hinabführen, von dort gehen links drei Stufen zu einem Eßbereich mit vielleicht sogar echten Geschirrschränken aus dem siebzehnten Jahrhundert und einem Tisch für mindestens vierundzwanzig Personen hinauf, der aber jetzt nur an einem Ende für drei gedeckt ist; hinten rechts gelangt man über zwei breite halbkreisförmige Ränge zu einer Theaterbühne mit weißen Diwanen hinab, die alle auf ein Türmchen aus messinggemasertem Eisen und mit überall bizarr herausragenden Bolzen und Schraubenmuttern ausgerichtet sind.

Nachdem man dieses mit offenem Mund eine Weile betrachtet hat, geht einem auf, daß es wohl ein Kamin sein soll.

»Los, los, zu Tisch, Fiorella muß um zehn weg«, ruft Niki aus und schiebt Marilina in Richtung der Eßebene. »Wir nennen sie Fiorella, weil ihr richtiger Name unaussprechlich ist, alles nur Pfeiflaute, zwei Wochen lang haben wir uns damit abgemüht, dann gaben wir es auf, aber sie kocht einen wunderbaren Risotto, du wirst schon sehen. He, Fiorella?«

Die Hausangestellte ist hinter einer Schwingtür im Far-West-Stil verschwunden, aber Niki achtet nicht darauf. Er ist wie elektrisiert, bewegt sich ruckartig, kichert dauernd und zieht die Nase hoch. Er bekommt vielleicht eine Erkältung, hat ein bißchen Fieber.

»Enzo, du hier mir gegenüber, und du, Labruna, auf den Ehrenplatz. Die Damen gehören auf den Ehrenplatz. Champagner! Guter Jahrgang. Mach auf, mach auf, er ist jetzt sicher gerade richtig gekühlt«, sagt er und schiebt eine riesige Flasche Franciacorta auf Enzo zu. Das Tischtuch ist rotkariert wie in einem Wirtshaus, aber darauf ist eine Batterie feinsten Kristalls angeordnet. Reihenweise Silberbestecke umrahmen im Dreieck die achteckigen Telleruntersetzer, auf denen jeweils zwei prachtvolle Porzellanteller und eine Papierserviette eine halb mit zerstampftem Eis gefüllte Schale tragen, die wiederum eine mit winzigen tintenfarbenen Kügelchen gefüllte kleinere Schale enthält.

»Beluga! Original! Mein *Däddi* ist letzte Woche in Sankt Petersburg oben gewesen, er will da ins Geschäft kommen, sagt er, aber, sage ich, mit wem willst du denn bei dem Durcheinander, das da herrscht, ins Geschäft kommen, mit der Mafia? ›Warum nicht?‹, sagt er, ›was glaubst du, mit wem wir hier im Geschäft sind?‹ Hihi. Er hat drei Kilo angeschleppt, also haltet euch ran. Ich habe keinen großen Appetit.«

»Die Ermitage würde ich gern einmal sehen«, sagt Marilina, während sie den ersten Löffel voll knirschender Kügelchen kostet. Sie schmecken leicht nach Sardinen, mit einem nussigen Beigeschmack, der sofort einen Schluck Franciacorta verlangt.

»Wir könnten im Frühjahr mal hinfahren«, sagt Enzo nachdenklich.

»Warum nicht? Dann fahren wir mit dem Geländewagen die Treppe vom *Panzerkreuzer Potemkin* runter, hihi. Kommst du mit?«

»Irgendwann einmal«, erwidert Marilina gedankenverloren, da fängt Enzo zu lachen an, ein offenes, volltönendes Lachen wie ein tiefes C. Nach dem Kaviar schmeckt der blasse verklumpte Reis, den Fiorella ausgesucht unfreundlich in die Näpfe geschöpft hat, fad, dafür läuft der Champagner die Kehle hinab, daß es eine wahre Freude ist. Dann kommt die Hausangestellte mit einem Teewagen an, auf dem inmitten von weiterem Tafelsilber ein Spirituskocher ins Auge sticht, und beobachtet gleichmütig den jungen Hausherrn, der in einer bühnenreifen Flambierszene mit grüngepfefferten Rinderfilets und verschiedenen Alkoholika persönlich auftritt. Erstere sind zäh, wie das Gespräch. Marilina, die sehr darauf bedacht ist, bei all den vor ihr zur Auswahl ausgebreiteten Messern und Gabeln keinen Fauxpas zu begehen, gibt vor, ganz mit dem Essen beschäftigt zu sein, während sie zuhört, wie die beiden sibyllinische Meinungen über Spinnaker, Winterlager und Kielschwerter austauschen. Als sie der »Magnum«-Buddel schließlich den Garaus gemacht haben, werden plötzlich die Lichter schwächer, der Teewagen wird wieder hereingeschoben, und Marilina hat einen Augenblick das Gefühl, tatsächlich zu viel getrunken zu haben: sie bildet sich ein, zwischen den brennenden Kerzen auf dem Tablett ein rosa-grünes Buch liegen zu sehen. Es ist aber gar keine Einbildung. Der Buchrücken ist aus Pistazieneis, und auf den Deckel, von dessen Rändern Eiszapfen heruntertropfen, ist mit Schokolade »Glückwünsche« gespritzt, mit kräftigen Ü-Pünktchen aus Sahne.

»Neeein!« stöhnt sie und fängt plötzlich, an einem Lachanfall, den sie weder herauslassen noch unterdrücken kann, halb erstickend, zu husten an. Mit Tränen in den Augen nimmt sie die Bemühungen der anderen um sie wahr, einer klopft ihr auf den Rücken, ein anderer hält ihr ein Glas vor die Lippen, die Hausangestellte zirpt und zwitschert und hüpft zwischen Teewagen und Tisch herum, ein Radau, der kein Ende zu nehmen scheint und ihr genügend Zeit läßt, dem Gefeierten insgeheim zu wünschen, daß seine ungenießbare Buchattrappe dahinschmelzen möge. Aber von wegen. Aufregung und Husten sind vorüber, wie alles vorübergeht, und jetzt bereitet sich Marilina darauf vor, einen ordentlichen Happen des harten Deckels zu verspeisen (weißer Nougat), der mit einem süßlichen Likör beträufelt worden ist, wahrscheinlich Kirsch oder einfach Kitsch.

»Keine schlechte Überraschung«, sagt sie und schämt sich dabei ein wenig.

Accardi lächelt sie merkwürdig erregt und eindringlich an. »Oh, das war noch nicht die Überraschung. Das Eis war eine Idee Fiorellas. Hier kommt das Wichtige: das Original.«

Er hat es wirklich bis zum süßen Ende aufbewahrt: nachdem er es wer weiß wo hervorgezaubert hat, legt er es flach auf den Tisch, und sieh nur, wie er auf dem achtfarbigen Umschlag herumtrommelt, wie er den Goldschnitt zart liebkost und das seidene Lesezeichen sinnlich durch die Finger gleiten läßt, wie er ihn mit tief gebeugtem Kopf betrachtet, diesen noch druckfrischen Pappband, als sei er tatsächlich seine eigene Kreatur, die er nur ungern in fremde Hände geben möchte. Zugegeben, das Produkt sieht nicht übel aus: man könnte es für einen mindestens hunderttausend Lire teuren Kunstband halten.

»Hier«, wiederholt Accardi, kann sich aber immer noch nicht entschließen, es ihr aus der Nähe zu zeigen. »Weißt du, daß ich ziemlich viel darüber nachgedacht habe? Und je mehr ich darüber nachgedacht habe, desto schlechter fühle ich mich. Ich sagte dir ja schon gleich am Anfang, erinnerst du dich, daß so etwas eigentlich nicht meine Art ist. Das kann Enzo bezeugen, er kennt mich schon ein paar Jahre: ich bin ein Typ, der das *Färplei* schätzt, verstehst du, billige Mafiamethoden sind mir zuwider. Wehe, wenn mir einer damit kommt!«

»Wehe!« brummt Enzo, aber so geistesabwesend (er schenkt sich gerade noch ein Glas Grappa ein), daß man nicht so recht weiß, ob dies jetzt als sanfte Verarschung gemeint war, ob er es im Ernst gesagt oder überhaupt nicht zugehört hat.

»Können gehen?« fragt die Hausangestellte dazwischen, deren Kopf über der Saloon-Schwingtür aufgetaucht ist.

»Geh, geh. Es war also eine Frage des ... doch ja, sagen wir ruhig, es war eine Gewissensfrage. Andererseits gab es auch Für und Wider, und deshalb mußte ich so lange überlegen. Eine intelligente Frau wie du wird das verstehen ... Du kannst dir wirklich nicht vorstellen, wie lange ich hin- und herüberlegt habe ... Aber dann am Schluß habe ich *gesehen,* daß dies der richtige Weg war, mit anderen Worten, ich konnte dich nicht einfach weiter verstecken, sondern *mußte* deinen Beitrag auch entsprechend würdigen.«

Marilina fährt hoch, denn darauf war sie nun wirklich nicht gefaßt gewesen. Also war er doch ein erwachsener Mensch und nicht einfach nur ein reicher Hampelmann, der keinen eigenen Entschluß fassen konnte und sich einfach nur durchs Leben treiben ließ! Selbst ihre Trunkenheit ist jetzt von anderer Sorte: ihr Kopf sprüht, ihr Herz jubiliert, sie schwebt in einem fröhlichen Himmel, ihre Stimme ist vor Stolz klar wie ein Wasserstrahl:

»Du hast meinen Namen genannt!«

»Jawohl«, sagt Niki und hebt seine prachtvolle Falkennase, um sie mit feuchten Augen anzusehen. Er ist sichtlich von der Größe seiner Tat überwältigt, und wenn er jetzt die Nasenlöcher bläht und sich daran kratzt, so bestimmt nur, um seine Rührung ein wenig zu verbergen.

»Zeig her.«

»Da, schau«, sagt er und hält ihr das aufgeschlagene Buch vor die Nase. Marilina schaut und schaut, dann reißt sie es ihm aus den Händen und schaut weiter. Es steht auf Seite 4 neben dem Copyright-Vermerk: »Der Verfasser dankt Dr. Marilina La Bruna für die Zusammenstellung des Bildmaterials.«

Vermutlich ist sie erblaßt, denn Accardi schüttelt sie plötzlich am Unterarm und sagt dicht vor ihrem Gesicht:

»... was nicht in Ordnung?«

»Labruna«, sagt sie nach einer Weile. »In einem Wort, Labruna schreibt man zusammen.«

»Ach, du lieber Gott. Das tut mir ... tut mir wahnsinnig leid, glaub mir. O Gott, o Gott, wie schrecklich peinlich!«

»Zeig her«, sagt Enzo und ergreift das Buch: »Stimmt, es ist auseinander geschrieben.«

»Kann man nichts machen«, meint Marilina und ist sogar zu einer Art Schulterzucken fähig. »Jetzt ist es schon passiert. Trinken wir darauf. Auf Giandomenico Accardi, den hochherzigen Verfasser und miserablen Korrektor, haha.«

Sie hat sich tapfer geschlagen. Die beiden sind darauf hereingefallen und scheinen nicht einmal entfernt zu ahnen, wie tief enttäuscht sie ist, wieviel Verachtung und Wut sie in sich nährt – nein, nicht auf ihn, der jetzt versucht, seinen Schnitzer auszubügeln, worauf es schon gar nicht mehr ankommt, und darüber in Rage gerät, daß ihm die Druckerei die Fahnen nicht einmal gezeigt und daß, wenn er gewußt hätte ..., und daß, wenn er, statt sich darauf zu versteifen, ihr eine Überraschung zu bereiten – armer Trottel –, nein, wie enttäuscht und wütend sie auf sich selber ist, ihm auch nur einen Augenblick getraut zu haben. Sie hatte schon vergessen, wie scheußlich dieses Gefühl ist. Gerade so, wie wenn man entdeckt, sich selber vergewaltigt zu haben. Bei Ernesto war das auch so gewesen. Man durfte ihn doch nicht zwingen, die Schuld am Scheitern ihrer Beziehung auf sich zu nehmen, denn was konnte er schließlich dafür, daß er so war, wie er war? Und wenn er sich nach dreijähriger fester Beziehung und all den Plänen für eine gemeinsame Zukunft plötzlich Hals über Kopf in eine andere verliebte, dann lag die Schuld doch nur bei Marilina, die es nicht geschafft hatte, alles aus einer Perspektive der Abschaffung des Privateigentums von Gefühlen, der Offenheit und möglichst eines Zusammenlebens zu dritt zu sehen. Darüber hatten sie wochenlang geredet, oder vielmehr, Ernesto hatte darüber geredet: sie saß mit aufgestützten Ellenbogen am Küchentisch und hielt sich den Kopf, um diesen im jeweils richtigen Augenblick entweder zu schütteln oder damit zu nicken. Hin und wieder bekam sie einen Weinkrampf und versteckte sich im Bad, bis er vorüberging: dann wusch sie sich das Gesicht und kehrte äußerlich gefaßt reumütig in die Küche zurück, denn obwohl es furchtbar war, ihm zuzuhören, wie er jedes einzelne ihrer schadhaften Haare spaltete, immer ein Haar in ihrer Suppe fand, befaßte er sich schließlich mit ihr. Aber es war ihr nicht gelungen, nicht zu merken, daß Ernesto sie nicht mehr liebte und daß er sie zu diesen qualvollen selbstkritischen Sitzungen nur zwang, weil er diese selber brauchte, denn er konnte es sich selber nicht eingestehen, daß er so von einem Tag auf den anderen in eine Revisionismuskrise geraten war. Hinter seiner knallharten Argumentation, mit der er die feste Zweierbeziehung abkanzelte, war seine unverhüllte Angst zu spüren, mit ihr auch einen Teil seiner selbst zu verlieren: er wollte alles, um nicht draufzahlen zu müssen, was einen ja hätte rühren können, wenn es nicht demütigend gewesen wäre. Marilina wollte sich einfach nicht einer direkten Konfrontation mit einem anderen Mädchen aussetzen. Das hätte sie nicht geschafft: daher räumte sie ihren Platz lieber freiwillig und legte ihre einzige Liebe, die für eine Weile erwidert worden war, in der Schublade für »Ausnahmen« für immer ad acta.

Jetzt geht sie eine Treppe hinauf und betritt einen großen Raum, dessen Wände hinter zum Teil offenen, zum Teil verglasten, mit Schachteln und Ordnern vollgestopften Regalen völlig verschwinden. Die Wand gegenüber der gigantischen Couch bietet vom Fußboden bis zur Decke eine einzige Ausstellung von mattschwarzen Geräten... Mit all diesen Bildschirmen, Lautsprechern und zahlreichen anderen metallischen Gegenständen in Reih und Glied, an denen sich ungezählte Bedienungsknöpfe und Funktionstasten befinden und hier und da Kontrollämpchen und Displays aufleuchten oder blinken, könnte man einen ganzen Hi-Fi-Laden füllen, aber der Raum scheint ein Schlafzimmer zu sein, denn an der Rückwand steht ein Bett von französischen Ausmaßen, mit vier Metallpfeilern, die einen geometrischen Baldachin aus himmelblauem Hanf stützen. Marilina ist zwischen den beiden jungen Männern in die Couchpolster versunken: Enzo kichert und Niki kramt in der Plastiktasche, wobei er eine Videokassette nach der anderen herauszieht und auf den Teppich wirft.

»Ja, bist du denn verrückt geworden? *Grand Hôtel?*, *fünf einfache Stücke? Die sieben Samurai?* Was ist denn das für Zeug?«

»Spezialsammlung. Jetzt, da du, wie sie sagt, ein Autor *bist*, solltest du dich ein wenig vervollkommnen, mein Lieber...«

»Ach, ich habe verstanden! Das sind Neubearbeitungen, so wie die Pornocomics von Mickey Mouse, der die Minnie bumst? Aber du weißt doch, daß diese Videos, die irgendwie eine Handlung zugrundelegen, die blödesten sind...«

»Nur die Ruhe! Setz dich bequem hin und ergib dich in dein Schicksal, heute abend guckst du dir einen richtigen Film an!«

»Einen *richtigen*?«

»Einen richtigen. Und wenn du nichts dagegen hast, lassen wir der Dame die Wahl. Für mich sind alle gleich gut, denn der Titel heißt auf jeden Fall: *Der Verkäufer von Pornovideos, zweiter Teil: die Rache.*«

»Ach leck mich doch!« platzt Accardi heraus, dann wendet er sich an Marilina und raunt ihr kumpelhaft ins Ohr: »Manchmal spinnt er, aber er meint es nicht böse. Welchen willst du sehen?«

Sie hat den dringenden Verdacht, daß die beiden ein abgekartetes Spiel mit ihr treiben, aber wozu eigentlich?

»Diesen hier vielleicht? Ich kenne ihn nicht«, sagt sie und wählt die Kassette von Rosis *Carmen* aus.

»Wer kennt den schon. Ich war vielleicht drei Jahre alt, als der lief.«

»Bumm!« sagt Enzo, »der stammt von 84. Ganz wunderbar. Die Migenes-Johnson ist eine Wucht.«

»Singen die denn?« fragt Marilina, die plötzlich befürchtet, einen Langweiler ausgesucht zu haben.

»Auf französisch! Mit Untertiteln!« stöhnt Niki, der also viel mehr weiß, als er zu wissen vorgibt, dennoch hat er sich schon erhoben, die Kassette in einen der schwarzen Schlitze unter dem größten der Fernsehgeräte gesteckt, sich deutlich schwankend wieder hingesetzt und hantiert jetzt mit einer Fernbedienung herum. Der Fernsehschirm färbt sich himmelblau. Gelbe Schriftzeilen laufen schnell ab, dann rücken zwei goldbetreßte Beine und ein leuchtend roter Fleck ins Bild.

»Olé«, brummt Niki, während er mit einer dritten Fernbedienung wie magisch die Zimmerbeleuchtung dämpft.

»Toll, wie du eingerichtet bist«, meint Marilina staunend. »Hier ist es bequemer als im President.«

»Ja, nicht?«

Der rote Fleck auf dem Fernseher hat sich in eine Muleta verwandelt, die auf dem Rücken eines blutüberströmten Stiers flattert. Marilina spürt plötzlich einen Schauder, aber nicht, weil sie sich vor der roten Farbe ekelt, die über das schwarze Fell des Tieres rinnt: Accardi hat sanft einen Arm um ihre Schulter gelegt. Mit angehaltenem Atem schielt sie zu ihm hinüber. Dieses Profil, das ihr noch immer einen Stich zu versetzen vermag, den sie im ganzen Körper spürt, hebt sich gleichgültig vor dem himmelblauen Halbdunkel ab, wobei die Nasenspitze den Zeitlupenbewegungen der Corrida auf dem Fernsehschirm folgt und kaum wahrnehmbare Sinuskurven in die Luft zeichnet. Ob er kapiert hat, wie leer sein Platz in ihrem Herzen geworden ist? Wahrscheinlich nicht. Er wird sich wohl einbilden, daß sie aufgeregt ist, dankbar, daß er seinen Arm, nachdem er ihn einmal ausgestreckt hat, aus Trägheit da liegen läßt. Oder er will Abbitte für den Druckfehler leisten, aber vielleicht denkt er, bei all dem, was auch er getrunken hat, gar nicht an so etwas. Er ahnt nicht, daß er für sie nur noch irgendeiner ist. Daher bleibt sie eine Viertelstunde lang still und brav im Warmen sitzen und ist zufrieden mit dem Nichts, das im Film wie hier passiert: wenigstens ist sie mit anderen Menschen zusammen und atmet die gleiche Luft wie sie. Und ist diese weiße Kaserne mit all den kleinen Soldaten im großen Deshabillé, die die Treppengeländer ansingen, vielleicht nicht schön? Und diese Menge von Zigarettenfabrikarbeiterinnen mit der Craxi-Nelke im Ohr? Dann kommt Julia Migenes- und-so-weiter im Unterrock mit neckischem Getue und singt aus voller Kehle verführerisch drauflos:

Quand je vous aimerai?
Ma foi, je ne sais pas…
Peut-être jamais!… Peut-être demain!
Mais pas aujourd'hui, c'est certain.
L'amour est un…

und als habe er nur auf den Einsatz gewartet, dreht sich Niki um und küßt Marilina auf den Mund.

…oiseau rebelle
Que nul ne peut aaapprivoiser…

Doch merkwürdig, daß der Triller wie ein Blutwirbel an ihren Schläfen tönt, verrückt, aber doch unter Kontrolle: dieser Schwips stumpft sie so angenehm ab, daß sie sich einbilden kann, sich voll im Griff zu haben. So erwidert Marilina den Kuß mit wissender Hingabe und wendet sich dann ganz natürlich um und küßt auch den anderen.

Enzo scheint überrascht, aber man spürt, daß er gern mitmacht, und während sie sich wieder den noch halboffenen Lippen Nikis zuwendet, hält eine Hand sie zurück und verflicht die Finger mit den ihren, wie um sie zu bestärken oder wer weiß was. Sie braucht keine Ermutigung: nackt sind alle beide so schön, daß sie gar nicht anders kann, als sich selber auch wunderschön zu finden, ohne Zaudern begleitet sie einen von ihnen zum Bett, legt ihn flach und klebt sich an ihn.

»Enzo, komm«, ruft Niki mit einem gewissen Flehen in der Stimme. Und Marilina fährt hoch. Plötzlich ist ihr jener merkwürdige Satz Olimpias in den Sinn gekommen: *Alfredo hatte Angst vor dir*, na klar! Wie hatte sie sich das nicht vorstellen können!

»Komm«, sagt nun auch sie.

»Moment. Ich muß zuerst eines aussuchen ... Aber nein, es ist dein gutes Recht, daß du es aussuchst. Gefällt dir dies?« fragt Enzo und kommt mit einer Handvoll farbiger Tütchen in der Hand auf sie zu, während auf dem *oiseau rebelle* ein orangefarbenes Latexding mit absurden Auswüchsen und kaktusartigen Stacheln prangt.

»Huuuh!« schreit sie belustigt. »Hast du das ganze Sortiment mitgebracht?«

»Na ja, man kann doch nie wissen ... Es gibt auch eines mit Apfelgeschmack und eine neue Marke, Verbotene Tuttifrutti ...«

»Also, dann nimm diesen Horror runter und tu den Apfel drauf, den wollen wir gleich mal probieren.«

So hatte sie das noch nie gemacht, so lachend und scherzend, lachend und scherzend und in einem solchen Durcheinander von Beinen, Mündern, Schamteilen, daß sie nach einer Weile schon nicht mehr weiß, wer wem was macht, dabei fühlt sie sich aber gar nicht schamlos oder sich selbst entfremdet, während sie das Gefühl für jede Grenze zwischen Innen und Außen sowie zwischen den anderen und sich verliert. Eher entfesselt: sie hat allzu viele wirkliche Dinge gleichzeitig zu packen, lecken, streicheln, zu umwickeln, tätscheln und umspielen, als daß ihr Zeit bliebe, Betrachtungen über die Grenzen des Körpers und der Liebe anzustellen. Das ist der Unterschied! So mit diesen beiden Paradiesvögeln beschäftigt, flattern ihre Gedanken nicht in alle Richtungen, sie eilen weder in die Zukunft, noch holen sie eine Vergangenheit herbei. Alles ist eines, das Lachen und die Emotion, die Lust und die Selbstzerfleischung. Aber so stark haftet sie nun wiederum auch nicht am Augenblick, um völlig blind zu sein und sich nicht klarzumachen, daß dieser gewalttätige Sex so leicht genommen keine weiteren Spuren an ihr hinterlassen wird als ein paar oberflächliche blaue Flecken.

»Du bist eine Naturgewalt, Mädchen«, stöhnt einer von beiden, Enzo, meint sie. Noch immer auf allen vieren über ihm, will sie gerade lächelnd antworten: »Ich weiß«, als sie merkt, daß sich der andere von hinten an ihr zu schaffen macht. Sie will zuerst protestieren, aber dann sagt sie sich, daß es dafür keinen Grund gibt: Zähne zusammenbeißen und gewähren lassen, dann wird wieder sie an der Reihe sein, sich zu nehmen, was sie will und wie sie es will, denn so zu dritt sind sie zwar in ungleicher Zahl, aber der Austausch ist endlich einmal gleich. Und während sie einen Schrei unterdrückt und sich beim Rückprall an Enzos

Brust klammert, kommt ihr ein poetischer Geistesblitz: für eine Frau ist ein Mann zuviel, sie braucht zwei.

»Verflucht! Ausgerechnet jetzt!«

Das Telefon klingelt. Ohne ihn dort herauszuziehen, wo er sich befindet, hangelt sich Niki zum Bettrand, und in Marilinas Gesichtsfeld erscheint nun eine im Halbdunkel herumtastende Hand; noch ein Klingeln und dann das Klimpern von etwas ähnlichem wie Glasplättchen, ein Flimmern, ein paar schmerzende Stiche, weil so in Querlage tut es noch mehr weh, wenn er nicht aufhört zu stoßen, beim dritten Klingeln fährt die Hand endlich zielsicher herunter und hat, als sie sich wieder hebt, den Hörer umfaßt. Sie hingegen ist vergessen worden, und starrt in die Luft, die einen halben Meter über dem Nachttisch von sanft hin und her rieselnden Perlmuttplättchen zittert, was sie bis jetzt gar nicht bemerkt hatte. Wieder so ein geisterhaftes Klimpern, das gleich von einem Ausbruch in höchsten Tönen überdeckt wird:

Ah! Si je t'aime, Carmén, Carmén, tu m'aimeras!

»Mama? Ja... Wie? Nein, warte... Enzo! mach doch diese verdammte Oper leiser!«

»Du hast leicht reden, ich bin hier eingeklemmt... He, du Sharon Stone der Armen, versuch doch mal, dein Knie da wegzuziehen, geht das?«

»Nein, ich habe zwei oder drei Freunde hier... Was ist mit Papa? Einen Augenblick...«

»So. Wo ist die Fernbedienung? Aha...«

Près des remparts de Sééévìiille,
Chez mon ami Lillas Pastia...

Plötzlich ist das ganze Zimmer in blendendweißes Licht

getaucht, und als Marilina sich jetzt so sieht, wie sie wirken muß, so als beschwänztes Schaf, vergräbt sie schluchzend ihr Gesicht im Kopfkissen.

Laisse-toi renverser

Le reste me regardeee

»Nicht diese, die andere! Auf der Couch! Was hast du gesagt? Nein, warte, ich kann nichts verstehen... Auf der Couch! die, auf der Sony draufsteht!«

Si je t'aime, prends garde à...

»Na, endlich!... Nein, wir haben uns gerade einen Film angesehen... Ja, ich gehe morgen früh zum Steuerberater und schicke dir dann einen Fax. Wie war die Reise? Ruht sich Papa aus?... Nein, hier regnet es auch nicht... Nein, ich bin nicht erkältet... Ja, ja, ich passe auf... Aber nein, mach dir keine Sorgen, es ist alles in Ordnung...«

Marilina atmet ein paarmal tief durch, um sich zu beruhigen, und streckt ihren Arm nach den leuchtenden Plättchen des wie eine Traube über dem Nachttisch hängenden indonesischen Mobiles aus. Sie füllen mit ihren Klimperkaskaden freundlich die Pausen, die Niki zwischen seinen Worten läßt, mit denen er nun wiederholt, doch doch, alles sei in Ordnung, alles in Ordnung... Aber klang es nicht genau wie jenes Geräusch, das sein Schweigen um zehn vor sieben zuweilen so anmutig begleitete...

»Willst du was knabbern?« raunt Enzo und hält ihr seinen Handteller vor die Nase, auf dem eine Praline liegt. Sie ist mit Likör gefüllt, und einen Augenblick später ist Marilina dabei, ihm diesen vom Handgelenk, dann vom Unterarm und schließlich immer weiter unten abzulecken, aber unterdessen ist das Telefongespräch abrupt zum Abschluß gekommen, und es bleibt kein Raum mehr für eine große Nummer.

Sehr viel später (Carmen japst und zieht Placido Domingo vor einem finsteren Felshintergrund, der nur von ein paar matten Lagerfeuern erhellt wird, ein fürchterliches Gesicht) ergibt sich Niki jäh dem Schlaf. Er schnarcht sogar, aber diskret, mit ein paar Prustern der geschürzten Lippen und einem lustigen unterdrückten Glucksen.

»Psst...«, macht Enzo mit erhobenem Finger, und ganz vorsichtig schmuggeln sich die beiden aus dem Bett und lassen ihn in einem heillosen Durcheinander von zerknüllten Bassetti-Laken ruhen. »Sollen wir uns das Finale ansehen?«

»Wenn du willst... aber wir wissen ja schon, wie es ausgeht, er bringt sie um...«

»Das ist ja gerade das Schöne.«

»Oh! Und ich habe geglaubt, du bist ein halber Feminist...«

»Moment: ich habe gemeint, das ist das Schöne an den Klassikern, nicht? Daß man von Anfang an schon alles weiß, und so entdeckst du, daß es zwischen einem bösen Ende und einem Happy-End schließlich gar keinen so großen Unterschied gibt: du bist hinterher immer froh und zufrieden, weil du eine schöne Geschichte vorgesetzt bekommen hast... aber was machst du denn, ziehst du dich an? Laß das doch, nackt bist du viel schöner. Komm, setz dich her zu mir... Oh, Achtung, du hättest sie mir fast zerquetscht... so, tu deinen Arm hier hin... und jetzt entspannen wir uns ein bißchen. Du hast mich ganz schön ins Schwitzen gebracht, weißt du das? Ich bin total fertig.«

»Im Ernst?«

»Na... vielleicht bin ich ja auch schon zu alt für gewisse Ausschweifungen...«

»Nein, ich meine, daß ich ohne Kleider besser aussehe...«

»Ein Wahnsinn, wie wenig die Frauen sich selber kennen. Du hältst dich doch sicher für zu dick, stimmt's? Dabei machen dich nur die Kleider so plump. Wenn du keine anhast, stellt sich raus, daß du einen schönen Busen hast, der hängt noch gar nicht, er ist prall, fühl mal da, und sonst... vielleicht ein bißchen stark an den Hüften, aber man hat ja auch gern was Kräftiges in den Händen. Bleib nur so, wie du bist.«

TOREADOR, EN GARDE ET SONGE BIEN

»Leiser! Willst du ihn wecken?«

»Den weckt jetzt nicht einmal ein Kanonenschlag. Der Ärmste, er ist überhaupt nichts mehr gewöhnt: ich möchte wetten, daß er seit mindestens zwei oder drei Jahren nicht mehr mit einer leibhaftigen Frau gebumst hat. Manchmal wünsche ich mir wirklich eine andere Arbeit. Ich habe dir ja schon erzählt, daß ich hin und wieder richtig selbstmörderische Anfälle bekomme und am liebsten alle diese Phantasten zwingen würde, sich eine Dosis Wirklichkeit einzuverleiben... Aber dann denke ich wieder, daß Kristallgläser oder Benetton-Hemdchen zu verkaufen auch nicht viel lustiger ist, und bei der Vanitas Video bin ich inzwischen beteiligt, ich habe fünfzehn Prozent Anteile, wenn der Dickwanst mal aufgibt, kaufe ich mir noch mehr dazu, dann habe ich nur noch mit der Madame zu tun...«

Bravo! Viva! Gloire au courage!

Vor lauter Lachen und unterdrücktem Gähnen muß sich Marilina ständig die Hand vor den Mund halten. Aber sie genießt den Hautkontakt mit diesem attraktiven Vierzigjährigen, der sie plaudernd auf dem Schoß hält, als spüre er ihr Gewicht gar nicht. Schon merkwürdig, denkt sie, daß sie sich gar nicht in der Minderheit gefühlt hat.

»Sag mal ehrlich, du und Accardi habt euch diese Geschichte vorher ausgedacht.«

»Nicht alles. Wir haben gedacht, daß du *Ninotschka* wählen würdest: auf den ersten Blick könnte man dich eher für einen Lubitsch-Typ halten...«

»Nein, jetzt mal im Ernst«, sagt Marilina und greift zur Fernbedienung, um Carmen einen Dämpfer zu geben.

»Es war einfach nur so eine Idee, verstehst du, ich habe doch gesehen, daß er dir gefiel und du ihm, und naja, da habe ich gern ein wenig den Kuppler gespielt, eben vor allem aus Gründen meiner Pro-Wirklichkeits-Kampagne, allerdings hatten wir abgesprochen, daß ich mich auf Zehenspitzen verziehen würde, sobald die entsprechende Atmosphäre geschaffen wäre und er verflucht nochmal genug Mumm hätte, sich an dich heranzumachen. Aber dann hast du mich mit einbezogen... Und darüber möchte ich mich ehrlich gesagt auch gar nicht beklagen.«

»Äußerst freundlich«, bemerkt Marilina, während sie gedankenverloren über seinen Bizeps streichelt und dabei auf dem Fernsehschirm den Ablauf der wohlbekannten letzten Szene des Dramas verfolgt: vor der Arena von

Sevilla fleht Don José die schöne Zigarettenarbeiterin an, den Torero aufzugeben und sich wieder für ihn zu entzünden, aber sie sagt immer nur Nein, ja sie schleudert ihm sogar verachtungsvoll den Ring ins Gesicht, den er ihr geschenkt hat; und da zieht der Don auch schon das Messer und versetzt ihr den tödlichen Stich, zu dem sie ihn schließlich herausgefordert hat. »Treibst du Sport?«

»Drei Abende in der Woche, aber sobald ich einmal damit aufhöre, schrumpfe ich wieder zusammen. Das ist der Nachteil beim Gewichtheben. Sieh mal! Ist dieser rasche Zoom nicht phantastisch? Und mit dem Rot ihres Kleides schließt sich der Kreis zu dem Rot am Anfang.«

»Ich bin eigentlich kein Augenmensch«, sagt Marilina und steht auf. »Wenn es einer schafft, *arrêter, tuée, adorée* zu reimen, beeindruckt mich das mehr. Und außerdem glaube ich nicht, daß ich Accardi schon vor heute abend gefallen habe. Soll ich es zurücklaufen lassen?«

»Aber nicht mit diesem, sondern mit dem hier!«

Zuviele Fernbedienungen. Marilina hat mit der, die sie in der Hand hält, einen anderen Fernseher angemacht, auf dem jetzt ein zittriger Schwarzweißfilm erscheint.

»Gib mal her.«

»Einen Augenblick!«

Um den *Panzerkreuzer Potemkin* handelt es sich jedenfalls nicht. Man sieht ein etwas unscharfes Schlafzimmer mit zwei verschieden grauen Massen, die sich auf einer Bettdecke mit Rautenmuster herumwälzen. Dann eine Großaufname von auf den ersten Blick nicht erkennbaren Gegenständen, die sich aber zweifellos inmitten von reichlich sprießenden Grashalmen oder Haaren bewegen.

»Amateurfilm. Super-8-Kopie«, kommentiert Enzo erstaunt und anscheinend nicht ohne Respekt. Er hat sich sogar erhoben, um ihn besser betrachten zu können. Es handelt sich wohl um irgendeine Rarität für Bumskinoliebhaber. Das Rätsel der Großaufnahme, oder vielmehr der ganzen Sequenz, denn die Kamera scheint wie blockiert und verändert ihre Einstellung nicht mehr, löst sich nach einigen Minuten und ist nicht ohne perversen Reiz: so stark vergrößert, bekommt die Schwanz-Fotze-Einstellung mit dem krampfhaften Reinraus wie Kolben und Zylinder eines festgefressenen Motors eine abstrakte, metaphysische Valenz. Der Ton fehlt.

»Moderne Zeiten?« tippt Marilina, stolz, daß ihr Chaplin eingefallen ist.

»Nein, nein. Das ist fünfzehn, zwanzig Jahre alt«, erwidert Enzo zu ihrer Enttäuschung. »Also dieser Schuft... Hinter meinem Rücken: dies hier stammt nicht von mir. Das hat er wahrscheinlich in einem Versandkatalog gefunden. Und mir nichts davon erzählt.«

Abrupt wendet er ihr den Rücken zu und klaubt seine Kleider vom Boden auf, wobei er Nikis Sachen wütend herumschleudert. »Ende der Abendveranstaltung«, denkt Marilina: nun wird auch sie sich anziehen und von der Bildfläche verschwinden müssen, schade, aber andererseits scheint das Filmchen nicht sehr vielversprechend mit dieser mageren Frau, die als Nonne verkleidet ist, mit großem Brustschleier und einem langen Rock, den der bis auf eine Kapuze oder eiserne Maske nackte ungeschlachte Mann ihr in einer wenig phantasievollen Missionarsposition offenbar hochhebt. Aber...

»Enzo! Wie kann ich das anhalten? Wie spult man zurück? Hat das Ding da einen Zoom?«

Der Mann hatte Tätowierungen auf beiden Armen, und, jawohl, sie hat sich nicht geirrt: es handelt sich tatsächlich um ein Barockkreuz und eine Schlange mit einem Apfel im Maul. Nun bewegen sich die beiden auf dem Bett rückwärts und entfernen sich voneinander: dies ist die Stelle, Marilina hat das Bild mit dem Nonnengesicht angehalten, und plötzlich fängt ihr Herz wie wild zu pochen an. Aber nein, auch wenn eine gewisse Ähnlichkeit besteht, dies ist nicht Berto: es ist eine kaum mehr als zwanzigjährige Madame Giusi. Alles ganz normal, außer dem merkwürdigen Zufall, durch den diese Videokassette ausgerechnet hierher gelangt ist. Sofern es sich um einen Zufall handelt. Aber nun setzt irgendeine Automatik ein, oder sie hat unwillkürlich eine andere Taste gedrückt: jedenfalls läuft der Film jetzt sehr rasch weiter, der Bildausschnitt wird größer, und man sieht auf einem Stuhl neben dem Bett eine Art Puppe in weißem Spitzenhemdchen, mit einem Kranz zarter Locken und zwei an den Schultern klebenden Flügelchen, die eine brennende Kerze hält. Ein Gipsengel, der die Augen bewegt und den Mund wie zum Sprechen oder Weinen öffnet? Genauer betrachtet, scheint es sich um ein kleines Mädchen zu handeln, aber es könnte auch ein hübscher kleiner Junge sein.

»Aber das ist doch unmöglich!«

»Warum soll das unmöglich sein? Denkt der Herr vielleicht, daß nur er das Recht hat, frei oder beschäftigt zu sein, wann es ihm paßt? Der Zufall will nun einmal, daß ich heute nachmittag Lust habe zu arbeiten, und so arbeite ich auch.«

»Aber ich meine ja nicht jetzt, sondern heute abend.«

»Ich arbeite auch heute abend. Arbeiten *gefällt* mir.«

»Aber es hat dir doch auch gefallen, mit mir zusammen zu sein.«

»Ja, sicher. Es hat ein wenig Andrang geherrscht, aber ich leugne nicht, daß ich dich bemerkt habe. Na und?«

»Aber ich will dich sehen. *Allein.*«

»Heute nicht.«

»Heute nicht, heute nicht, seit drei Tagen sagst du immer nur *heute nicht*! Was gefällt dir denn nicht an mir?«

Von dem kläglichen Tonfall unangenehm berührt, entfernt Marilina den Hörer vom Ohr: Er kommt ihr vor wie ein eitler Affe, der sich im Spiegel betrachtet und nichts darin sieht, das heißt eine Null, das heißt sich selber. Was erwartete er denn?

»Vielleicht, daß ich einem Menschen nicht viel zu sagen habe, der jeden Satz mit ›aber‹ anfängt... Nein, entschuldige, ich habe jetzt Quatsch geredet, ich wollte nicht unhöflich sein. Ich bin diese Unterbrechungen einfach nicht gewöhnt. Das ist heute schon das vierte Mal, daß du anrufst, und ich *muß* einfach arbeiten.«

»Aber ... darüber können wir doch reden. Bei dem, was du damit verdienst ... Mensch, denk doch auch mal an dich.«

»Das versuche ich ja ...«

»Das ist eine Frage des Wollens. Heute abend gehst du mit mir aus, und morgen sagst du deiner Agentur da, daß du auch deine *leschertaim* brauchst und sie dich mal eine Weile kreuzweise können, *rait*? Ich könnte es mir sehr wohl erlauben, für dich zu sorgen.«

»Sag das noch einmal.«

»Ich könnte es mir sehr wohl erlauben ... Das glaubst du mir nicht, wie? Das glaubst du mir nicht.«

»Hör mal, Accardi, es reicht mir jetzt mit diesem Wahnsinn. Wir können ja vielleicht morgen wieder telefonieren, aber nicht vormittags, da muß ich in der Ambrosiana einige bibliographische Angaben heraussuchen. Und dann, bitte schick mir nicht noch mehr Rosen. Ciao.«

»Aber ...«

Sie hat eingehängt. Merkwürdigerweise empfindet sie keinerlei Triumphgefühl, sondern ist einfach nur verwundert über die ungewohnte Rolle, die sie jetzt spielt. Eine Rolle, die nur ihr ungewohnt ist, denn gewiß handelt es sich hierbei um die übliche, klassische Strategie der Frauen, die zu verführen verstehen. Je öfter sie ihm antwortet, daß sie ihn nicht sehen möchte – was die reine Wahrheit ist –, desto mehr scheint er darauf zu beharren und sich für sie zu entflammen. Bei den Schönen, glaubt sie, ist das Versprechen auf ein Nachgeben, zu dem sie aber nie bereit sein werden, eine Investition, und je länger sie die Erfüllung hinauszögern, desto heftiger wird die Sehnsucht, die sie auslösen. Sie hingegen, die ihre Körperhöhlungen nie als eine geheime Goldreserve betrachtet hat, sondern eher als einen Quell schmerzlicher Verluste, den sie wenigstens bei jeder sich bietenden Gelegenheit zu einem Lustgewinn zu nutzen versucht – welchem Umstand hat sie jetzt dieses posthume Umwerben zu verdanken? Ganz im Ernst: wenn sie in letzter Zeit auch noch so viele unerwartete Komplimente bekommen hat, ein solches Paradies kann sie doch unmöglich zwischen den Beinen haben, daß einer, der es einmal besessen hat, sich nicht damit abfinden könnte, es auch wieder zu verlieren. Also ging es nicht nur um Sex. Sex ist immer nur das Mittel, einen anderen oder eine andere zu besitzen, wenn man sich selber nicht ganz besitzt. Am Morgen nach jenem sympathischen Drunter und Drüber kam der erste Bote eines Blumenhändlers mit dem ersten riesigen Korb Rosen, roten, nicht etwa gelben. Jetzt stehen überall welche herum, ihr Zimmer wirkt wie ein Wintergarten, ein Gewächshaus oder eine Totenkammer. Sie hat versucht, sie zu zählen, es aber kurz vor zweihundert aufgegeben. Zum Glück strömen diese stierblutfarbenen hochroten Blütenkronen an der Spitze kilometerlanger Stiele, die so lederartig und regelmäßig sind, daß sie aus einer Plastik- oder Keramikschablone zu stammen scheinen, nicht den geringsten Duft aus. Es wurmt sie, daß sich Accardi bei all seinen vielen Erklärungen und Reden und Bitten um Küßchen am Telefon kein Sterbenswörtchen über die schreckliche Videokassette und darüber, wie er an sie gekommen ist, hat entlocken lassen. Statt dessen hat er prompt gestanden, daß er tatsächlich der anonyme Anrufer um zehn vor sieben, zehn nach sieben gewesen ist.

Natürlich! Das kommt ihm jetzt gelegen, behaupten zu können, daß er jeden Tag nach dem Büro, während er sehnsüchtig auf das Abendessen wartete, an sie gedacht hat – manchmal auch noch im Auto, wenn er auf dem Heimweg von Kunden oder Lieferanten im Verkehr stekkenblieb –, daß er aber nicht den Mut hatte, etwas zu sagen. Sie habe ihn eingeschüchtert, behauptet er. Doch jetzt, da alle Barrieren zwischen ihnen gefallen seien (»Wohl wahr«, hat Marilina grinsend gedacht, als ihr dazu ein paar nebelhafte Sequenzen von Erinnerungen einfielen), könne er mühelos eingestehen, daß er ihr Interesse von Anfang an sehr wohl bemerkt habe, davon zunächst geschmeichelt und jetzt geradezu besessen sei.

»Na und?« hat sie gesagt.

Auch für Lucrezia kann sie kein Mitleid empfinden. Gut, sie war zum Spielball dynastischer und politischer Interessen geworden, auf die sie nicht den geringsten Einfluß hatte, zur Ehe gezwungen, zur Witwe gemacht und mehrfach auf dem Heiratsmarkt wiederverwertet worden, aber sie war und blieb eine große Dame. Und außerdem war sie schön und über die Maßen reich und auch nicht dumm, denn sie hat sich als Regentin von Spoleto hervorragend geschlagen und die besten Hofdichter in sich verliebt gemacht, ganz zu schweigen von der Kleinigkeit, daß sie, ob mit gutem oder schlechtem Ruf, in die Geschichte eingegangen ist, und alle diese Privilegien wären doch geradezu unverschämt, wenn sie nicht auch ein wenig hätte bezahlen und ihrem Papa als Spielgefährtin herhalten müssen.

Ihre weibliche Natur, die Epoche und vor allem Alexander VI., der Papst der Edelsteine, begünstigten die sinnliche Liebe Lucrezias zum Geschmeide. Jene Truhen, die bei der Abreise des Hochzeitsgefolges aus Rom eine Legende bildeten, waren in Ferrara nicht nur immer gefüllt, sondern sie wurden noch erneuert und bereichert [. . .] Wenn kühler Wind ihre weißen Schultern erzittern ließ, legte sie einen Zobel mit goldenem Kopf um den Hals, der mit einer Schnalle und Schnüren aus Gold zusammengehalten wurde . . .

Wenn Marilina im Jahre 1480 geboren wäre, wäre sie sicher genauso gewesen wie heute: bemüht, allein zu überleben, ohne Macht, ohne Namen und ohne Geld. Und noch dazu ohne Computer.

[. . .] vierzig bestickte und perlenverzierte Halskrausen, hundert Schnallen, wertvolle Gürtel, ganze Tüten voller Rubine, Karneole und Smaragde, und dann Perlen, Perlen, Perlen jeder Größe, alle gezählt und gewogen . . .

Dem letzten Rosengesteck war ein blausamtenes Etui mit einem Paar hübscher Ohrringe beigelegt. Goldtropfen in Tränenform, in die zwei Mondsteine gefaßt sind, die ölig, milchig, mit mattem Glanz funkeln wie eingefrorenes Leben: beim Betrachten und Betasten dachte Marilina, daß diese Opale gleich dem Bernstein, der einstiges Harz ist, Konkretionen fossilen Spermas sein könnten, und dabei zog sich ihr Herz zusammen, weil es traurig ist, wenn eine Liebe zu spät kommt. Aus Korrektheit muß sie sie ihm zurückgeben.

Der Anruf um fünf Uhr kommt aber noch immer. Inzwischen ist sie durch Ausschluß und elementare Wahrscheinlichkeitsrechnung dahintergekommen, wer sie genau zwischen dem Ende einer Seifenoper und dem Beginn der nächsten anruft. Pünktlich klingelt es. Marilina nimmt den Hörer ab. Diesmal kann sie nicht stumm bleiben.

»Hör mal, meinst du nicht, daß es jetzt genug ist? Ich habe nichts gegen dich. Im Gegenteil, ich freue mich sogar, daß du mich weiterhin jeden Tag angerufen hast: meinst du, ich habe nicht verstanden, daß du das machst, um zu hören, ob ich zu Hause bin, ob mir was passiert ist, ob es mir schlecht geht? Also dann Schluß jetzt mit diesem Schweigen. Mir ist die Erbschaft völlig gleichgültig, ich habe mir nur deinetwegen Sorgen gemacht...«

In der Leitung ist plötzlich ein dumpfer Schlag zu hören, ein Krachen, als wäre der Hörer heruntergefallen und pendelte jetzt an seiner Schnur hin und her. Zwischen den Störgeräuschen sind auch Fetzen einer fernen Reklamemelodie sowie rhythmisches Blasen oder Jammern zu hören.

»Mama? Mama? Was ist denn passiert? Was ist mit dir los?«

»Nichts, nichts, es ist gleich vorbei. Sei nur ruhig, Schätzchen.«

»Pucci? Also... dann sind Sie...«

»Nein, wir beide. Was hast du zu ihr gesagt? Ersilia heult wie ein Schloßhund.«

»Ich...? Gar nichts... Ich hatte nur auf einmal verstanden, daß das meine Mama war, die jeden Tag um die gleiche Zeit anrief und nie ein Wort sagte...«

»Ich weiß. Sie ist ein ganz schöner Dickkopf, schlimmer noch als du. Gut, jetzt, da wir die Bescherung haben, kann ich unserer Märilin doch auch alles erzählen, nicht wahr, Ersilietta? Nun, nun, das Töchterchen ist doch gar kein so böses Mädchen... was hat sie dir bloß erzählt... Weißt du, Liiiebe, dein Mamachen hatte eine solche Sehnsucht nach dir, eine solche Sehnsucht... Verstehst du, sie hat ein Gesicht gezogen von hier bis da. Und da habe ich dann zu ihr gesagt: Ruf sie doch einfach an, oder? Aber sie blieb hart: nein, nein, wozu soll ich sie anrufen? Darauf ich: Ruf sie doch an! Und sie: Nein, nein, was soll ich ihr denn sagen? Und so sind wir zu einem Kompromiß gelangt, daß sie dich nämlich anrief, aber nichts sagte, wenn du nichts sagtest. Eieiei, siehst du nun, wohin das geführt hat! Du brauchtest nur irgendwas zu sagen, und schon ist sie in fürchterliche Tränen ausgebrochen. Es war vielleicht doch nicht so eine gute Idee.«

»Allerdings, schon deshalb, weil zufällig auch noch andere... Nichts, versuchen Sie, sie ein wenig zu beruhigen. Ich möchte mit ihr reden.«

»Oh! Tatsächlich?! Hm... Wenn sie in diesem Zustand ist, braucht sie eine halbe Stunde, bis sie sich wieder gefangen hat... Oh, doch, doch! In der Zwischenzeit bringe ich sie schon mal zu dir! Gute Gelegenheiten muß man ausnützen, findest du nicht auch?«

»Hm, ja... Lassen Sie nur, ich komme hin.«

»Nein, nein, mach dir nicht so viel Mühe, ich habe doch ein Auto., Wir sind im Nu da.«

Ein Auto? Ja, seit wann denn? Und wer hat es ihr gekauft? Fährt sie selber, oder übernimmt das ihr Führer-

Geist? Marilina sieht sich fassungslos und ängstlich um: sie wird wenigstens ein bißchen Ordnung machen müssen und... lieber Gott, wie soll sie denn all diese dramatischen Rosen erklären? Eine oder zwei Vasen könnte sie ja rechtfertigen, ja, Ersilia würde sich sogar darüber freuen, aber von einem solchen Übermaß würde sie nur unnötig in Unruhe versetzt. Ohne weitere Überlegung packt Marilina den erstbesten Blumenkorb und will ihn die Treppe hinunterzerren, um ihn in den Mülleimer zu werfen. Die Kulishov: sie hat sie manchmal von ihren hundehygienischen Spaziergängen mit einem kümmerlichen Nelken- oder Tulpensträußchen nach Hause kommen sehen. In weniger als einer Minute ist Marilina mehrmals die zwei Stockwerke hinunter und hinauf gelaufen und drückt jetzt bei der Kulishov auf die Klingel. Vielleicht ist sie ja gar nicht zu Hause. Aber schon bellt der Pudel wütend los und erscheint ein von Äderchen durchzogenes, weit aufgerissenes kornblumenblaues Auge über der braunen Messingsicherheitskette in dem schmalen Türspalt, der sich aufgetan hat.

»Du lieber Himmel, was ist denn das?«

»Entschuldigen Sie... mein... eine Blumenhändlerin, mit der ich befreundet bin, hat geglaubt, mir einen Gefallen zu tun, indem sie mir dieses ganze Zeug geschickt hat, das sie, äh, übrig hatte. Aber ich bekomme Kopfweh von den Blumen... Haben Sie etwas dagegen, wenn ich Ihnen einige davon gebe? Ich müßte sie sonst wegwerfen.«

»Einen Augenblick.«

Die Tür geht wieder zu, leises Rasseln, kurzes Knurren, dann wird sie weit geöffnet, und die Kulishov in schottisch kariertem Morgenrock, den Pudel fest in die Armbeuge geklemmt, macht einen merkwürdigen Schritt nach vorn und nach oben auf den mit Rosen übersäten Treppenabsatz: ja, es war tatsächlich ein Hüpfer.

»Bringen Sie sie herein, bringen Sie sie herein! Wie herrlich! Was für ein Anblick! Alle? Das hätten Sie doch nicht tun dürfen!«

»Wie gesagt, Sie tun mir einen Gefallen, wenn Sie sie nehmen«, brummt Marilina zwischen den Rosenstengeln hindurch, weil es ihr peinlich ist, jetzt auch noch Dank empfangen zu müssen. »Ich bin allergisch.«

»Ach, Sie Ärmste«, sagt die Kulishov, während sie mit der freien Hand selber einen Blumenkorb in die Wohnung zerrt. So aus der Nähe und ohne Make-up wirkt sie viel verletzlicher, weniger hochmütig als sonst, wenn sie ihr aus ein paar Meter Abstand auf der Straße begegnet: ihre Wangenhaut hängt in braungefleckten schlaffen Fältchensäcken auf die Mundwinkel herab, die sie unter violetten Lippenstiftresten nach oben verzieht.

»Mein Gott, mein Gott...«, wiederholt sie und taucht das Gesicht in die Blütenpracht. »Hast du gesehen, Puschkin? Hast du gesehen, wie freundlich das Fräulein ist?«

Die Wohnung hat genau den gleichen Grundriß wie die Marilinas: doch das Licht scheint so matt durch das Fenster, es wirkt kalt und grünlich, wie durch die Scheiben eines Aquariums gefiltert, das schon lange keiner mehr gereinigt und von den Algenablagerungen befreit hat, so daß die riesigen Glyzinientrauben auf der Tapete an ein Gewimmel von bläulichen Kraken erinnern. Wahrscheinlich nimmt ihr das gegenüberliegende Haus die ganze

Sonne weg, aber jetzt haben diese leuchtendroten Blumensträuße viel Leben hereingebracht: sogar der ein wenig verbeulte schöne Samowar auf dem Tischchen fängt mit zuckenden Reflexen zu funkeln an.

»Möchten Sie nicht einen Tee? Wissen Sie, ich sehe Sie immer und habe schon oft gedacht, daß ich Sie einmal zu meinem Kümmelgebäck einladen könnte, aber ich war mir nie sicher... Sie wirkten immer ein bißchen, wie soll ich sagen, reserviert...«

Marilina wehrt ab, dankt und entflieht, wobei ihr die Dame in ihren Pantoffeln freudestrahlend bis zur Tür folgt und ausruft:

»Aber dann kommen Sie mich ein anderes Mal besuchen, jederzeit, wann Sie können! Und wenn Sie irgendetwas brauchen, genieren Sie sich nicht! Ich bin da.«

Als sie wieder oben ist, kommt ihr ihr Zimmer groß, warm und freundlich vor. Sie ordnet ohne Hast ihre Papiere auf dem Schreibtisch, betätigt den Staubsauger und plaziert dann den letzten Blumenkorb, der ihr noch geblieben ist – ein Füllhorn mit einem Schaum kleiner weißer Blüten, zwischen denen mindestens fünfundzwanzig flammendrote Rosen hervorragen –, vorteilhaft neben die Couch, zieht sich mit ungewohnter Sorgfalt um, denn wenn eine Mama kommt oder hergebracht wird, um Frieden zu schließen, ist dies kein alltägliches Ereignis.

Was für ein abgeschmackter Traum. Sie befand sich im großen Hof der Universität, um nachzusehen, auf wann die Besprechung ihrer Doktorarbeit festgesetzt worden war, aber in dem Aushang-Kasten vor dem Sekretariat der philosophischen Fakultät befand sich anstatt der Bekanntmachungen nur ein antikes bemaltes Apothekengefäß, auf dessen Deckel Marilina ihren Vornamen und Nachnamen sowie den Satz las: »Abgelehnt wegen Schändlichkeit des Herzens«. Ungläubig sah sie noch einmal nach und entdeckte dabei ein ganzes Regal voller leerer Fläschchen und Flaschen. Sie hob sie der Reihe nach hoch und drehte sie um, bis sie nach vielen in unverständlichen Sprachen bekritzelten Etiketts drei oder vier fand, auf denen mit verschiedenen Schriftarten »La Bruna« und darunter mikroskopisch klein ein Satz stand, der zwar unleserlich, aber wieder derselbe war. Da lief sie zu einem Pedell und verlangte eine Erklärung, aber nun tauchte hinter dem langen Verkaufstisch aus eingelegtem Holz, der aus einer päpstlichen Spezereihandlung zu stammen schien, Alcide Filipponi auf und sagte zu ihr, daß er keinesfalls für Zuwiderhandlungen an Minderjährigen haftbar gemacht werden könne. Marilina war im Traum sehr wütend. Dann befand sie sich in einem riesigen Hörsaal und eilte auf eine Reihe von Schreibtischen zu, an denen jeweils ein kleiner Professor in Talar und Barett saß. Sie ließ eine lange, rhetorisch sehr ausgefeilte Tirade los, von der sie sich nur noch an den harschen Befehl erinnert, ihr zu sagen, was an ihrer Dissertation falsch sei. Die Professoren sahen einander grinsend an, dann erhob sich einer von ihnen und sagte feierlich: »Nichts. Da ist nichts.« Sie begann zu weinen, aber der Hörsaal füllte sich mit Studenten – vielleicht waren diese auch schon vorher dagewesen –, die nun alle heftig protestierten und »Betrug, Betrug!« schrien, während eine Menschenmenge mit roten Fahnen von den

Rängen des Hörsaals herunterstieg und Marilina, die alle Lichter im Hörsaal anmachte, sich endlich sicher fühlte, »weil das Volk es will«.

Besonders dieser letzte Satz, der in ihrem Traum von einer Stentorstimme wie einst in der tönenden Wochenschau im Kino ausgesprochen worden war, reizt sie zum Lachen; aber sie war mitten in der Nacht schreiend aufgewacht. Dabei geht zur Zeit alles so gut wie nie zuvor. Gestern abend hat sie sogar freiwillig und spontan diese bedauernswerte Zwergin umarmt. Ersilia saß nämlich, obwohl sie in großer Toilette erschien, schmollend und schweigend da, als habe sie das Sprechen verlernt oder wisse nicht, was sie sagen solle. Und Pucci rettete dann die Situation: nach einer halben Stunde allseitiger Verlegenheit sank sie plötzlich an die Rückenlehne des Stuhls, verdrehte die Augen und hob mit Grabesstimme an:

»Ich höre. Ich höre. Wer ist da?«

Stolzgeschwellt und hocherregt rückte da die Mamma näher, um Marilina zuzuraunen: »Bleib um Himmels willen ruhig und störe sie nicht in ihrem Gnadenzustand. Sie ist jetzt so empfindlich!«

»Also hör mal... Verfällt sie nun schon einfach so in Trance, ohne jede Vorbereitung?«

»Du hast doch keine Ahnung... Das ist alles eine Frage der Übergangslinien, von Meridianen und Parallelen... Hier bei dir muß irgendein Knotenpunkt sein, deshalb ist sie gleich hineingeraten... Es ist äußerst gefährlich, sie jetzt herauszuholen, deshalb flehe ich dich an, verhalte dich ruhig, auch wenn du nicht daran glaubst, und projiziere nichts Negatives hinein: mir zuliebe.«

»Meinetwegen«, sagte Marilina, unwillkürlich neugierig geworden. Das sogenannte Medium wand sich auf dem Stuhl und schwitzte bemerkenswert realistisch. Dann fing sie, fast ohne die Lippen zu bewegen mit völlig veränderter Stimme, einer barschen Männerstimme, zu reden an und schien dabei mitten in einer schon begonnenen Rede fortzufahren:

»... dafür gab es keinen Grund. Der Mensch hätte nicht exisitiert. Wozu sollte er auch existieren? Gott braucht ihn nicht. Gott ist ein Feuerball, der für sich alleine leuchtet und weder Liebe noch Haß empfindet. Das Wort Gott sollte man nicht einmal gebrauchen. Ihr nennt ihn so, doch ich als Geist sollte vielleicht ein Wort gebrauchen, das ein wenig modern ist, aber eine genauere Vorstellung vermittelt: nennen wir ihn ›Energie‹. Und warum sollte der Mensch Wut oder Groll gegen einen Energieball hegen, der keine Gefühle hat? Gott hat mit dem, was der Mensch erlebt, nichts zu tun...«

»Kluge Frau«, kommentierte Marilina leise und erntete dafür einen strafenden Blick ihrer Mama wie einst als Kind, wenn sie die Suppe schlürfte:

»Das ist Don Disparì. Jetzt hörst du ja selber, was für schöne Dinge er sagt. *Hochwürden*!«

Ohne sich umzudrehen oder auf andere Weise zu verstehen zu geben, daß sie sie gehört hatte, verstummte Pucci augenblicklich und fuhr dann mit derselben tiefen Stimme fort: »Schwester Ersilia? Ich höre.«

»Danke. Ich möchte Ihnen gern jemanden vorstellen.«

»Ich weiß. Ich habe eine neue Präsenz gespürt. Eine Kugel, die stärker leuchtet als die deine, aber kleiner ist: sie befindet sich außerhalb von dir, gleichzeitig aber auch in dir...«

»Meine Tochter«, übersetzte da Ersilia triumphierend. »Ich habe es dir ja gesagt, sie sehen zeitlich alles als eine Einheit, deshalb bist du für ihn so, wie du jetzt bist, gleichzeitig aber auch so, wie du warst, als ich mit dir schwanger ging. *Hochwürden:* hätten Sie nicht eine Botschaft für diese Ungläubige hier?«

»Wenn ich zu dir sagte ›Glückseligkeit‹, würdest du sagen: ›Ich verstehe nicht‹, und deshalb, Schwester Märilin, sage ich dir: laß deine Mutter fröhlich sein, wie sie will und mit wem sie will. Du hast bereits eine geistige Position erreicht und mußt nicht mehr als nötig leiden, aber sie kämpft noch mit ihren Gefühlen und braucht etwas oder jemanden, der ihr dabei hilft, diesen langen Weg zu dem glücklichen Licht, dem Licht im Licht zurückzulegen, das nichts mehr braucht.«

»Botschaft empfangen«, sagte Marilina. »Darauf bin ich auch schon von selber gekommen. Aber was gibst du mir dafür?«

»Bist du wahnsinnig? Willst du mit den Geistern feilschen?« zischelte Ersilia entsetzt. Don Disparì jedoch, oder wer auch immer in seinem Namen, ließ sich nicht aus dem Konzept bringen.

»Ich bin viel gereist und werde auch noch reisen, aber indem ich bei euch bleibe. Dann, wenn diese meine Schwestern endgültig nach Hause zurückkehren, werde ich wieder weit weg gehen und mich lange Zeit anderswo aufhalten. Und wenn dir das nicht genügt, wisse, daß diese meine Schwestern beschlossen haben, ein gemeinschaftliches Testament zu machen, mit dem sie dir ihr Hab und Gut ohne jeden Groll hinterlassen. Mit der Zeit kommt alles ins reine.«

»Oh«, rief Marilina überrascht aus und wandte sich dann direkt an ihre Mama: »Und wohin geht denn die Reise?« Ersilia lief rot an wie eine ertappte Schülerin.

»Zuerst einmal nach Lourdes. Es war schon immer mein Wunsch, dorthin zu gehen. Danach bringt mich Pucci dann an die Costa Brava.«

Daher also das Auto: sie haben alles organisiert. Und warum auch nicht? Sie waren ja wahrhaftig alt genug, um alleine herumzureisen.

»Besser spät als nie. Ach, vielleicht habe ich sogar noch irgendwo ein paar Reiseführer, die euch dienlich sein könnten«, sagte Marilina und wollte sich schon erheben, um danach zu suchen, aber dann erinnerte sie sich gerade noch rechtzeitig an die Stefanoni, die mit ihrem steifen Hals und den verdrehten Augen bestimmt in keiner bequemen Position war.

»Don... Don Disparì, gut, wir sind einverstanden. Mama, wie macht man das, wenn man ihn wegschicken will?«

»Das macht man nicht«, sagte Ersilia wieder ganz entsetzt: »Der Geist weht, wo er will und so lange er will«, aber es war ihr anzumerken, daß sie es tröstlich fand, von ihrer Tochter endlich ernst genommen zu werden. Pucci füllte gewissenhaft noch ein paar Minuten mit baritonalem post-neoplatonischem Gemunkel über die göttliche Energie und sagte dann: »Liebe Schwestern, ich verabschiede mich von euch. Ich wünsche euch viel Frieden und viel Freude, ich segne euch und sage nicht Lebewohl, sondern auf Wiedersehen«, worauf sie schön stufenweise erwachte.

In der Straßenbahn denkt Marilina darüber nach, daß die Zwergin ja vielleicht in ehrlicher Absicht handelt. Fälle von Persönlichkeitsspaltung sind gar nicht so selten, also könnte es durchaus sein, daß Pucci tatsächlich nicht weiß, was sie sagt, wenn sie Don Disparì ist, auch wenn sie diesen geistigen Führer offensichtlich wie ein Formel-Eins-Fahrer zu lenken versteht. Welche Kunststückchen sich die Frauen doch einfallen lassen müssen, um sich im Recht zu fühlen, ihr abgeschmacktes Seelenleben zu offenbaren. Die beiden alten Mädchen werden also am Montag abreisen, und die ganze restliche Woche ist Marilina jeden Abend bei ihnen in der Via Bezzecca zum Abendessen eingeladen, um bei den Reisevorbereitungen »ein bißchen« zur Hand zu gehen.

Die Ambrosiana wird in Kürze wegen jahrelanger Renovierungsarbeiten geschlossen, heute ist die letzte Gelegenheit für die Besichtigung, die sie sich vorgenommen hat, und während sie nun in ihren Bibliotheks-Mokassins (geräuschdämpfende Gummisohlen, minimale Absätze) auf das niedere, harmonische Gebäude aus dem siebzehnten Jahrhundert zueilt, ist Marilina bereits von Vorfreude erfüllt: allzusehr liebt sie den ruhigen Lesesaal dieser Bibliothek, den wachsgesättigten Geruch der antiken Schreibtische, die Lesepulte für die Handschriften, den freundlich wachsamen Blick des Priester-Bibliothekars, der immer zu einer Auskunft und zum Herbeischaffen wertvoller Inkunabeln bereit ist. Sie fühlt sich in diesem kalten Mikrokosmos für nur wenige Geistesschaffende wie zu Hause – anders als in der Stadt- oder in der Nationalbibliothek, die ständig überfüllt sind und wo man Ellenbogen an Ellenbogen mit Jünglingen, die ihre männliche Unberührbarkeit allzu deutlich zur Schau tragen, und mit allzu blühenden jungen Mädchen zusammensitzen muß. Heute jedoch streift sie die metallenen Karteikästen in der Vorhalle nur mit einem zärtlichen Blick, geht nicht durch die Tür aus massivem hellem Holz vor ihr, sondern wendet sich nach links, um eine Eintrittskarte für die Pinakothek zu kaufen. Sie ist schon einmal hier gewesen, aber vor allzu vielen Jahren. Daher betrachtet sie, nachdem sie die breite Treppe hinaufgegangen ist, eine Madonna von Botticelli mit etwas unsicherem Blick. Ob es besser wäre, noch einmal hinunterzugehen und einen Führer zu kaufen oder einfach auf gut Glück herumzugehen?

»Der Früchtekorb? In Saal XI«, sagt eine Männerstimme hinter ihr. Marilina fährt hoch und erschrickt dann. So weit ist es also schon: sie hat gemeint, sie hätte das nur gedacht, in Wirklichkeit hat sie aber vor sich hin geredet. Damit ist sie ja wohl reif für die Anstalt, so wie diese armen Irren, die in den öffentlichen Verkehrsmitteln um das Almosen eines geneigten Ohrs bitten. Während sie in einem, wie sie hofft, vernünftigen Ton antwortet, dreht sie sich langsam um und sieht vor einer grauen Uniformjacke ein Buch, das von einer Hand gehalten wird, die, wenn sie nicht von olivbrauner menschlicher Hautfarbe wäre, wie ein Abdruck der Hand von Michelangelos David erscheinen müßte: die gleichen hervortretenden Adern, die gleiche

Kraft und Lässigkeit der Finger: ein Zeigefinger steckt zwischen den Seiten, der Daumen ruht auf dem leicht schmuddeligen weißen Buchumschlag – *Die männliche Sexualität* von Ida Magli.

»Ach, gibt es das noch?«

»Ich habe es an dem Stand auf der Piazza Cavour gekauft. Fünfzig Prozent. Aber der Titel müßte auch noch im Katalog stehen.«

»Müßte er oder steht er noch?«

Der Museumswärter fängt zu lachen an. Marilina hebt den Kopf und wird blitzartig in sämtlichen Nervenganglien ihres Rückgrats von einem Stromstoß getroffen, der vom Nacken bis zum Steißbein Wirbel um Wirbel abwärts und dann wieder aufwärts rast. Dies ist doch ... wie hieß er noch? Silvio! Der Mann aus dem Schloß. Zweifellos: Beim Lachen sieht man genau seine beiden spachtelartigen großen Schneidezähne mit einer Lücke dazwischen, in die fast eine ganze Zungenspitze hineinpassen würde. Was Olimpia ihr aber nicht gesagt hatte, ist, daß er bei geschlossenem Mund Michael Douglas in *Romancing the stone* ähnelt.

»Er müßte, meiner Meinung nach. Ich mag provokative Essayistik: eine These wie die der Magli, daß alle Männer homosexuell sein sollen, was mir persönlich ehrlich gesagt ein wenig an den Haaren herbeigezogen scheint, bietet sich wenigstens als Diskussionsmaterial an ...«

»Schön«, sagt Marilina.

»Was?«

»Im ersten Saal eines Museums einem Menschen zu begegnen, der sich für provokative Essayistik interessiert.«

Sie hat das gesagt, um ihn noch einmal lachen zu sehen, und tatsächlich lacht er auch und blitzt sie dabei mit nicht allzu hoher Stromladung an, die aber ausreicht, um sie ganz in dem Gefühl dahinschmelzen zu lassen, geprüft und als ein Original befunden worden zu sein.

»Entschuldigen Sie, ich bin ein alter Angeber.«

»Sie brauchen sich nicht zu entschuldigen, ich bin auch nicht von Pappe, wenn ich einmal anfange... Wissen Sie zufällig, wo Lucrezia Borgias Löckchen ist?«

Sie hat ihn offensichtlich in Schwierigkeiten gebracht. Er rollt sogar ein wenig mit seinen aquamarinblauen Dynamos, dann zuckt er mit den Schultern und sagt:

»Ich bin erst seit ganz kurzem hier, und außerdem nur halbtags. Warten Sie, ich erkundige mich.«

Kurz darauf kommt er zurück, geleitet sie zu einer Vitrine im flämischen Saal und bleibt einen Schritt hinter ihr stehen, während sie ihren Notizblock aus der Handtasche zieht. Mit einem Handschuh Napoleons bezeichnet, ruht das Reliquiar Bembos, in dem eine blasse blonde Locke zu erkennen ist, inmitten einer Vielfalt von Wunderdingen. Sie kann sein Gesicht nicht sehen, aber sie spürt, daß er sie weiter beobachtet, während sie sich Notizen über die Ziselierung und das Material des Reliquienbehälters sowie über die vermutlichen Maße und den anzunehmenden Grad der Verblassung der Haarlocke macht. Emotionen hat sie dabei keine.

»Schriftstellerin?« raunt der Museumswärter nach langem respektvollem Schweigen.

»Nein, wissenschaftliche Arbeiterin für Dritte« erwidert sie barsch. Es wäre voreilig, ihre neuerworbene

Erkenntnislehre von den Geschlechtern in der Praxis auszuprobieren, die die Blonden, die künstlich gebleichten ebenso wie die natürlichen, die Töchter von Päpsten oder die aus eigener Kraft Strahlenden nie gebraucht haben: daß es nämlich, um die Phantasie eines Mannes anzuregen, ausreicht und oft nötig ist, die Meßlatte einfach tiefer zu hängen. Daher beendet sie in aller Ruhe ihre Arbeit und wendet sich ihm erst zu, nachdem sie ihren Notizblock wieder in die Handtasche gesteckt hat, und erklärt mit kargen Worten, ohne Übertreibung und mit kaum geschwellter Brust ihr Handwerk.

»Und wie kommst du mit den Bibliographien zurecht?« fragt dieser Silvio unvermutet und scheint tatsächlich an ihrer Antwort interessiert.

»Darin schwelge ich«, erwidert Marilina ganz ehrlich. »Dieser Teil der Arbeit gefällt mir am allerbesten. Warum?«

»Ich hätte da etwas, was dich vielleicht interessieren könnte. Ich bin nämlich gerade dabei, eine Kooperative für Verlagsservice aufzubauen – du kannst dir ja vorstellen, daß diese vorläufige Arbeit als Museumswärter weder viel einbringt noch sehr befriedigend ist –, und bis jetzt sind wir zu siebt: zwei ehemalige Garzanti-Lektoren, ein Korrektor, ein Setzer, der sich mit den Computersystemen auskennt, ich, der ich auf die mittelalterliche lombardische Kunstgeschichte spezialisiert bin, aber ich kann auch sonst überall einspringen, und eine Buchhalterin für die Verwaltung. Wir brauchen noch zwei Personen, die mit Registern, Bibliographien, Umbruch und dem ganzen Rest zurechtkommen. Was hältst du davon?«

»Kooperative heißt ja wohl, daß alles zu gleichen Teilen aufgeteilt wird? Einnahmen und Investitionen?« fragt Marilina vorsichtig.

»Ja, aber man muß nicht viel reinstecken, da wir die Ausrüstung benutzen, die jeder von uns besitzt, und das Büro richten wir bei mir zu Hause ein: wenn es hinhaut, können wir ja weitersehen. Der Vorteil für dich wäre, daß du keinem mehr Prozente abzugeben bräuchtest.«

»Darüber müßte ich zuerst einmal nachdenken.«

»Natürlich. Um eins bin ich mit meinem Dienst hier fertig: willst du nicht auf mich warten? Dann könnten wir zu mir gehen, und ich könnte dir den Statutentwurf zeigen. Es sei denn, du hast schon etwas vor...«

Er hat alles andere als eine Unschuldsmiene und erwidert ihren Blick mit einer Intensität, daß ihr fast die Pupillen weh tun, als könnte er in ihren Gedanken lesen und sie ihr entreißen. Und dann streckt er unvermittelt, ohne den Blick von ihr zu wenden oder auch nur einen Schritt zu machen, die rechte Hand aus und berührt Marilina mit dem Zeigefinger unter dem Kinn, wobei er ihren Kopf ein wenig hebt. So bleiben sie eine qualvolle Ewigkeit lang stehen und sehen sich auf Männerarm-Distanz tief in die Augen.

»Ich bin weder verliebt, noch werde ich geliebt«, sagt er schließlich klar und deutlich. Und Marilina wendet, von seiner schlichten Art angerührt, ruckartig den Kopf ab. Jetzt ist sie frei, rasch den verheerenden Brand zu löschen, den dieser Mann in ihrem Innern angezündet hat.

»Gut«, stammelt sie. »Ich wollte dir gerade etwas Besseres vorschlagen.«

Sie hat es wieder geschafft. Silvio lacht, und was kann es Attraktiveres geben als einen Mann mit Humor?

»Wir treffen uns um eins auf dem Vorplatz.«

»Gut.«

Mit zitternden Beinen, an denen ihr, wie sie sich einbildet, die ganze Welt den Schock dieser Liebe auf den ersten Blick anmerken muß, schwebt Marilina die breite Treppe hinab, gleitet durch die Vorhalle und landet vor der Ambrosiana, wo sie sich an süßester Ambrosia labt. Es geschieht mit ihr, jawohl, das was sie für unmöglich gehalten hat, geschieht mit ihr und ist Wirklichkeit geworden: die Zeit verläuft wieder geradlinig von einer endgültig vergangenen Vergangenheit zu einer Zukunft, die noch ganz im dunkeln liegt, und jenseits dieses krampfhaften Herzzuckens wartet ein Stück Leben auf sie. Was es sein wird, spielt dabei keine so große Rolle: eine Freundschaft, die Anerkennung für eine unter eigenem Namen geleistete Arbeit, eine hinreißende Leidenschaft. Das Entscheidende ist, daß sie diesmal beschlossen hat, sich der Gefahr auszusetzen: sie wird nicht mehr feige sein, sie wird nicht mehr so elend kleinmütig sein, sich aus lauter Angst vor Verletzungen den schrecklichsten Verletzungen auszusetzen. Aber es ist ja gar nicht so, daß etwas *geschieht*! Es handelt sich nicht um einen zufälligen Lotteriegewinn: sie hat sich durch ihre innere Verwandlung alles selber verdient. Gut, nicht für das, was sie Berto angetan oder vielmehr nicht angetan hat. Aber die Rolle einer Ersatzmutter paßte eben nicht zu ihr, sie hätte sie nicht spielen können, also war es besser gewesen, darauf zu verzichten. Mit Silvio könnte es ganz anders werden: bei jedem Stück, das sie gemeinsam aufführen würden, egal ob Drama oder Farce, würden sie immer alle beide eine Hauptrolle spielen, einer neben dem andern, das weiß sie, das hat sie gespürt, und sie ist sicher, daß er sie wie Brot für seine Spachtelzähne ansieht. Wird er ihr Herz verzehren wollen? Soll er es ruhig versuchen. Und Marilina, die ihr Leben lang falsch gesungen hat, stimmt zu ihrer eigenen Verwunderung ein Motiv an, das ihr im Kopf herumspukt und so lautet:

Mon pauvre cœur très consolable
Mon cœur est libre comme l'air...
Trallarallaralla, je chante pour moi-même.

Ach neeein! Die Habanera der *Carmen*! Sie hatte sich wahrscheinlich in ihr Gedächtnis eingeschlichen, als sie gar nicht mehr bewußt zuhörte. Außerdem sollte sie damit aufhören, den andern ständig ängstlich irgendwelche Absichten zu unterstellen, was ihr jetzt schon ziemlich solipsistisch erscheint. Die Leute haben wirklich etwas anderes zu tun, als sich dauernd irgendwelche Schwindeleien auszudenken, mit denen sie eine Frau wie sie, eine Frau wie alle andern, hereinlegen könnten. Man muß sich im Leben auch einmal Fehler bei der Beurteilung der anderen zugestehen. Es gibt weder Heilige noch hundertprozentige Schufte. Wenn man nur einmal an die Stefanoni denkt, der sie einfach von Anfang an ein bißchen mehr Vertrauen hätte schenken müssen: wer weiß, wie lange sie schon diese Idee mit dem Testament gehabt hatte.

Um die Wartezeit zu füllen, wird sich Marilina jetzt eine Zeitung kaufen und dann einen Kaffee trinken; wenn sie sich richtig erinnert, gibt es an der Ecke eine Bar, ja richtig, da ist sie, hinter dem Heck dieses Range Rover, der aus der Parklücke herausragt.

Niki Accardi sieht aus wie ein Zombie. Ob er zu wenig geschlafen hat, oder ob sie ihn in ihrer gegenwärtigen Verfassung einfach nicht mehr anders sehen kann als einen schon seit einiger Zeit begrabenen fremden Körper? Vor allem ärgert es sie, daß sie ausgerechnet heute diese Ohrringe angelegt hat. Das wird er bemerken. Aber sich wie ein Äffchen, das nicht hören will, die Ohren zuzuhalten wäre dumm, und ebensowenig sollte sie das Äffchen, das nicht redet, spielen.

»Hallo! Hast du mich gesucht? Was willst du?«

»Dich.«

»Aber hör mal, mach doch nicht so ein Drama draus!« sagt Marilina voll mörderischer Lust, ihm ins Gesicht zu lachen.

»Fängst du deine Sätze jetzt auch schon mit einem *Aber* an«, sagt Accardi und verzieht das Gesicht zu einer Grimasse, die vielleicht ironisch gemeint war, aber er wirkt tatsächlich ziemlich fertig, offensichtlich geht es ihm nicht gut.

»Komm, gehen wir«, sagt er und packt sie am Arm, doch Marilina entzieht sich ihm.

»Nein, ich habe hier etwas zu erledigen. Was willst du eigentlich? Ich frage dich jetzt ganz im Ernst: was hast du dir in den Kopf gesetzt? Dein Buch hast du doch. Du brauchst mich nicht mehr.«

»Also, dann ist es wegen dem Buch?... Hast du mir das tatsächlich so übel genommen? Wegen so einer Kleinigkeit? Du hast doch selber gesagt, daß es dir nichts ausmacht...« sagt er und blickt sich um, dann versucht er etwas zögernd, sie noch einmal anzufassen. »Steig wenigstens ins Auto ein. Du wirst doch nicht hier mitten auf der Straße einen Streit anfangen wollen...«

»Einen Streit? Worüber denn?«

»Vergiß doch bitte alles, was gewesen ist. Was vorbei ist, ist vorbei: wenn du noch weitere Bücher schreiben willst, kannst du das doch tun, nachdem ich dir jetzt den Markt erschlossen habe, nicht? Bitte... fangen wir noch mal von vorne an, ja? Ich... wir könnten auch heiraten.«

»Oh, Gott«, stöhnt Marilina. »Hör mal, danke für die Blumen, danke für alles, aber... Weißt du, dies hier wollte ich dir zurückgeben«, sagt sie und versucht, einen der Ohrringe abzunehmen, was ihr aber nicht gelingt. »Seit drei oder vier Tagen hast du mich in eine ganz lächerliche Situation versetzt. Für uns beide gibt es keine Möglichkeit, uns auf gleicher Ebene zu begegnen, und das weißt du selber ganz genau, denn solange ich hinter dir her war, bist du vor mir ausgerissen, und da hast du ganz recht gehabt, nicht etwa ich, und... wenn ich ehrlich sein soll, ich hasse deine Art, das Geld als Machtmittel zu benutzen. Diese Kassette, die hast du, glaube ich, von Berto gekauft, nachdem du ihm bei mir zu Hause begegnet bist und kapiert hast, welche Art von Beziehung er zu mir hatte; ich weiß nicht, warum er sie dir verkauft hat – und das will ich auch gar nicht wissen –, aber ich glaube zu wissen, warum *du* sie gekauft hast: damit er das einzige Bild von sich selber, an dem ihm so viel lag, daß er nicht einmal mit mir darüber gesprochen hat, verschleudern mußte. Du bist ein Sammler von Schuldgefühlen. Und das gefällt mir nicht, es gefällt mir ganz und gar nicht. Ich bin der Meinung, daß jeder das Recht und die Pflicht hat, seine Traumata für sich zu behalten und sie aufzuarbeiten. Und deshalb bitte ich dich, kapiere endlich, daß ich keine Psychoanalytikerin bin und daß du dir nicht in den Kopf setzen kannst, mich zu brauchen, nur weil wir einmal ... phänomenal gut miteinander geschlafen haben. Du hast dich einfach beeindrucken lassen ... Ich will damit sagen, das ist nur eine vorübergehende Fixierung. Nichts Ernstes, eben nichts für eine Ehe.«

Sie hat es geschafft, beide Ohrringe abzunehmen, und hält sie ihm jetzt entgegen. Er nimmt sie wie ein Roboter an und starrt dann mit gesenktem Kopf auf die beiden Goldtränen in seinem Handteller.

»Was soll ich tun?« fragt er.

»Gar nichts. Geh nach Hause und warte ab, bis es dir vergeht. Mir ist es ja auch vergangen.«

»Gut«, sagt er. »Wenn du meinst.«

Er hat sie auf den Boden geworfen. Marilina beobachtet ihn, wie er die beiden Ohrringe gewissenhaft mit dem Absatz zertritt. Wie schade, was für eine Vergeudung, was für ein Infantilismus. Aber sie findet es richtig, ihm seine Szene nicht zu verderben, und tatsächlich dreht sich der Zombie jetzt um, geht geradewegs auf den Range Rover zu, reißt die Tür auf und klettert hinein. Marilina atmet befreit auf und sieht als erstes auf die Uhr. Nur noch eine halbe Stunde. Dann hört sie wieder seine Schritte auf dem Straßenpflaster. Accardi zielt mit einem schwarzen Metallgegenstand auf sie, der aus der Art zu schließen, wie seine Hand davon heruntergezogen wird, ziemlich schwer sein muß. Ein elektrischer Schraubenzieher ist es nicht. Es ist tatsächlich eine Pistole.

»Bis jetzt haben wir geredet«, sagt er. »Jetzt machen wir ernst. Du brauchst nur ja oder nein zu sagen.«

Das ist doch verrückt, eine Halluzination, ein Wahnsinn… oder das traumhafte große Finale eines ganzen Lebens, denkt Marilina, von einem rasenden Gedankenwirbel erfaßt. Wie oft hatte sie sich gesagt, daß sie zehn Jahre ihres Lebens dafür hergegeben hätte, um auch nur einen einzigen Augenblick lang begehrenswert zu sein. Wenn sie jetzt »Ja, aber…« sagte, könnte sie ihn vielleicht so weit besänftigen, daß er nicht den Abzug drückte, und ihn so lange hinhalten, bis jemand käme, zum Beispiel der Parkwächter, der sich, nachdem er alles gesehen hat, gerade umdreht und davonläuft, oder jene drei Verkäufer von Briefmarkensammlungen, die sich, halb verdeckt von der Kühlerhaube eines Lieferwagens, an der Ecke der schmalen Straße mit den Banken, hinter ihren großen Alben verstecken… Wenn sie hingegen wagt, diese mythische Rolle zu Ende zu spielen, die ihr hier so einfach angeboten wird, wenn sie an ihrer Schläfe oder an der Brust eine blutige Nelke erblühen lassen würde, dann würde sich ihr Mantel in eine hauchdünne Spitzenmantilla verwandeln und ihr Rock in flammendroten Kaskaden von Volants bis auf ihre Füße herabfallen: und dann wäre sie Carmen.

Marilina hebt die Stirn, wagt einen tragischen Blick hinter die Schwelle zum Walhall der *femmes fatales* und sagt:

»Nein.«

Es stimmt, daß man im ersten Augenblick nichts spürt,

wenn man getroffen wird: dies war ihr immer unmöglich erschienen, aber sie hat außer dem lauten Knall zweier Schüsse und dem kalten harten Pflaster unter ihrem Nacken wirklich nichts wahrgenommen. Am hellgrauen Himmel zieht eine Lämmerschar vorüber. Merkwürdig, wie ihr das Herz wieder bis zum Halse schlägt.

»Steh doch auf, du Dumme! Ist vielleicht schon mal jemand von einer Schreckschußpistole umgebracht worden! Jetzt hast du aber doch Angst gehabt, wie?«

Marilina setzt sich ruckartig auf, und bevor sich Accardi noch umdrehen und davonlaufen kann, erhascht sie sein aufgewühltes Gesicht mit einem Blick. Der Range Rover ist mit quietschenden Reifen abgefahren. Schwarzer Rauch von seinem defekten Auspuff hängt noch in der Luft, was sie so auf Bodenhöhe zum Husten reizt. Der Parkwächter taucht vorsichtig hinter einem Renault auf, und auch die Briefmarkensammler nähern sich ihr langsam. Von der Ambrosiana her kommt jemand angelaufen.

»Du hier... Was ist denn passiert? Ich war gerade in der Vorhalle und meinte, etwas zu hören... es klang wie zwei Schüsse... Bist du verletzt?«

Du liebe Zeit, wieviel Taubendreck... sie wird diesen Mantel in die Reinigung bringen müssen. Na ja, es hätte schlimmer ausgehen können.

»Nein, es ist nichts passiert«, sagt sie lächelnd zu Silvio. »Ich bin nur ausgerutscht. Weißt du, ich bin nicht an diese flachen Absätze gewöhnt.«

Und während sie aus Liebe vorgibt, sich von ihm aufhelfen zu lassen, steht Marilina schon wieder auf eigenen Füßen.

Bitte beachten Sie auch die folgenden Seiten

Viktorija Tokarjewa im Diogenes Verlag

Zickzack der Liebe

Erzählungen. Aus dem Russischen
von Monika Tantzscher

Die Menschen der Viktorija Tokarjewa rebellieren gegen ein Leben, das mit der Regelmäßigkeit eines Uhrwerks abläuft und keinen Raum für spontanes Glück läßt. Sie träumen von leidenschaftlicher Liebe – zu deren Unbedingtheit sie sich dann doch nicht entscheiden können. Ironisch und mit Herzblut erzählt eine selbstbewußte Autorin von den Partnerschaftsnöten emanzipierter sowjetischer Frauen.

»Die große Kunst der Viktorija Tokarjewa besteht im äußerst sparsamen Gebrauch der erzählerischen Mittel. Überflüssige Details zu vermeiden und auf kürzestem Weg ins Herz der Dinge und der Menschen vorzudringen ist die Maxime der Autorin. Ihre Erzählungen sind von geradezu elementarer Wucht. Sie ist eine Meisterin.« *Frankfurter Allgemeine Zeitung*

Mara

Erzählung. Deutsch von
Angelika Schneider

Die ehrgeizige Mara hat nur zwei Ziele: Macht und Geld. Da sie beides mangels Ausbildung auf direktem Wege nicht erreichen kann, geht sie den Umweg über Männer. In *Mara* entwirft die Autorin das psychologisch feinfühlig gezeichnete tragikomische Bild einer modernen russischen ›femme fatale‹.

»Ihre Erzählungen führen sehr direkt an das Wesen der Menschen heran. Was sie sagt, sagt sie in äußerst gedrängter Form. Eine ›Vaterschaft‹ Čechovs scheint vor allem im Umgang mit der Sprache, in der Beobachtungsgabe und im manchmal fast melancholischen

Humor durchzuschlagen. Und obwohl Viktorija Tokarjewa in der Sowjetära lebt, sind ihre Figuren zeitlos, sieht man von den wenigen Tönen des Zeitkolorits ab. Wieviel klingt da mit.« *Neue Zürcher Zeitung*

Happy-End

Erzählung. Deutsch von
Angelika Schneider

Aus purem Trotz heiratet Elja viel zu früh den sie naiv vergötternden Tolik und zieht mit ihm zu seinen Eltern in ein russisches Provinznest. Als sie an der Langeweile des Kleinstadtlebens zu ersticken droht, verliebt sich Elja in den Schauspieler Igor, der so wunderschön Lermontow rezitiert. Sie zieht mit ihm nach Moskau. Aber Igor ist Alkoholiker und hat seit Jahren keine guten Rollen mehr gespielt…

»Vor allem aber liegt der Zauber von Viktorija Tokarjewas Schreibweise in einem Čechovschen Humor, der das schwere Leben leichter macht, dazu in gelegentlichen Ausflügen ins Träumerisch-Phantastisch-Absurde, im Witz der Formulierung, der den Geist vom Druck der Verhältnisse befreit.«
Deutsche Welle, Köln

Lebenskünstler

und andere Erzählungen. Deutsch von
Ingrid Gloede

»Viktorija Tokarjewa psychologisiert nicht. Sie erzählt. In einem Ton und mit einer Sicherheit, die nicht den geringsten Zweifel zuläßt, daß hier eine großartige Autorin zu entdecken ist.« *NDR, Hamburg*

»Sie erzählt von Menschen – erstaunlich emanzipierten Frauen –, die einem Ideal nachjagen, dauernd im Aufbruch begriffen sind und doch an den realen Bedingungen klebenbleiben wie an Leimruten.«
Die Weltwoche, Zürich

Sag ich's oder sag ich's nicht?

und andere Erzählungen. Deutsch von Angelika Schneider, Monika Tantzscher und Elsbeth Wolffheim

Sag ich's oder sag ich's nicht? lautet die bange Frage, die sich durch das Leben einer jungen Frau zieht wie ein roter Faden. Als reife Frau hält sie Rückschau auf alle Gelegenheiten, die sie durch ihr langes Abwägen verpaßt hat. Als sich eine letzte Gelegenheit bietet, wagt sie schließlich den Sprung ins Ungewisse.

»Viktorija Tokarjewas Erzählungen sind durchdrungen von trockenem Witz und warmem Humor, distanziert und engagiert zugleich.«
Süddeutsche Zeitung, München

Sentimentale Reise

Erzählungen. Aus dem Russischen von Angelika Schneider

Auf einer Reise durch Italien verliebt sich die Kinderbuchillustratorin Romanowa in den unangepaßten Künstler Leonid, den sie so faszinierend-rätselhaft findet, daß sie ihn nur ›Raskolnikow‹ nennt. Raskolnikow macht der Romanowa den Hof, nutzt jede Gelegenheit, um mit ihr allein zu sein. Aber der Grund dafür ist ein anderer als der von der Romanowa vermutete, und die *Sentimentale Reise* nimmt ein überraschendes Ende.
Vier Geschichten über Hoffnungen und Sehnsüchte.

»*Sentimentale Reise* vereinigt vier Erzählungen, die das zentrale Thema der Liebe in eine ausdrucksstarke, manchmal groteske Bildlichkeit umsetzen. Die Tragik des Lebens bricht nicht mit Pauken und Trompeten eines Schicksalsschlags über den Menschen herein, sondern dringt als leises Scheitern in alle Ritzen der Existenz. Und hier liegt Viktorija Tokarjewas Wahrheit, in die sie ihre Leser mit einem lachenden und einem weinenden Auge einweiht.« *Neue Zürcher Zeitung*

Susanna Tamaro
Love

Fünf Erzählungen
Aus dem Italienischen von Maja Pflug

Ein Buch über die Liebe – und über den Mangel daran. Lieblosigkeit und Leid, ja Gewalt spürt die Autorin dort auf, wo man im allgemeinen nur von Zuneigung spricht, etwa in den Gefühlen der Eltern für ihr Kind. Einzigartig schlicht und direkt bringt sie Wahrheiten über den Umgang von Menschen mit Menschen ans Licht, über die nur zu gerne geschwiegen wird.

»Susanna Tamaro hat keinen ausgeprägt feministischen Tonfall in die italienische Literatur eingebracht, aber doch einen ausgeprägt weiblichen, der die traditionellen Geschlechtsbotschaften verkündet: das Opfer, die Ohnmacht, die Schwäche. Sie verkörpern sich in Figuren, die sehr gut von innen heraus beschrieben sind. Tamaro baut sie in sehr geschickten Spannungsbögen auf, sie steigert das Schmerzliche meist ins Unerträgliche.«
Süddeutsche Zeitung, München

»Der Triesterin Susanna Tamaro ist genau das gelungen, was Hunderte erfolglos versuchen, nämlich ein Buch über die Trauer zu schreiben, das ohne Klischees auskommt und auf Anklage sowie wehleidige Selbstbespiegelung verzichtet.« *Tages-Anzeiger, Zürich*

»Susanna Tamaros Kurzgeschichten gehen unter die Haut. Sie führt Buch über Kindsmißhandlung, Quälereien und zerbrochene Hoffnungen, in einer scheinbar unbetroffen-naiven Sprache, die den Aufprall der kindlichen Vorstellungen mit einer monströsen Erwachsenenwelt um so sichtbarer macht.« *Annabelle, Zürich*